I0777300
UNIVERSITY OF JERSEY
HOME OF THE HAWKS
ALLEY CIZ

ANDARE A SEGNO

ALSO BY

<u>**#UofJ Series**</u>

Andare a segno (Kay and Mason)

Giocata Vincente (Kay and Mason)

Giocare sul serio (Kay and Mason)

Addio alla panchina (Quinn and CK) *Preorder April 5, 2024*

PREFAZIONE

PROFILI INSTAGRAM

CasaNova87: Mason "Casanova" Nova (*tight end*)
   QB1McQueen7: Travis McQueen (*quarterback*)
   CantCatchAnderson22: Alex Anderson (*running back*)
   SackMasterSanders91: Kevin Sanders (*defensive end*)
   LacesOutMitchell5: Noah Mitchell (*kicker*)
   CheerGodJT: JT (James) Taylor
   TheGreatestGrayson37: G (Grant) Grayson
   ThirdBaseAdam16: Adam
   CheerNinja: Rei
   CasermaNJA: la Caserma (palestra di cheerleading)
   NJA_Admirals: New Jersey Admirals

SOPRANNOMI

Mason Nova: Casanova / Mase
   Kayla Dennings: Kay / PF / Baby / Puffetta
   E (Eric) Dennings
   CK (Chris) Kent
   Em (Emma) Logan
   Q (Quinn)
   JT (James) Taylor <TVTTB JT: Ti Voglio Tanto Tanto Bene JT>
   T (Tessa) Taylor

G (Grant) Grayson
D (Dante) Grayson
B (Ben) Turner

KAYLA

Ho appena infilato la chiave nella porta del dormitorio che sarà la mia casa per tutto il secondo anno all'Università di Jersey, quando il mio telefono squilla, suonando le note di *Whip My Hair* di Willow Smith.

Scorro sullo schermo col dito per rispondere alla chiamata. "Ehi, Bette."

"Kay! Già tornata all'università?" È una domanda abbastanza innocente, ma riesco a intuire che mia cognata sta cercando di indagare.

"Sì, sono appena arrivata," rispondo mentre stringo il telefono all'orecchio aiutandomi con la spalla, in modo da riuscire a portare dentro le mie due pesanti valigie.

"Com'è il dormitorio?"

"Aspetta."

Metto in videochiamata e le faccio fare un tour della mia nuova casa.

La sistemazione è carina, con quattro camere da letto e due bagni. Dovrò dividere lo spazio con tre coinquiline, ma avrò una delle camere da letto tutta per me, il che è un bel vantaggio.

Bette continua a esclamare *oooh* e *aaah* mentre superiamo la prima serie di stanze, continuando a percorrere il corridoio fino a giungere allo spazio abitativo comune. Sulla sinistra c'è un salotto con un sofà rosso e un divanetto che circondano un tavolino di legno, il tutto rivolto verso un discreto angolo di intrattenimento.

"Bella TV. A Eric piacerebbe," commenta Bette, riferendosi all'enorme schermo piatto che mio fratello apprezzerebbe senza alcun dubbio. Gli uomini adulti e i loro giocattoli...

Alla mia destra, separata da una penisola in laminato grigio, c'è la cucina completa di frigo, fornelli, microonde e lavastoviglie... *Bingo.*

"Meglio dire a G che dovrà portarsi una sedia quando verrà a cena." Bette indica i quattro sgabelli attorno alla penisola.

Sentire il nome di uno dei miei più cari amici qui all'università mi mette istantaneamente il sorriso sulle labbra. In quanto persona che preferisce star lontano dalle luci della ribalta, il miglior cestista col ruolo di ala grande negli Hawks dell'Università di Jersey era il candidato meno probabile a diventare uno dei miei amici più stretti, ma Grant Grayson—G, come lo chiamiamo —è un tipo di essere umano molto raro da trovare.

"Se si parla di cibo, non saranno dettagli come il non avere un posto dove sedersi che gli impediranno di venire."

Il ragazzo è un pozzo senza fondo. Dovrebbe pesare tipo duecento chili, ma con il suo metabolismo e l'estenuante regime di allenamento che mantiene per giocare a basket nella Division 1, ha un corpo tutto scolpito e sexy. Potrebbe passare per il fratello di Tyrese Gibson ed è bello da far male.

"Molto carina," mormora Bette mentre entro nell'unica camera da letto con la porta aperta: la mia.

Annuisco mentre osservo il letto a due piazze, la scrivania e il grosso armadio.

"Nervosa di incontrare le nuove coinquiline?"

Scuoto la testa per quanto, sì, una parte di me lo è. A dire la verità ero un po' in ansia quando abbiamo dovuto scegliere la nostra sistemazione. Mi piaceva l'idea di avere un appartamento all'interno del dormitorio, ma non ero sicura di come mi sarei sentita a vivere con due sconosciute, né lo sono tutt'ora. La mia storia con le cheerleader è a dir poco precaria, ma Em (Emma) ha fatto breccia nel mio cuore e l'ha ricucito abbastanza da farmi accettare di avere due delle sue compagne di squadra come coinquiline. Ho pensato che è meglio avere a che fare con un diavolo che si conosce… in questo caso, Em.

"Ci dirai *subito* se avrai qualche problema. Mi hai capito, Kayla?" Il tono duro della voce di Bette mi suggerisce che sia entrata in modalità mamma chioccia. È da anni che mi aiuta a superare i momenti peggiori e detesto provocare questo suo lato protettivo.

Accidenti, la ragione principale per cui vivo all'università invece che nella mia casa natia a meno di un'ora di distanza è perché lei abbia la possibilità di vivere insieme a suo marito. Verrebbe da pensare che si sarebbe dovuta calmare, dopo un anno senza… problemi.

Ti stai davvero lamentando del fatto che lei voglia solo ciò che è meglio per te? mi domanda la mia coscienza.

No, perché al di là di quando era viva mamma Taylor, Bette è stata l'unica vera "madre" che io abbia mai avuto.

"Starò bene." Spero.

Il sospiro che esce dal telefono è così pesante che si potrebbe usarlo per fare sollevamenti. "Sbaglio a desiderare che tu viva a casa? Spostarsi da qui all'università non è difficile."

"Mi piace vivere qui." Metto le valigie sul letto. "E poi, non eri tu quella che mi diceva che avrei fatto bene a uscire dalla mia comfort zone?"

"Odio quando usi i miei stessi consigli contro di me," borbotta.

Alzo gli occhi al cielo. Si comporta in modo davvero ridicolo quando le manco.

"Mi hai insegnato bene."

Fa una smorfia di disapprovazione, che però si scontra con la mia indifferenza. "Bene. Ma non dimenticarti che se avrai bisogno di me ci sarò. Baltimora è facile da raggiungere." È vero: dista tre ore da casa e quattro dall'Università di Jersey.

"Lo so. Ora, se hai finito di fare il genitore iperprotettivo, scarico il resto della mia roba da Pinky così posso disfare le valigie."

"Scherzi, ma mi vuoi bene." Mi soffia un bacio.

"Molto." Le faccio l'occhiolino più esagerato possibile e riattacco.

Fuori, mi reco verso la sopracitata Pinky—la mia Jeep

Rubicon 4x4 a due porte, color rosa acceso con finiture bianche—
e prendo gli ultimi bagagli.

Non riesco a credere che la pausa estiva sia già finita. Per
quanto io sfoggi un atteggiamento forte e indipendente davanti a
Bette, c'è una grossa parte di me a cui mancherà passare del
tempo con la famiglia.

Una volta portati dentro tutti i miei effetti, tiro fuori il mio
MacBook e avvio la playlist di Spotify. Prima che i beat elettronici
di Ed Sheeran riescano a colmare la stanza, appare la notifica di
una videochiamata.

"Tu e Bette avete fatto squadra per controllare come sta Kay?"
domando, mentre il volto sorridente del mio più vecchio e caro
amico James Taylor riempie lo schermo.

"Non comportarti come se non ci volessi bene, PF." Mentre
tutti quelli che usano il soprannome che lui mi ha affibbiato
quando eravamo piccoli pronunciano le due lettere P e F, quel
simpaticone del mio amico del cuore ama pronunciarlo come *pfff*.

"Come dici tu, JT," replico con un ghigno, girando lo schermo
in modo che possiamo vederci mentre tiro fuori dai bagagli le
mie lenzuola animalier.

"Comunque…" Mi lancia quello sguardo del tipo *oddio stai
mettendo a dura prova la mia pazienza*, che ho visto più di una volta
nei nostri quasi vent'anni di vita. "Stai bene? Ti sei sistemata?
Hai incontrato le coinquiline? Devo preoccuparmi di loro?"

Facendo uscire l'aria dai polmoni, mi prendo un momento
prima di rispondere alla raffica di domande. Proprio come Bette,
fa queste domande solo perché ci tiene. Lui, come E e Bette, mi è
stato vicino in tutte le situazioni difficili e mi ha aiutato a ritro-
vare la forza quando sono crollata.

A nessuno dei due piace essere a millecento chilometri di
distanza l'uno dall'altra ma, come con Bette, anche con lui ho
insistito affinché per una volta mettesse se stesso al primo posto.

"Sto bene. Sono nel campus." Indico con una mano il letto
parzialmente fatto. "Come puoi vedere, mi sto ancora sistemando. Le coinquiline sono ancora agli allenamenti e io *me la
caverò*."

Un'ombra di dubbio scurisce i suoi occhi marroni per il modo
in cui sillabo l'ultima frase.

Quanto tempo dovrà passare, prima che tutti la smettano di
trattarmi con i guanti di velluto?

Ho quasi finito di disfare i bagagli, quando sento le mie coinquiline tornare a casa. Chiudo gli occhi e inalo un respiro calmante nel tentativo di liberarmi dalla sensazione di avere degli insetti striscianti sotto la pelle, sensazione che mi procura il rumore della porta che si apre.

Puoi farcela. Guarda come sono andate bene le cose da quando hai fatto entrare Em nella tua vita. Pensa a quanto sarebbe diversa la tua esperienza al college senza di lei. E poi, non sarebbe bello avere più amiche della tua età invece di uscire sempre con quelle delle superiori?

Non c'è molto tempo per riflettere sui miei pensieri perché Em fa irruzione nella stanza.

"Sono felicissima che tu sia qui." Mi stringe a sé in un abbraccio energico.

In quanto *base* e *flyer* della Red Squad (la squadra mista di cheerleading dell'Università di Jersey), Em è la tipica, bellissima cheerleader: tono muscolare livello Britney Spears degli anni d'oro, capelli castani lunghi fino alle spalle, occhi color cognac incorniciati da perfette sopracciglia stile Ellen Pompeo—davvero perfette e uniformi—e altezza media, anche se con il suo metro e sessantacinque in confronto a me sembra altissima. Che vi devo dire? Sono una nana.

"Grazie per avermi permesso di trasferirmi prima." Ricambio l'abbraccio con lo stesso entusiasmo.

"*Tesssooroooo*… comunque siamo qui." Fa un balzo sul mio letto. "Sono felicissima che tu abbia accettato la mia offerta. Non ero sicura che avresti detto di sì."

Fino a due giorni fa non lo ero neanch'io.

"Quinn, Bailey, portate il culo qui e venite a conoscere Kay," urla Em.

Non ci vuole molto perché sulla porta della mia camera da letto si affaccino una sosia latinoamericana di Demi Lovato e una ragazza così bella che mi viene voglia di chiamarla Barbie Cheerleader.

Sono un *pochino* intimidita dalle nostre coinquiline.

Il cuore mi inizia a martellare e le mani mi diventano sudaticce mentre vengo attraversata dai flashback delle scuole superiori.

Non saltare a conclusioni affrettate, Kay.

Le parole di auto-incoraggiamento non riescono a evitare di farmi prendere dal panico, ma quando Quinn—la gemella di Demi Lovato—mi lancia un sorriso smagliante e mi saluta, la paura inizia a scemare. Sono abbastanza matura da sapere che non è bene avere un pregiudizio sulle cheerleader, ma è difficile combattere il proprio istinto di autoconservazione.

Con la coda dell'occhio vedo Em farmi un segno di incoraggiamento, al che un altro strato di riservatezza se ne va.

"Wow!" Quinn si avvicina all'enorme set di trucchi aperto sulla mia scrivania. "Questi trucchi sono fantastici."

"Grazie. Mia cognata è una parrucchiera, quindi me ne dà sempre tantissimi. Se ti serve qualcosa fammelo sapere. Lei mi lascia *abusare* del suo sconto."

"*Non. Mi. Dire.*" I suoi occhi diventano tondi come dischi mentre assume la stessa espressione di Mia Thermopolis quando le viene detto che è una principessa.

Em ridacchia come una matta e nemmeno io riesco a evitare di rimanere affascinata da una reazione tanto genuina.

"Oh sì. Kay me lo lascia usare sempre," conferma Em, unendosi a Quinn e frugando il contenuto della valigetta dei trucchi in cerca delle ultime novità.

Non riesco a non notare che l'ultima volta che ho sorriso così tanto incontrando qualcuno di nuovo è stato quando ho conosciuto Em, G, e CK, il quarto membro della nostra piccola crew.

Che sia un segno?

L'entusiasmo inizia a scemare quando vedo che Bailey, la bionda, resta ferma sul ciglio della porta senza entrare nella mia stanza. Deve trovarmi piuttosto trasandata, visto che indosso una maglietta blu con il collo a V e la scritta *Mi piace fare festa e per fare festa intendo dormire*, dei pantaloncini di jeans e le Converse color blu reale... o almeno, questa è l'impressione che traggo dal sorriso forzato sul volto di Bailey.

Quinn mi toglie dall'imbarazzo quando si avvicina e prende tra le dita le punte dei miei lunghi capelli, dividendo le ciocche in modo da far risaltare maggiormente i riflessi colorati. "Te li ha fatti tua cognata?"

"Sì. Ha sempre delle nuove tinte da provare. Giuro che mi sembra di avere l'intero arcobaleno nei capelli." Ruoto un dito attorno alla testa. "Per me è più facile lasciarle fare quello che vuole lei. La mia unica regola è che il colore dominante deve essere il biondo."

"Lo adoro." La vivace cordialità di Quinn mi prende alla sprovvista ma, in tutta sincerità, la apprezzo.

"Dovremmo farci una foto più tardi." Le passo attorno per mettere altre quattro paia di scarpe nel portascarpe appoggiato all'armadio. "*Impazzirà* quando vedrà la tua tinta."

"Grazie." Con un sorriso raggiante, Quinn scuote le lunghe e dritte ciocche di una perfetta sfumatura di rosso. "È un casino da mantenere, ma la amo."

Ci credo. Ho perso il conto di quante volte ho sentito Bette lamentarsi che le tinte rosse sbiadiscono alla svelta.

"Beh…dopo che l'avrò fatta ingelosire, posso quasi *garantirti* che prima della fine della settimana ti manderà qualcosa per aiutarti con la tinta."

Bette sarà anche estremamente protettiva nei miei confronti, ma ha il cuore più grande di chiunque altro io conosca. Non capirò mai come diavolo sia riuscito E a farla diventare sua moglie.

"Emma, la migliore coinquilina che potessi *mai* scegliere!"

"Lo so." Em mi fa l'occhiolino.

Anche se ho il cuore in gola e uno strato di sudore sulla pelle, a ogni interazione con Quinn l'ansia continua a diminuire.

Detesto il fatto che mi venga l'istinto di ritirarmi ogni volta che sono fuori dalla mia bolla famigliare.

Non ti sei sempre sentita così.

"Pensavamo di andare a mangiare da Jonah. Vuoi venire?" domanda Em alcuni minuti dopo.

Oh, un hamburger di Jonah sarebbe *proprio* l'ideale in questo momento.

Normalmente la mia risposta automatica sarebbe no, ma quando vedo l'espressione speranzosa sul volto di Em e quella eccitata sul volto di Quinn mi viene da pensare *perché no?* Un passettino alla volta.

Ignorando una Bailey dall'aria annoiata, mi offro di guidare.

"Sei qui con Pinky?" Il modo in cui Em saltella sulle punte dei piedi mi dice tutto quello che devo sapere riguardo a quanto sia diventata intima con Quinn.

"Chi è Pinky?" Mi domanda Quinn mentre attraversiamo il salotto.

"La mia Jeep."

"Hai dato un nome alla tua macchina?"

Perché non sono sorpresa del fatto che la prima volta che Bailey mi parla sia per giudicarmi?

"Se lo meritava." Faccio spallucce.

"*Devi* vederla. È fighissima," dice Em entusiasta. "Tutta rosa, bianca e animalier."

"Davvero?" A Em non colpisce il tono impassibile con cui Bailey pronuncia la sua domanda, perché Em ama la mia Jeep tanto quanto la amo io.

"Oh, sì. La Jeep di Barbie non è niente in confronto a quella di Kay."

Non avrei saputo dirlo meglio.

CAPITOLO 2

KAYLA

I *tic-tic-tic* dell'acqua giunge alle mie orecchie e perfino senza aprire gli occhi mi rendo conto che fuori sta diluviando. Lancio un gemito; la pioggia è *decisamente* poco amica dei miei capelli ricci.

Acciambellata sotto le coperte, desidero solo stare a letto tutto il giorno. Non farei altro, se solo io e le coinquiline oggi non avessimo pianificato di comprare i libri di testo.

È trascorsa una settimana e ancora non riesco a credere di aver passato tutto il tempo con le mie nuove compagne d'appartamento, a parte per due notti in cui sono stata a casa dei Taylor con T (Tessa), quando suo padre era di turno alla caserma dei pompieri.

Quinn dev'essere la persona più adorabile che io abbia mai incontrato. È allegra e solare, ti fa sentire come se fossi sua amica da sempre e, grazie alla ricetta di sua nonna, cucina le migliori enchiladas che io abbia *mai* assaggiato.

Bailey è più difficile da inquadrare. Lo attribuisco al fatto che passa la maggior parte delle notti alle feste di fine estate organizzate dalle confraternite, invece di bere vino e guardare film per ragazze con noi.

Visto il tempo schifoso, mi infilo un paio di leggings neri

(perché leggings tutta la vita e poi ehi, mi fanno un gran bel sedere), stivali rossi da pioggia Hunter lunghi fino al ginocchio, e una maglietta rossa a spalla scoperta che recita *Prima la siesta, poi tutto il resto*. Sulla maggior parte delle persone l'indumento si drappeggerebbe in maniera attraente, ma io, con il mio metro e cinquantacinque di altezza (va bene, va bene, metro e cinquanta, ma chi volete che controlli?), devo annodarlo all'altezza dei fianchi per evitare che mi arrivi alle ginocchia.

Anche il reggiseno che fa capolino dal colletto aperto è rosso e soddisfo il bisogno di essere abbinata da capo a piedi con un cappellino rosso degli Yankees.

Dal momento che sono certa che dovrò trasportare una tonnellata di libri di testo, infilo il telefono in uno stivale e il portafogli con il tesserino universitario e la carta di credito nell'altro.

"Uff, ho bisogno di caffè, se vuoi che sia attiva," dice Em non appena entro in salotto.

"Uhm, mi conosci, no?" Le rispondo. "Caffè tutta la vita."

"Ora caffè, dopo vino." Quinn, che nella mia mente ho già ribattezzato Q, getta le mani in aria. È una matta.

"Dio, come ho potuto dimenticarmi quanto sei mattiniera?" domanda Bailey a Q nel momento in cui si unisce a noi.

"Sembra che te la passi meglio di me ed Em." Accetto l'ombrello che mi porge.

"Potrei non essere anti-mattiniera come voi due", dice indicando me ed Em, "ma se cerchi la parola sul vocabolario ci troverai vicino la foto di Quinn."

Magari non si è ancora formato un legame tra noi, ma non mi sono ancora arresa con Bailey. Quella ragazza in certi momenti sa essere divertente.

"Kay, *caffeina*," frigna Em.

Non riesco a trattenere una risata mentre ci prendiamo a braccetto. È davvero la mia anima gemella del caffè.

"Ti farebbe sentire meglio se mandassi un messaggio a CK e gli chiedessi di portarcene un po'?"

"Siiiiiii." La parola le esce dalla bocca come un sibilo. "Digli che gli voglio bene e che sono davvero felice che tu l'abbia costretto a essere nostro amico."

Ora sto ridendo a crepapelle per la descrizione tanto precisa. Il fatto che Em sia un membro della Red Squad potrebbe avermi reso avversa ad accettare la sua amicizia, ma CK (Chris Kent) ha avuto un problema simile con me. Perché, vedete… quello che non vi ho detto è che anch'io sono una cheerleader.

Non ve lo aspettavate, vero?

Non è una cosa che mi piace dire in giro. Infatti, Em, CK e G sono i soli amici all'università a saperlo. Ho le mie ragioni per non diffondere tale informazione, ma di questa storia parleremo un'altra volta. Diciamo solo che ciò ha contribuito molto a ottenere l'approvazione di CK… e grazie al cielo, perché senza di lui non sarei riuscita a passare chimica.

"Hai più sentito G?" ansima Em dopo la nostra folle corsa verso Pinky.

"Sì, ho parlato con lui la notte scorsa prima di addormentarmi. È tornato, si è trasferito nella sede degli Alpha Kappa ieri." Metto la freccia e mi dirigo verso la sezione principale del campus.

"Stai uscendo con un Alpha?" Il tono nella voce di Bailey è scioccato.

La guardo nello specchietto retrovisore e il modo in cui si agita mi induce a raddrizzare la schiena. Vi ricordate quando vi ho detto che io e G eravamo i candidati più improbabili per diventare migliori amici? Beh, il motivo è che io non voglio essere usata per le mie frequentazioni celebri. I membri della confraternita Alpha Kappa? Sono i re del campus. G dovrebbe ritenersi fortunato per il bene che gli voglio.

"No. Siamo solo amici, anche se sua madre preferirebbe che ci fosse dell'altro." La madre di G spera, prega e ci domanda costantemente se siamo *certi* 'di essere solo amici'.

"E parli con tutti i tuoi *amici* maschi prima di addormentarti?"

Avendo avuto per tutta la vita un migliore amico maschio, sono abituata a questa manifesta incredulità. Sveglia, gente! *È* realmente possibile che due persone eterosessuali di sesso opposto siano *soltanto* amici.

"No, solo con due." Sollevo due dita per enfatizzare le mie parole.

"Oh, guarda là." Em mi sfiora il naso col braccio mentre punta il dito verso un parcheggio libero davanti al Nido. Il centro studentesco a tre piani, più comunemente noto come il Nido, ospita un'enorme zona ristorazione (che tutti i giorni offre una grande selezione di cibo), una caffetteria e la libreria della scuola. Ci passiamo molto tempo.

Tutte e quattro usciamo alla svelta dalla Jeep e ci rannicchiamo sotto gli ombrelli—io e Em sotto uno, Bailey e Q sotto un altro, affrettandoci a entrare nell'edificio il più velocemente possibile.

Dal momento che le lezioni inizieranno ufficialmente solo domani, sono sorpresa da quanto il posto sia affollato. Mentre camminiamo, scruto tutti i tavoli, passando oltre le ragazze delle sorellanze, i membri delle confraternite e gli atleti, alla ricerca del bel ragazzo nerd-chic con gli occhiali alla Clark Kent che assomiglia a Grant Gustin.

"CK!" urlo quando lo avvisto, e mi precipito verso il tavolo dove è seduto, davanti a un laptop aperto, per dargli un grosso abbraccio.

"Ehi, Kay," risponde lui, molto più pacato.

"Amico, ci sei mancato." Si aggiunge Em, ed entrambe lo cingiamo in un abbraccio. "Perché sei dovuto tornare in Kansas per l'estate?"

Abbassa lo sguardo quando vede Q e Bailey in piedi dall'altra parte del tavolo: è ancora così timido che, perfino a un anno di distanza, mi sento come se lo stessimo costringendo a essere nostro amico. Non è la sua reazione a sconvolgermi. Quello che mi sconvolge è come la vivace e socievole Q non abbia ancora detto una parola. Giro gli occhi verso Em e ci scambiamo uno sguardo… *interessante*… in risposta al rossore che sta spuntando sulle guance di Q.

A quanto pare, non sono l'unica che dovrebbe dare una chance alle cheerleader. Se solo CK potesse vedere se stesso come lo vediamo noi.

"Ma per favore…" Agita la mano verso di noi. "Come se voi foste rimaste a Jersey."

"Dettagli." Em non riesce a trattenere una risata; vive per punzecchiarlo.

"Sono rimasta qui per la maggior parte del tempo." Mi inclino in avanti, appoggiata sui gomiti, e mi abbandono alle nostre tipiche battute.

"Spiegatemi di nuovo perché vi frequento?" Chiude il laptop e lo ripone nello zaino. Scommetto che stava lavorando al videogame che sta progettando, ma la mia è solo un'ipotesi. G è l'unica persona a cui lo fa vedere.

"Perché ci adori," gli dico sorridendo.

"E la tua vita sarebbe incompleta senza di voi." Em sfoggia le sue fossette.

CK si guarda intorno, probabilmente alla ricerca di qualcuno che lo salvi da noi, ma non riuscirà a fermarci. Em mi ha fatto notare—più volte nel corso di questa settimana, aggiungerei—come i muri che di solito cadono solo quando riuniamo la nostra piccola crew non si siano alzati del tutto. Mentre faccio le presentazioni per Q e Bailey, non posso fare a meno di constatare che non ha torto.

CAPITOLO 3

MASON

Sollevando il bilanciere sopra il petto, le braccia mi tremano mentre completo la dodicesima sequenza della pressa per i pettorali di questa serie di burnout. Piccoli sbuffi di aria mi escono dalla bocca mentre mi sforzo di arrivare fino alla griglia.

I burnout fanno davvero schifo.

"Forza, Casanova. Spingi su. Non fare la femminuccia." Dal punto in cui mi scorge, il ghigno diabolico di Travis McQueen, mio migliore amico e quarterback degli Hawks, mi tormenta.

Se al momento non stringessi le mani attorno alla barra d'acciaio per evitare che mi frantumi lo sterno, gli farei un bel dito medio.

Altri… due… centimetri.

Il metallo sferraglia quando appoggio la sbarra al rack. La fastidiosissima risata di Trav mi assale i timpani mentre mi alzo e mi pulisco la faccia con un asciugamano.

"Bravo, amico." Lo stronzo mi porge il pugno. Per sua fortuna, gli voglio bene come a un fratello.

"Sono distrutto. Non so perché mi sono fatto convincere da te a fare i burnout."

Trangugio un'intera bottiglietta di acqua e lascio avvolto sulla testa l'asciugamano che ho usato per pulirmi dal viso i fiumi di sudore.

"Ma piantala… sei una cazzo di bestia. Questa stagione spaccheremo culi." Mi dà uno schiaffo sulla spalla.

Può scommetterci che li spaccheremo. Quest'anno ci prenderemo tutto. Le lezioni non inizieranno prima di domani, ma gli Hawks dell'Università di Jersey hanno già la loro prima vittoria in tasca. Non mi interessa che i BTU Titans siano più conosciuti per il loro programma di hockey; ogni vittoria ci porta un passo più vicini al campionato nazionale.

Football.

Università… perché non posso giocare se i miei voti fanno schifo.

Allenarsi come una bestia.

Passare la selezione.

Entrare in una squadra della NFL.

È tutto quello che conta quest'anno.

Niente ci impedirà di aggiungere il trofeo del campionato alla nostra teca.

Certo, ogni tanto mi capita di andare a donne… sono un uomo, ho dei bisogni, e chi sono io per dire no alla figa? In quanto stella del football e membro dell'Alpha Kappa, ne ho molta a disposizione.

Terminato per oggi il supplizio—ehm, allenamento—di Trav, andiamo verso lo spogliatoio con il resto dei nostri compagni di squadra e ci buttiamo sotto la doccia.

Dal momento che abbiamo uno dei migliori programmi di football collegiale dello stato, i nostri finanziatori sono stati generosi con noi. Al contrario di molte altre università, la nostra area doccia è divisa in scomparti individuali, con mezze porte che ci coprono da metà petto fino alle ginocchia e i muri abbastanza bassi da poterci parlare l'un l'altro.

"Pranzo?" domando a Trav, lasciando che il getto caldo mi levi la tensione dalla schiena.

"Cazzo, sì. Al Nido?"

"Per me va bene." Sciacquo il sapone dal mio corpo.

Meno di dieci minuti dopo siamo entrambi docciati, vestiti e giunti al punto più vicino di quell'edificio tanto familiare. La struttura in vetro e metallo è costruita su un lato della collina, quindi anche se la zona mensa e la caffetteria sono tecnicamente al secondo piano, quello è considerato il livello principale.

Risuonano i cori degli Hawks e ci troviamo circondati da fan, confratelli e ammiratrici.

"Ciao, Casanova," dice una voce suadente, prima che una mora particolarmente sexy con le labbra molto lucide prema contro il mio braccio le tette che strabordano dalla sua maglietta attillata con il collo a V.

"Ehi, QB1." La sua amica, altrettanto bella, fa lo stesso con Trav.

Nessuno di noi due le respinge—non ci si guadagna il soprannome Casanova ignorando tali bellezze—e io ed il mio migliore amico ci scambiamo un sorrisino che vuol dire: *È bello essere re.*

Mentre ci crogioliamo nell'adorazione della nostra magnificenza, tutti i pensieri riguardo al pranzo svaniscono. È solo quando vedo un lampo di movimento attraverso la stanza che mi rendo conto di quanto tempo sia passato.

"Ma quello è Grayson?" domanda Trav, avvistando il nostro confratello dell'Alpha.

Grant Grayson è una persona difficile da non notare. Con i suoi due metri e cinque di altezza, l'ala grande della squadra di basket è una delle poche persone che ridimensiona i miei centottantacinque centimetri.

"Già," rispondo, poi continuo a scrutare la persona che ho scelto come mio "fratellino" nella confraternita. A causa degli orari contrastanti nei nostri rispettivi sport, nonché del fatto che siamo uomini e non parliamo dei nostri *sentimenti,* non so molto su di lui, a parte il fatto che andiamo d'accordo, cosa resa ancora più evidente dalla scena che si sta svolgendo davanti a noi.

Notando qualcuno stretto attorno a lui, osservo mentre il mio amico gira su se stesso prima di rimettere a terra una delle ragazze più basse che abbia mai visto. È piccola, tipo super piccola, e non solo perché è vicina a un tale gigante. Se mi dicessero che quella tipa supera il metro e cinquanta, non ci crederei. La sua testa raggiungeva a malapena il petto di Grayson.

"*Cazzo,*" dice Trav con un respiro, mentre la nanerottola si allunga per baciare Grant sulla guancia. "Non sapevo che Grayson avesse la ragazza."

Nemmeno io.

Ignorando le ragazze che si contendono la mia attenzione,

cosa non da me, continuo a studiare la coppia, meravigliandomi per le loro differenze. Sono tipo *yin* e *yang*. Lei è di bassa statura, con la carnagione bianca e i capelli dorati, lui è alto e scuro.

Smettila di spiare la ragazza del tuo amico, Nova. Non ci sono abbastanza belle femmine attorno a te?

Prima che io possa dare ascolto al mio stesso consiglio, i due si voltano e io intravedo per la prima volta il sorriso della ragazza. Cazzo, potrebbe fare la pubblicità di un dentifricio.

Mi è difficile inquadrarla bene a causa dell'ombra proiettata dalla visiera del cappellino, ma non ricordo di averla mai vista in giro.

"GRAYSON!" strilla Trav, portandosi le mani ai lati della bocca.

Sia Grant che la ragazza guardano nella nostra direzione, e perfino senza riuscire a vedere i suoi occhi mi sento come se mi stesse giudicando e trovando qualche difetto. È un pochino spiazzante; più di un pochino, a essere onesti. Non ricordo una sola volta in cui una ragazza mi abbia mai guardato in quel modo.

CAPITOLO 4

KAYLA

O *dio* le mattine. Le odio davvero.

Perché le lezioni mattutine sono quelle che si adattano meglio ai miei programmi? Grazie al cielo riesco a farmi le trecce in meno di un minuto, mettermi il mascara in due e me ne occorre solo un altro per lavarmi i denti. Il cappellino rosso degli Yankees riesce a nascondere il disordine dei miei capelli e i jeans attillati e le Converse rosse fanno pensare che mi sia messa di impegno nel vestirmi, quando non è affatto così.

Visto che sono allergica alle mattine, come recita orgogliosamente a caratteri cubitali rossi la mia t-shirt bianca, ho ritardato la sveglia una volta di troppo e non riesco a fermarmi a prendere un caffè prima delle lezioni… Tipico.

Mentre cerco un posto a sedere per assistere alla lezione di gestione finanziaria, sento il telefono vibrarmi in tasca.

> TVTTB JT: Tesoro! D è la mia persona preferita DI SEMPRE!

> IO: *emoji con il cuore spezzato* Non ero io la tua persona preferita di sempre?

Mentre premo il tasto di invio qualcuno occupa la sedia

accanto alla mia. Getto l'occhio e scopro che il mio vicino è nientemeno che il playboy del campus in persona.

Mason Nova, detto 'Casanova', *tight end* della squadra degli Hawks dell'Università di Jersey, a livello fisico è il mio sogno erotico fatto carne, ma per quanto riguarda il resto, no. Rappresenta troppo un periodo della mia vita che voglio dimenticare, per poter anche solo immaginare di avvicinarmi a lui.

Di tutte le lezioni di tutte le classi dell'intero campus, lui doveva venire proprio alla mia.

Come se avessero una mente propria, i miei occhi scrutano ogni centimetro di lui che riescono a cogliere. Un cappellino degli Hawks indossato al contrario gli copre quelle che so essere delle ciocche di capelli color caffè. Il modo in cui il berretto nero gli copre le sopracciglia mette in risalto i suoi occhi verde acqua, le cui chiare iridi risplendono ancora di più in contrasto con la carnagione olivastra. Ha le labbra carnose, quello inferiore è leggermente più grande, mi fa venire voglia di morderlo. E quando fa quel suo sorriso da Dongiovanni mette in mostra delle fossette perfette che mandano le ragazze fuori di testa.

La t-shirt nera degli Hawks che ha indosso evidenzia le spalle massicce, il logo rosso e bianco aderisce al petto altrettanto imponente. Il tatuaggio tribale che gli copre tutto il braccio fuoriesce dal colletto e dalla manica della maglietta, arrivando fino al polso.

Sento che mi sta studiando e a quel punto allontano lo sguardo, costringendo me stessa a prestare attenzione ai messaggi sul telefono e non a quanto lui sia bello.

Accidenti!

Perché quel cappellino al contrario lo rende così sexy?

TVTTB JT: Tu sarai sempre la #1, lo sai. Dico
solo che il ragazzino è fico.

IO: Ragazzino? Ha solo un anno meno di noi.
emoji con la faccia che ride Ma sì, sono
d'accordo. Il giovane Grayson è piuttosto fico.
Dev'essere una cosa di famiglia.

"Ciao, io sono Mason." La sua voce profonda mi rimbomba dentro, mettendo sull'attenti le mie parti femminili e causando sul mio volto un'espressione come se fossi nel punto più alto di un'acrobazia.

"So chi sei, *Casanova*." gli rispondo con indifferenza.

"Tu sei la ragazza di Grayson, giusto?"

Non ha capito che non ho voglia di parlare con lui?

"La sua ragazza?" Lo schernisco e torno a guardare il telefono.

TVTTB JT: Penso che la mia flyer lo ami.

IO: Beh dimmi se non è una di quelle perfette storie d'amore da romanzo tipiche di T? La cheerleader e la stella del basket — penso di aver già visto questo film.

Vengo risparmiata dal dover continuare la conversazione con Mason quando una bella ragazza della sorellanza, vestita con una maglietta attillata e con più trucco in volto di quanto sarebbe appropriato durante una lezione mattutina, inizia a fargli gli occhi dolci.

"Sei elettrizzato per la partita questo weekend?" La ragazza si sporge attraverso la fila di sedie per accarezzare il braccio di Mason, tutto tendini e muscoli, con quel bellissimo tatuaggio nero.

Come fa il suo avambraccio ad essere più grosso del mio braccio?

Cazzo!

Perché continuo a guardarlo?

"Puoi scommetterci, tesoro." Entra in piena modalità flirt, rendendo onore al suo nomignolo di Casanova.

"Magari dopo possiamo festeggiare insieme io e te?" la ragazza fa le fusa in modo allusivo.

Non riesco a fare a meno di emettere uno sbuffo quando sento il suo invito esplicito.

I bellissimi occhi chiari di lui si voltano verso di me, le sue labbra tentatrici si arricciano agli angoli.

Rah rah sis boom bah! La cheerleader che è in me agita i pon-pon. *Merda.* Io non sono nemmeno quel tipo di cheerleader — sono una *all-star*; noi non usiamo i pon-pon. Che accidenti di effetto mi sta facendo questo tizio?

La professoressa entra in classe richiamando l'attenzione

degli studenti e salvandomi dall'incantesimo in cui ero intrappolata.

Mi concentro il più possibile sulla lezione, ma il delizioso profumo di Mason continua a stuzzicarmi le narici. Qualunque sia il sapone che ha usato dopo gli allenamenti mattutini con la squadra, è fantastico… ma non glielo dirò mai. Meno interazioni avremo, meglio sarà.

Perfino con quell'aroma che mi intriga, i settantacinque minuti di lezione volano. Raccolgo le mie cose e sento l'ingombrante presenza di Mason dietro di me mentre lascio la sede della facoltà di economia.

Nemmeno la vista di G che mi attende al bancone del caffè è sufficiente ad allontanare i pensieri sui giocatori di football seducenti. La vita delle confraternite non fa per me, quindi non resto aggiornata sugli avvenimenti. Per questo, fino a ieri, non sapevo che il confratello maggiore del mio migliore amico fosse Casanova.

Mentre accetto la tazza di carta che mi viene offerta, non riesco a non riflettere sul fatto che, nonostante la mia mancanza di desiderio di partecipare agli eventi delle confraternite/sorellanze, è stato aiutare G a reclamare il suo status di Alpha che ha condotto alla nostra amicizia.

"Ho immaginato che tu avessi ritardato la sveglia troppe volte per berti un caffè prima della lezione," mi dice, dimostrando ancora una volta il motivo per cui lui è uno dei miei migliori amici.

Stringo la tazza tra le mani come se fosse il mio bene più prezioso. "Questa è una delle *tante* ragioni per cui ti voglio bene."

Il mio commento mi fa guadagnare un sorriso smagliante, poi lui guarda oltre la mia testa, verso qualcosa, o qualcuno, che si trova dietro di me.

"Ehi, amico. Che combini?" domanda G.

"Niente di che. Sono appena uscito da lezione con la tua ragazza." Mason si avvicina a noi, le sue lunghe gambe consumano velocemente la distanza che ci separa.

Dio, è perfino troppo sexy. Ogni paio di occhi femminili nelle vicinanze lo sta osservando.

Piego la testa verso di lui. "Perché continui a chiamarmi la ragazza di G?"

"Non lo sei?"

"No." Mantengo le mie risposte sintetiche, sperando che se ne vada.

"Quindi tu saluti tutti i tuoi amici come se fossero dei soldati appena tornati dalla guerra?"

Solleva un sopracciglio scuro, un sorrisetto malizioso gli incurva le labbra. Quando nota che gli sto guardando la bocca, il sorriso non fa che aumentargli.

No! Niente giocatori di football, ricordo a me stessa.

Le mie guance si arroventano quando mi rendo conto della realtà della situazione. *Accidenti.* Mi stringo la testa e tiro un sospiro mentre G inizia a ridere, perché la risposta è no, non è così che saluto di solito—o almeno, non all'università.

La mia amicizia con G, una presenza rilevante nel campus, poggia su un equilibrio delicato. Lui rispetta il mio desiderio di passare inosservata e non mi attirerebbe mai sotto i riflettori con lui. Il saluto insolito di ieri può essere spiegato soltanto dall'on-data di emozioni che ho provato dopo che ci siamo ritrovati a seguito di quello che è stato il nostro periodo di separazione più lungo.

"Non sentirti in imbarazzo, Baby." G mi mette un braccio attorno alle spalle e mi spinge a sé. "Mi hai fatto sentire come se mi fossi guadagnato il titolo ufficiale di tuo migliore amico."

Odio il fatto che i miei blocchi mi impediscano di trattarlo così sempre. G ama dire che io sono come Dr. Jekyll e Mr. Hyde per come mi comporto quando siamo con la nostra crew rispetto a quando siamo in compagnia di altri. Diamine, uno dei motivi per cui lui e JT hanno legato così tanto è perché JT dice che quando sono con G faccio uscire la vecchia Kay.

"Quindi sei single?" chiede Mason.

"Non per te," taglio corto.

G sghignazza e io volto la testa, guardandolo con occhi stretti. *"Non* cominciare, tu." Mi lascia andare e solleva le mani in segno di resa. "Ho parlato con JT prima." Mi volto completamente, dando le spalle a Mason.

"Ah sì?" Annuisco. "E il mio fratellino lo sta già facendo impazzire?"

Scuoto la testa, ridacchiando. "Macché. A quanto pare, D si è sistemato bene all'Università del Kentucky."

"Dante?" chiede Mason, intromettendosi nella conversazione nonostante i miei tentativi di escluderlo.

Cosa ci fa ancora qui?

"Sì." Do a G uno sguardo che vuol dirgli *Perché lo stai coinvolgendo?* ma lui lo ignora. "Va a scuola con la mia rivale."

"L'Università del Kentucky non è nostra rivale." Non al di là del cheerleading, almeno.

"Non mi riferivo al basket. Volevo dire per il tuo amichetto del cuore."

Alzo gli occhi al cielo.

"Sei ridicolo... Lo sai, vero?" Soffio oltre il bordo di plastica della tazza e prendo il primo assaggio del nettare degli dèi. *Ah, ci voleva.*

"Mi vuoi bene comunque, Baby."

Piego le labbra, senza confermare né smentire. Non ce n'è bisogno; sa che gli voglio bene. Il ghigno di soddisfazione sul suo volto lo conferma.

Mason ha seguito tutta la nostra conversazione con sguardo rapito. A essere onesti, una parte di me è sorpresa del fatto che ci abbia ascoltato con tanto interesse, visto il numero di ragazze che si contendono la sua attenzione.

"Dove hai la prossima lezione?" La domanda di G distrae la mia attenzione da Mason—di nuovo. *Aaah!* Perché? Perché non riesco a smettere di guardarlo?

"Alla Edison Hall." Con la tazza di caffè indico l'edificio in pietra.

"Accidenti, io sono dalla parte opposta."

"Non c'è problema. Ci vediamo dopo per pranzo?"

Mi ci è voluto un po' per adattarmi a passare del tempo insieme al campus, per esempio andando a pranzo o studiando in biblioteca, ma dal momento che abbiamo entrambi degli orari frenetici sono riuscita a farmene una ragione. L'alternativa era vedere G di rado, e questo per me era inaccettabile.

Mi aiuta il fatto che lui, rendendosi conto dell'attenzione che attira, sceglie sempre dei tavoli appartati, quando può.

"Certo," risponde. "Ho già confermato a CK. E riguardo a Em?"

"Dopo le mando un messaggio e vediamo."

La settimana prossima avremo imparato a memoria gli uni i programmi degli altri.

"A dopo, Kay." G si piega per darmi un abbraccio, che io ricambio aggiungendoci un bacio sulla guancia.

"Ciao, G."

Mentre mi dirigo verso la Madison Hall, Mason si incammina al mio fianco e io volto la testa per parlargli.

"Hai bisogno di qualcosa?"

Perché non mi lascia in pace?

"Quindi ti chiami Kay?" chiede, invece di rispondere alla mia domanda.

"Sì. È l'abbreviazione di Kayla."

Hai finito?

"Bel nome."

Sbuffo. "Di solito funziona?"

Mi guarda confuso. "Funziona cosa?"

"Usare *bel nome* come frase da rimorchio. Pensavo che Mr. Casanova conoscesse dei trucchi migliori di questo."

Si ferma per guardarmi, i suoi bellissimi occhi verdi che brillano. "Non ti piaccio, vero?"

Faccio spallucce, indifferente. Non è che non mi piaccia; sono solo diffidente. Anche se non si vedono a occhio nudo, ho ancora le cicatrici dall'ultima volta che ho fatto entrare nella mia vita un giocatore di football.

"Tu non mi conosci, eppure non ti piaccio."

Quel commento mi prende in contropiede. "Conosco quelli come te." Ricomincio a camminare e lui fa lo stesso. "Che ci fai ancora qui?"

Uso freddezza e indifferenza come armi di difesa.

"La mia prossima lezione è alla Washington Hall." Indica l'edificio di fianco a quello verso cui mi sto dirigendo. "Praticamente andiamo nella stessa direzione."

Accidenti, ha ragione.

Decido di tornare a ignorarlo e tiro fuori il telefono per mandare un messaggio a Em.

IO: Io, te e i ragazzi a pranzo?

EM: Al Nido?

IO: Sì.

EM: *emoji col pollice in su* Viene anche Quinn.

IO: *emoji OK*

Prima che io riesca ad attraversare le porte della Edison Hall, Mason mi dice ad alta voce "Prima o dopo riuscirò a piacerti."

L'idiota si allontana prima che io abbia la possibilità di rispondergli.

Anche se le lezioni sono iniziate soltanto questa settimana, la stagione del football ha già preso avvio e gli allenamenti sono estenuanti. Dopo il programma che il coach ci ha fatto seguire in sala pesi dovrei strisciare a terra dalla fatica, invece mi ritrovo a camminare con una certa vitalità mentre mi dirigo verso la lezione di gestione finanziaria.

Che abbia a che fare con una certa bionda con riflessi arcobaleno nei capelli?

Sì, è così. È passato molto tempo dall'ultima volta che i miei pensieri hanno gravitato attorno a una ragazza in particolare. Ancora non riesco ad accettare il fatto che lei non reagisca al mio fascino.

Chi non mi desidererebbe? Sono un pezzo d'uomo di prima categoria, cento per cento americano e con un fisico atletico.

Kayla si comporta come se io non esistessi? Già, questo è insolito.

Mi ha intrigato in un modo che nessuno—neppure *lei*—ha mai fatto prima d'ora. Non ho mai *visto*, né voluto vedere, una ragazza nello stesso modo in cui vedo lei. C'è qualcosa in Kay che mi attira. Il pensiero dovrebbe spaventarmi, dal momento che ho toccato con mano quali danni una donna può fare a un uomo se lui gliene dà l'occasione.

Eppure…

Che sia questa la sfida? Com'è possibile che lei non si getti ai miei piedi come tutte le altre ragazze del campus?

Quando pensavo che fosse la ragazza di Grayson ero vagamente incuriosito da lei, ma ora che so per certo che è single—sì, ho chiesto a Grant della sua situazione sentimentale, dal momento che lei si rifiuta di darmi una risposta diretta—ho bisogno di saperne di più.

Se i ragazzi della squadra o della confraternita scoprissero che Casanova, il donnaiolo del campus, ha dovuto mettersi d'impegno per piacere a una ragazza, riderebbero di me al punto che dovrei mollare l'università.

Il che ci porta al tentativo di oggi di rompere il ghiaccio: il caffè.

Dalla mia indagine ho scoperto che Kayla odia alzarsi presto al mattino e che di solito non ha tempo per bersi un caffè prima della lezione delle nove.

Sfortunatamente, quando ci siamo incontrati con Grant, lui la attendeva già con una tazza di caffè in mano. Non volevo passare per una specie di stalker, dunque non le ho chiesto come le piacesse il caffè. Ho deciso di andare sul sicuro con il gusto preferito dalle ragazze, un *pumpkin spice latte* tostato scuro.

Entro nell'aula in cui si tiene la lezione ed eccola lì, stesso posto dell'ultima volta, solo che invece di messaggiare al cellulare sta scrivendo sul MacBook. Facendo due gradini alla volta, mi siedo di nuovo al suo fianco e appoggio la tazza di carta vicino al suo computer.

Batte sui tasti ancora per qualche secondo, poi si volta verso di me, puntando un dito verso la tazza. "Cos'è?"

"Si chiama caffè. Mai sentito nominare?"

"Ma dai, chi l'avrebbe mai detto." Alza gli occhi al cielo. "Voglio dire, perché lo hai messo vicino al mio computer?"

Dio, adoro la sua lingua tagliente. Nessuna ragazza mi ha mai parlato in questo modo e, non dirò balle, la cosa mi eccita. Sento i miei pantaloni diventare stretti mentre mi immagino cosa dev'essere farmela salire sull'uccello e sbatterla su e giù.

Giù, amico. Non è il momento per un alzabandiera.

La guardo dritta negli occhi, e mi pulsa l'uccello per il modo in cui mi osserva, come se fossi una gomma da masticare attaccata alla suola delle sue scarpe. *Ehi campione, non è il momento di passare all'attacco*, rimprovero la mia erezione, che non vuole saperne di abbassarsi.

Oggi ha i capelli raccolti in uno chignon scompigliato ed è la prima volta che riesco a vedere bene il suo volto senza che sia oscurato dalla visiera di un cappellino. Senza l'ombra, riesco a vedere le screziature blu mescolate alle sfumature scure dei suoi occhi grigi, perfino le sue lentiggini risaltano di più. La ragazza è *davvero* bella.

"È per te, Skittles."

"Skittles?" Solleva un sopracciglio quando sente il nomignolo.

"Sì. I tuoi capelli hanno dei riflessi arcobaleno, mi fanno venire voglia di caramelle, quindi Skittles ti calza a pennello."

"Mi sembri più un tipo da lecca-lecca."

Non riesco a trattenere una risata. Accidenti, adoro la sua aggressività.

"Beh, a leccare me la cavo." Se prima avevo solo una mezza erezione, ora l'alzabandiera è completato.

"Non farti strane idee."

Troppo tardi.

Centimetro dopo centimetro, i nostri corpi si avvicinano. Abbasso lo sguardo e arriccio la bocca quando leggo sulla sua maglietta *Sono una persona mattiniera solo il 25 dicembre.* Prendo mentalmente nota delle Converse verdi abbinate alla maglietta.

"So che lo vuoi." I suoi occhi seguono la tazza di carta che le muovo avanti e indietro sotto il naso.

"Il caffè? Sicuramente." Sbatte le palpebre mentre solleva lo sguardo verso il mio. "Te…non altrettanto."

"Mi sa che qui il caffè non è l'unica cosa che rischia di scottarti le dita."

Alza gli occhi al cielo ancora una volta. *Accidenti, cosa ci vuole per farla uscire dal guscio?*

Con la mano che regge la tazza di caffè indico la sua maglietta. "Il tuo abbigliamento mi suggerisce che non ti piace alzarti al mattino."

"Quindi è per questo che mi hai portato il caffè?" La voce ha un tono dubbioso.

"Esatto."

"Perché?" Gira la testa mentre i suoi occhi mi guardano con diffidenza.

"Perché…" Appoggio un gomito sul tavolo. "…al contrario di quanto pensi tu, io *sono* un bravo ragazzo… e Grayson mi ha detto che tu rimandi la sveglia troppe volte, e quando alla fine ti alzi non hai nemmeno il tempo di berti un caffè."

"Davvero?"

"Sì, davvero."

"Nessun altro motivo?"

"No."

"Non ti aspetterai che ti faccia un pompino per questo, vero?"

Purtroppo, mentre dice queste parole, sto giusto bevendo un sorso del mio caffè, che mi va di traverso, costringendomi a sputacchiare un po' dappertutto. Mi pulisco il mento prima di rispondere.

"Tesoro, non ho bisogno di offrire un caffè a una ragazza per farmi fare un pompino." Volgare, ma vero. "Volevo solo fare un gesto carino per l'amica del mio confratello."

"Dio, quanto sei presuntuoso." La sua piccola mano finalmente stringe la tazza. "Ma grazie lo stesso."

"Non c'è di che."

"A proposito, io non sono *tesoro* per te."

Ha avuto l'ultima parola, ma sulle labbra le compare un minuscolo sorriso.

La prendo come una vittoria.

CAPITOLO 6

KAYLA

Non sono sicura di cosa fare con Mason Nova.

L'ho visto in giro qui al campus mentre rendeva onore al suo nomignolo, Casanova. Una volta, incontrando Em presso il campo di allenamento che usano sia la squadra di football che quella delle cheerleader, l'ho sentito fare sesso nello spogliatoio. Mi vergogno di ammettere che mi sono soffermata sulla porta ad ascoltare i gemiti della ragazza misteriosa: "Oddio", "Più forte, Casanova" e roba del genere.

Mi ha spiazzata ricevere da lui una tazza di caffè e sentirmi dire che l'ha comprata perché il mio migliore amico gli ha rivelato che non riesco mai a concedermi un caffè prima delle lezioni. Sembra che si sia messo di impegno, nonostante gli abbia fatto capire senza mezzi termini che non ha nessuna speranza di abbassarmi le mutande, specialmente dal momento che non gli mancano studentesse e fan devote disposte a tutto.

Una parte di me—non importa quanto piccola, sbagliata e irrazionale—si è chiesta se lui abbia scoperto chi sono e se mi abbia avvicinato per questo motivo, ma ho scartato velocemente l'ipotesi. Primo, è ridicolo e presuntuoso. In secondo luogo, Mason Nova può avere tante sfaccettature, tutti aspetti che io devo tenere a mente per continuare a mantenere le distanze, ma *non è certo* uno che ha bisogno di agganci affinché la National Football League si interessi a lui.

Poi c'è il fatto ovvio e lampante che G *non* mi tradirebbe mai divulgando informazioni su di me che io tengo faticosamente nascoste.

"Va tutto bene?" chiede G, distogliendomi dalle mie riflessioni.

"Mh?" Ritorno nel presente e lo vedo rubare una patatina dal mio piatto. "Se volevi le patatine, perché non te le sei prese?"

"Non vanno contro il mio piano nutrizionale quando provengono dal tuo piatto, Baby."

Mi preme la punta del naso con il dito, e non riesco ad evitare di sorridere. Ci sono giorni in cui non sopporto quel fascino del sud che gli ha trasmesso la madre. Aggiungiamo la spavalderia che gli deriva dal fatto di essere cresciuto nel Bronx e viene fuori una miscela letale.

"Continua a rubarmi il pranzo e non ti darò gli avanzi che ho preso dai Taylor ieri sera."

I suoi occhi scuri brillano—anzi, sfavillano—appena nomino il cibo che io e T cuciniamo quando vado a casa sua.

"*Chili*? Ti prego, per tutto il buon cibo del mondo, dimmi che avete cucinato il chili?"

Con un gesto del capo gli confermo di aver preparato la famosa ricetta del chili di Papà Taylor e G emette un strillo, ma si placa rapidamente non appena nota quanta attenzione sta attirando verso il nostro tavolo.

"Sai che ti adoro, Kay." Applaude con le sue grosse mani e mi fa degli occhioni da cucciolo. "Sei la mia migliore amica, mia sorella. Ti prego, ti prego, *ti prego,* me ne dai un po'? Lo so che vuoi darmelo. Non mi vuoi più bene?"

Sento qualcuno spostare la sedia che ho di fianco e capisco di chi si tratta anche senza che lui dica una parola. Provo un formicolio sotto la pelle e mi si rizzano i peli sulla nuca. Comunque, niente di tutto ciò mi prepara al modo in cui il mio corpo vibra non appena sento la sua voce profonda rimbombarmi dentro.

"Aaah...allora non sono l'unico a cui neghi il tuo amore, Skittles?"

Amore? Amare Mason Nova? Sì, credici. Non ammetterei nemmeno che lo sto desiderando.

Alzo gli occhi al cielo.

Basta la sua presenza a far sprofondare nel silenzio l'intero tavolo. Le sopracciglia di CK si sollevano fin quasi all'attaccatura dei capelli, Em è a bocca aperta e i suoi occhi continuano a rimbalzare tra me e Mason e la povera Q sembra essere tanto stupita quanto confusa. G irradia un'aura protettiva da fratello maggiore, ma non ci vuole molto prima che saluti l'amico e confratello, battendogli il pugno proprio sopra la mia testa. L'universo ha un senso dell'umorismo sadico, per aver fatto in modo che il mio migliore amico fosse tanto legato a un giocatore di football. Tra gli Alpha non ci sono giocatori di basket che possono prendere il suo posto?

Em è la prima a riprendersi e gli chiede: "L'hai chiamata Skittles?" Dirige la domanda verso Mason, ma le sue sopracciglia stanno dicendo a me *So che mi hai detto che lui ha provato a parlarti, ma che cazzo…?*

"Già." Quando mi volto per affrontare il disturbatore del nostro tavolo, vedo quel dannato sorrisetto e quelle belle fossette. *Grrr.* "Ho detto a Skit che…" Mason solleva una mano per stringermi la nuca e io rabbrividisco quando sento il suo pollice scorrermi lungo la base del cranio. "…i suoi capelli mi fanno venire voglia di caramelle."

Q si strozza deglutendo l'acqua, CK appoggia pesantemente la tazza e G si blocca con un'altra delle mie patatine stretta tra le dita, la mano sospesa a mezz'aria.

Em si limita a sbattere le palpebre. "E quando le hai detto questo, lei ti ha fatto assaggiare il suo destro?"

Eccoli qui, i migliori amici per la vita.

"Devo presumere che tu abbia un bel destro?" La mia sedia stride contro il pavimento mentre Mason mi avvicina a sé, invadendo il mio spazio personale.

"Proprio così." Mi concentro sul mantenere la mia voce ferma, senza fargli vedere come il mio corpo, con la sua vicinanza, si trasformi in un cavo elettrico scoperto. "Quindi faresti meglio a stare attento."

Devo fare uno sforzo enorme per non far vedere che mi sto divertendo.

"Ce la fai a raggiungere la mia faccia stando in piedi?"

"*Oooh*, una battuta sull'altezza, quanto siamo originali."

"Attento, Nova. Lei è piccola ma feroce," lo avverte G.

Mason ignora il consiglio e si avvicina a me fino a sfiorarmi l'orecchio con la bocca, sussurrandomi: "Puoi negare quanto vuoi, ma siamo già sulla buona strada per diventare *migliori* amici in assoluto."

Perché suona più come una minaccia che come una promessa?

"Non succederà mai." Gli metto una mano sul petto e lo spingo indietro. Non funziona; lo stronzo è troppo grosso. No, invece tutto quello che ottengo è sentire i suoi muscoli duri flettersi sotto il mio tocco.

Più di una testa si è voltata nella nostra direzione da quando è arrivato *Mr. Football* e io abbasso la mia, desiderando di avere un cappello che mi nasconda il viso. Ovunque Mason vada, la gente lo nota. Ha cercato di accompagnarmi a lezione anche oggi, ma sono riuscita a bloccarlo chiamando JT.

La gente è abituata a vedermi con G, ma con Mason che mi tocca, che mi fa il filo, attraggo attenzione che non voglio o di cui non ho bisogno.

È ora che me ne vada.

Spingendo il mio vassoio mezzo pieno di patatine davanti a G, gli do un rapido bacio sulla guancia senza voltarmi verso gli altri tavoli e mi alzo in piedi, allontanando da me la mano di Mason.

"Te ne stai andando?" La preoccupazione nella voce di G è al tempo stesso controllata e intensa.

Pensa che stia scappando e odio ammettere che una parte di lui ha ragione. Negli ultimi quattro anni ho fatto grandi passi avanti nel recuperare quel lato *non-me-ne-frega-un-cazzo* della mia personalità—i piani per la serata che ho con le mie coinquiline sono la prova di quanto io mi stia aprendo di più—ma Mason colpisce troppo da vicino il cuore dei miei problemi.

CAPITOLO 7

KAYLA

La mia vita è un complicato puzzle composto di persone che sanno tutto su di me e persone che sanno solo le cose che io voglio che loro sappiano.

Non mento del tutto, è una delle ragioni per cui non ho voluto cambiare cognome quando E mi ha suggerito che mi avrebbe dato un po' di anonimato (aiuta il fatto che Dennings è un cognome piuttosto comune), ma ho attentamente costruito una storia basata su mezze verità e omissioni.

Per esempio…

Domanda: dove lavori?

Risposta: in palestra. Tecnicamente è vero, ma l'omissione consiste nel non specificare in che tipo di palestra lavoro. Lascio che la gente presuma che io lavori nella classica palestra di quartiere e non nella più importante palestra di cheerleading di tutto lo stato.

Forse è un po' esagerato mantenere segreto il mio passato da cheerleader, ma potrebbe condurre ad articoli di cronaca che preferirei non riemergessero.

Lui non lo ammetterà mai, ma sono abbastanza certa che il motivo principale per cui JT ha scelto l'Università del Kentucky invece dell'Università di Jersey è perché temeva che, se avesse gareggiato così vicino a casa, la mia vera identità sarebbe presto diventata di dominio pubblico. Tutti i miei fratelli, sia quelli biologici che quelli del cuore, sono troppo protettivi. Non gliene farò mai una colpa, però, perché quando sono con loro mi sento come se tutti i frammenti della mia persona si ricomponessero e io potessi essere me stessa senza preoccuparmi di nient'altro.

"Oh santo cielo," geme G davanti a un cucchiaio di chili. "Credo che dovrò ripensare a quello che ho detto a mamma riguardo a noi due, Kay, perché per questo chili potrei *davvero* pensare di sposarti."

"Sei un amico davvero, davvero pessimo, G," si lamenta JT dal laptop che ho aperto sul tavolo per fare una videochiamata con lui e D.

"Continua a provocarci e dirò tutto a mamma, G," minaccia D prima di rivolgersi a JT e dirgli: "Dovremmo scommettere su quante riviste da sposa si porterà alla nostra partita la prossima settimana?"

Nonostante G abbia la pelle scura, vedo che impallidisce davanti alla minaccia di D. Seppellisco la faccia contro il suo braccio, così che i ragazzi non possano vedere quanto mi sto divertendo, ma non inganno nessuno. Mi conoscono troppo bene.

"Immagino che dovrò cercarmi un altro sposo, visto che questo se l'è preso T." Muovo lo sguardo da G a JT sullo schermo, divertendomi un po' troppo per il modo in cui le sopracciglia di quest'ultimo si aggrottano non appena menziono sua sorella liceale.

"Ti voglio bene, G, ma non farti venire idee del cazzo su Tessa."

"Wow, wow, wow." G alza le mani per arrendersi, tenendo in una mano la ciotola di chili con la stessa facilità con cui trattiene una palla da basket. "Come mai questa ostilità?"

"Senti, devo già fare i conti con questo Grayson," dice JT puntando il dito verso D, "che ci prova con questa sorella", aggiunge dopo averlo puntato verso di me. "Non ho bisogno di iniziare a preoccuparmi che tu ci provi anche con l'altra mia sorella."

Vi verrà da pensare che, dopo tutti questi anni, io non mi commuova ogni volta che JT si riferisce a me come a sua sorella, ma non è così.

"Almeno aspetta che Tessa abbia finito le superiori, fratello."

CK sogghigna mentre si concentra sul programma di football trasmesso dalla TV in sottofondo.

"Credo che mi piacessi di più quando eri troppo timido per romperci le palle," brontola G.

"Cazzate," ribatte CK. "Siete stati voi scemi a trascinarmi a forza in questa famiglia. Non è colpa mia se non riuscite a sostenere la verità."

Tiro sopra la bocca il colletto della mia maglietta con scritto *Non è colpa mia se sono stata cresciuta senza regole* per nascondere le risate a crepapelle.

È in momenti come questo che riempio il mio serbatoio emotivo per quando le cose vanno di merda e mi sento come se non fossi in grado di gestirle.

"Non metterci anche me tra gli scemi." G indica D con il braccio. "Io gli dico sempre di smetterla di provarci con Kay… e non ci proverei *mai* con Tessa."

"Penso che sia meglio cambiare argomento," dice CK diplomaticamente.

Balzo oltre le gambe distese di G e vado alla ricerca di vino, lasciando che i maschi facciano le loro discussioni. Non avrei pensato di desiderare che le mie coinquiline tornassero presto dagli allenamenti, ma sento di avere bisogno di rinforzi contro tutto il testosterone che riempie l'appartamento.

Immagino che le mie difese stiano davvero iniziando ad abbassarsi.

Come se la mia preghiera silenziosa fosse stata udita, la porta si apre ed Em, Q e Bailey entrano in casa.

"Volevi iniziare senza di noi?" domanda Em, non appena vede la bottiglia di vino nella mia mano. Con un gesto indico il punto in cui i ragazzi stanno avendo la loro discussione e i suoi occhi brillano, prima di correre verso il divano e sedersi di fianco a G per salutare JT e D.

"È l'ora del vino!" Q entra in cucina a passo di danza e accetta il bicchiere di vino che le porgo.

"Ditemi che abbiamo del gel antidolorifico qui in casa." Con un gemito, Bailey si lascia cadere su uno degli sgabelli.

"Io ed Em ne abbiamo un po' in bagno," confermo prima di andare a prenderlo.

Molti non si rendono conto del numero di botte che le cheerleader prendono ogni giorno. Vedono soltanto delle belle ragazze con dei grossi pon-pon che incitano la folla a bordo campo, ma non vedono le ossa rotte, le concussioni e i lividi che si prendono quando si lavora per padroneggiare i salti e le acrobazie.

"Grazie," dice quando le porgo la sua salvezza in tubetto.

"Kayla Michelle Dennings, porta subito il tuo culetto qui." Rabbrividisco per l'ammonizione che sento nel tono di voce di JT.

"Wow. Come mai il nome completo, James Michael Taylor?" sibila G, mentre mi siedo sulla sua coscia così da riuscire ad entrare nell'inquadratura della telecamera.

"Vuoi dirmi perché mi stai nascondendo delle informazioni, giovincella?" Con le braccia strette attorno al petto assomiglia tantissimo a suo papà e io non riesco a evitare di ridere.

"Giovincella? Sono un mese *più vecchia* di te." Alzo gli occhi al cielo.

Non so nemmeno perché mi prendo la briga di evidenziare l'ordine dei nostri compleanni. Mai nella nostra vita JT si è comportato in modo diverso da un fratello maggiore.

"Non ha importanza." Agita la mano verso di me. "Ora dimmi perché *non* mi hai detto niente riguardo a queste nuove amicizie."

Nuove amicizie? Ma di che parla?

"Ti ho parlato delle coinquiline settimane fa."

Mi fa quello sguardo che vuol dire *non fingerti stupida con me*, ma onestamente non ho la più pallida idea di cosa gli frulli in testa.

"Sta parlando di un certo giocatore di football che ti ronza attorno, KayKay," chiarisce D, poi guarda oltre me e si rivolge verso la stanza. "Ciao, ragazze."

"G!" Mi volto di scatto, la mia coda di cavallo lo colpisce in faccia mentre lo guardo a bocca spalancata. Non c'è niente tra me e Mason. L'ultima cosa di cui ho bisogno è che JT tema che la storia si stia ripetendo quando lui non è qui a prendersi cura di me.

E poi, *grrr…* Odio il fatto di sapere, perfino senza che dica una parola, che lui *sente* di doversi prendere cura di me.

"Non sono stato io." Gli occhi di G si spostano di lato, e la mascella mi tocca il pavimento quando mi rendo conto che è stato CK a rivelare il mio segreto.

"E a questo proposito, penso che sia ora che voi maschi ve ne andiate, così la nostra notte tra ragazze può cominciare." Mi alzo dalla coscia di G e lo afferro per un braccio, come se avessi la benché minima speranza di spostarlo.

"Non fare così, Baby," dice, cercando di tranquillizzarmi.

"No." Lo strattono ancora, questa volta sforzandomi con la schiena. "Tornatene alla confraternita e porta con te il signor Lingua Lunga."

"KayKay," si lamenta D.

"Non un'altra parola." Scuoto la testa, pur non riuscendo a smuovere G.

"Puoi anche chiudere la conversazione, ma non ci sfuggirai. *Ne parleremo.*" Smetto di provare a spostare G e mi piego così che la telecamera sia concentrata solo su di me, incrociando lo sguardo preoccupato del mio più caro amico.

Ha ragione. È ovvio che ne parleremo. Ci diciamo tutto quello che succede: il buono, il brutto e il cattivo.

Mason Nova è un soggetto di cui preferirei non discutere *mai*, ma non posso evitare troppo a lungo di parlarne con JT.

"A che servono dei genitori quando ho i fratelli più fastidiosi, iperprotettivi e rompicoglioni del pianeta?" brontolo senza entusiasmo.

"Non farti sentire da mio papà o da Bette," sorride JT.

"Sì, sì, va bene. Adesso vado. Ciao."

"Ti voglio bene," canticchia, certo che prima o poi riuscirà a farmi parlare.

"Anch'io."

Sbatto la fronte sul legno del tavolino quando ci appoggio la testa contro, sospirando. Ci sono giorni in cui vorrei non avere così tanti casini da riempirci la stiva di un aereo. La vita sarebbe molto più semplice.

A nemmeno vent'anni, dovrei essere in grado di ridere e perfino di rallegrarmi per il fatto di avere le attenzioni di una persona tanto popolare all'università. Sarebbe roba perfetta per un film romantico da teenagers. Invece, le mie insicurezze mi portano a vedere degli spauracchi che potrebbero persino non esistere.

Sento che G mi dà un bacio sulla testa e alzo lo sguardo giusto in tempo per vedere lui e CK uscire dall'appartamento.

Le labbra di Em sono piegate di lato, come se sapesse che, prima ancora di raggiungere l'ascensore, G sarà al telefono con JT per mettere insieme i pezzi mancanti della storia. Per quanto io desideri il contrario, probabilmente Em ha ragione.

Q guarda verso la porta come se qualcuno le avesse appena rubato il suo giocattolo preferito. CK non se ne rende conto per niente, ma chiunque abbia un paio di occhi riesce a vedere che lei ha una cotta per lui.

"Se lo vuoi, devi essere tu a fare la prima mossa," le dico afferrando il mio bicchiere di vino.

"C-cosa?" balbetta Q.

"CK." Piego il mento verso la porta.

"Dammi il telefono." Em, inaspettatamente, allunga la mano verso di lei.

"Perché?"

Em agita le dita e le fa uno sguardo che vuol dire: *ma fai sul serio?* "Per darti il suo numero. *Sveglia.*"

"A proposito di numeri di telefono, io posso avere quello di Grant?" Bailey si appoggia con i gomiti sul ripiano della cucina.

"Dovrai chiederlo tu stessa a G," le risponde Em, dal momento che lei sa che G non dà le proprie informazioni personali a chiunque.

"Ancora non riesco a credere che non sapevo che tu fossi tanto intima con Grant Grayson." Bailey si unisce a noi sul divano, accoccolandosi su uno dei cuscini. "Come mai non vi seguite su Instagram?"

Perché, tanto per cominciare, dovrei avere un account su Instagram, quando invece io sto molto attenta anche alle poche foto di me che G carica.

Non mi prendo la briga di spiegarle che sono uscita da tutti i social quando ero alle superiori. Non è un argomento di cui voglio discutere, né ora né mai.

Solo parlarne mi fa rivoltare lo stomaco e sentire un dolore alla testa, proprio dietro agli occhi.

"Che film ci guardiamo?" chiedo, provando a cambiare discorso.

"Potremmo guardarci *Miss Detective*?" Q accende la TV ed accede al nostro account Netflix.

"Oooh, ottima scelta," dice Em; io annuisco.

"Vorrei che avessimo delle ciambelle. Quando vedo Sandra Bullock che prova a nasconderle nell'abito da sera mi viene sempre voglia."

Ridiamo tutte alla vista dell'espressione di sconforto sul volto di Bailey.

"Magari non abbiamo le ciambelle, ma *possiamo* ordinare della pizza e prendere delle brioche alla cannella," propongo, poi compongo il numero della nostra pizzeria preferita vicino al campus.

"Oh, buona idea. Voi volete le ciambelle, io la pizza: quando vedo la scena dove la mangiano mi viene sempre voglia," aggiunge Q.

Come avvenuto molte volte nelle ultime settimane, la mia notte è tutta risate, vino e coinquiline.

CAPITOLO 8

MASON

La sede dell'Alpha Kappa è la punta di diamante delle confraternite. Con la sua ricca comunità di ex alunni, in particolare i molti che sono diventati sportivi a livello professionistico, è facile capire perché sia la più importante, non solo per gli standard delle confraternite.

Per quanto mi piaccia avere una camera da letto tutta per me, composta di letto matrimoniale, armadio e scrivania, la mia stanza preferita è la taverna. È nascosta nell'angolo posteriore sinistro della casa, il che la rende più intima durante le feste per cui gli Alpha sono famosi. Con uno schermo piatto da settanta pollici, divani in pelle, poltrone reclinabili, bersaglio per le freccette e tavolo da biliardo decorato con il feltro rosso della Università di Jersey, è il perfetto nascondiglio da uomini.

Presto dovremo dirigerci all'Huntington, l'hotel non lontano dal campus in cui alloggia la squadra la notte prima della partita, ma per il momento io, Trav, il *running back* Alex Anderson, il *kicker* Noah Mitchell e il *defensive end* Kevin Sanders stiamo passando il tempo nella taverna in compagnia di Grayson.

"Pronti per domani?" Grayson stacca da qualunque lavoro stia facendo al computer per guardarci.

"Oh sì. I Kansas le prenderanno," dice Trav, sicuro di sé come sempre.

"Queste partite facili sono divertenti, ma non vedo l'ora di affrontare la prima vera sfida della Big Ten Conference la prossima settimana," concorda Noah. Sì, quella con i BTU Titans è stata una bella partita della Big Ten, come viene chiamata la più importante associazione sportiva del paese; ma il loro programma è molto indietro rispetto al resto della serie.

"Come sta andando la squadra negli allenamenti di precampionato?" domanda Kevin, riferendosi alla squadra di basket degli Hawks. L'anno prima si sono classificati per la Final Four, ma non per il campionato.

"Molto bene. Alcune delle matricole sono promettenti. Vorrei che tra loro ci fosse mio fratello." Agita il pugno in aria. "Accidenti a te, Università del Kentucky."

"Quando giocherete insieme dovrai insegnargli un po' di trucchi." Faccio tintinnare la mia bottiglia d'acqua contro la sua birra.

Di solito io e Trav stiamo insieme ai fratelli della squadra di football, ma da quando Grant ha deciso di unirsi all'Alpha Kappa è stata un'aggiunta molto gradita. Dal momento che siamo tutti atleti della Division 1, non abbiamo molto tempo libero, ma ho notato che, da quando Grayson è venuto a vivere con noi, passiamo molto più tempo insieme.

Se solo riuscissi a convincere anche una certa sua amica bionda a unirsi a noi.

Da dove cazzo mi è uscito quel pensiero?

"Ehi, abbassa la TV," dice G a Noah mentre il suo Mac squilla per indicare una chiamata su FaceTime in arrivo. "Ehi, mamma." La donna che lo saluta non sembra abbastanza vecchia da avere un figlio al college.

"Ehi, amore!"

"Amico, quella è tua mamma? Come cazzo fai ad essere così scuro?" Domanda Kevin.

"Davvero, fratello. Sei più scuro di me," aggiunge Alex, avvicinandosi per confrontare il suo braccio con quello di Grant e guardando poi verso lo schermo.

Dalla ricca tonalità bruna della pelle di Grant non si direbbe che sia di etnia mista, ma i caldi occhi marroni che ci osservano dall'altra parte dello schermo sono inequivocabilmente gli stessi.

"Perché, idioti, mio papà è super scuro. Ora zitti, così posso parlare con mia mamma." Grayson riporta l'attenzione verso lo schermo.

"Dove sei, tesoro?" chiede la signora Grayson con un forte accento del sud.

"Alla confraternita con i ragazzi."

"Oh." Il sorriso sul suo volto diminuisce. "È venerdì, non sei con Kay?"

Sentire il nome di Skittles attira la mia attenzione. Perché non riesco a togliermela dalla testa? Per me le donne hanno sempre voluto dire piacere fisico e nient'altro. Scelgo una delle *tante* volontarie che desiderano offrire i loro servizi al mio uccello e poi la mando via.

Niente impegni emotivi o sentimenti confusi per il sotto-scritto. L'ultima cosa di cui ho bisogno è di far entrare una donna nella mia vita, lasciarmi coinvolgere nei suoi drammi e consen-tirle di interferire con il mio sport. Non fatemi raccontare di quello che io e Trav abbiamo passato alle superiori.

"Ero con lei ieri sera."

Davvero? Inizio a sentire qualcosa di viscido muoversi nella bocca dello stomaco, qualcosa a cui non sono abituato.

"Esattamente." Uno sprazzo di umorismo lampeggia negli occhi della signora Grayson. "Devi per forza punzecchiare tuo fratello ogni volta che Kay cucina per te?"

"E *Dante* deve per forza provarci con lei ogni volta che la vede?" ribatte Grant.

Che cosa?

La signora Grayson fa un sospiro e stringe gli occhi. *Oh oh.* Sembra che stia per dare al figlio una bella strigliata. "Non capisco perché non le chiedi di uscire con te, Grant."

Cosa ha detto?

"Ma a chi?" Il tono di voce di Grayson si alza quanto le sue sopracciglia. "A Kay?"

"Non fare lo scemo con me, giovanotto. Sì, a Kay."

È questo che provano l'uno per l'altra? Li ho visti spesso insieme al campus, da quando li ho notati per la prima volta al Nido. È evidente che ci sia dell'affetto tra loro.

Aspetta… Perché mi interessa tanto?

"Sai che le cose tra noi non sono così, mamma."

"Chi è Kay?" domanda Alex.

"La migliore amica di Grayson," gli spiego, sperando che chiuda la bocca così che io riesca a sentire quello che dice Grant.

"L'hai conosciuta?" domanda Kevin.

"Sì, facciamo lezione insieme."

"È brava a cucinare?" Ti pareva che Trav facesse quella domanda. Lui ragiona con lo stomaco.

"È una bella sventola?" Non so perché, ma sento un impeto di gelosia nella domanda di Noah.

Non stanno mai zitti, questi babbei?

"È bellissima… e non capisco perché mio figlio non se la accaparri." La signora Grayson incrocia le braccia.

"Non usare parole come *accaparrarsi*, mamma." Grayson si massaggia la fronte.

A quel punto tutti i ragazzi si sono messi dietro al divano per vedere la mamma di Grant sullo schermo.

"Via, teste di cazzo." Li spinge indietro quando urtano il laptop.

"Grant Samuel, non dire parolacce," lo rimprovera la signora Grayson.

"*Oooh*, hai anche un secondo nome," lo stuzzica Trav, fingendo di spettinare Grant.

"Ma vattene." Lo colpisce con un gomito. "Mamma… ti ho detto che per me lei è come una sorella."

Beh, questo è un sollievo.

Aspetta…

Cosa?

Dannazione.

"E va bene. Lo sa il cielo quanto vorrei adottarla ufficialmente, se solo potessi."

"Sai che E non lo permetterebbe mai."

Chi sarebbe E?

"Sento che dovremmo saperne di più, riguardo a questa tua sorella." Noah si piega in avanti, appoggiandosi sul gomito e infilando la faccia tra la mia e quella di Grant, per poi venire spinto all'indietro.

"Devo proprio portare il computer in camera, se voglio finire la chiamata senza che voi cogl… ehm, che voi ragazzi mi interrompiate ogni due secondi?"

Grayson cerca di darsi un'aria da duro, ma la madre sembra

divertirsi un mondo, a giudicare dal sorriso da concorso di bellezza che sta sfoggiando.

"Guastafeste," si lamenta Trav, ma tutti tornano ai loro posti. Noto che mantengono l'attenzione su Grayson e non sulla partita in TV.

"Mamma, perché non la chiami? Questo weekend è da Bette, quindi non sta lavorando."

Chi sarebbe Bette?

"Per carità, se c'è Bette non vorrei mai disturbare; passa già così poco tempo con i suoi cari."

Come mai?

Ma che cacchio, Nova? Che te ne frega?

Merda!

Farmi domande sulla situazione famigliare di una donna non è tra le mie priorità al fine di trovare un'amica di letto.

Bella, pronta, disponibile, non così ubriaca da non poter dare il consenso: *ecco* quello che importa.

"Come vuoi." Riconosco lo sguardo e il tono di voce di Grayson; l'ho usato molte volte con una certa Grace Nova-Roberts, cioè mia mamma. "Non penso che le dispiaccia. Ci siamo mandati messaggi tutta la notte. Mi sta rendendo un po' geloso."

Ancora non riesco a capacitarmi di come lui possa essere così vicino a una persona di cui ignoravo completamente l'esistenza.

"No. Aspetterò la prossima volta che voi due sarete insieme. Così vedrò due dei miei tre figli."

"La vedrò domenica alla partita degli Empire contro i Crabs. Possiamo fare una videochiamata, se ti va."

"Oh, sarebbe fantastico, tesoro." A quell'idea il viso della donna si illumina. "Va bene, ti lascio andare. Ti voglio bene, amore."

"Anch'io, mamma."

Beh, quella conversazione mi ha dato molte informazioni… e al contempo nessuna.

"Amico, sei proprio un mammone." Kevin dà un colpo a Grayson sulla spalla dopo che ha chiuso la conversazione.

"E ne vado fiero, stronzo. Mamma è la *migliore*," dice orgoglioso.

"Lascia perdere. Dicci di più di questa tipa, Kay. Quanto *è* gnocca?" Alex è sempre alla ricerca di una conquista.

Proprio come per la domanda di Noah riguardo a Kay, l'interesse di Alex mi fa digrignare i denti.

Grayson rimette al suo posto Alex con uno sguardo duro. "Kay è *off limits* per voi coglioni."

"Se è la tua migliore amica, l'abbiamo conosciuta a una festa dell'Alpha Kappa?" Sembra che Kevin stia ripercorrendo mentalmente tutti i passati eventi della confraternita.

"No. Non le piacciono molto le confraternite."

"Ce l'hai tenuta segreta, amico," si lamenta Alex.

"No, non è vero. Tanto voi stronzi non avreste nessuna speranza con lei, in ogni caso. Chiedete a Nova, lui ne sa qualcosa." Mi dà una gomitata.

"Non ci proverei mai con lei, amico." Sollevo entrambe le mani in segno di resa. "Ma per favore… Quando l'ho incontrata la prima volta pensavo che fosse la tua ragazza."

"Vero, ma vedo che stai cercando di farti apprezzare da lei. Scusa, fratello, ma non funzionerà." Eh sì, G sembra davvero dispiaciuto per me… Ma quando mai! "Tende a stare lontano dal mondo del football."

"Non le piace il football?" Il tono di voce di Noah sembra dire: *Come è mai possibile?*

"Fermo." Trav mette le mani a forma di T per chiedere un timeout. "Non hai detto a tua mamma che verrà con te alla partita degli Empire contro i Crabs domenica?"

"Le piace il football. I giocatori… non altrettanto."

Beh, se questo non è un calcio nelle palle.

"È per questo che ieri è scappata dal pranzo?" rifletto.

"Aspetta… tu hai parlato con lei fuori dalla lezione?" Trav mi guarda come se avessi violato una delle leggi dei confratelli. Non so perché non gli ho detto niente. Immagino che sia per il modo in cui lei mi fa sentire inquieto.

C'è stata anche quella volta… Perfino il mio coach interiore mi dice di non terminare *quel* pensiero.

Adesso è Kev a inserirsi. "Aspetta. Perché pensavi che fosse la ragazza di Grant?"

"Un momento." Alex alza la mano, impedendomi di rispondere. "Parli della ragazza bionda super-bassa che a volte vedo con te al campus?"

"Già," conferma Grayson.

"Cavolo, è così nana che sembra che si possa mettere in tasca."

Il commento di Alex scatena un sacco di risate. È divertente perché è vero.

"Accidenti." Trav scuote la testa, ridacchiando. "Non vedo l'ora di incontrare questa tipa. Se non rimane vittima del fascino di Casanova, dev'essere speciale."

Non si sbaglia.

Ma ancora una volta… che cacchio?

"Ce l'hai su Instagram?" Noah controlla il telefono.

"Fratello, smettila di stalkerare." Grayson gli dà uno schiaffo sulla testa.

Tengo saggiamente la bocca chiusa. Nessuno deve sapere quante ore ho trascorso cercando di stalkerare Kay su internet. Meno male che ho scelto il football, perché a cercare informazioni sul web faccio davvero schifo. A parte alcune sue foto sull'account di Grayson, sui social non ho trovato niente che la riguardi.

Strano, o piuttosto intrigante… non riesco a decidere come classificare questo fatto. Chi non è sui social, alla nostra età?

CAPITOLO 9

KAYLA

Non ho ancora finito di parcheggiare Pinky che Bette corre fuori dalla porta della mia casa natia.

"Kay! Mi sei mancata tantissimo." Mi stringe a sé nell'abbraccio più forte del mondo.

"Sono passate solo poche settimane." Dico con voce soffocata mentre mi schiaccia contro il petto, ma ciò non mi impedisce di ricambiare l'abbraccio con la stessa forza.

Come potrei non amarla da impazzire, visto il modo in cui si è fatta avanti per me quando il nostro avvocato di famiglia ci ha comunicato che sarei dovuta andare in adozione, se non avessero trovato un tutore adatto per me?

"E se io ed E ci sposassimo? Diventerei io il tutore legale di Kayla?" Ha chiesto all'avvocato senza alcuna esitazione, al contrario di quando ha dovuto rispondere alla mia domanda *"Vi siete fidanzati e avete dimenticato di dirmelo?"*

"Non importa." Mi dà un pizzicotto sul fianco mentre prende la mia borsa. "Mi sei comunque mancata da morire."

"Perché io sono la tua Dennings preferita."

Scoppia in una risata. "Non dirlo a tuo fratello."

"Ma figurati, io glielo dico tutte le volte."

La quintessenza della rivalità tra fratelli.

"Lo so." Mi fa un ghigno soddisfatto. "È un bene che mio marito mi ami."

"Davvero."

È impossibile per chiunque, tanto meno per mio fratello, non amare Bette. Innanzitutto è *bellissima*. Con il suo metro e settantacinque ha l'altezza e il corpo di una modella, capelli lunghi e ondulati color caramello con riflessi biondi e ramati e occhi di un blu profondo.

C'è anche il fatto che ha cambiato la sua intera vita per far crescere la sorellina del fidanzato e si è impegnata per tenere vivo il loro amore nonostante la distanza che li separava, senza contare l'incrollabile supporto che ha sempre dato a E nella carriera. Tutto questo, secondo me, la rende la donna perfetta.

"Prima di iniziare a vendere e comprare beni immobili, non dovremmo assicurarci che il signor Dennings sia d'accordo?" è stata la seconda domanda del nostro avvocato di famiglia.

A dimostrazione del fatto che E *non* ha preso troppi colpi in testa sul campo di football, la risposta è stata: *"Ma mi prende in giro? La mia fidanzata si è appena offerta di sconvolgere tutta la sua vita per prendersi cura di mia sorella: è* ovvio *che la sposerò. Appena avremo finito qui, andremo in tribunale e le metterò l'anello al dito."*

Inutile dire che Bette è la mia persona preferita di sempre, con mio fratello al secondo posto.

Depositiamo la mia roba vicino alla porta d'ingresso giusto in tempo, perché quasi quarantacinque chili di pelo biondo si gettano contro di me. Gli stessi muscoli del busto che ho affinato per mantenere la posizione nel punto più alto di un'acrobazia mi impediscono di cadere a terra mentre Herkie, il Labrador che ho chiamato così per il salto che fanno le cheerleader, getta le sue enormi zampe contro il mio petto.

"Oh, mi sei mancato anche tu, tesoro." Gli do una bella grattata sulla testa mentre lui mi sbava sulla faccia.

"Em sta arrivando?" domanda Bette, dirigendosi verso il salotto mentre io e il cane ci salutiamo.

"Sì." Controllo l'orario sul telefono mentre Herkie segue ogni mio passo. Quando ci rivediamo, il mio cane resta sempre al mio fianco. "Non dovrebbe metterci molto."

"E Tessa?"

"No. Lei… sai… sta vivendo la sua vita." Ridacchio. Il più

delle volte, se sono a Blackwell, sono in compagnia di Tessa Taylor.

"Quindi è con Savvy." È un'affermazione, non una domanda, perché se io non sono con T, allora lei è con la sua amica.

Il telefono mi vibra in mano.

> EM: Sto arrivando! Spero che Bette abbia le forbici! *emoji di una mora che sta ricevendo un taglio di capelli*

Sollevo il telefono per mostrarlo a mia cognata.
"Oh certo, ho tutta la mia roba."

> IO: *emoji con il pollice in su*

> EM: *GIF di Edward Mani di Forbice mentre taglia i capelli*

Dal momento che Em sta arrivando, ordiniamo cibo cinese e metto su un episodio di *Una mamma per amica*, la serie preferita mia e di Bette.

Nel tempo che finisco di mettere in tavola quello che dev'essere metà del menu del ristorante, mentre in televisione Lorelai discute con Luke riguardo al caffè, arriva Em. Giusto in tempo per il banchetto.

"Ho portato del *vino*," annuncia Em entrando in casa.

"Come hai fatto a comprarlo?" domanda Bette, fermandosi con la vaschetta di costolette disossate in mano.

"Carta d'identità falsa." Le spallucce di Em vogliono dire *che ci vuoi fare*.

Bette volta lo sguardo nella mia direzione. "Sì, ne ho una anch'io." Non ha senso mentire.

Il sospiro di Bette? Già, quello è al 100% un sospiro da mamma. Quando finalmente deciderà di abbassare le difese e fare un piccolo giocatore di football con mio fratello, quel bambino sarà rovinato.

Caro futuro nipotino o nipotina,

Ti prometto che sarò la più fighissima e megasuper (lo so, non esiste come parola) zia di tutti i tempi, la più grande di tutte le zie, per compensare il fatto che tua mamma ha reso onore alle sue capacità materne crescendo me. Oh, e semmai dovessero arrestarti, pagherò io la cauzione.

Con affetto,
Zia Kay

"Cosa?" Oh-oh. Allontaniamoci dallo sguardo di mamma. "Non andiamo alle feste della confraternita. Dobbiamo pur fare *qualcosa* per divertirci."

Bette storce le labbra mentre lascia andare un respiro. Non so se sia per la storia del documento falso o perché è frustrata del fatto che non sto avendo un'esperienza di college "normale". Ho perso il conto di quante volte mi ha detto che l'università non è come le superiori, ma…

Uno dei fattori che hanno facilitato il mio legame con Em è stata la sua avversione per le confraternite. Mentre tutte le nostre compagne andavano a ubriacarsi alle feste, noi due esploravamo i bar e i club nelle vicinanze del campus.

"Finché avete un autista sobrio, non ho niente da dire." Annuiamo entrambe. Poi un altro sospiro di Bette. "Non dirlo a tuo fratello."

"Non ci penso nemmeno."

Mio fratello si arrabbierebbe di brutto se scoprisse che ho una carta d'identità falsa. Iperprotettivo non è una descrizione abbastanza precisa di come si comporta con me. Se potesse, mi farebbe mettere una tonaca da suora e mi spedirebbe in convento.

Dopo tutto quello che è successo alle superiori, sono certa che vorrebbe rinchiudermi in una bolla protettiva. Penso anche che vorrebbe impedire a chiunque abbia un pene di avere contatti con me.

"Adoro questa serie." Em punta le bacchette verso il più grande duo televisivo mamma-figlia di sempre, facendo cadere a terra un noodle. Herkie, tutto felice, corre a inghiottirlo.

Vivere quella che a volte sembra una doppia vita rende davvero speciali le serate come queste, in cui posso rilassarmi in compagnia di persone con le quali non devo nascondere una parte di me; anche se ci sono delle volte in cui vorrei che E vendesse questa casa e basta.

Eppure, guardandomi intorno, osservando gli oggetti sopra il caminetto e sopra le mensole, che raccontano la storia della nostra famiglia e i numerosi successi miei e di E, capisco perché non lo faccia. Non importa quanti brutti ricordi ci siano, quelli buoni li superano di gran lunga. Se solo quelli brutti fossero più facili da dimenticare.

"Allora…come sono le nuove coinquiline?" Sono stupita del fatto che ci sia voluta metà cena e un'intera bottiglia di vino prima che Bette iniziasse a investigare.

Rifletto sulla risposta. Sono sempre onesta con Bette, ma allo stesso tempo, quando si tratta di me, è super facile far scattare il suo istinto da mamma chioccia.

"Q, quella con i capelli rossi che tanto ti piacciono, è fantastica. Penso di non aver *mai* incontrato qualcuno vivace come lei."

"Beh, visto che sei cresciuta circondata da cheerleader alla Caserma, questo la dice *lunga*." Qualcuno è in vena di battute, stasera.

"Sì, lei è divertente." Perfino adesso, il solo ricordo delle sue buffonate mi fa ridere. È praticamente impossibile essere di malumore quando si è in compagnia di Q. "E poi," dico avvicinando il pollice e l'indice di modo che non resti solo un millimetro a separarli, "penso che abbia giusto una cottarella per CK."

Em quasi si strozza con un sorso di vino. "L'hai capito anche tu?"

"*Oh sì.*"

"Povero CK." Bette scuote la testa e si riempie nuovamente il bicchiere. "Non avrà la più pallida idea di come gestire la situazione, vero?"

Scuoto la testa. No, negherà, negherà e negherà ancora, combatterà con le unghie e con i denti e allontanerà Q nello stesso modo in cui ha provato a fare con me. Ho fede nel fatto che lei sia all'altezza della sfida, però.

"E l'altra coinquilina?"

Perché sento lo stomaco in subbuglio come se stessi per cadere durante un'acrobazia?

"Bailey è…" Il mio sguardo vaga attorno alla stanza, alla ricerca di parole che descrivano quello che neppure io sono sicura di provare.

"Bailey?" dice Bette prima che io trovi le parole.

"Eh?" Herkie, per la mia confusione, alza la testa dalla mia coscia e io gratto dietro le sue orecchie di seta finché non ritorna nel punto dov'era prima.

"L'hai chiamata Bailey. Perché non la chiami B?"

Ah, questo potrebbe essere il nocciolo del problema.

"Non lo so." Davvero, non lo so. "È simpatica, se ne esce con battute micidiali quando meno te lo aspetti, ma…"

"…ma dietro l'uniforme da cheerleader è una che fa il filo soprattutto agli atleti," conclude Em per me. "Cosa c'è?" domanda, quando vede che la sto guardando con occhi spalancati.

"Lei è tua amica."

"No." Em muove un dito da un lato all'altro. "Lei è una mia *compagna di squadra*. Non pensare male, è una tipa a posto. Non ho nessun problema con lei come persona, ma se lei non fosse stata la coinquilina di Q lo scorso anno, non sarebbe stata la mia scelta come quarta."

Wow. Cado all'indietro contro il divano, scioccata. Io credevo che il passato stesse pregiudicando il mio presente, ma a quanto pare il mio istinto ci ha azzeccato più di quanto pensassi.

"Se *tu* fossi stata chiunque altro," ribatte Em prendendomi le mani nelle sue, "non credo che ci sarebbero stati problemi. Ma dal momento che tu sei… beh, tu…"

Uff, è così frustrante. Io non sono nessuno. Sono una studentessa universitaria, un'allenatrice di cheerleader. Sì, a un certo punto sono stata una delle migliori *flyer* del mondo, ma l'universo delle cheerleader è minuscolo in confronto agli altri sport. Perché devono esserci persone là fuori che mi guardano e mi vedono come se fossi un trampolino di lancio?

"Quanto deve stare attenta Kay riguardo a Eric?" Bette va dritta al nocciolo della questione.

"Se mi stai chiedendo se Bailey stia stalkerando Kay su internet, la risposta è no."

Un brivido mi scorre lungo tutto il corpo, al pensiero di quello che Bailey potrebbe trovare su di me se si mettesse a cercare.

Em corruga le labbra prima di rivolgermi uno sguardo preoccupato. "Ma nemmeno io andrei in giro a dare questa informazione."

Di tutti gli amici che mi sono fatta all'Università di Jersey, anche se non sono molti, Em è quella che mi ha toccato più nel profondo. Ma non diciamolo a G, perché negherei.

Quello che voglio dire è che Em rappresenta un grande numero di persone che hanno reso la mia vita miserabile. Il fatto che lei non solo sia l'esatto opposto delle cheerleader che ho conosciuto, ma che sia diventata una delle mie più strenue sostenitrici e una delle mie più fidate confidenti... è il motivo per cui la considero parte della mia famiglia.

Una ragazza circondata da quattro ragazzi che reclamano tutti di essere suoi fratelli può sempre avere bisogno di una sorella in più, giusto?

Il football è la mia vita. Da quando mi sono messo l'uniforme all'età di cinque anni, ho capito che era la mia vocazione. In tutto ciò che ho fatto avevo un solo obiettivo in testa: la National Football League.

Ho avuto la fortuna di nascere in una famiglia che mi ha supportato e aiutato a inseguire il mio sogno di giocare a livello professionistico.

Non credo che mamma sia mai mancata a una delle mie partite. Sono abbastanza sicuro che la ragione principale per cui lei ha scelto di fare la mamma a tempo pieno è perché in questo modo niente poteva interferire con i rigorosi programmi sportivi dei suoi tre figli.

Dopo aver portato a casa un'altra bella vittoria per gli Hawks, stavolta contro i Kansas per 21 a 3, io, Trav e i ragazzi ci dirigiamo verso la sede dell'Alpha Kappa e vediamo che la festa per la vittoria è già in pieno svolgimento.

Si sentono cori degli Hawks, si sferrano pugni in aria e ogni tanto qualcuno ci abbraccia per farsi un selfie con noi, mentre la folla si fa da parte per farci passare, come se noi fossimo Mosè e loro il Mar Rosso.

Qui siamo degli dèi, tra il flusso infinito di persone che

vogliono avvicinarsi a delle celebrità del campus e le numerose ragazze desiderose di farmi un lavoretto giusto per poter dire di essere andate a letto con *il* Casanova.

È una grande emozione, ma niente di paragonabile a come ci si sente sul campo.

Mi godo i festeggiamenti mentre le parole di Brantley, il mio patrigno, mi risuonano nelle orecchie.

"Questo è l'anno della tua selezione, figliolo."

"Dobbiamo assicurarci che le squadre ti vedano al massimo del tuo potenziale."

"Oggi i giocatori vengono considerati come qualcosa di più della loro posizione sul campo. Le squadre vogliono tutto. Devi dimostrargli che sei anche una miniera d'oro per il marketing."

"Non sono sempre le vittorie che aumentano le vendite dei biglietti. I fan amano una bella storia."

"Tieni d'occhio gli altri contendenti. Non sei l'unico tight end che entrerà quest'anno. Ricorda che Liam Parker della Penn State ha rinviato a questa stagione."

Me lo ha ripetuto in continuazione. Non posso biasimarlo; stava facendo del suo meglio per aiutarmi a emergere rispetto agli altri, pur rispettando il rigido regolamento della NCAA.

Eppure...

Ci sono delle volte, per quanto rare, in cui vorrei che le persone mi vedessero come qualcosa di più del mio status nella squadra o del mio potenziale conto in banca.

Sai a chi non gliene frega niente di niente della tua condizione di dio del football, vero?

Cosa?

Perché in questo momento il mio subconscio trascina Kay nei miei pensieri? E ancora, perché continuo a cercarla tra le persone che riempiono la sala da ballo improvvisata in mezzo alla stanza? Grayson ha detto che quello non è il suo ambiente. Lei non ci sarà.

Mi serve una birra e un momento per far scendere la tensione. Con un cenno del capo indico a Trav dove trovarmi e mi dirigo nel punto della taverna in cui teniamo la roba buona da bere.

Spingendo la pesante porta in quercia, mi sento sollevato dal fatto che lì il chiasso della festa sia abbastanza attutito da permettermi di conversare con qualcuno senza essere costretto a urlare.

C'è una partita sullo schermo, ma dopo l'incessante modo in

cui Brantley mi ha martellato il cranio per quanto riguarda la mia carriera, non riesco nemmeno a prendere nota di chi sta giocando.

Individuando Grayson su uno dei divani, mi butto su una poltrona libera vicino a lui e faccio cadere all'indietro la testa contro il cuoio fresco; il cappello mi cade davanti agli occhi mentre li chiudo per godermi qualche secondo di pace.

Da quando le cose che amo hanno iniziato a diventare così stancanti?

Lascio che la mia mente vada alla deriva mentre ascolto una parte della conversazione di Grayson.

"No, amico. Lo sai che lei non viene a questi eventi."

Mi domando se stia parlando di Kay.

Perché stai pensando a una tipa durante una festa della confraternita? attacca il mio coach interiore.

"Quando mai hai convinto Kay a fare qualcosa che lei non volesse fare?"

Sta parlando di Skittles, ma con chi?

"Hai ragione," ridacchia. Apro un occhio, cercando di non far capire che sto origliando. Ancora non so che cosa ci sia in quella donna che mi rende tanto desideroso di sapere di più su di lei.

È uno stupido cliché dire che voglio sapere di più su di lei perché lei è *diversa*. Pensereste che ho imparato la lezione, dall'ultima volta che ho avuto certe idee per la testa. Cazzo, mi sono quasi costate l'amicizia con il mio migliore amico. Donne = problemi.

"Va bene." Grayson si passa una mano sulla testa, avvolgendosi il retro del cranio come se fosse una palla da basket. "Farò del mio meglio per convincerla. Aspetta." Abbassa il telefono contro la spalla, poi urla verso Noah al tavolo da biliardo. "Noah… quando sarà la prossima festa solo su invito?" gli domanda, riferendosi alle feste esclusive che hanno reso la sede dell'Alpha Kappa il posto più noto di tutto il campus.

"Giovedì, fratello."

"Grazie." Grayson solleva di nuovo il telefono. "Ok, ho qualcosa che potrebbe interessarle, ma se si incazza le dico che è stata tutta una tua idea."

"Allora finalmente incontreremo questa tua misteriosa migliore amica?" Chiede Alex, distogliendo l'attenzione dalla partita di biliardo con Noah e dimostrando che non ero l'unico a origliare.

"Grande. Morivo dalla voglia di vederla da quando tua mamma ha detto che è una bella sventola," aggiunge Noah, piegandosi sul tavolo per colpire la palla.

"Amico, se ci provi con lei ti rompo il culo," lo avverte Grayson.

Hai sentito, bastardo? Stai lontano da lei. Football... concentrati sul football.

"Certo, come no." Un'altra risatina. "Senti, provo a lavorarmi Em domani, vedo se riesco a coinvolgerla. Neanche lei impazzisce per le confraternite, ma a dirla tutta, se c'è qualcuno che può aiutarmi a convincere Kay a lasciarsi andare, penso che sarà qualcuna delle sue amiche più strette."

La musica di Post Malone filtra attraverso la porta che si apre, mentre un gruppo di cheerleader entra nella taverna. Tra di loro riconosco Quinn, la coinquilina di Kay.

"Sì, sì, sì. Come vuoi. Cerca solo di tenere mio fratello fuori di prigione e andrà tutto bene." Grayson chiude la chiamata e agita una mano verso Quinn. Sfortunatamente la mossa attira un'altra delle cheerleader, Bailey, che si avvicina verso di lui con fare disinvolto.

Non posso biasimare i ragazzi per guardare il modo in cui i suoi fianchi ballano da una parte all'altra, attirando l'attenzione sulla gonna cortissima. La tipa è sexy, con quei capelli biondi ossigenati e quel trucco forse un po' esagerato, ma nonostante io abbia rimorchiato un sacco di ragazze nel corso degli anni, mi sono sempre tenuto a distanza dalle cheerleader. Sono un po' troppo coinvolte con la squadra per rischiare di avere problemi con loro.

"Ehi, Grant," fa le fusa Bailey, appoggiandosi su un bracciolo del divano e incrociando una gamba sopra l'altra, il che permette alla gonna già cortissima di alzarsi di un altro centimetro o due.

"Ehi, Bailey." Non si rivolge a lei con tono scortese, ma intuisco che la sta respingendo. Non posso biasimarlo. Nelle grandi scuole della Division 1, le fan sfegatate spuntano come funghi. Dove ci sono atleti, ci sono sempre ragazze e ragazzi pronti ad agganciarsi al prossimo destinato a diventare "un grande", ma Bailey mi ha sempre dato l'idea di una di quelle pazze che ti bucherebbe il preservativo pur di legarti a sé.

"Quante erano le possibilità che ci incontrassimo di nuovo?" Gli fa scorrere le dita sul braccio e lui le respinge.

"Molte, dal momento che vivo qui."

Non riesco a evitare di ridere, il che mi fa guadagnare un sorrisetto da parte di Grayson e lo sguardo di sfida di Bailey. "Ehi, Casanova."

Perché il suo sguardo mi fa sentire come se avessi degli insetti che mi strisciano sotto la pelle, mentre quello pieno di disprezzo di Kay mi fa venire l'uccello duro?

"Non so." Un altro movimento, un altro centimetro della gonna che si solleva. Ancora qualche centimetro e tutta la taverna sarà in grado di vedere se porta le mutandine o meno. "Prima ti vedo a casa mia, poi ti vedo a casa tua. Penso che l'universo stia cercando di dirci qualcosa."

"Già… che tu vivi con mia sorella," taglia corto lui.

Grayson ha una sorella?

Bailey sbatte le palpebre, muove la mascella mentre cerca le parole per rispondergli. "Kay non è tua sorella."

Aspetta… Bailey vive con Skittles?

"A parte biologicamente, lo è in ogni senso." Grayson si alza in piedi. "Ora, per quanto mi piaccia parlare con te…" Quelle parole sono intrise di un sarcasmo agrodolce che renderebbero fiera la sua mamma del sud. "…io e il fratellone dobbiamo andare." Muove il mento verso di me e io ne approfitto per scappare.

Usciamo attraverso la porta che conduce alla cucina e ci dirigiamo direttamente al seminterrato, dove sono stati allestiti i tavoli da beer pong. Tanto è lussuoso il resto della casa, con i candelabri in cristallo, i soffitti a volta e le cornici decorative, quanto quaggiù è tutto mattoni e cemento. L'aria è pregna dell'odore di sudore e di birra stantia.

"Scusa, amico." Grayson inizia a riempire una brocca per farci partecipare alla prossima partita.

"Per cosa?" Inizio a sistemare dieci bicchieri in forma di piramide.

"Non volevo farti perdere una scopata o roba del genere, ma c'è qualcosa in quella ragazza che mi disturba."

"Capisco." Mi assicuro di mantenere il contatto visivo con lui, così che si renda conto davvero che non ce l'ho con lui.

"È solo che inizio a stufarmi di essere visto solo come *Grant Grayson, stella del basket*, e mi fa incazzare che lei pensi di poter usare le nostre amicizie in comune per… non lo so…" Si passa di nuovo la mano sulla testa. "Per avvicinarsi."

Annuisco una seconda volta. Lo capisco anche in quel caso. Non è bello quando qualcuno finge di essere interessato a te, mentre in realtà ti sta solo usando per avvicinarsi a qualcun altro. Ho fatto molta strada, dal ragazzo ingenuo che ero al liceo.

"Cazzo." Mentre ride, la birra spilla oltre il bordo del bicchiere che stava riempiendo. "Uno dei tanti motivi per cui voglio bene a Kay è che a lei non frega niente di quanti tiri da tre punti riesco a fare."

"Come siete diventati amici voi due?"

Sono una strana coppia… e non parlo solo di quanto siano fisicamente diversi. Grayson magari non sfrutta il suo status come facciamo io e Trav qui all'università, ma nelle rare occasioni in cui l'ho notato con Kay, sembra sempre che la stia proteggendo da quelli che la corteggiano.

"L'anno scorso vivevamo allo stesso piano e io ero nella sala comune con alcuni compagni di squadra, quando lei a un certo punto si è avvicinata. Ha ignorato i tentativi di approccio di Fawkes." Punta verso il suo compagno di squadra e Alpha, dall'altra parte del seminterrato. "Lui ci ha provato con lei e Kay ha detto: 'Sì, l'unica cosa che mi interessa è sapere se sei abbastanza alto da riuscire a cambiare una lampadina.' Poi ha alzato gli occhi al cielo come fa di solito…" Io ridacchio mentre mi immagino alla perfezione il modo in cui Kay alza gli occhi al cielo, dal momento che con me lo avrà fatto almeno venti volte. "…e si è rivolta a me. Quello è stato l'inizio della nostra amicizia."

Ci mettiamo in fila di fronte a uno dei nostri confratelli e alla sua ragazza giocatrice di pallavolo, poi tiriamo la pallina per decidere chi parte per primo al beer pong. La moretta è solo tre o quattro centimetri più bassa di me, il che mi ricorda quanto sia minuta Kay.

"La ragazza è bassina," commento in risposta alla storia di Grayson, sollevando il bicchiere ed estraendo la pallina da ping-pong gialla, prima di tracannare la birra.

"Non farti ingannare dall'altezza. Lei è *ferocemente* leale verso coloro che ama. Hai già avuto un assaggio del suo non tanto piacevole lato mattutino."

Lato mattutino? Non credo che, quando si parla di me, la

parola *piacevole* sia nel suo vocabolario, a prescindere dall'ora del giorno. Anche se le ho dato il soprannome di una caramella, Kay nei miei confronti non ha né zucchero, né cannella, né alcuna forma di dolcezza.

"Ma durante la settimana prima degli esami ha comunque messo la sveglia tutti i giorni per assicurarsi che io portassi il culo agli allenamenti quando ero stanco morto."

"Avrei pagato oro per vedere la scena." Non riesco a bloccare il sorriso che mi incurva le labbra, immaginandomi il tutto mentre lancio la pallina dall'altra parte del tavolo.

"Fidati", dice Grayson mentre mi mette una mano sulla spalla; le narici gli si allargano, gli occhi si spalancano. "Lo spettacolo non ti sarebbe piaciuto, ma alla fine ne è valsa la pena. È così che per lei io non sono soltanto Grant Grayson, ma sono diventato G."

Lei mi accetterà mai nello stesso modo?

O meglio... Voglio davvero che lei mi accetti nello stesso modo?

CAPITOLO 11

Una delle ragioni per cui conduco una "doppia vita" ha a che fare con il mio tentativo di mitigare il senso di colpa che mio fratello maggiore E prova per il modo in cui la sua carriera con i Baltimore Crabs ha influenzato la mia vita. Lui si concentra a tal punto sui lati negativi che finisce per dimenticarsi tutti i grandi vantaggi che il suo essere un giocatore professionista ci ha portato, o quanto facilmente lui avrebbe rinunciato a tutto per me.

"Ora… c'è il problema della tutela, dal momento che Kay ha meno di diciotto anni." Quelle sono le prime parole che riesco a ricordare vividamente dopo aver saputo che papà era stato ucciso da un autista ubriaco.

Senza batter ciglio, E si è subito dichiarato mio tutore legale, e quando il nostro avvocato di famiglia gli ha detto che sarebbe stato impossibile perché vivevamo in stati diversi (E viveva in Pennsylvania durante gli anni scolastici per giocare a football per la Penn State), lui gli ha risposto *"Pensa che manderò mia sorella in affidamento così che io possa giocare a football? È completamente fuori di testa?"*

Era disposto a smettere di inseguire il suo sogno, ad abbandonare tutto ciò per cui aveva lavorato tutta la vita, solo per per prendersi cura di me. Io gli voglio un bene dell'anima e mi assicurerò che lui non debba mai più pensare a una soluzione drastica del genere.

Quindi, anche se sembra esagerato, tengo segreto il fatto di essere una cheerleader di successo e, al di là di un minuscolo gruppo di persone a cui ho deciso di dirlo, lascio che il mondo creda che mio fratello sia solo un tizio di nome E, e non Eric Dennings, numero 87, il migliore *tight end* in tutti i team in cui abbia mai giocato, nonché campione del Super Bowl.

Non dovrebbe sorprendervi il fatto che E rifiuti di rispondere a qualunque domanda sulla vita privata che non riguardi la tanto amata moglie. È per questo che io e Bette entriamo nella grande hall del St. James Hotel, dove alloggiano i Crabs quando giocano contro una delle squadre di New York: restando dentro, invece di avventurarci fuori, abbiamo meno possibilità di essere beccate dai paparazzi.

Le suole delle mie Converse blu scricchiolano sulle piastrelle di marmo, mentre osservo l'opulenza della fontana della hall e i vari ospiti, vestiti molto meglio di me; infatti, indosso un paio di jeans neri strappati, abbinati a un top in seta annodato in vita che mostra una parte della schiena.

Lì, tra gli impiegati dell'albergo dediti alle loro attività, vedo E appoggiato a uno dei pilastri di marmo vicino all'ingresso del ristorante.

I nostri sguardi si incontrano, sul volto gli appare quel sorriso che gli ha permesso di ottenere molti contratti di sponsorizzazione e io inizio a correre verso di lui, fregandomene dell'attenzione che la mia euforia attira.

Salto tra le sue braccia tese, così come ho fatto con G alcune settimane prima, la visiera del mio cappellino degli Yankees che gli colpisce la fronte e i piedi che penzolano in aria, mentre E mi fa girare in tondo.

"Mi sei mancata, Scricciolo," dice mentre mi stringe a sé.

"Anche tu." Sollevo la testa per guardarlo. La differenza di altezza tra di noi è quasi comica. Mentre io non supero il metro e cinquanta, lui si colloca abbondantemente tra i centottanta e i centonovanta centimetri di altezza. Abbiamo entrambi i capelli biondi di papà, ma io gli occhi e l'altezza li ho presi tutti da mamma.

"Mi sei mancata anche tu, moglie." Quando lei finalmente ci

raggiunge, dal momento che ha deciso di camminare come una persona normale, E dà a Bette un bacio così appassionato che mi sento quasi in dovere di offrire a entrambi una sigaretta.

"Ci credo." Si avvicina a lui per baciarlo di nuovo.

Mio fratello mette il braccio libero attorno alla vita di Bette e ci conduce verso il ristorante. "Forza, è ora che porti le mie ragazze a cena."

La cameriera ci mostra il tavolo, E e Bette siedono sullo stesso lato del divanetto, le braccia di lui ancora strette attorno a lei. Anche se stanno insieme da sei anni e sono sposati da quattro, si comportano ancora come novelli sposi e ciò non smette mai di farmi sorridere.

"Non c'è B stasera?" domando riferendomi a Ben Turner, il *quarterback* dei Crabs e migliore amico di E. Sono quasi scioccata dalla sua assenza.

"No. Gli ho detto che volevo passare una bella serata con le mie ragazze."

"Te l'ha lasciato fare?" Sollevo un sopracciglio. Non è affatto da lui.

"Potrei averlo minacciato di chiedere a Jordan di mettere in atto una delle sue vendette, se non mi avesse dato retta."

Jordan Donovan è la co-proprietaria di *All Things Sports*, l'agenzia di pubbliche relazioni di cui si serve E. Proviene da una dinastia di giocatori di hockey, simile a quella dei Mannings per quanto riguarda il football; negli anni in cui E è stato suo cliente, ho sentito molte storie riguardo ai modi in cui lei si è vendicata degli scherzi che ha subito dai fratelli e dai loro compagni di squadra. Ora capisco perché B non è venuto.

"Come va all'università?" mi chiede E, prima di bere un goccio dell'acqua che gli ha portato la cameriera. Niente alcolici per lui, prima di una partita.

"Finora tutto bene. Sto iniziando ad abituarmi alla routine."

"Sei contenta dell'appartamento?"

La maggior parte delle persone penserebbe che stia chiedendo tanto per chiedere, ma io so che lui è sinceramente interessato alle mie risposte. Crescendo, siamo sempre stati presenti l'uno nella vita dell'altra, ma da quando papà è morto, E fa un grande sforzo per ridurre al minimo il vuoto che lui ha lasciato.

"Oh sì. Non che non voglia bene ad Em, ma è bello avere una camera da letto tutta per me."

"Scommetto che G adora il fatto che tu abbia una cucina."

Sorrido ripensando alla sera prima, quando lui e CK sono venuti a mangiare il chili. Sì, credo proprio che passerò molte altre serate cucinando per loro.

"E le nuove coinquiline?"

Mentre rifletto sulla risposta, prendo uno dei panini che ha portato il cameriere. Sento il pane croccante sotto le dita quando lo spezzo in due, il buon profumo di lievito e carboidrati mi stuzzica le narici mentre il centro del panino emette uno sbuffo di vapore caldo.

Ieri sera io ed Em abbiamo spiegato tutto a Bette, ma non sono certa di quanto lei abbia riferito ad E, dal momento che lui insiste sul fatto che io farei meglio a vivere a casa. C'è sempre il rischio che qualcosa lo infastidisca e mi tiri fuori dal dormitorio a costo di caricarmi sulle spalle, il tutto per proteggermi.

"Sono ragazze... a posto. Una mi piace molto. L'altra... la sto ancora valutando, ma per il momento abbiamo passato delle belle nottate insieme a guardare film."

"E alla Caserma?"

Finalmente un argomento di cui potrei parlare per ore e ore.

La ragione principale per cui E non mi ha fatto pressione affinché mi iscrivessi all'Università del Maryland (che è a soli quaranta minuti di strada da casa) è che, se fossi andata lì, non sarei stata in grado di allenarmi. Voglio dire, certo, avrei potuto trovare un'altra palestra di spicco (le Maryland Twisters sono tra le cheerleader più premiate del mondo), ma la Caserma è praticamente la mia seconda casa.

"Tutto bene. Come *stunt base*, abbiamo un nuovo ragazzo che è fantastico. Mi ricorda molto JT. Sua sorella ha fatto cheerleading con noi l'anno scorso e lui ha superato il provino per questa stagione. Ha un talento pazzesco."

"Quanti anni ha?"

"Sedici. Per la sua età è piuttosto grosso. È fantastico nel *partner stunt*."

"Wow, straordinario." Il suo non è un commento superficiale: mio fratello conosce bene la complessità del cheerleading, quanto io conosco quella del football.

"Dovrò mandarti dei video. È pazzesco quanto sia migliorato da maggio a oggi. JT ha lavorato molto con lui, prima di tornare a Lexington."

"Beh, se deve imparare da qualcuno, JT è il migliore sulla piazza."

Quella non è un'opinione; è un fatto, almeno secondo la Universal Cheerleaders Associations e i giudici della UCA Partner Stunt Nationals.

Bette traccia dei pigri cerchi col dito lungo l'avambraccio di E, mentre lui le sfiora le punte dei capelli. Quando sono insieme, i due sono sempre a contatto l'uno con l'altra. Anch'io voglio una relazione così... Non con mio fratello, ovviamente, ma con qualcuno di speciale.

Come Mason?

Cosa cosa cosa? La mia cheerleader interiore è ubriaca o cosa? È l'unico modo per spiegare quel suggerimento niente affatto divertente.

CAPITOLO 12

MASON

Solitamente, il mattino successivo a una festa dell'Alpha Kappa, e in particolar modo dopo una vittoria, approfitto dell'unico giorno libero dagli allenamenti per dormire.

Ma non oggi. Invece, sono già sceso in cucina a preparare un frullato proteico.

La scorsa notte non avevo voglia di fare festa e, dopo aver fatto due partite di beer pong con Grayson, ho deciso di andare a dormire presto.

Non chiedetemi perché, altrimenti vi risponderò che l'ho fatto soltanto perché ero stanco per la partita e *non* perché avevo in mente una certa bionda con i riflessi arcobaleno e dal carattere irriverente.

"Che ci fai già in piedi?" Grayson sceglie proprio questo momento per entrare in cucina, con indosso una maglietta rossa, bianca e blu della squadra di football dei New York Empire.

"Non avevi detto che Kay ti avrebbe minacciato di morte se avessi indossato roba degli Empire?" Scuoto la testa mentre noto il suo abbigliamento.

"*Pfff.*" Fa spallucce. "Quella ragazza mi adora… non si arrabbierà. E poi mi conosce abbastanza bene da sapere che per nulla al mondo andrei a vedere una partita della mia squadra senza indossarne i colori."

"Come dici tu, amico." Finisco di preparare il frullato e lo verso nella tazza.

"Sono sorpreso di vederti in piedi così presto dopo la notte scorsa," commenta mentre ci dirigiamo verso l'ingresso della casa.

È perché il mio uccello era troppo impegnato a fantasticare di avere sopra di sé la tua migliore amica.

Che mi prenda un colpo. È così?

Non ne ho la minima idea.

Quello che so è che pensieri del genere sono il modo più veloce per rovinarmi.

Devo anche trovare un modo di togliermi Kay dalla testa prima che lei diventi un'ossessione e mi impedisca di pucciare il biscotto con altre.

Chi è che si chiude nella propria camera da letto durante una festa? Cos'era quella roba da Cenerentola che ho fatto ieri sera? A letto a mezzanotte… Perfino io stesso sono imbarazzato dal mio comportamento.

"Io e Trav andiamo a farci una corsa. Ammesso che si alzi dal letto." Guardo verso le scale.

Come se ci avesse sentito parlare di lui, Trav scende le scale accompagnato da una bella ragazza latinoamericana. Almeno uno di noi è andato a segno.

"Buondì, tesoro. Era ora che ti alzassi."

"Sì, sì." Mi fa il dito medio. "Sono pronto, andiamo."

Trav apre la porta e saluta con un bacio la sua avventura di una notte: sempre un gentiluomo, anche quando si tratta di scortare le sue prede durante la sfilata della vergogna. "Oh, che bella Jeep," dice la ragazza non appena mette piede fuori dalla porta.

"Merda." Grayson si irrigidisce, poi domanda: "È rosa?".

"Sì."

"Accidenti." Si avvia in fretta verso la porta. "Devo andare."

Lo seguo, avvicinandomi all'ingresso con Trav, ed eccola lì, una Jeep color rosa acceso parcheggiata sul bordo del marciapiede, con una bionda dall'aspetto familiare seduta al posto di guida.

"Ma senti quello che ti dico o no?" urla Kay, balzando giù dal mezzo.

"Pensavi davvero che sarei andato a una partita degli Empire senza una loro maglietta, Baby?" Grayson scuote la testa. "Credevo che mi conoscessi."

"*Quella* sarebbe l'amica di Grayson?" Trav si mette al mio fianco.

"Già."

"È sexy," constata, mentre lei stringe Grant in un abbraccio.

Concordo pienamente con la valutazione di Trav, anche se una parte di me si ribella al pensiero che il mio migliore amico la stia contemplando.

Le insicurezze che ho sepolto a lungo non mi impediscono di vedere quanto Kay sia attraente con il cappellino viola dei Crabs, i capelli raccolti in una coda di cavallo e grandi orecchini viola, il tutto abbinato a una casacca viola annodata ai fianchi che riporta il nome del giocatore dei Crabs Eric Dennings.

La casacca di un tight end. Interessante.

Come se la parte sopra non fosse già sexy di per sé, c'è anche il modo in cui quei jeans corti le mettono in mostra le gambe alla perfezione, mentre i suoi piccoli piedi calzano Converse viola.

"Possiedi Converse di tutti i colori dell'arcobaleno?" Non riesco a non punzecchiarla; è una cosa tra noi.

Non dovresti avere una cosa *con nessuna ragazza, Nova. Football e soltanto football. Nient'altro. Se non è una scopata facile, passa oltre.*

Al suono della mia voce, Kay si volta nella mia direzione. Quando mi sorride, mi sento come se avessi vinto la lotteria. "Praticamente sì."

Il suo sguardo si sposta al mio fianco, verso Trav. "Trav, questa è Skittles. Skit, questo è Trav."

Kay ride… mi ride in faccia.

Ma che cacchio? Mi stavo comportando da gentiluomo, stavo facendo le presentazioni.

"Conosco QB1." Alza gli occhi al cielo prima di rivolgersi a lui. "Piacere di conoscerti. Il mio vero nome è Kay."

Trav le fa il suo sorriso da rubacuori, che gli fa guadagnare un'occhiataccia da parte di Grayson, mentre io stringo i pugni.

Devo farmi visitare. Questi impulsi non sono normali.

Kay nota lo sguardo duro di Grant e lo trascina per un braccio. "Tu vai con Bette."

"Cosa? Perché?"

Kay smette di tirarlo, anche se sospetto che lui si stia spostando di propria volontà, vista la differenza di taglia tra loro.

"Non ti faccio salire in macchina se indossi *quella roba*." Indica la maglietta offensiva.

"Aspetta." Mi passo le mani sul cappello, che porto all'incontrario, e le metto a coppa intorno alla visiera. "Se hai spazio, perché non inviti me?"

Il suo sorriso si allarga e le mie palle fremono alla vista del luccichio malizioso che brilla nei suoi occhi grigi. "Non ci penso nemmeno."

"Perché no? Siamo amici," ribatto.

Arriccia il naso in quel modo tenero.

Tenero? Da quando pensi che le ragazze siano tenere, Nova? Azione sospetta! Fermate la partita!

"Mica tanto."

Cerca di sembrare sicura di sé, ma è una messinscena. I suoi occhi continuano a muoversi a destra e sinistra, osservando i miei bicipiti grossi quanto noci di cocco, e più di una volta ha posato lo sguardo sul modo in cui la maglietta con scritto *Proprietà privata: squadra di football dell'Università di Jersey* mi aderisce al petto.

Trav si lascia andare a una fragorosa risata. "Accidenti, non avrei *mai* pensato di incontrare una ragazza a cui non piace Casanova."

"Congratulazioni, ora l'hai trovata." Kay fa un inchino.

"Io so di piacerti," la sfido.

"Se pensarlo ti fa dormire meglio..."

Un'altra esplosione di risate da parte di Trav. Che stronzo.

"Se non ti piaccio, perché hai la maglietta di un *tight end*?"

Alza gli occhi al cielo, ancora una volta.

"Solo perché mi piace un *tight end* di una squadra della NFL non significa che mi piacciano tutti i *tight end* di questo mondo. Dennings è anche il mio cognome. Non ha *niente* a che vedere con il ruolo sul campo."

Le lancio uno sguardo che vuol dire *Certo, come no...* e cosa ottengo? Indovinato: un'altra alzata di occhi.

"Volevo solo dire che quell'ottantasette ti sta bene."

"Mi sta ancora meglio perché non è il tuo, Casanova."

Trav è così divertito che ora si tiene la pancia.

"Andiamo, G." Kay si stringe nuovamente la maglietta ai fianchi. "Ci perderemo la festa di inizio partita."

Grayson procede verso il Range Rover bianco, mentre Kay rientra nella Jeep.

"Ciao, ragazzi." Kay agita la mano verso di noi, poi si allontana.

Mentre guardo le luci posteriori della Jeep sparire in lontananza, Trav si volta verso di me. Prima ancora che apra la bocca, so che cosa sta pensando. "Ti piace."

"Chi? Skittles?"

Annuisce.

"Sì, è una tipa a posto." Sollevo una gamba e inizio a fare degli esercizi di stretching.

"Lo sai cosa intendo." Inizia a fare stretching a sua volta. "È passato molto tempo dall'ultima volta che ti è interessato quello che una ragazza crede di te." Lo sa bene: ricorda perfettamente cos'è successo l'ultima volta. "È evidente che ti interessa quello che pensa lei."

Inutile negarlo. Trav mi conosce meglio di chiunque altro.

"Possiamo andare a correre?"

Devo per impedire a questo scemo di continuare a parlare. Peccato che la strategia non funzioni. Non siamo nemmeno usciti dal quartiere delle confraternite che ricomincia.

"Dunque… le hai dato un soprannome, eh?"

"*E quindi?*"

"E quindi niente." Non mi piace il modo in cui fa una pausa tra una frase e l'altra. "Dimostra solo che avevo ragione."

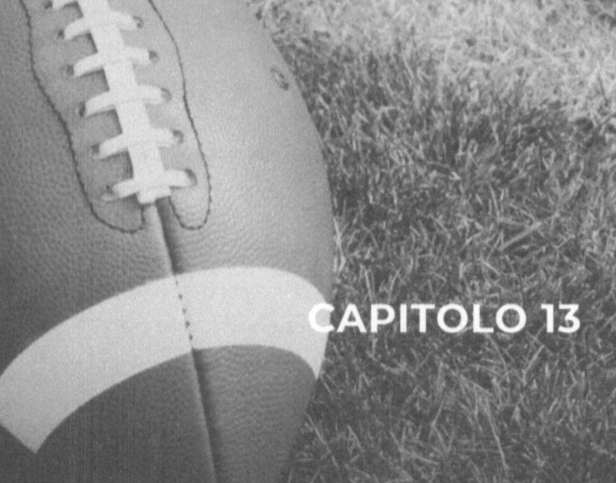

CAPITOLO 13

MASON

Rumori di armadietti che si chiudono e di qualcuno che ogni tanto fa schioccare un asciugamano bagnato, mentre due dozzine di uomini, dopo una mattinata passata in sala pesi, si fanno la doccia e si preparano per andare a lezione.

Non sono mai stato un granché come studente. Lo studio non mi fa divertire quanto il football, faccio solo il minimo indispensabile per essere idoneo a giocare. Dunque, il fatto che io mi stia vestendo in tutta fretta per arrivare a lezione in anticipo è senza precedenti.

Avete mai visto un asino volare?

Due giorni. Sono passati due giorni dall'ultima volta che ho visto Kay e ho il coraggio di dire che una parte di me sente la sua mancanza. La conosco a malapena, eppure ecco qui il donnaiolo del campus, Casanova in persona, che sente la mancanza di una ragazza.

Qualcuno prova qualcosa per la "sorella" di Grayson.

Non io di certo.

Provare *qualcosa* vorrebbe dire avere dei sentimenti nei suoi confronti.

Io sono Casanova. Non mi ammalo di sentimenti. Sono pienamente vaccinato.

"Ci vediamo dopo per pranzo?" mi domanda Trav quando lo incontro al bancone del caffè.

Mentre la barista prepara il mio caffè e quello di Kay, qualcosa per cui sono sicuro che Trav mi romperà le palle, mi volto verso il mio migliore amico.

Lo adoro. Siamo amicissimi da una vita: così come Grayson considera Kay sua sorella, io considero Trav mio fratello.

Detesto il fatto che ci sia ancora una piccola, minuscola, infinitesimale parte di me che nutre un dubbio riguardo al disastro di Chrissy / Tina. D'altra parte, è solo un miracolo se siamo riusciti a salvare la nostra amicizia, invece di lasciare che una stronza doppiogiochista la distruggesse.

Noi due potremmo anche essere noti per le nostre conquiste, ma non siamo più così governati dal nostro uccello da permettere a una ragazza che finge di essere un'altra persona di prenderci in giro.

"Pranziamo al Nido?"

Davanti a quel suggerimento, Trav aggrotta le sopracciglia. Di solito pranziamo al centro sportivo, dove cucinano menù speciali sviluppati per venire incontro alle esigenze nutrizionali degli atleti dell'università. Non è assurdo che ci vedano al Nido, ma è insolito.

Tengo per me stesso il fatto che voglio mangiare al Nido perché Grayson, e di conseguenza anche Kay, pranzano lì... e ho dunque intenzione di infilarmi al loro tavolo... di nuovo. Una parte di me spera che, se porterò con me dei rinforzi, sarà meno probabile che lei se ne vada come ha fatto la volta scorsa.

"Si può fare." Battiamo il pugno e ci separiamo per andare alle nostre rispettive lezioni.

Quando entro nell'aula in cui si tiene la lezione, trovo Kay seduta al solito posto. Nonostante si lamenti del fatto che io mi sieda di fianco a lei, non ha trovato altri posti.

Salgo le scale per raggiungere il mio posto e appoggio vicino al suo laptop la tazza di caffè che ho preso per lei, come ho fatto la settimana scorsa. Ancora una volta mi guarda con aria sorpresa, prima di mormorare un debole *grazie* senza mettersi a discutere... Stiamo facendo progressi.

Il tempo scorre velocemente e presto incontriamo Grayson,

poi accompagno Kay alla prossima lezione. Beh, accompagno per modo di dire. Certo, camminiamo nella stessa direzione, ma fuori Kay si mantiene dal lato opposto del vialetto. Le mostro le mie fossette e lei alza gli occhi al cielo. Questa routine che si è instaurata tra noi è simpatica.

*Simpatica? Il microfono è acceso? Prova, prova... *colpetti sul microfono* Ma senti quello che dici? Simpatica? Bel Casanova che sei.*

La lezione di inglese si trascina all'infinito, mentre il mio coach interiore continua a sgridarmi perché penso a Kay come a qualcosa di diverso da un bel pezzo di carne.

Devo trovare una da portarmi a letto, così il suddetto coach smetterà di fare lo scorbutico.

Io e Trav ci incontriamo fuori dal Nido e, dopo una veloce deviazione alla ricerca di cibo, inizio a dare la caccia al gruppo. Lo trovo allo stesso tavolo della settimana scorsa, appartato in un angolo, quasi nascosto in mezzo alla massa di studentesse.

Riesco a vedere solo la parte superiore della coda di cavallo di Kay, dal momento che ha la testa piegata su un libro di cui sta discutendo assieme a JT. Al tavolo da sei c'è un solo posto libero —fortunatamente per me, è proprio di fianco a Skittles—e io mi ci fiondo subito, mentre Trav prende una sedia da un altro tavolo e la porta a quello dov'è lei, sedendosi a cavalcioni.

Alcuni riccioli ribelli mi cadono lungo la guancia, incastrandosi nella mia barba, mentre lei si volta per vedere chi mai si sia imbucato al suo pranzo.

Un turbine di tempesta le attraversa lo sguardo mentre stringe gli occhi verso di me, prima di alzarli al cielo.

Sto iniziando a vivere solo per suscitarle quella reazione.

Specialmente se riuscirò a farglieli alzare al cielo dall'orgasmo.

"...e quindi?" Kay indica Trav, ma tiene lo sguardo verso di me. "Speri che ti faremo rimanere solo perché hai portato dei rinforzi?"

"A essere sinceri," dico mettendole il braccio dietro allo schienale e poi indicando con il dito i suoi amici, "loro mi hanno permesso di restare, l'ultima volta. La vera domanda è se tu hai intenzione di scappare di nuovo."

Le guardo la bocca e noto le labbra assottigliarsi. A quanto pare, a qualcuno non piace essere chiamata codarda.

"Sei fastidiosamente insistente."

"E tu sei proprio adorabile." Le premo la punta del naso con il dito, facendoglielo arricciare.

Le ho davvero premuto il naso?

Oh, sì, davvero *una bella mossa, Casanova.*

"Non eri tu quella che diceva *più siamo e meglio è?*"

Alza di nuovo gli occhi.

Ridacchio e presento Trav a coloro che ancora non lo conoscono.

"Devo presumere che Mase si sia autoinvitato nel tuo gruppo?" Trav si sporge verso Kay come se fossero amici da una vita e io devo resistere all'impulso di allontanarlo da lei.

"Già." I suoi occhi grigi sfrecciano verso di me, poi di nuovo verso il mio migliore amico. "È come l'herpes, non ci si libera mai di lui."

Trav si strozza con l'acqua, sputandola sul tavolo.

"Grays…" Tossisce. "Perché non ce l'hai fatta conoscere prima?" Un altro colpo di tosse, poi si schiarisce la gola. "È uno spasso."

Colpisco il braccio di Trav con un pugno.

"Che c'è?" Prova a farmi uno sguardo innocente, ma non ci riesce. "Mica tutti i giorni si incontra una ragazza immune all'incantesimo di Casanova. Mi piace."

Ti pareva. E poi, senti chi parla. Lui fa abbassare le mutandine alle ragazze con la stessa facilità con cui fa i passaggi laterali sul campo di football.

"Non avrei mai dovuto dirti di venire a pranzare qui."

Trav mi dà un sonoro bacio sulla guancia. Il bastardo è fortunato che io non possa placcarlo durante gli allenamenti.

"Mi piace la tua maglietta." Punta un dito verso la t-shirt arancione di Kay che recita *Sono qui solo perché Hogwarts non accetta le borse di studio statali.* "Sto ancora aspettando la mia lettera di ammissione."

"Ti piace *Harry Potter?*" Piega le braccia sopra il suo libro aperto, guardando Trav con aria dubbiosa.

"Proprio così." Non c'è alcuna vergogna nella sua risposta.

"I film?"

"Anche i libri."

Ogni singolo presente fa rimbalzare lo sguardo tra loro due, osservando il modo pesante, silenzioso e ponderato con cui si guardano l'un l'altra, come se fossero due lottatori.

"Tu puoi restare," dichiara Kay, poi mi indica con la penna. "Invece, per quanto riguarda te, la giuria deve ancora emettere un verdetto."

Oh, ti piacerò, tesoro, te lo prometto.

"A essere sinceri..." Trav accorre in mia difesa come farebbe ogni bravo fratello. "...anche Mason ha letto tutti i libri."

Boom. Beccati questa.

"*Davvero?*" Usa degli ami da pesca per tirare su le sopracciglia? Accidenti, quanto sono arcuate.

"Grifondoro tutta la vita." Mi batto il petto due volte. "E poi ti porto il caffè tutte le mattine: devi farmi restare." Mi appoggio all'indietro, gettando un braccio attorno allo schienale della sua sedia.

Grayson si volta verso di lei e le rivolge uno sguardo che non riesco a interpretare bene.

"Dovresti andare alla caffetteria di Lyle. È tipo il sogno di qualunque potteriano," suggerisce Em, guadagnandosi tutti gli inviti che vuole alle feste dell'Alpha Kappa.

"Vuoi venire a bere un caffè con me, Skittles?" Avvolgo col dito una ciocca dei suoi capelli, sentendo la loro setosità sulla pelle. "È perfetto per il nostro primo appuntamento. Dopo tutto, il caffè è ciò che ci lega."

Merda! Ho appena ammesso che c'è qualcosa che ci lega.

Mi allontana la mano e mi osserva con sguardo truce, mentre un rossore invitante le sale lungo il collo. "*Assolutamente* no. Non ci sarà *mai* nulla tra noi."

Questo lo credi tu. Dammi dieci minuti e ti faccio vedere quant'è grande quello che c'è tra noi.

"Com'è andata la partita? Grayson non ha tenuto troppo il broncio perché la sua squadra ha perso, vero?" domanda Trav, cercando di allentare la tensione che aleggia su tutto il tavolo.

"No, l'ha presa bene." Em dà simpaticamente una pacca sul braccio a Grayson.

"Non dare a Mister Tifo Sempre Per la Squadra Sbagliata più credito di quanto ne meriti." È bello vedere Kay prendersela con qualcuno che non sia io, ogni tanto. "Era ancora su di giri per il fantastico taglio di capelli che gli hanno fatto."

Grayson si limita a fare spallucce e le fa l'occhiolino.

"Te l'hanno fatto alla partita?" Gli indico la parte posteriore della testa, dove campeggia una fantastica rappresentazione del logo degli Hawks fatta con il rasoio elettrico. I dettagli degli artigli ricurvi e delle ali spiegate a mezz'aria sono pregevoli.

"Sì. Bette me l'ha fatto nel parcheggio dello stadio durante la festa di inizio partita," risponde Grayson.

"Chi è Bette?" domanda Trav.

"Una parente di Skittles." Kay si volta a guardarmi, sorpresa del fatto che io me ne sia ricordato.

Un altro punto per me sul tabellone.

"Bette è la migliore. È venuta alcune volte a supportarmi durante il campionato di basket."

"Fa i disegni solo a te?" Trav si sporge verso di lui per guardare meglio la rasatura.

"Volevi chiedere se li fa anche a piccoli e teneri ragazzetti bianchi come te?" Grant lo provoca soffiandogli un bacetto.

"Chi hai chiamato *piccolo*, stronzo?" Trav mostra il bicipite come per dire *Guarda questo dono degli dèi*.

"Ti faccio vedere il mio se mi fai vedere il tuo," replica Grayson.

"Non è questo il vero muscolo grosso che vuoi vedere. Sapevo che mi desideravi, Grayson." Trav aggrotta le sopracciglia.

Oh, ma tu guarda, Kay sta alzando gli occhi.

"Siete davvero dei bambini." C'è un accenno di sorriso sulle sue labbra. "E per rispondere alla tua domanda, fa i disegni sui capelli a chiunque. Il suo profilo Instagram è pieno di foto dei disegni che ha fatto."

Grayson tira fuori il telefono per farci vedere il suo account Instagram e io e Trav ci sporgiamo in avanti per guardare le foto. Mentre scorriamo la sua pagina scorgo delle rasature davvero favolose e delle tinte assolutamente fantastiche, incluse delle ciocche bionde e arcobaleno dall'aria molto familiare. Prendo nota dell'account Instagram per vedere se riesco a trovare quello di Kay: va bene qualunque cosa che possa essere utile a darmi anche un solo indizio.

Mentre la gente passa, si sentono intonare i cori degli Hawks e spesso dei fan e delle ammiratrici si fermano a chiacchierare con noi. Era inevitabile che io, Trav e Grayson seduti allo stesso tavolo avremmo attirato l'attenzione.

Mentre il flusso di fan non accenna a fermarsi, sento Kay spostare la sedia e allontanarsi da me. Corrugo la fronte quando la sua sedia si scosta dal tavolo tanto da spostarmi il braccio, che era dietro allo schienale. Quando guardo verso di lei, noto che mi dà la schiena e che si è messa in una posizione tale da dare nell'occhio il meno possibile.

Sono abituato a vedere le persone avvicinarsi a me per ricevere la mia attenzione o per godere di una parte della mia fama.

Ma questa distanza è qualcosa di completamente diverso.

Non dovrebbe piacermi, eppure è così.

Era questo che intendeva Grayson?

Lei è davvero una ventata di aria fresca.

Basta preoccuparti della bionda e concentrati sulle ammiratrici. Guarda che belle tette. Basta sollevare un po' la maglietta e te le trovi dritte in bocca.

All'Università di Jersey lo sport è tutto, in particolare il football e il basket. La gente fa domande a Grayson riguardo alla stagione di basket, anche se non è ancora iniziata. Per quanto il mio coach interiore desideri che io ignori Kay e mi concentri su tutte le ragazze disponibili che mi circondano, non mi sfugge il modo in cui Grant si allontana da lei, tenendola distante dalla folla che la circonda.

La gente domanda a me e Trav cosa pensiamo della prossima partita e della possibilità di vincere il campionato; alcuni vogliono farsi un selfie con noi, firmiamo perfino un paio di autografi. Ci siamo abituati, visto quanti cartelloni e poster che ci ritraggono sono affissi per tutto il campus.

Questa sì che è vita. È fottutamente bello sentirsi il re.

E allora perché, quando noto che Kay se n'è andata, mi sento come se stessi indossando una corona di plastica scadente?

KAYLA

Fermo Pinky nel mio parcheggio riservato presso la Caserma e vengo pervasa da quel senso di calma che provo sempre alla vista dell'edificio di novemila metri quadrati di superficie.

Non è solo la sede della federazione di cheerleading del New Jersey; è la *mia* seconda casa. E non c'entrano niente l'equipaggiamento di prim'ordine, le tante piste da competizione, i tre trampolini da allenamento, il foam pit per allenarsi alle capriole o la palestra da CrossFit. No, ciò che rende questo posto speciale sono le persone che lo vivono sette giorni su sette.

Quando ho dovuto affrontare la più grande tragedia della mia vita, cioè perdere papà in modo tanto improvviso e drammatico, queste persone si sono strette attorno a me e mi hanno fatto da scudo, talvolta in senso letterale, ponendo i loro corpi tra me e chi cercava di sfruttarmi.

Ogni volta che la vita sembra difficile da affrontare, io vengo qui. Niente mi fa ripartire come volteggiare sui materassini blu su cui sono cresciuta.

Non ho mai avuto bisogno di una ripartenza come in questo momento. Ci sono troppi sentimenti che mi ribollono dentro, da quando Mason Nova è entrato nella mia vita con quel cavolo di berretto messo all'incontrario e le sue fossette tanto profonde che potresti nuotarci dentro; mi ha persino portato il caffè e si è imbucato al mio tavolo durante il pranzo. Ho lo stomaco più contorto di un volteggio acrobatico.

È per questo che sono venuta qui con un'ora di anticipo rispetto all'allenamento degli Admirals, la nostra squadra mista di secondo livello, nonché la mia vecchia squadra.

Cammino silenziosamente attraverso l'atrio, salutando l'impiegato della reception e passando davanti a tutti i trofei dei campionati nazionali e mondiali.

Non c'è nessuno al negozio di bevande proteiche, ma sento delle voci provenire dalla scalinata che conduce all'area genitori e all'area spettatori del secondo piano.

Mentre passo vicino all'ufficio della coach Kris noto che la luce è accesa. Non sono sorpresa che anche lei sia qui presto; in quanto proprietaria e allenatrice capo, è l'unica che passa qui più tempo di quanto ne passi io.

Alcune persone mi salutano mentre seguo il percorso color blu mimetico che conduce agli spogliatoi sul retro della palestra.

Lentamente, faccio passare la cinghia del borsone sopra la testa e lo faccio cadere a terra con un *flop*, per poi abbandonarmi su una delle panche di legno poste di fronte agli armadietti riservati al personale.

Faccio un respiro, appoggio i gomiti sulle ginocchia e mi chino in avanti, osservando le dita aperte e i vari anelli incastonati di pietre che le adornano.

L'acquamarina alla mano sinistra, e il topazio arancione a quella destra, brillano in modo particolare sotto la luce fluorescente, mentre ripenso alla conversazione che ho avuto poco prima con G.

"Vieni alla festa dell'Alpha Kappa domani."

Sbuffo ripensando al tono serio con cui me l'ha detto.

"È una festa solo su invito. Sarà una festa piccola, ti divertirai."

Neanche morta.

"Senti, Baby." Mi cinge le spalle e mi tiene davanti a sé, costringendomi a sollevare la testa di centottanta gradi per riuscire a guardarlo in faccia. "Ti voglio bene e non sto dicendo che dovresti finire sulla pagina Instagram dell'università e dire a tutti chi sei, ma credo che tu ti stia nascondendo."

Può dirlo forte, che mi sto nascondendo. Sono una fifona. Il solo pensiero di uscire dalla bolla di persone accuratamente selezionate che mi sono costruita mi fa sudare freddo.

Mi tolgo gli anelli dalle dita e li ripongo nella piccola custodia che tengo nella borsa.

"Anche JT pensa che ti farà bene. Esci dalla tua comfort zone, io sarò lì a coprirti le spalle."

Dannati fratelli che non sanno mai farsi gli affari propri.

Eppure, mentre mi allaccio le scarpe e indosso la mia t-shirt nera con scritto *Coach PF* nel blu mimetico dei New Jersey Admirals, non riesco a togliermi dalla testa il fatto che G e JT potrebbero aver ragione.

"Perché dovrei andare a una festa della confraternita? Lo sai che non fanno per me, G."

"Perché ci sarò anch'io."

Stendendo il materassino lungo una delle piste da allenamento, inizio a fare i miei soliti esercizi di stretching.

"Ma io ti posso vedere in qualunque momento. *Non ho bisogno di andare alla sede dell'Alpha Kappa per vederti."*

"Non dico che dobbiamo passare tutto il tempo lì, ma sai che essere un Alpha è parte della mia vita. Se sono sempre a casa tua, come faccio a coltivare le relazioni e i contatti che mi hanno spinto a unirmi alla confraternita?"

I salti e le capriole che faccio sulla pista non mi aiutano a schiarirmi le idee.

"So che hai paura di far entrare gente nella tua vita. Con la tua storia, chi non ce l'avrebbe?"

"Ho già fatto entrare gente nella mia vita: tu, Em, CK." Li elenco con la punta delle dita. *"Io e Q abbiamo legato."*

"Lei non è l'unica persona con cui hai legato."

Faccio un doppio avvitamento mentre penso al modo in cui ha evitato di rispondermi quando gli ho chiesto che cosa intendesse con *quella frase.*

Lo sai a chi si riferisce. La mia cheerleader interiore si sistema il fiocco sulla testa dall'ansia.

"Vuoi dirmi cosa ti fa agitare in questo modo?" La coach Kris mi guarda dalla fine della pista.

"Di cosa stai parlando?" Saltello verso di lei come Tigro di Winnie the Pooh.

"Non fare la finta tonta con me, Kay." Controlla l'orologio.

"Tra poco gli Admirals entreranno da quella porta. Non sprechiamo il poco tempo che abbiamo dicendo sciocchezze."

"Oooh, dev'essere una cosa seria, se mi hai chiamata Kay." La battuta spocchiosa mi fa guadagnare quel suo sguardo che significa *Vuoi davvero mettermi alla prova?* È un'occhiataccia che ha fatto tremare le gambe a molte giovani cheerleader.

"Se stessi saltando come una matta per un problema professionale ti chiamerei PF, ma so che lo stai facendo per una questione personale."

Ed ecco il motivo per cui non vorrei lavorare in nessun'altra palestra. Kris è molto più di una semplice allenatrice, molto più di un capo. Gli atleti e i collaboratori, per lei, sono come una famiglia. Sono un membro dei New Jersey Admirals da quando avevo tre anni e lei mi ha aiutata a crescere da ben prima che perdessi i miei genitori.

"Cosa ha combinato JT?" domanda, al che la guardo negli occhi, allontanando lo sguardo dalle centinaia di premi che le squadre di cheerleading hanno vinto nel corso di molte gare. "Che c'è?" Fa spallucce. "Quando vieni qui a scaricare le tue frustrazioni, di solito è per colpa sua."

"Non è niente." Mi fa di nuovo *quello sguardo*. "Va bene." Sospiro. "Lui e G vogliono che io vada a una festa della confraternita di G."

"E tu temi che finirà come ai tempi delle superiori?" Annuisco. "Comprensibile."

La mascella mi cade fino a colpire il tappeto blu sotto i miei piedi. *Non* mi aspettavo che lo dicesse.

"Non devi cercare la mia approvazione, Kay." Mi mette una mano sul braccio per confortarmi. "Devi decidere da sola. Ma…" Solleva un sopracciglio. "C'è un aspetto che devi prendere in considerazione."

La guardo con occhi imploranti.

"Guarda come sono andate bene le cose, da quando hai fatto entrare delle cheerleader non appartenenti ai New Jersey Admirals. Chi ti dice che non sarà lo stesso?"

Strofino il pollice sul dito medio della mano destra e, anche se ora non ce l'ho al dito, sento il peso dell'anello di diamanti che a volte indosso per T ed Em. È vero. Se l'anno scorso mi fossi attenuta al mio piano originale, non avrei conosciuto Em, che non è più solo un'amica, ma è diventata una sorella.

"Ci penserò."

"È tutto quello che ti chiedo." Mi stringe il braccio, poi batte le mani. "Ora, che ne dici di mettere in forma questi Admirals? Hanno un titolo mondiale che li aspetta."

Questo sì che è un piano che mi piace.

CAPITOLO 15

KAYLA

Sono sotto la doccia e ascolto una canzone di Lizzo nel tentativo di darmi la carica per stasera, quando sento la porta del bagno aprirsi e chiudersi. Scostando la tenda, con i riccioli carichi di shampoo che mi cadono negli occhi, vedo Em sedersi sul coperchio del water con le gambe incrociate e le mani delicatamente strette l'una sull'altra.

"Em?" domando per semplice curiosità, non perché io sia stupita del fatto che lei sia lì: non è la prima volta che ci facciamo una chiacchierata mentre una delle due è sotto la doccia.

"Allora…" Mi fa un sorriso imbarazzato, prima che io torni sotto il getto d'acqua per sciacquarmi lo shampoo dai capelli.

"Allora…"

"Non sei arrabbiata con me, vero?" Non ho bisogno di vederla per capire che si sta togliendo le pellicine dalle unghie.

Uno dei motivi per cui sono riuscita ad abbassare le difese al punto da permettere a Em di entrare nella mia vita è perché lei è la persona più empatica che abbia mai conosciuto, una qualità non da poco, considerando l'educazione che ha ricevuto.

"Em, perché mai dovrei essere arrabbiata con te?"

Nel tempo in cui elabora la risposta, riesco a mettermi il balsamo sui capelli e a lavarmi il viso.

"Perché ero d'accordo con i ragazzi riguardo alla festa di stasera."

Questa ragazza. A volte ha davvero il cuore troppo grande.

Potrei avere avuto un piccolo litigio con G, quando ci ha invitate, ma ho capito le sue intenzioni. Aiutarlo durante il periodo di candidatura alla confraternita è stata una delle scelte che ci ha legati l'uno all'altra. Nascondere la testa sotto la sabbia potrebbe anche essere il mio metodo preferito per affrontare ciò che non voglio affrontare, ma la mia borsa di studio accademica è la prova che non sono così stupida da reagire così in questo caso.

Sapete che cosa non ho preso in considerazione?

Mason Nova.

Ho ceduto alle sue pressioni e alla promessa che stasera, alla festa, avremmo guardato Thursday Night Football, visto che trasmettono la tanto attesa partita dei Crabs, la squadra di E, contro i Pittsburgh... No, questo era decisamente inaspettato.

Certo, gli ho fatto credere che voglio guardare la partita soltanto perché sono una fan dei Crabs—il che è vero—e non perché faccio il tifo per mio fratello. Il semplice fatto che Mason mi porti il caffè non significa che io debba raccontargli tutti i miei segreti.

Quando ammetterai che quella del caffè è stata una bella mossa?

La mia cheerleader interiore deve smetterla di farsi i fatti miei.

Ehm... sono la manifestazione mentale dei tuoi pensieri. Questo non mi autorizza forse a farmi i fatti tuoi?

Uff!

Non aiuta il fatto che quel fenomeno—mi riferisco a Mason come tight end, non al suo culetto sodo, benché anch'esso abbia un che di fenomenale—sia stato al centro dei miei pensieri più di quanto io sia disposta ad ammettere.

Certo, ho visto il suo lato Casanova: è agli altri aspetti di lui, quelli che contraddicono tale reputazione, che non riesco a smettere di pensare.

C'è il suo lato divertente, con tutte quelle battute che fa riguardo alle mie magliette.

Poi c'è il fatto che è un fan di *Harry Potter*.

No. È ora di bloccare tutti i pensieri su Mason, perché è un pendio molto scivoloso.

Finirò per pensare a quel cavolo di cappellino all'incontrario.

E a quelle fossette.

Le odio. Beh, in realtà no. Odio solo il fatto che mi fanno venire voglia di baciarlo.

Io. Non. Bacio. Giocatori. Di. Football.

"Kay?"

Accidenti! Mi sono dimenticata di risponderle. "No, Em. Non sono arrabbiata. Te lo giuro."

Non appena chiudo l'acqua, Em mi passa uno dei miei asciugamani rosa.

"È tutto a posto. Davvero." Prendo un secondo asciugamano e me lo avvolgo in testa stile Marge Simpson.

Dato che Em non sembra ancora del tutto certa, la tiro verso di me in un abbraccio, entrambe incuranti del fatto che io sia coperta solo da un asciugamano e lei sia ancora in tenuta da allenamento.

"Ora fatti una doccia veloce e vieni in camera mia a prepararti. Mi aspetto che Bette ci faccia una videochiamata per dispensarci consigli su cosa indossare."

"Se dobbiamo andare alla nostra prima festa della confraternita, tanto vale farlo in grande stile."

Annuisco, esco dal bagno e mi dirigo verso camera mia.

Mentre io mi metto una maglietta e una felpa dell'Università di Jersey, mi asciugo i capelli e collego la piastra per stirarli, Em finisce di farsi la doccia, dopodiché mi arriva sul laptop la chiamata di Bette.

Soltanto che...

Sullo schermo non compare solo il bellissimo viso di mia cognata. Sull'altra metà della schermata appare JT, con un cappellino in testa e un sorrisino soddisfatto sul volto.

"Perché mi sento come se fossi finita in un'imboscata?"

"Pensi che mi sarei mai perso un evento *del genere*, PF?" È evidente che io e JT passiamo troppo tempo insieme, perché alza gli occhi al cielo come faccio io.

"Non posso biasimarlo. Quando mi hai detto i tuoi piani per la serata, pensavo di essere in uno di quei programmi con le telecamere nascoste." Bette annuisce con enfasi.

"Ah, tipo quello di Ashton Kutcher? Peccato che non lo presenti più lui," ribatto.

"Ha smesso nel 2012, poi è passato a *Shark Tank*," aggiunge JT.

"Tu e G l'avete già avuta vinta, devi per forza fare il saputello?" Finisco di stirarmi una ciocca di capelli e passo a un'altra.

"Ehi, Em, tesoro." JT la saluta, ignorandomi completamente.

"Non tirartela, fratello." Em si appoggia con un fianco contro la mia scrivania, vestita nel suo abbigliamento pre-serata: felpa e canotta. "Eravamo d'accordo di andare alla festa, ma se continui a scocciare, tiro fuori il gelato dal frigo e tanti saluti."

Le amiche prima di tutto.

"Oh santo cielo," squittisce Bette. "Ti stai stirando i capelli?" Adesso lo nota? "*Adoro* quando ti fai i capelli lisci." È vero.

"Dobbiamo parlare solo di robe da donne?" si lamenta JT.

"È la ragione di questa videochiamata. È passato così tanto tempo dall'ultima volta che Kay è andata a una festa che devo assicurarmi che non indossi roba del genere." Bette indica il mio abbigliamento casalingo.

"Non è passato *così* tanto tempo." Mi trattano come se fossi un'eremita solo perché le feste delle confraternite non fanno per me.

"Ah sì? Quand'è stata l'ultima volta che sei andata a un party?" domanda JT, incrociando le braccia sul petto.

Faccio un ripasso mentale. "Siamo andati da King prima che tu tornassi a Lexington." Trasalisco alle mie stesse parole.

"A uno dei *Balli Regali* di King?" JT scoppia in una risata. "Sì, PF, *devi* assolutamente uscire stasera."

Alzo gli occhi al cielo pensando allo stupido nomignolo che Carter King ha dato alle sue feste. Sedersi attorno a un falò non è decisamente un *ballo*.

"E poi", aggiunge JT scrutandomi da sotto la visiera del cappello, "hai passato metà della serata con Tessa e Savvy. È ora che tu stia con persone della tua età, non con ragazze delle scuole superiori."

Alzo di nuovo gli occhi. Vabbè, come vuoi.

"Ehi, ragazze, ehi!" Q entra in camera a passo di danza, mettendosi accanto a Em. "Che state facendo?"

"Q, questa è mia cognata Bette, e lui è il mio grande amico JT." Entrambi salutano dallo schermo. Questa è la prima volta che li presento ufficialmente, nonostante le mie coinquiline fossero presenti diverse volte mentre parlavo in videochiamata con JT.

"Porca miseria!" Q si china sulla mia spalla per avvicinarsi al computer e spalanca gli occhi più di quanto credevo possibile per un essere umano. "Tu sei JT Taylor."

Sia le persone presenti nella stanza che quelle al computer guardano la scena con occhi stupiti.

Ma che diavolo?

Come fa a saperlo?

Solo a quel punto mi rendo conto che JT ha indosso un cappellino dell'Università del Kentucky. Ma... comunque...

"E... santo cielo!" Q si volta di scatto verso di me, guardandomi come se non mi avesse mai vista prima. "*Tu sei* la sua flyer PF." Si dà uno schiaffo sulla fronte. "Oh... per la miseria." Un altro rapido battito di ciglia. "Sei proprio tu! Sei PF Dennings."

Em corre a chiudere la porta della mia stanza. Mi chiedo dove sia Bailey, ma in questo momento sono felice che non sia qui ad assistere.

"Come?" Una parola. È tutto quello che JT, o chiunque altro di noi, riesce a dire.

"Gareggiavo per la Cheer Athletics." Q si mette la mano sul petto. "I New Jersey Admirals sono sempre stati tra i nostri più grandi avversari ai mondiali e non ho *mai* perso l'occasione di vedervi competere nei *partner stunt*. Siete delle *leggende*." Si volta nuovamente verso di me, poi indica JT. "Perché non sei a fare cheerleading con lui in Kentucky? Meglio ancora, perché non siete *entrambi* a fare cheerleading *qui*? La Red Squad *ucciderebbe* pur di avervi."

Beh... la serata ha già preso una piega interessante e non siamo nemmeno arrivate alla sede dell'Alpha Kappa.

"Non mi piace molto parlare del fatto che sono una cheerleader."

JT stringe il mento e io so per certo che in questo momento si sta prendendo a calci da solo. Darà la colpa a se stesso, quando in realtà non è colpa di nessuno. L'istinto gli dirà sempre di proteggermi: fosse per lui, in questo momento striscerebbe attraverso lo schermo per venirmi a difendere.

"Perché no?" I movimenti frenetici di Q si bloccano di colpo mentre dice: "Oh..." Dal modo in cui ha abbassato la voce capisco che ci è arrivata da sola.

Certo, ho detto che non ho cambiato nome per iscrivermi al college, e sì, durante le competizioni venivo annunciata come PF, ma solo perché da quando ho sette anni tutti mi conoscono come

PF dei New Jersey Admirals. La riservatezza che mantengo oggi è dovuta al fatto che sapevo che chiunque con un briciolo di curiosità sarebbe riuscito a collegare Kayla Dennings a PF Dennings e da lì a giungere agli articoli di giornale.

Purtroppo, non quelli che parlano di cheerleading.

"E non vuoi che la gente sappia che Eric Dennings... *quell'*Eric Dennings è tuo fratello?"

Tra le altre cose.

Annuisco.

"Ok." La testa di Q rimbalza come quella di un pupazzo. "Ho capito. Accidenti, i tuoi capelli sono *davveeeerooo* lunghi quando te li stiri." Passa le dita attraverso i miei capelli, che ora si estendono fino alla vita.

Basta? Tutta qui la sua reazione? Le interessava solo il fatto che io fossi una cheerleader? Ok.

"Sono belli lunghi, sì," concordo.

"Guarda come risaltano bene i colori." Prende le estremità dei miei capelli e le allarga.

"È per questo che quando ci incontriamo glieli stiro sempre." Bette fa un sorriso, felice per il cambio di argomento. "Ok, ragazze." Batte le mani, ignorando le proteste di JT per essere stato incluso nelle ragazze. "Ora, parliamo di cose importanti... Cos'avete intenzione di indossare?"

Io e le compagne di appartamento scendiamo dall'auto che abbiamo prenotato con Uber XL e fissiamo la grande residenza grigia divisa su quattro piani, con una porta rossa e sei colonne bianche che sorreggono un terrazzo posto sul piano più alto. Non riesco a evitare di pensare che questo edificio mi ricorda più la casa colonica di una piantagione del sud che la sede di una confraternita.

Che diavolo ci faccio qui?

"Ancora non riesco a credere che ti abbiano dovuta *convincere* a venire a una festa esclusiva dell'Alpha Kappa," mi dice Bailey per l'ennesima volta.

"Le confraternite non fanno per me." Faccio spallucce.

Non mi vergogno ad ammetterlo. Sono una ragazza adulta.

Non cedo alle pressioni esterne solo perché lo fanno tutti i ragazzi più popolari.

Non è per questo che ti trovi qui stasera?

No. Sono qui per lealtà verso G e per superare le mie paure. C'è una bella differenza.

La mia cheerleader interiore si sistema il fiocco e alza gli occhi al cielo.

"Ma è una festa *solo su invito* degli *Alpha*. È più facile trovare il biglietto d'oro di Willie Wonka che venire invitati a queste feste."

Faccio uno sbuffo. Un'altra delle sue fantastiche battute.

"Beh, eccoci qua."

"E siamo davvero uno *schianto*." Q dice *schianto* sillabando per bene la parola e inclinando la testa per dare più enfasi alla frase.

Ha ragione. Lei sfoggia un crop top verde all'uncinetto, che si abbina benissimo ai suoi capelli rossi, alla pelle abbronzata, ai jeans attillati bianchi e agli stivali in pelle nera lunghi fino al ginocchio. Ha usato il ferro per arricciarsi i capelli e ha completato il look con un classico rossetto rosso e una linea di eyeliner.

Poi c'è Em, che indossa una canotta bianca stile pin-up anni '50, jeans attillati color menta e stivali alti da cavallerizza. I suoi capelli sono trattenuti in maniera disordinata da un fermaglio, dei ciuffi ribelli le cadono sul viso abbellito da uno smokey eyes marrone chiaro e dal rossetto color rosa acceso.

Rispetto a noi, Bailey si è vestita un po' più da *party girl*: sfoggia una canotta grigia a spalline sottili, una gonna nera super corta e stivali da cowgirl; è molto sexy e l'effetto è accentuato da un trucco composto da ombretto e rossetto color corallo e dai capelli lasciati sciolti.

Mi dondolo sui tacchi dei miei stivali grigi da motociclista, le fibbie e le catene avvolte attorno alle caviglie che tintinnano mentre cerco di calmare i nervi.

"Tutto bene?" domanda Em alla mia destra.

No. Ma annuisco comunque. Mi prende a braccetto e ci incamminiamo lungo il vialetto che porta alla residenza.

Quando la porta si apre, veniamo investite da un'ondata di musica, i beat martellanti si riversano all'esterno come un fiume in piena. Due fratelli, ognuno con una maglietta diversa dell'Alpha Kappa, controllano l'invito sul mio telefono, poi si scansano per farci entrare.

Non appena superiamo la soglia, Bailey si stacca da noi. Anche se la festa non è così affollata come, a quanto si dice, sono di solito gli eventi organizzati dalla confraternita, non riesco a intravedere G in mezzo alla folla. Perché non riesco a trovarlo? È altissimo. Non dovrebbe essere facile da localizzare?

"Mi sembrate un po' perse." Davanti a noi tre si ferma un ragazzo carino con indosso una t-shirt che riporta il logo dell'Alpha Kappa sul petto. "Sono Robbie, presidente dell'Alpha. Posso farvi fare un tour della sede?"

"No, grazie." Declino l'invito con un piccolo sorriso. Gliene do atto, l'offerta sembrava sincera. "Ma forse puoi aiutarmi." Mi sollevo sui tacchi così da riuscire a farmi sentire sopra la musica a tutto volume. "Sto cercando G."

"G?" Aggrotta la fronte e a quel punto mi ricordo che qui nessuno lo conosce come G.

"Vuoi dire Grayson?" chiede un confratello biondo con indosso una maglietta anche troppo aderente, chiaramente messa per far sembrare i muscoli più grossi di quanto non siano in realtà.

Annuisco e subito il biondo procede a squadrarmi dalla testa ai piedi in maniera piuttosto esplicita. Incrocio le braccia al petto quando noto che il suo sguardo si sofferma un po' troppo sul mio seno. Per fortuna la maglietta che mi ha dato Em non mette in mostra la mercanzia.

"Allora sei *tu* l'amica di cui abbiamo tanto sentito parlare," dice infine… continuando a guardarmi le tette.

"Scusa?" Em si stringe a un mio fianco e Q all'altro.

"*Adam*," Robbie ammonisce Mister Imbecille.

"Che c'è?" Adam si volta verso Robbie, che si limita a scuotere la testa.

"Sono abbastanza sicuro di aver visto Grant poco fa, nella taverna. Ti faccio vedere dov'è." Robbie indica con la mano un punto alle sue spalle.

Em e Q si fanno un cenno a vicenda e io dico a Robbie di mostrarci la strada.

"Grazie." Mi volto verso le mie amiche. "Voi venite o rimanete qui?"

Em guarda verso Q, che annuisce. "Veniamo con te."

"Ok, bene." Già non avevo voglia di venire qui, ma rimanere da sola con Mister Confraternita è l'ultima cosa che voglio fare mentre mi trovo a questa festa. Gesticolo verso Robbie. "Dopo di te."

Noi, tallonate purtroppo da Adam, seguiamo il presidente della confraternita attraverso un lungo corridoio che conduce a una tavernetta, dove il rumore della festa è meno opprimente.

"Grayson!" urla in maniera fastidiosa Adam, cioè Mister Imbecille. "Ho trovato qualcosa che ti appartiene."

CAPITOLO 16

MASON

La partita Baltimore-Pittsburgh è giunta al secondo tempo, quando sento un rumore provenire dalla porta che conduce verso l'ingresso della casa.

"Grayson! Ho trovato qualcosa che ti appartiene." L'urlo di Adam fa voltare tutte le teste verso di lui.

Io, Grant e CK ci blocchiamo a metà conversazione e a me occorre un attimo perché il mio cervello metta a fuoco quello che sto vedendo. Se non fosse per Em e Quinn vicino a lei, probabilmente non sarei stato in grado di riconoscere Kay.

Di recente ho forse detto che era carina? Perché, santo cielo, adesso è un vero spettacolo.

I riccioli sono spariti, adesso i suoi capelli biondi con riflessi arcobaleno scendono lunghi e lisci. Ha più trucco in volto di quanto gliene abbia mai visto, tanto che il rossetto scarlatto che le tinge le labbra carnose mi spinge a fantasticare: che effetto farebbe, spalmato per bene sul mio uccello?

Una sottile collana nera le cinge il collo snello e la vista della pelle che il vestito senza spalline lascia scoperta mi scatena l'istinto di affondarci i denti.

Che mi venga un colpo. Non avrei mai osato immaginare che

sotto quelle magliette simpatiche si nascondesse un corpo mozzafiato.

Il vestito nero fa risaltare i seni e il lembo di pancia scoperta mostra degli addominali scolpiti che mi spingono a chiedermi cosa faccia per avere un corpo del genere.

Nonostante Kay sia bassa, sono sorpreso da quanto le sue gambe sembrino lunghe in quei jeans neri aderenti. Non vedo l'ora che si giri, così che io possa ammirarle il culo come merita.

Cazzo. Tutti i ragazzi le ronzeranno attorno.

Non è un tuo problema, amico. Football: devo farti lo spelling?

Riesco già a vedere gli sguardi di apprezzamento che sta ricevendo dalle persone presenti nella stanza. Certo, i ragazzi stanno ammirando anche Em e Quinn, che devo ammettere non sono niente male. L'unica differenza è che nessuna di loro due mi innesca di inseguirla e reclamarla come *mia*, cosa che mi succede con Kay.

Porca puttana. Ripetilo con me: F-O-O-T-B-A-L-L.

Quinn si accomoda sul divano nel posto vicino a CK, mentre Em e Kay si sistemano sugli ampi braccioli della poltrona reclinabile di Grayson. Esulto silenziosamente quando vedo che Kay è costretta a sedersi sul bracciolo più vicino a me.

"Sai, non ero certo che ti saresti fatta viva," le dico sfiorandole il ginocchio.

"Eh." Scrolla una delle spalle nude, la linea della clavicola che risalta e attira il mio sguardo. "Tu hai *promesso* di sintonizzarti sulla partita. E poi… la birra è gratis."

Esplodo in una risata inattesa. Dubito *fortemente* che sia venuta qui per la birra gratis… Non che me ne importi. L'unica cosa che mi interessa è che ora lei sia qui.

"Chi ha segnato?" domanda indicando la TV.

"Il tuo amico Dennings," le rispondo, ricordandomi della volta in cui aveva indosso la sua casacca.

Gli occhi grigi di Kay si illuminano, e alle mie spalle mi pare di sentire CK e Quinn tossicchiare, ma non capisco perché.

"Grande. Adoro quando ho uno dei miei giocatori nella partita del giovedì. È il modo migliore per iniziare la settimana del FantaFootball."

"Tu hai una squadra di FantaFootball?"

Che cosa mi sta facendo? Deve smetterla di rivelarmi particolari di sé che ai miei occhi la rendono ancora *più* attraente.

"Sì, ma è un'imbrogliona," si lamenta Grayson, al che Kay si volta verso di lui facendo volteggiare i capelli. "Ed è una pessima amica." Piega le labbra come se fosse sul punto di reprimere un sorriso.

"Come hai detto?" Kay solleva la mano come per fargli il dito medio, solo che invece alza l'anulare. "Tu, caro mio, sei fortunato che questo," dice indicando l'anello arancione, "sia dedicato anche a Bette, altrimenti me lo sarei già tolto."

"Non arrabbiarti, Baby." Grayson le prende la mano e le bacia l'anello. "Se ti togliessi il mio anello, poi dovresti toglierti anche quello di JT… e a quel punto perderesti metà dei tuoi gioielli. Dunque siediti, rilassati, guardati la partita e nell'intervallo tu e Em potete andare a ballare un po'."

Borbottando, Kay si accomoda nuovamente contro lo schienale. È bello vedere che non sono l'unico a dover subire il suo lato meno amichevole.

Guardiamo la partita finché non va in onda la pubblicità.

"Grazie per aver messo la partita in TV," dice Kay, dandomi il suo primo, vero e sincero segno di gratitudine.

Probabilmente la TV sarebbe stata sintonizzata sulla partita in ogni caso, ma se posso prendermene il merito, non mi tirerò certo indietro.

"Hai detto che non volevi perdertela e io ti ho accontentata. Dopotutto, siamo amici." Le mostro le mie fossette e ovviamente lei le guarda subito.

"Siamo amici?" Di nuovo quelle sopracciglia tirate su come degli ami da pesca.

"Per quanto ti dispiaccia, *sì*." Enfatizzo il *sì*.

Merda… ma senti quello che dici? Amici? Tu sei felice di essere amico *di una* ragazza? *Non ti riconosco. Mi arrendo.*

Quando si tratta di Kay, ho preso l'abitudine di ignorare il mio coach interiore. Invece di allontanarmi da lei o di provarci spudoratamente come piacerebbe alla voce nella mia testa—scelta che sarebbe soltanto controproducente—le prendo la mano. È così piccola che, stretta nella mia, quasi sembra scomparire.

"Questi anelli hanno una storia, vero?" Passo il pollice sui due anelli tempestati di brillanti che le adornano le dita della mano sinistra.

Mi porge l'altra mano, posandola sul mio polso, e il solo tocco dei suoi polpastrelli contro la mia pelle mi manda una scarica di lussuria dritta all'uccello. Cazzo, se basta *questo* a farmi andare su di giri, allora sono più cotto di lei di quanto pensassi.

"Sono le gemme dedicate a tutte le persone che considero parte della mia famiglia."

"Tranne me," dice CK alle mie spalle e Kay si volta verso di lui.

"Non dire così, CK," lo rassicura Kay. "G ed Em sono dentro solo perché li ho inclusi in anelli che avevo dedicato ad altre persone." Alza una mano per fermarlo prima che provi a dire qualcosa. "Ma inizierò a cercare uno smeraldo che mi piace."

"Volevo solo dire che una bella pietra verde starebbe bene nella tua collezione di gioielli."

È strano vederla alzare gli occhi al cielo non per causa mia.

Volete sapere cos'altro è strano?

Kay non ha tirato via la mano. Gliela stringo leggermente per riportare la sua attenzione su di me.

"Questa è per G e Bette, mia cognata." Mi picchietta con l'anulare della mano destra. "Questo è l'anello 'gemello' perché è dedicato a T ed Em." Mentre lo indica, l'anello di diamanti sul dito medio brilla. "Questo è per E e Papà Taylor." Indica l'anello con rubino. "JT." Solleva l'anello azzurro che porta al dito della mano sinistra. "E per ultimo", mi fa il dito medio per mostrarmi l'anello di ametista, "quello dedicato a me e mio papà."

L'ho già sentita usare questi nomi, ma non conosco il significato di tutti. Purtroppo una festa dell'Alpha Kappa non è né il momento né il luogo adatto per una conversazione del genere.

Durante l'intervallo della partita, Kay e i suoi amici si allontanano per dare un'occhiata al resto della festa; prima di seguirla, mi prendo qualche minuto per riempirmi il bicchiere di plastica con della birra fresca.

Quando mi avvicino, vedo Grayson e CK appoggiati contro il muro, non lontano dal punto in cui le ragazze stanno ballando. Anche se è arrivato qui prima delle ragazze, il povero CK non sembra affatto a suo agio.

"Non è il solito giovedì sera, vero?" sollevo il bicchiere verso di lui.

"*Pfff*. Neanche lontanamente."

"Colpa di Baby," sogghigna Grayson.

"Sei *mai* stato capace di dirle di no?" lo punzecchia CK.

"Già. Hai ragione."

Bisticciano come una vecchia coppia sposata, e quando alzo lo sguardo quasi mi strozzo con il goccio di birra che stavo bevendo. Porca miseria, Kay sì che sa come muovere i fianchi.

SIIIIII! Finalmente parli la mia lingua. È tutto quello che hai bisogno di sapere. Se è capace di ballare in quel modo sulla pista, immagina come si muoverà bene sul tuo uccello.

Non servono le immagini che il mio coach interiore sta proiettando nella mia mente; mi basta guardarla per sentire qualcosa di duro spingere dietro la cerniera dei pantaloni. Quando poi quegli occhi grigi si voltano verso di me, la situazione non fa che peggiorare.

Al contrario del modo in cui il tocco di Bailey, la settimana scorsa, mi ha fatto restringere le palle dal ribrezzo, lo sguardo di Kay mi dà la stessa carica di una corsa da novanta iarde per fare touchdown.

Non riesco a trattenermi e mi sporgo in avanti. Le si illuminano gli occhi e io sorrido non appena noto il rossore delle sue guance, che lei cerca di nascondere voltandosi dall'altra parte.

Può negarlo quanto vuole, ma mi desidera.

CAPITOLO 17

KAYLA

Ondeggio i fianchi e le spalle mentre ballo assieme a Em e Q sulle note di *Shape of You* di Ed Sheeran. Cerco di perdermi nel ritmo della canzone e di non prestare attenzione alle provocazioni della mia cheerleader interiore.

Guardati intorno, Kay, mi dice mentre accarezza i braccioli della poltrona di pelle su cui è sdraiata. *Qui una ragazza potrebbe davvero sentirsi a suo agio a guardare il football.* Da quando siamo arrivate, non ha fatto altro che provare a convincermi che dovrei iniziare a frequentare questo posto.

Lancio un'occhiata verso CK e, quando vedo che è in compagnia di Mason, il mio cuore sobbalza come se stessi per precipitare durante un'acrobazia. So che non è giusto cadere negli stereotipi, ma capisco cosa significhi per CK il fatto che qualcuno come Mason non lo tratti come una persona socialmente imbarazzante.

Gli occhi verde acqua di Mason, dall'altra parte della stanza, mi spogliano con lo sguardo. Gli ormoni mi partono a razzo… e le mie mutande? O forse dovrei dire, *quali mutande?* È come se sotto il suo sguardo infuocato non me le sentissi più addosso.

Merda! Se bastano gli occhi a farmi questo effetto, non voglio immaginare di cosa sarebbe in grado se gli permettessi di fare le sue mosse da Casanova con me.

Devo tenermi a distanza da lui.

Almeno a un campo da football di distanza.

Non fare così, dice la mia cheerleader interiore facendo il broncio. *Guarda quanto è attraente stasera.* Adesso dietro al suo fiocco si iniziano a intravedere le corna da diavolo.

Tuttavia, non si sbaglia.

La pelle olivastra di Mason, quel tatuaggio nero sexy, la maglietta nera dell'Alpha Kappa che gli aderisce al petto e ai bicipiti muscolosi... e poi—il vero colpo di grazia—quel cappellino nero sempre presente.

Nero, nero, nero. Tutto contribuisce alla sua aria da ragazzaccio.

Oooh, ragazza mia. Sei davvero nei guai.

Deve piantarla di essere *così* attraente.

"Come mai non vi ho mai viste da queste parti?" dice una voce alle nostre spalle, e noto due bei confratelli dell'Alpha Kappa che si avvicinano, spostando finalmente la mia attenzione *lontano* da Mason.

Perché nei loro confronti non ho nessuna reazione?

Sono dei flirt innocui; peccato che io non possa dire lo stesso quando Adam si intromette nel nostro piccolo gruppo.

"Perché Grayson ce l'ha tenuta nascosta," dice indicandomi.

Alzo gli occhi al cielo. Questo tizio emana un'aura di imbecillità che mi dà sui nervi.

"Non sapevo che Grant avesse la ragazza," dice uno di loro.

"Non sono la sua ragazza. Sono la sua migliore amica."

"Certo." Adam ridacchia come se si credesse l'uomo più divertente del mondo e io devo trattenermi dal dargli un pugno. "Probabilmente Grayson non voleva che gli altri sapessero che non usciva con una nera."

Non può averlo detto davvero.

"Oh cielo!" ansima Em.

Guardo il mio bicchiere di plastica vuoto e in questo momento vorrei *tanto* non aver finito la birra, così avrei avuto qualcosa da tirargli contro quella faccia da stronzo.

"Sei proprio un bastardo razzista," esclama Q inorridita.

"Sai che la madre di Grant è bianca, vero?" butto lì, anche se non dovrebbe avere nessuna importanza.

Adam si volta verso G. "Ma figurati. È troppo scuro per essere meticcio."

Tutto il gruppo esclama di sorpresa. "Porca miseria." Sento che mi sta salendo un forte mal di testa. "Sei davvero un ignorante, io non ce la faccio."

Non avrei mai pensato di dirlo, ma *per fortuna* Mason sceglie proprio quel momento per avvicinarsi a noi. Deve aver percepito la tensione nel gruppo, perché si piega in avanti per chiedermi "Va tutto bene?"

Rabbrividisco quando mi sfiora l'orecchio con le labbra. Ho bisogno di un minuto per riprendermi, data la combinazione pericolosa tra il suo tocco e la mia rabbia; nel tempo in cui riesco a formulare una risposta, lui si è tirato indietro e i suoi occhi chiari mi guardano con aria preoccupata.

"Sì… ho appena scoperto che *alcuni* dei tuoi confratelli non sanno davvero come comportarsi."

La sua risata mi rimbomba dentro, allentando un po' la tensione che mi bloccava i muscoli.

"Vuoi che ci pensi io?"

Scuoto la testa. Non occorre creare altri problemi.

Mi studia per un attimo prima di dire: "I ragazzi mi informano che è iniziato il secondo tempo."

"Oh, accidenti. Grazie."

Ecco… Perché deve anche essere premuroso?

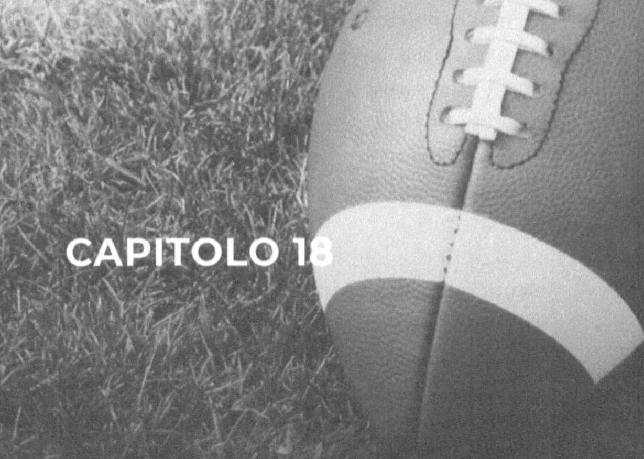

MASON

Guardare due compagni di confraternita parlare con Kay e le sue amiche non è esattamente il mio modo preferito di passare il giovedì sera, ma se mi avventassi lì e interrompessi senza alcuna ragione, probabilmente Kay mi ucciderebbe con una serie di micidiali alzate di occhi.

Distolgo lo sguardo e leggo il messaggio di Trav, il quale mi informa che è iniziato il secondo tempo della partita ma, quando mi volto nuovamente verso le ragazze, aggrotto la fronte davanti all'espressione infelice di Kay. C'è sempre un accenno di sorriso sul suo volto, perfino quando se la prende con me; il fatto che ora non ci sia è significativo.

Mi avvicino al gruppo e mi sporgo verso di lei, sussurrandole nell'orecchio, il mio corpo che sembra dire a tutti: *Girate al largo, lei è mia.*

La distanza che ci separa è minima e non mi sfugge il modo in cui rabbrividisce nel momento in cui le mie labbra le sfiorano l'orecchio.

Non ho avuto molte occasioni di starle tanto vicino e alle mie narici sale un profumo di menta. Respirando più a fondo, capisco che deve provenire dal suo shampoo o qualcosa del genere; non ho mai desiderato leccare un bastoncino di zucchero quanto desidero leccare il suo corpo.

Ci mette un po' a rispondere, sembra che le parole le si siano bloccate in gola. Tengo gli occhi fissi sui suoi, notando la sfumatura nera nelle pupille. Potrei fissarli tutto il giorno.

No, no, no. Gli occhi? Mai fai sul serio? Pensavo che stessi facendo dei progressi!

Il fatto che lei non mi faccia le solite battute e anzi mi dica che alcuni dei miei confratelli non sanno davvero come comportarsi, mi eccita ancora di più.

*Oh santo cielo! *Getta a terra il fischietto* Mi arrendo.*

"Vuoi che ci pensi io?" le domando. Voglio che sappia che sono disposto a coprirle le spalle, perfino contro i miei confratelli.

Scuote la testa e le dico che la partita sta per ricominciare.

"Voi venite?" chiede a Em e Q.

Em guarda Adam con aria disgustata. "Sì, qui è un po' troppo *affollato*."

Quando torniamo nella taverna, i posti a sedere davanti alla TV sono quasi tutti occupati dai miei compagni di squadra che sono anche membri della confraternita. Riesco a riprendere il mio posto ma, con mia grande delusione, Kay e il suo gruppetto si mettono vicino al tavolo da biliardo.

Mentre in TV passa ancora la pubblicità, chiacchiero con i miei confratelli.

"Adesso capisco perché la mamma di Grayson vuole che suo figlio esca con lei. È davvero sexy." Kevin fa un cenno nella direzione di Kay.

Tutto il gruppo mormora in assenso.

"Ha pure una bella lingua appuntita. Le cazzate di Nova non hanno alcun effetto su di lei." Trav ridacchia sollevando il bicchiere di birra verso di me e, quando gli faccio il dito medio, lui risponde soffiandomi un bacetto.

"Wow." Noah si piega in avanti. "Credo di non aver mai sentito di una ragazza che fosse immune al fascino di Nova."

Grazie per avermelo ricordato.

"Sì, sì, andate all'inferno, stronzi."

Il gioco riprende, ma c'è ancora un gruppo di allenatori che circonda un giocatore steso a terra sul campo. Non l'hanno ancora spostato, deve essersi fatto molto male.

Tutti nel gruppo si fanno silenziosi quando Kay si avvicina, gli occhi puntati sullo schermo.

"Chi si è fatto male?" domanda con voce incerta.

"Dennings," risponde Noah.

"Matthews gli è andato addosso e lo ha steso a terra," le spiega Alex, uno dei *running back* della squadra.

"È stato pure un brutto fallo. Lo hanno espulso," aggiunge Trav.

"Accidenti," dice lei sottovoce. Sembra molto preoccupata, è davvero tenera.

Ancora con questo cavolo di "tenera".

La TV mostra il replay. Dennings è uno dei più grossi *tight end* della serie e vedere il suo corpo massiccio a terra, schiacciato da tutti quei giocatori, mi fa rabbrividire. Dopo aver mostrato il colpo in tempo reale, lo fanno vedere nuovamente al rallentatore da diverse angolazioni, nessuna delle quali restituisce un'immagine rassicurante.

C'è un'inquadratura in particolare che mi fa trattenere il fiato. È stato davvero un *brutto* fallo. Come se non bastasse il fatto che Dennings è ancora a terra (il che potrebbe essere indizio di un trauma cranico), il modo in cui ha impattato il terreno è decisamente preoccupante.

L'attenzione di tutti è rivolta verso ciò che sta accadendo, ma il mio sguardo rimane bloccato su Kay. Grayson giunge alle sue spalle e Kay si stringe a lui.

La punta di gelosia che provo per il modo in cui lui la tiene a sé è tanto assurda quanto improvvisa.

Non volendo alimentare il sospetto che mi brucia dentro, allontano lo sguardo dai due e mi concentro sugli allenatori che stanno aiutando Dennings a rialzarsi; Grayson tiene la testa bassa per permettere a Kay di dirgli qualcosa all'orecchio.

I telecronisti dicono che Dennings verrà portato via per dei controlli medici e parlano di una possibile commozione cerebrale e di una spalla slogata.

Quando non riesco più a resistere all'impulso mi volto nuovamente verso Kay, solo per scoprire che è sparita… un'altra volta.

CAPITOLO 19

MASON

Sono passate dodici ore e ancora non sono riuscito a togliermi dalla testa il modo brusco in cui Kay è andata via, né a scrollarmi di dosso la delusione che ho provato quando me ne sono accorto.

Dov'è finita?

Perché se n'è andata?

Sta bene?

Porca miseria, amico. Ti sta spuntando la vagina o cosa? Perché sei così preso per questa tipa?

Nessuno dei miei rimproveri mentali riesce a bloccare i miei pensieri.

Oggi è giorno di trasferta per la squadra e io pianifico di usare il volo di due ore che ci condurrà in Ohio per stalkerare Skittles su internet in ogni modo possibile. Ci sono moltissime domande che mi frullano per la testa e mi servono risposte.

Santo cielo, è troppo tardi per ingaggiare un nuovo giocatore? Chiedo per un amico. Accidenti, Nova. Tu vuoi vedermi morto. Una ragazza? Una maledettissima ragazza? È così che userai il tuo tempo? Come se quello contro la Ohio State non fosse uno degli incontri più difficili della Big Ten. Ma no, chi se ne frega del football. Non è mica la cosa da cui dipende tutto il tuo futuro. Hai ragione, impegnarti con una ragazza difficile quando ce ne sono ovunque pronte a cadere ai tuoi piedi è un ottimo modo di impiegare il tuo tempo.

Ignoro il sarcasmo della mia voce interiore e mi sdraio sul sedile del Boeing 747 privato della squadra. Quando devi viaggiare in tutto il paese per giocare metà delle partite del campionato, non esiste modo migliore che volare su un aereo con sedili reclinabili a due livelli, schermi televisivi individuali e loghi dell'Università di Jersey ovunque.

Una volta che siamo in aria e ci viene permesso di accendere i dispositivi elettronici, non perdo un minuto di tempo: tiro fuori il telefono, mi connetto al WiFi dell'aereo e mi metto al lavoro.

Al lavoro? Ma piantala. Metterti al lavoro vorrebbe dire tirare fuori il libro degli schemi e accordarsi con gli altri capitani riguardo alla migliore strategia per battere i Buckeyes. Accidenti, a questo punto mi accontenterei che guardassi gli account social della squadra avversaria. No... tu, caro mio, non stai lavorando. Tu stai stalkerando una ragazza su internet. E sai qual è la cosa peggiore? Che non sei neppure bravo a farlo.

Il mio coach interiore ha ragione e la cosa mi fa arrabbiare. Eccezion fatta per la foto di Kay che ho trovato sugli account Instagram di Grayson ed Em, la sua presenza sui social è pari a zero. Perché non trovo i suoi account? Possibile che non la tagghino da nessuna parte?

A causa delle impostazioni sulla privacy, tutti gli indizi che potevano aiutarmi a unire i punti non hanno fatto altro che condurmi a un vicolo cieco.

Perché non riesco a smettere di pensare a lei?

Che il mio coach interiore abbia ragione? La desidero perché lei è immune al mio fascino da Casanova?

Sono di nuovo sull'account Instagram di Grayson e sto guardando uno dei suoi post più recenti, quello della settimana scorsa in cui è andato a vedere la partita degli Empire contro i Crabs.

TheGreatestGrayson37: Migliori amici per sempre anche se a lei non piacciono le mie squadre di football. *emoji del pallone da football* #SemprePresenti #DomenicaFootball #MiglioriAmiciPerSempre #GliEmpireNonSiBattono #DateAQuestaRagazzaUnaMagliettaDegliEmpire
foto di Em, CK e Grayson con Kay che ride mentre tira la maglietta degli Empire che Grayson sta indossando

Se desidero Kay solo perché sono io a doverla inseguire, allora perché vedere il suo volto sorridente in questa foto mi fa desiderare che lei sorrida sempre così?

Non ha alcun senso. Le donne servono a una cosa e a una cosa soltanto: come sfogo. E prima di scaldarvi, sappiate che quelle con cui sono stato la pensavano allo stesso modo. Potrei anche non essere un gentiluomo, ma sono pur sempre Casanova. Vado sempre a segno, scusate il doppio senso.

"Tutto bene, fratello?" Trav si piega in avanti per non farsi sentire dagli altri.

"Certo, amico."

"Sei sicuro?" I suoi occhi scendono verso il mio telefono. "Negli ultimi tempi non sembri più te stesso."

Mi sforzo di non reagire. Sono abbastanza certo di sapere dove vuole andare a parare, ma non voglio darglielo a vedere.

"Pensala come vuoi, fratello. Sono sempre il solito stallone."

"È questo quello che intendo." Mi studia stringendo gli occhi blu. "Da quando è iniziata l'università, non ti ho ancora visto uscire con una ragazza."

Beh, ha ragione. Immagino che avere una persona che mi conosce bene quanto io conosco me stesso abbia anche degli svantaggi.

Guarda nuovamente verso il mio telefono, con lo schermo ancora aperto sul profilo Instagram di Grayson.

"A dire il vero… l'unica ragazza con cui hai anche solo lontanamente flirtato è Kay."

Stringo le labbra nel tentativo di rimanere in silenzio. Non occorre cedere, quando basta semplicemente negare.

"Mi piace, sai," dice Trav, facendo un cenno verso il mio telefono.

Mi volto di scatto verso di lui.

Migliori amici o no, Skittles è mia, non sua.

Ehm… Fermi tutti. *Mia?* L'ho davvero pensato? Che accidenti mi sta succedendo?

Il luccichio negli occhi di Trav mi fa capire che ho calato la maschera.

"Rilassati. Volevo solo dire che è una tipa a posto. Non è Tina/Chrissy 2.0."

Dicono che quando perdi un braccio può capitare che ti faccia male lo stesso; ecco, quando sento nominare la ragazza che ha quasi distrutto la nostra amicizia provo una fitta al cuore.

"Come fai…?" Non riesco a terminare la domanda, sono troppo spaventato dalla possibile risposta.

"Come faccio cosa?" Trav mi conosce abbastanza bene da sapere cosa stavo per chiedergli, ma termino comunque la frase. "Come fai a dire che non sarà una… situazione 2.0, come hai detto tu?"

Gli assistenti di volo si avvicinano per offrirci delle bevande, ma decliniamo.

"Primo, per quanto la gente ti accusi di essere un tizio tutto muscoli e niente cervello, non lo sei."

"Grazie della stima, fratello." In risposta, ricevo un bacio a schiocco sulla guancia. Stronzo.

Mi asciugo le tracce di saliva lasciate dal bacio. "In secondo luogo", prosegue guardandomi dritto negli occhi per paura che io lo interrompa di nuovo, "credo che entrambi abbiamo imparato da quel disastro abbastanza da farlo accadere *mai più*."

I motori dell'aereo ronzano tanto quanto la mia mente mentre prendiamo quota. Aspetto che passi una turbolenza prima di dare voce al mio dubbio più pesante.

"Perché non riesco a trovarla da nessuna parte su internet? È come se fosse un fantasma."

Trav si sfiora l'orecchio come fa sempre quando sta pensando intensamente a qualcosa. Il chiasso dei nostri compagni di squadra si perde in sottofondo.

"Ok… sì… è *un pochino* strano, ma ascoltami…" Sfiora l'immagine sullo schermo. "Lei è reale. E *soprattutto*… è connessa al *nostro* amico."

Questo è vero. Un'altra stranezza è che lei non mi ha mai inseguito. Ogni volta che ci siamo trovati insieme è stato soltanto perché io l'ho cercata. *Io* le ho portato il caffè. *Io* mi sono imbucato al suo pranzo. Non è stata Kay a usare il mio status sociale o i miei meriti sportivi per guadagnare popolarità: ho sempre fatto tutto io, io e soltanto io.

"Non sembra che le interessi molto il fatto che noi giochiamo a football."

"No," concorda Trav, al che mi accorgo di avere pronunciato la frase ad alta voce. "A volte mi viene da pensare che per lei sia addirittura una cosa negativa."

Anche qui non si sbaglia.

Non chiedetemi nemmeno quanto tempo ho trascorso a pensare come si potesse conciliare questo sospetto con il suo amore per i Crabs.

"Forse hai ragione." Clicco sul tasto Home, togliendo la foto dal telefono. Non riesco più a guardarla. D'altra parte, non sono più vicino a trovare Kay su internet di quanto non lo fossi un'ora fa.

"Sai…" dico a Trav mentre premo il pulsante per reclinare completamente il sedile e mi porto il cappello sugli occhi, "non avrei mai pensato di dirlo, ma non credo di apprezzare il fatto che lei non ci veda come star del football."

"Ti capisco." Anche Trav reclina il sedile, mettendosi comodo. "Dunque…"

Sollevo la visiera del cappello.

"Hai intenzione di fare la tua mossa o cosa?"

Eccola, la domanda da un milione di dollari.

CAPITOLO 20

Far riposare E è un lavoro a tempo pieno. Non avrei mai pensato di dirlo, ma è *davvero* una fortuna che mio fratello si stia riprendendo dal trauma cranico, sennò l'avrei già preso a botte. È il *peggior* paziente *di sempre*.

Ho già dovuto relegarlo in camera sua perché si rifiutava di restare seduto mentre guardava il football collegiale in TV.

"Non riesco a credere che tu mi stia costringendo a guardare il football su una TV così piccola," dice E indicandomi con un braccio lo schermo da sessanta pollici nel momento in cui entro nella suite padronale.

"Eh sì, *piccolissima*, E," gli rispondo alzando gli occhi al cielo. Certo, al piano di sotto potrebbe vedere la partita su un enorme schermo da ottanta pollici, ma non lo stiamo mica costringendo a guardarla sul cellulare.

"Sei un'infermiera cattiva."

"Sì, beh, se tu imparassi a riprendere coscienza più velocemente, non sarei costretta a trovarmi qui." Scosto di lato Herkie e mi metto sul letto vicino a E.

"Lo dici come se la cosa dipendesse da me."

"Comunque… se non mi facessi prendere mai più spaventi

del genere, *sarebbe perfetto*," gli dico sfoggiando la mia migliore imitazione del soggettone del film *Impiegati... male*.

Herkie appoggia la testa sulla mia coscia. L'abbiamo adottato quando era solo un cucciolo, l'anno prima che papà morisse, e quando sono all'università probabilmente mi manca più di chiunque altro.

"Sai..." dice E, guardandomi mentre gratto Herkie dietro le orecchie. "Se tu vivessi a casa, invece che al dormitorio, potrebbe stare con te."

Sospiro. Non c'è nulla che vorrei di più.

"Non sarebbe giusto. Tra lo studio e la palestra non ci sono quasi mai."

"Se lo dici tu."

Non ho mai capito perché E vorrebbe che io vivessi a casa. Non è che non possiamo permetterci il costo del dormitorio. Bette sospetta che sia perché lui teme di non essere in grado di proteggermi, quando sono all'università. Mi piace pensare che sta esagerando, ma non riesco a togliermi quel dubbio dalla testa.

"Ah." Mi ricordo del messaggio che ho ricevuto mentre scendevo a prendere qualcosa da mangiare. "Mi è arrivato questo per te."

Prendo il telefono e glielo metto davanti agli occhi per mostrargli il messaggio di Napoli, cioè Mike Napolitano, il *tight end* del New England. Gli ha mandato una GIF in cui si vede lui in divisa da football che si batte il petto due volte e indica verso la telecamera. Sopra la sua testa si leggono le parole *Te l'ho fatta*.

"Che cretino," ridacchia E, per poi emettere un gemito di dolore quando muove la spalla in via di guarigione.

"Beh, *qualcuno* deve farmi fare dei punti al FantaFootball, visto che tu sei nella lista degli infortunati." A giudicare dagli insulti e gli sfottò che i giocatori di football si scambiano a vicenda, a volte ho l'impressione che siano dei bambini di cinque anni, non degli uomini adulti.

"Ancora non ho deciso se amo oppure *odio* il fatto di essere nella tua squadra di FantaFootball." Non è la prima volta che me lo dice. "Giuro che a volte sei più esigente perfino del mio allenatore."

Adoro sentire queste parole. "Con la differenza che a me vuoi bene."

"Certo."

"Oltretutto, potrebbe andarti peggio."

"E come?"

"Potresti essere nella squadra di FantaFootball di tua moglie."

A queste parole, E esplode in una tale risata che sono costretta a tapparmi le orecchie per evitare di rimanere sorda.

Fortunatamente, prima che io sia costretta a ricordargli *di nuovo* che dovrebbe riposare, ha inizio la partita tra l'Università di Jersey e la Ohio State, perciò ci mettiamo comodi per guardarla. Nemmeno giocare a football a livello professionistico ha diminuito l'amore di mio fratello per le partite di football collegiale, le sue preferite. Dice che le guarda per tenere d'occhio la futura concorrenza.

La telecamera inquadra Mason e Travis che ridono a bordo campo e io non posso fare a meno di notare quanto Nova sia sexy nella sua casacca da trasferta bianca e rossa, con le maniche arrotolate sotto i paraspalle e il tatuaggio sul braccio sinistro in bella mostra.

"Stupidi giocatori di football che si imbucano a pranzo," dico sottovoce.

"Ehm… *scusa*?" Mio fratello solleva il dito come uno studente che aspetta di parlare con la maestra. "Hai appena detto qualcosa riguardo a pranzare con dei giocatori di *football*?" Siamo sarcastici, oggi.

"Non è stata colpa mia."

"Spiegati." Sento che il tono di E si è fatto più duro. Perché deve appartenere a quella rara specie di uomini che ascoltano le donne?

"Mason Nova e Travis McQueen sono fratelli della confraternita Alpha Kappa."

Alla mia rivelazione, E scoppia nuovamente a ridere e usa il braccio sano per stringersi la pancia.

Io, al contrario, non ci trovo proprio *niente* da ridere.

"Non voglio starti a sentire," lo avverto.

"Sentire cosa? Che essere amico di G ti avrebbe fatto conoscere altri atleti? Che per la prima volta dai tempi delle superiori frequenti un *tight end* che non sia io? *No*, non mi sognerei mai di dirti cose del genere."

Bastardo sarcastico.

"Chiudi il becco." Vorrei sembrare dura, ma la realtà è che sto ridendo.

"Devo presumere che loro non sappiano che io sono tuo fratello?"

"Niente affatto."

"Stavo solo chiedendo. Però mi hai detto che una delle tue coinquiline lo sa."

Sono passati due giorni e sono ancora leggermente scossa dal fatto che Q abbia scoperto i miei segreti.

Oggi abbiamo ricevuto da lei ed Em un enorme quanto inatteso pacco di cibo. Ma non è stato quello a commuovermi, bensì il biglietto che vi era incluso.

Così non devi preoccuparti di cucinare.
Controlla in fondo alla scatola, abbiamo messo una bottiglia (UNA
BELLA GROSSA) per aiutare te e Bette a sopravvivere.
Con affetto,
Em e Q
P.S. Di' a tuo fratello che a nessuno interessa che lui abbia vinto il
Super Bowl: deve ascoltarti. E se ti crea problemi, ricordagli che TU hai
vinto più titoli mondiali di lui. Baci, Q

La NFL e la USASF (cioè la National Football League e la U.S. All Star Federation) sono due istituzioni completamente diverse, ma non importa: dopo queste parole, Q entra a pieno diritto nel mio gruppo di amici.

"Allora..." La TV inquadra Mason, al che E si volta verso di me. "Frequenti giocatori di football, eh?"

Perché tira fuori di nuovo questa storia? Credevo che l'argomento fosse chiuso.

"Mio malgrado," brontolo.

All'esplosione di risate di E, Herkie solleva la testa. "Da quando in qua fai qualcosa che non hai voglia di fare?"

"Da quando il mio migliore amico si è trasferito nella sede dell'Alpha Kappa e mi ha detto che Mason Nova è il suo confratello maggiore."

"E da lì sei finita a pranzare con G e il *quarterback*... Com'è successo?" bofonchia, mentre mangia dei popcorn.

"Per farla breve, io e Mason frequentiamo lo stesso corso, lui pensava che io fossi la fidanzata di G e ha deciso di fare l'amicone con me. Poi ha iniziato ad auto-invitarsi a pranzo con noi... e da lì la cosa è andata avanti."

"Sembra proprio che gli interessi."

"Ma a chi? A Mason?" Gli do quello sguardo che vuol dire *Certo, come no.*

"Esatto," annuisce.

"Ma figurati. È il donnaiolo del campus. Lo conoscono tutti come Casanova, santo cielo." Mi infilo in bocca una manciata di popcorn.

"Uhmmm."

Evidentemente la commozione cerebrale deve avergli causato delle conseguenze più pesanti di quanto creda, perché quello che dice *non* ha alcun senso.

"È un giocatore football", dico con fermezza.

"E allora?"

Non colpirlo, Kay. È infortunato.

"Non solo è un giocatore di football, ma è un *tight end*," aggiungo.

"Io sono un *tight end*." Mi fa uno sguardo che significa *Non ci provare*, che io ricambio con uno che vuol dire *Non dirai sul serio.*

Lascio uscire un respiro e mi passo una mano tra i riccioli. Prima che E parli di nuovo, i giocatori della Ohio State hanno tutto il tempo di fare una serie di passaggi.

"Capisco perché sei titubante." Prima di proseguire, attende che io mi volti a guardarlo. "*Davvero*, lo capisco, ma non puoi permettere che ciò che è successo con…" Sollevo una mano prima che dica quel nome. "…con *lui* condizioni la tua vita per sempre."

La mia cheerleader interiore si volta e fa il dito medio. Odia tanto quanto me sentir parlare di Colui-Che-Non-Deve-Essere-Nominato.

"E." Pronuncio il suo nome come se fosse un avvertimento, una supplica, un *Basta, ti prego.*

"Va bene, mi fermo." Alza le mani in segno di resa.

"Grazie," sussurro.

"È solo che mi preoccupo."

"Lo so." Lo capisco, davvero. Considero E molto più di un fratello; darebbe la vita, se pensasse che servisse a rendermi felice… e io farei lo stesso per lui.

"*E Papà Taylor?*" Ricordo che, quando era preoccupato per la mia custodia, gli avevo chiesto del padre di JT.

"*No," mi risponde E con tono fermo, per chiudere il discorso.*

"Perché no?" Dovevo provarci.

"Sono tuo fratello. Tu sei sotto la mia responsabilità, Kay."

Nonostante i cinque anni di differenza, siamo sempre stati molto legati. Quel giorno la nostra unione non ha fatto che rafforzarsi.

"Non voglio che tu ti precluda qualcosa nel futuro a causa di qualcosa che è avvenuto nel passato."

Annuisco, cacciando indietro le lacrime mentre mi volto nuovamente verso la partita in TV.

Mi piace pensare che sto facendo esattamente quello che vuole E. La mia amicizia con Em e G ne è la prova. E adesso vogliamo aggiungerci anche Q? Sì, mi sto davvero liberando dei fardelli del passato. Ciò non significa che non posso provare altre esperienze cercando di minimizzare i rischi.

"Lui è sotto gli occhi di tutti, specialmente al campus. E se..." Mi interrompo cercando di combattere la sensazione di panico che mi sta salendo dentro.

"E se cosa?" Adesso E mi guarda con occhi curiosi, cercando di leggermi nel pensiero.

"So che suona come l'idea più presuntuosa del mondo, ma... e se stare in sua compagnia portasse l'attenzione su di me?" Scuoto le mani cercando di liberarmi dall'ansia. "E se finissi per diventare di nuovo un bersaglio?"

"Internet è pieno di stronzi, questo è noto. Comunque, vuoi sapere se penso che finirebbe come ai tempi delle superiori?" Scuote la testa. "No, ne dubito. Sei riuscita ad affrontare quello che è successo, guarda soltanto come hai gestito bene la tua amicizia con G. Chi ti dice che le cose andrebbero male, se allargassi il tuo gruppo di amici?"

Annuisco, sperando che per il momento possiamo chiudere il discorso.

Parliamo del più e del meno, poi ci concentriamo nuovamente sulla lotta tra gli Hawks e i Buckeyes.

All'inizio dell'ultimo quarto, le due squadre sono in parità con ventotto punti ciascuna. Rimaniamo entrambi con il fiato sospeso quando vediamo Travis venire colpito e cadere pesantemente a terra.

"Come ti capisco, amico." Mio fratello si strofina la spalla dolorante.

Bette, appena tornata dal lavoro, entra in camera e mette un impacco di ghiaccio sulla spalla di E, dimostrando ancora una volta quanto sia forte la connessione tra loro due. Giuro, non ho mai trovato due persone più perfette l'una per l'altra di quanto non lo siano Bette ed E.

"Grazie, tesoro," sospira lui.

Bette si china in avanti per dargli un bacio, poi E la tira a sé e la fa stendere lungo il fianco che non gli fa male.

"Sono felice di vedere che tua sorella ti sta mettendo in riga," gli dice Bette rivolgendomi un occhiolino.

È la quarta e ultima azione per gli Hawks: se non guadagnano almeno una iarda perderanno il turno di giocata. Invece di calciare, come ci sarebbe da aspettarsi in quella situazione, decidono di provare una manovra d'attacco.

Travis effettua lo scatto, indietreggiando alla ricerca di un ricevitore. Mason effettua un bel blocco, permettendo a Travis di aspettare che Alex avanzi. Travis butta una bomba da sessanta iarde di distanza nelle mani di Alex, che corre verso la meta.

"Accidenti!" Faccio un fischio di apprezzamento. "Se continueranno a giocare in questo modo, di certo parteciperanno nuovamente al campionato nazionale."

"Assolutamente," concorda E.

"Ho la sensazione che tutto dipenderà dall'ultima partita della stagione contro la Penn State."

L'università che ha frequentato mio fratello è la più grande rivale dell'Università di Jersey, e quest'anno le due squadre si affronteranno per l'ultima partita della stagione. L'anno scorso l'onore è toccato ai Nittany Lions.

Quest'anno…

La tensione è già alle stelle e gli Hawks sono in cerca di rivalsa.

In vita mia, non ho mai atteso tanto una partita di football.

MASON

Mi sto vestendo in fretta e furia, non ho nemmeno finito di asciugarmi del tutto e la maglietta si sta attaccando alle gocce d'acqua che mi coprono la schiena.

Non me ne frega niente se i vestiti sono umidi: devo vedere Kay. Non riesco a togliermela dalla testa, mi sento ansioso per la prima volta da… Probabilmente da *sempre*.

Cinque giorni.

Ecco quanto tempo è passato da quando Kay è fuggita dalla sede dell'Alpha Kappa, facendo perdere ogni traccia di sé.

Santo cielo, sei davvero melodrammatico. Vedi cosa succede quando permetti a una ragazza di prenderti per le palle, invece di lasciare che te le svuoti e basta?

Faccio il dito medio al mio allenatore interiore. Negli ultimi tempi ci scontriamo sempre più spesso, ma questa volta ho deciso di seguire il mio istinto.

Non importa che, quando siamo insieme, lei mi sfotta più di quanto non facciano i miei compagni di squadra. Quando sono con Kay, mi sento più me stesso di quanto non mi sentivo da molto tempo a questa parte. Probabilmente non mi sono reso conto di quante difese io abbia adottato in seguito al fiasco di

Chrissy/Tina, né di quanto a lungo io abbia indossato una maschera.

Non c'è rischio che qualcuno si avvicini abbastanza da spezzarmi nuovamente il cuore, se l'unica persona che vedono è Casanova.

"Dove vai così di fretta, Nova?" domanda Kev.

"Vai a farti una sveltina prima delle lezioni?" Noah mi colpisce con il gomito e solleva un sopracciglio.

"Ti piacerebbe saperlo." Mi metto lo zaino in spalla e mi volto verso Trav. "Ci vediamo a pranzo?"

"Certo."

"A dopo, stronzi," saluto e mi dirigo verso la caffetteria.

Mentre aspetto che la barista prepari il caffè, il pensiero torna subito a Kay… Anche se, a dire la verità, ho pensato a lei per tutto il fine settimana. Dopo che abbiamo battuto la Ohio State, il mio unico desiderio era chiamarla per chiederle se avesse visto la partita.

Che importanza aveva? Perché avrebbe dovuto importarmene qualcosa?

Quelle domande sono rimaste senza risposta, visto che non ho il suo numero di telefono.

Ho pensato per giorni se fosse il caso di chiederlo a Grayson, ma non sono pronto ad accettare che qualcuno sappia quanto lei mi sta condizionando, neppure se questo qualcuno è il suo migliore amico… Anzi, *tanto meno* se è il suo migliore amico. Io sono Casanova. Io non inseguo le ragazze, sono loro che inseguono me.

Continua a ripetertelo, perché io non ci credo neanche un po'. Forse dovresti provare a usare un richiamo per uccelli, dicono che funzioni con le passere.

Entro nell'aula dove si tiene la lezione di gestione finanziaria ignorando i rimproveri del mio coach interiore. Automaticamente il mio sguardo si muove verso i posti dove io e lei ci sediamo di solito. Quando vedo che Kay è assente, mi sento deluso come se avessi sbagliato un calcio piazzato. Provo a convincermi di essere soltanto arrivato prima di lei, visto che sono entrato in classe molto prima del solito.

Quando la lezione comincia, lei non si è ancora fatta viva, al che inizio a preoccuparmi sul serio.

Prima scappa dal party e ora salta la lezione. Anche se la conosco da poche settimane, so quanto prende sul serio gli studi.

Il tempo sembra non scorrere più e, non appena la lezione da settantacinque minuti finisce, passo oltre i miei compagni di corso come se stessi schivando degli avversari sul campo di football. Non riesco a pensare ad altro che a trovare Grayson per convincerlo a darmi il numero di Kay.

Al diavolo tutto. *Devo* sapere se la mia ragazza sta bene.

Figlio di buona donna. La tua ragazza? L'hai chiamata LA TUA RAGAZZA? Devi essere del tutto fuori di testa. Va' in panchina. IN PANCHINA. E restaci.

Aspetto di vedere Grayson con la stessa ansia di una verginella che sia stata invitata da lui al ballo di fine anno... O almeno, immagino che una verginella si sentirebbe così.

Io e Grant ci salutiamo con una delle nostre solite strette di mano complicate, poi lui si volta verso la barista. Aspettare che prenda il caffè, invece di chiedergli subito quello che voglio, sta mettendo a dura prova la mia pazienza, soprattutto dal momento che lui non ha ancora fatto alcun commento riguardo all'assenza di Kay.

"Ehi." Mi schiarisco la voce, cercando di sembrare disinvolto. "Potrei avere il numero di Kay?"

Si volta verso di me guardandomi con aria sospettosa.

"Non te l'ha dato?" Ogni parola è calibrata, è evidente che mi sta mettendo alla prova.

"Non ho mai pensato di chiederglielo." Ancora non sembra sicuro di volermelo dare, quindi gioco quello che spero si riveli l'asso vincente. "Non era a lezione e ho pensato che potrebbero servirle degli appunti."

Un altro lungo silenzio, poi dice: "Va bene. Dammi il tuo telefono." Mi prende il cellulare e inizia a digitare il numero, ma a un certo punto si ferma. "So che sei il mio confratello maggiore e tutto il resto, ma giuro che se ti comporti con lei come fai con le tue ammiratrici, ti *ammazzo*."

Non sono sicuro di come reagire. Nella voce di Grayson c'è una sfumatura che non ho mai sentito prima. Di solito è un tipo tranquillo, ma la sua lealtà verso Kay sembra che gli stia tirando fuori un lato da pitbull.

"Hai capito?" mi domanda, quando non gli rispondo velocemente.

"Certo. Tranquillo, fratello."

Ancora non si fida.

Quanto godrei, se ti prendesse a calci in culo. Sarebbe la volta buona che rimetti la testa a posto e ti concentri di nuovo sul football.

Devo aver superato il suo test, perché Grant mi porge nuovamente il telefono dopo aver finito di salvare il numero di Kay.

"Grazie, amico." Do un'occhiata all'ora. "Ci vediamo al Nido?"

"Certo."

Ci salutiamo dandoci la stessa stretta di mano di prima.

IO: Ehi, Skittles, dove sei finita?

La sua risposta giunge dopo pochi secondi.

SKITTLES (Sì, è così che l'ho salvata sul cellulare): Mason?

La mia giornata è già migliorata.

CAPITOLO 22

KAYLA

Avrò anche perso due giorni per prendermi cura di mio fratello, ma d'altra parte sono cose che succedono, in una famiglia. Da quando E si è ripreso, gli è stato permesso di ricominciare gli allenamenti leggeri con la squadra, quindi il mio lavoro qui è terminato. C'è un vantaggio, nel mio viaggio fuori programma verso il Maryland: Bette.

Lasciate che vi spieghi.

Il più delle volte, quando mi trovo in compagnia di mia cognata per lunghi periodi di tempo, lei si diverte a dare sfogo alla sua indole da parrucchiera e a giocare con le tinte che può sperimentare sui miei capelli.

Ecco perché in questo momento sto facendo da cavia umana, mentre lei dà nuova vita al viola, al rosso e al rosa delle mie ciocche, aggiungendoci un tocco di nero per far risaltare i colori ancora di più.

Sento il telefono vibrare in tasca, e quando leggo l'anteprima del messaggio credo di capire chi sia il mittente.

SCONOSCIUTO: Ehi, Skittles, dove sei finita?

IO: Mason?

MASON: Proprio io!

MASON: *GIF di un tizio vestito da sacchetto di Skittles che balla*

Tre messaggi e già sto alzando gli occhi al cielo. È davvero fiero del nomignolo che mi ha appioppato.

Ragazzaaaaa! Non fingere. Sai di essere affascinata da lui.

No. Mi rifiuto di permettergli di usare i suoi trucchetti da Casanova con me.

IO: Come hai fatto ad avere il mio numero?

MASON: Grayson.

Mi blocco leggendo quel nome. Tra tutti quelli che conosco, credevo che a darglielo sarebbe stata Em, la piccola Cupido del nostro gruppo.

Che stanno combinando tutti?

Prima E che mi dice di dare ai giocatori di football la possibilità di entrare nella mia vita, anche se non si stava riferendo specificamente a Mason.

E ora G che... Cosa sta facendo? Sta dando Mason il suo sigillo di approvazione?

Ma che succede?

IO: Perché G ti ha dato il mio numero?

MASON: Ho deciso di prendere in mano la situazione e di chiederglielo perché ero preoccupato per te.

Non riesco a smettere di sbattere le palpebre.

Quella risposta è così inattesa che non so davvero cosa pensare.

Ma fai sul serio? Come fai a non scioglierti in questo momento? Quello che ha fatto è proprio dolce.

Dolce? *Dolce?* No. Proprio no. Non riesco a pensare a nulla di ciò che fa Mason Nova come *dolce.*

IO: Perché?

MASON: Non eri a lezione… e l'ultima volta che ti ho vista eri di pessimo umore e hai fatto una scena stile Cenerentola, solo che non hai lasciato nessuna scarpetta.

Non lasciarti affascinare da lui. Ripeto: non lasciarti affascinare da lui.

"Cos'è quel sorrisino che vedo?" mi domanda Lyle, uno dei clienti di lungo corso di Bette, nonché proprietario dell'Espresso Patronum, la caffetteria dove Em diceva scherzando che avrei dovuto portare Mason. Lyle si fa tutta la strada da Jersey fino a qui per venire da Bette a farsi ritoccare la tinta verde neon e rosa shocking delle sue ciocche e delle rasature ai lati della testa.

Sto sorridendo? *Merda!* Sto proprio sorridendo, come se non bastasse la mia cheerleader interiore che davanti ai messaggi di Mason si è messa a fare capriole e salti carpiati. *Devo* tenere duro.

"Niente."

"Non si raccontano bugie agli amici. Dai, Kay, di' allo zio Lyle perché guardi il telefono con quell'aria felice."

"Zio Lyle?" ripete Bette, dopo aver fatto una risatina nasale.

"Perché no?" Fa spallucce. "In tutti questi anni, tra te che mi fai i capelli e voi che venite regolarmente all'Espresso Patronum, non mi sono forse guadagnato il titolo onorario di zio?"

Lyle è una delle persone che amo di più al mondo. È buffo, stravagante e, in generale, semplicemente fantastico. Se a questo aggiungete il suo grandioso locale a tema *Harry Potter*, capirete facilmente perché era una persona destinata a diventare parte della mia vita.

"Oh, aspetta, fammi indovinare: ti è arrivata la foto di un pene?" I suoi occhi turchesi brillano pensando a quella possibilità.

"*Lyle!*" lo rimprovera Bette.

"Che c'è?" Fa un'espressione che è il ritratto dell'innocenza. "Se a me mandassero la foto di un pene, eccome se sorriderei."

"Stai dicendo che mentre eri qui Kyle ti ha mandato delle foto del suo pene?" domanda Bette, mettendosi le mani sui fianchi.

"Oooh, bella domanda. In effetti oggi *hai* sorriso molto," aggiungo.

"No." Il broncio di Lyle è talmente bello che è impossibile non provare simpatia. "Le uniche foto che mi ha mandato mio marito sono quelle dei bambini con cui sta giocando a fare lo zio."

"È con Holly e i bambini?" domanda Bette, riferendosi alla migliore amica di Kyle.

"Sì, e mi ha *inviato* dei bei porno con certi quarantenni…" Estrae il telefono dalla tasca. "Ecco, guarda."

Le mani di Bette si muovono per coprire i miei occhi *casti*. Come se non avessi mai visto un porno in vita mia… "*Lyle!*" grida Bette.

"Cosa c'è?"

Spingo via le mani di Bette per guardare lo schermo, ma l'immagine che vedo è tutt'altro che pornografica. Molto sexy, senza dubbio, ma nulla che si possa classificare come *vietato ai minori*.

"Santo cielo, penso che mi siano appena esplose le ovaie," sospira Bette.

"Bene, non vedo l'ora di diventare zia." Il commento mi fa guadagnare un pizzicotto sull'orecchio da parte di mia cognata.

Potrei non essere pronta per tutta la faccenda dei figli come la mia cognata sposatissima, innamoratissima e molto bisognosa di procreare perché ha voglia di viziare qualche bambino, ma non posso negare di capire la sua reazione.

Come altro dovrebbe reagire una donna, vedendo una foto del campione di arti marziali miste Vince Steele che stringe suo figlio contro il bel petto nudo?

> MASON: *GIF dell'attore Chris Pine che dice "Sono il principe di Cenerentola."*

> MASON: Dove sei finita? Non sparire di nuovo senza dirmi che stai bene.

Che cosa sta cercando di fare? È un donnaiolo, non dovrebbe interessargli perché sono sparita. A essere onesti, sono sorpresa che non fosse troppo occupato con qualche ammiratrice anche solo per notare la mia assenza.

> IO: Sto bene. È tutto a posto.

> MASON: Perché sei scappata via dalla festa?

È un po' complicato da spiegare. Non voglio mentirgli. Per

qualche motivo non mi sembra giusto, il che, dato che stiamo parlando di Mason Nova, è un'altra cosa di cui dovrò preoccuparmi. Però posso sempre rimanere sul vago.

IO: Mio fratello era in ospedale.

MASON: Sta bene?

IO: Sì, niente di che.

MASON: Davvero? Sei sparita per giorni.

Sembra preoccupato sul serio.
Visto? Non è una persona cattiva.
È vero. Mason è una brava persona, ma resta sempre un seduttore. Devo tenerlo a mente.

IO: Sì, davvero. È il PEGGIOR PAZIENTE DEL MONDO, quindi ho dovuto aiutare Bette a prendersi cura di lui.

MASON: Capito. Quando torni? Mi manchi.

Leggendo quelle parole il mio cuore ha un sobbalzo.
Merda!
Non va bene.
Stai fuori da questa storia, cuore. Io non mi innamorerò di Casanova.

IO: *emoji che alza gli occhi*

Nel dubbio usare sempre il sarcasmo.

MASON: Davvero, le lezioni sono noiose senza di te.

IO: Mi vedrai giovedì. Non avresti lezione adesso?

MASON: Sì, ma è noiosa anche questa.

IO: Mi sa che non è per colpa mia, allora...

MASON: Sì che è colpa tua.

IO: E in che modo?

MASON: Ho dovuto bere due (sì, hai sentito bene, due) caffè oggi perché tu non c'eri. Quindi adesso devi intrattenermi.

IO: Certo… ora non esageriamo.

MASON: Che stai facendo?

IO: La cavia umana di Bette.

MASON: ??? *emoji che alza la mano con aria interrogativa*

IO: Voleva provare delle nuove tinte per i miei capelli, quindi sta aggiungendo nuovi colori alle Skittles.

Rido alla mia battuta, ripensando al nomignolo che ha coniato per me.

MASON: Fai vedere.

Faccio un'espressione buffa e mi scatto un selfie, preoccupandomi di fotografare anche i fogli di alluminio che racchiudono le ciocche di capelli appena tinte, e glielo invio.

MASON: Ti donano, Skits. *emoji che fa l'occhiolino*

IO: Adesso concentrati sulla lezione.

MASON: *emoji con il pollice alzato*

Perché deve essere così affascinante?
Donnaiolo.
Giocatore di football.
Sempre sotto i riflettori.
Eppure, per quanto io cerchi di tenere a mente tutti i motivi

per cui farei bene a girargli al largo, non riesco a non rispondere ai suoi messaggi.

"Ah… ora capisco," canticchia Bette alle mie spalle, sbirciando lo schermo del mio cellulare.

"Cosa?" Nascondo il telefono sotto le gambe.

Rimane in silenzio mentre separa un'altra ciocca da tingere, il foglio di alluminio che scricchiola nel mio orecchio.

"Quando i ragazzi me l'hanno detto ero un po' dubbiosa." I suoi occhi dapprima scendono verso la gamba sotto cui ho nascosto il telefono, poi salgono nuovamente per incontrare i miei. "Ma le prove dimostrano che avevano ragione."

Cosa ha detto?

"Non fare quella faccia, Kay."

Mi sforzo di attenuare le grinze che mi si sono formate tra le sopracciglia. "Sai che odio quando 'discutete' di me." Faccio delle grosse virgolette con le dita.

"Eh." Non c'è alcuna vergogna nella sua risposta. "Non mi scuserò mai per il fatto di assicurarmi che tu stia bene."

"Però… invece di chiedere alla *sottoscritta*, preferisci fare riunioni con i miei fratelli. Già, molto sensato."

"Non prendertela." Quando ha finito di lavorare sui miei capelli, Bette prende posto sulla sedia vicino a me. "Tu sei una delle persone più ostinate che conosca." Alza una mano quando cerco di interromperla. "Non ho detto che sia per forza un difetto." Questa è una menzogna bella e buona." "Tu, però…"

"Io cosa?" insisto quando non conclude il discorso.

Bette si alza di scatto dalla sedia e inizia a mettere via pettini e flaconi e a pulire qua e là. Non riesce mai a stare ferma quando è nervosa per un motivo o per l'altro. In questo caso, il motivo sono io.

"Tu…" Toglie un foglio di alluminio dopo l'altro, continuando ad evitare di guardarmi negli occhi.

"Bette."

Emette un respiro talmente forte che le si scompiglia la frangia.

"Tu ti mostri coraggiosa per essere sicura che nessuno si preoccupi di te. È come se tutto il tempo in cui hai avuto bisogno di noi avesse esaurito la tua capacità di lasciare che gli altri si prendano cura di te, quindi ti ritiri in te stessa."

"Non è vero che lo faccio."

"Non con noi." Si siede nuovamente e avvolge la sua mano nella mia, le sue dita mi accarezzano gli anelli. "Le uniche volte in cui ti comporti come la vecchia Kay è quando sei alla Caserma o con noi, ma quando ci sono gli altri… Ti ritiri, nascondi la Kay estroversa e sicura di sé che fa le acrobazie alla perfezione."

Distolgo lo sguardo, incapace di reggere la compassione che le vedo negli occhi. Ha ragione. Nell'ultimo anno, mentre il mio cerchio di amicizie continua a crescere e le opportunità di essere la vecchia Kay (come la intende lei) diminuiscono, sono diventata più consapevole della frattura nella mia personalità.

"Che cosa c'entra questo con… Mason?" Il suo nome quasi mi si blocca in gola.

"G dice che quando sei con lui non sei solo Kay, sei di nuovo PF."

È vero? Con Mason io sono la vera me stessa? E se è così, che cosa significa?

Un'ora più tardi, con i capelli lavati e piastrati e la mia frangia laterale ben spuntata, salgo a bordo di Pinky; peccato che, appena mi siedo, sento il telefono vibrare in tasca. Con tutta probabilità è il mio nuovo amico di penna.

MASON: Ci manchi!!!!

MASON: *foto del mio gruppo di amici del pranzo, tutti con facce tristi*

Scuoto la testa e rido. Affascinante bastardo.

IO: Da quando siete diventati tutti così dipendenti da me?

MASON: Beh, non posso parlare a nome delle ragazze, ma io, Grayson e Trav non abbiamo più nessuno a cui rubare le patatine. *emoji delle patatine fritte*

Era ovvio che mi volessero solo per il cibo.

IO: Potreste comprarvele, tanto per cambiare *emoji di ragazza con la testa inclinata di lato e una mano a mezz'aria*

MASON: Ma tutto ciò che è tuo ha un sapore migliore *emoji dell'arcobaleno* *emoji della lingua*

IO: *emoji con gli occhi alzati* Smettila di farla sembrare una cosa sporca.

MASON: Quando torni???

IO: Sto cercando di partire adesso, ma QUALCUNO non la smette di messaggiarmi.

MASON: Io NO di certo. DILLO che aspetti i miei messaggi con il fiato sospeso.

Santo cielo, è terribilmente arrogante.

IO: Se pensarlo ti fa star meglio…

MASON: Lo so che mi vuoi bene. *emoji che fa l'occhiolino* Buon viaggio.

Di certo ha un'alta considerazione di se stesso.
Non fingere che non ti piaccia.
NO!

IO: Grazie.

MASON: Quindi non neghi di volermi bene?

Accidenti, è proprio incorreggibile.

IO: *emoji che alza gli occhi* Ti prego.

Getto il telefono nel portabicchieri e metto in moto Pinky. Vorrei poterlo negare, ma sto tornando all'università con il sorriso sulle labbra. Forse Bette non ha tutti i torti.

CAPITOLO 23

MASON

Dovrei essere distrutto.

Dovrei tornare alla confraternita, mangiare qualcosa, richiamare Brantley e poi buttarmi a letto, magari studicchiare un po'.

Quello che non dovrei fare è vedere Kay.

Accidenti, non dovrei nemmeno *volerla* vedere.

E invece…

Sapete cosa faccio, non appena esco dal campo di allenamento?

Tiro fuori il telefono e le mando un messaggio.

Non riesco a spiegarmelo ma, per quanto duramente io provi a negarlo, voglio vederla.

No.

Io *ho bisogno* di vederla.

IO: Sei tornata?

SKITTLES: Sì, circa un'ora fa.

IO: Che stai facendo?

SKITTLES: Sono in camera mia a studiare.

Bingo!

Ora so dove trovarla.

Accendo la mia Shelby e mi dirigo verso il dormitorio. Parcheggio nel punto più vicino alla Eagle Hall—grazie alla mia maestria nell'origliare le conversazioni altrui ho scoperto qual è l'edificio e il numero dell'appartamento in cui vive Kay—solo per ritrovarmi ad imprecare in silenzio quando scopro che per accedere occorre una tessera magnetica.

Beh, ecco il segno di cui avevi bisogno. Devo scriverlo sul megaschermo per farti arrivare il messaggio? TROVATENE. UNA. PIÙ. FACILE.

Pensavo che il mio coach interiore sapesse che io non mi arrendo mai.

E poi io sono Casanova, uno dei re del campus... Chi può dirmi di no?

Individuo un gruppo di studenti seduti sulle panchine del cortile e dopo il solito giro di "Ehi, Casanova", "Bella partita l'altro giorno", eccetera, uno di loro mi fa entrare nell'edificio.

Dato che ho già perso abbastanza tempo, evito l'ascensore e salgo le scale due gradini alla volta, fino a quando non raggiungo il terzo piano, per poi dirigermi all'appartamento 311.

E adesso qual è il piano? Non ce l'hai un piano, vero? Oh, questa è bella. Gran bel modo di sprecare il tuo tempo, Nova.

Accidenti. Lo stronzo nella mia testa ha ragione. Che diavolo pensavo di fare? Non posso mica stare qui a fissare la porta tutta la notte.

Un bel respiro. *Si va in scena.*

Toc-toc.

Nell'attesa che qualcuno apra la porta, i palmi delle mani iniziano a sudarmi e il cuore prende a battere come se avessi fatto uno scatto per quaranta iarde. Fatico persino a riconoscere me stesso, quando i capelli mi si rizzano al debole suono dei passi che proviene dall'interno dell'appartamento.

Tutto scompare nell'istante in cui alla porta appare il motivo della mia presenza qui.

"Mason?"

Porca puttana.

Ho perso il conto di quante volte nel corso della giornata

vengo abbordato da ragazze in abiti ben più succinti di così, ma in questo momento credo di non aver mai visto niente di più sexy: Kay, in piedi davanti a me, vestita con una canottiera bianca e un paio di pantaloni sportivi con il logo dell'Università di Jersey; i capelli—lisci, non più ricci—che le cadono dietro le spalle e scendono lunghi sulla schiena.

La canotta è abbastanza aderente da mettere in mostra quelle sue curve di cui soltanto da poco ho scoperto l'esistenza, e i pantaloni, anche se arrotolati in vita, le coprono i piedi e non fanno che enfatizzare la bassa statura.

Il mio sguardo si blocca sulla striscia di pelle chiara che si intravede tra il bordo inferiore della canottiera e l'orlo superiore dei pantaloni. Non riesco a pensare a nient'altro, mentre rimango incantato dalla forma dei suoi fianchi. Sarà pure formato tascabile, ma è comunque una donna con le curve *al posto giusto*.

Una donna bella e sexy che devo assolutamente portarmi a letto.

"Mason?" I suoi occhi grigi mi guardano con aria interrogativa.

Adesso sarebbe il momento di dire qualcosa, Nova.

Il suono del mio nome che esce dalle sue labbra, delle labbra che mi hanno tentato fin dal primo istante, mi risveglia dal torpore in cui ero finito.

Due passi avanti e sono di fronte a lei.

Tutto il resto avviene come se fossimo sotto di sei punti negli ultimi secondi di una partita di football.

Un secondo, e le mie mani si allungano verso di lei.

Un altro ancora e prendo il suo viso tra le mani.

Tic-toc. Passo le dita tra i suoi capelli.

Tic-toc. Il suo viso si piega verso il mio.

3

Mi sto sporgendo in avanti.

2

Chiudo l'ultimo centimetro di spazio.

1

La mia bocca preme contro la sua.

Touchdown!

Il primo assaggio delle sue labbra mi dona un senso di pace mai provato prima.

Non mi sento più perso, niente al mondo va più male.

Non ho mai *voluto* una donna prima d'ora. Le ho sempre trovate disponibili. Mi bastava schioccare le dita per trovarne una pronta a offrire i propri servigi al mio uccello. Impegnarmi per ottenere l'attenzione di una donna? Non so nemmeno cosa voglia dire.

E adesso? Con Kay? Mi sento come se avessi incastrato l'ultimo pezzo di un puzzle.

A essere onesti, non sono nemmeno certo di quanto io le piaccia, ma non riesco a tirarmi via da lei.

Quando schiude leggermente le labbra per respirare le faccio scivolare la lingua nella bocca.

Sapevo che il primo tocco delle sue labbra mi avrebbe sconvolto la vita, ma non immaginavo come mi sarei sentito nel momento in cui lei avesse ricambiato il mio bacio.

Mi sfiora timidamente l'addome con le mani e i miei muscoli si ritraggono a quel tocco. Sale con le dita lungo il petto e poi dietro al collo, toccandomi la visiera del cappellino degli Hawks che indosso al contrario.

Il tempo ha perso ogni significato, il mio cronometro interiore si è fermato. Quando finalmente mi stacco da lei, non ho idea di quanto tempo abbia passato a baciarla sulla soglia della porta: potrebbero essere passati secondi, minuti, *ore*.

Se prima pensavo che fosse bellissima, adesso mi sembra una specie di visione: le labbra lasciate umide dal nostro bacio, gli occhi che mi guardano meravigliati, il petto che ansima mentre lei cerca di riprendere fiato, le vene che le pulsano ai lati del collo e che mi fanno venire voglia di morderglielo.

Chiudo gli occhi; se guardassi Kay per un altro istante, rischierei di caricarmela in spalla, cercare il primo posto comodo e sbattermela talmente forte da farle scordare se è giorno o notte.

"Cos..." Chiede con voce spezzata, poi si schiarisce la gola. "Cos'era *quello*?"

Prendendo una decisione strategica, getto la maschera di Casanova che uso come scudo e decido di dire la verità.

"Una cosa che volevo fare da un bel po' di tempo."

L'onestà ripaga, dato che sul volto di Kay appare uno di quei sorrisi che di solito riserva a chiunque *non* sia io.

"E ora che l'hai fatta?" chiede con tono seccato.

Ti pareva che non mi volesse dare la soddisfazione.

"Voglio farla ancora." Le cingo la vita con un braccio, tirandola verso di me, per fare in modo che i nostri corpi siano di nuovo l'uno contro l'altro.

"Davvero?" Solleva un sopracciglio fin quasi all'attaccatura dei capelli.

"Oh, sì. Prima la rifaccio, meglio è."

Mi piego in avanti, ma mi blocca ponendomi una mano sul petto. "Non sono una delle tue ammiratrici, Mase."

È la prima volta che mi chiama Mase e devo dire che mi piace.

"Lo so, Skittles. Non ho mai dovuto correre dietro a un'ammiratrice."

"*Mmmh.*"

La stringo a me ancora più forte. "Sei stata il mio pensiero fisso, da quando mi hai… cenerentolato alla festa."

*Certo, come no, *sbuffa* solo da quel momento. Guardami mentre alzo gli occhi al cielo come la tua adorata Skittles.*

"Non posso credere che tu abbia usato una principessa Disney come verbo."

"Hai intenzione di farmi entrare, Skit?"

Il suo bel nasino si arriccia mentre riflette. "Ci sto pensando."

Le accarezzo il mento con il pollice. "Dai. Lo so che lo vuoi."

"Non farò sesso con te." Abbassa le punte dei piedi e si libera dalla mia presa.

"Non è per questo che voglio entrare."

Rido quando mi fa quello sguardo che vuol dire: *Ma fammi il piacere.*

"Non ti ho vista per quasi *cinque* cazzo di giorni. Sei *tutto* quello a cui ho pensato e tutto questo mi sta facendo impazzire. Stamattina, quando non ti ho vista a lezione, sono quasi uscito a cercarti."

Porca puttana. Ma chi sei tu? Cosa ne hai fatto del vero Mason Nova?

"Voglio solo stare con te." La spingo dolcemente all'indietro. "Dai, Skit." Un'altra piccola spinta. "Fammi entrare."

Già che ci sei offrile le palle su un piatto d'argento, mezza sega di un impostore che non meriterebbe altro che stare tra le riserve.

Alla fine, dopo una delle sue solite alzate d'occhi, mi fa cenno di entrare. Senza darle la possibilità di cambiare idea, chiudo la porta alle mie spalle e la seguo nella camera da letto.

Sul piumone color rosa shocking c'è un libro di testo aperto, mentre sul piccolo schermo piatto sulla scrivania sta andando in onda un vecchio episodio di *Una mamma per amica*.

"*Oooh*, KayKay ha un ragazzo in camera." La voce maschile e canticchiante attira la mia attenzione verso il laptop adagiato sul letto.

"Dice quello che stamattina ho trovato con una sconosciuta nel letto quando sono passato per accompagnarlo a lezione," ribatte dallo stesso schermo un ragazzo che indossa il cappellino blu dell'Università del Kentucky; credo che il primo che ha parlato sia Dante Grayson.

"Ma tu non avevi una cotta per Rei?" domanda Kay avvicinandosi al computer.

"Primo, *non* è una sconosciuta: fa parte della squadra di pallavolo," risponde Dante a Cappellino Blu, poi rivolge a Kay gli occhi marroni, dall'aspetto familiare. "Secondo, *odio* il fatto che voi due spettegoliate sempre," dice indicando con il dito Kay e Cappellino Blu. "E poi, KayKay, lo sai che il mio cuore appartiene solo a te. Quand'è che coronerai il sogno di mia mamma e mi sposerai?"

"Non ti degno di una risposta," ridacchia Kay, voltandosi verso di me e alzando gli occhi al cielo.

"Ehi, ma che cazzo, JT?" urla Dante.

"Smettila di provarci con la mia migliore amica," lo avverte Cappellino Blu, che a questo punto presumo sia JT.

"Per quanto mi piacciano le repliche di *Beavis & Butt-Head*, penso che salterò questo episodio. Non fatevi arrestare. Vi voglio bene." Kay saluta i due amici e termina la videochiamata, poi si volta nuovamente verso di me con una punta di rosa che le colora le guance.

"Il giovane Grayson?" chiedo, indicando il computer.

Annuisce. "E il mio migliore amico, JT."

La guardo perplesso mentre mi passa oltre per chiudere la porta della stanza.

"Se la lascio aperta, le mie coinquiline saranno qui nel giro di pochi minuti e non riuscirò *mai più* a rimettermi a studiare."

Mi tolgo le scarpe, prendo uno dei suoi cuscini con stampa zebrata e mi accomodo sul letto.

"Prego, fa' come se fossi a casa tua," dice sarcastica, ma poi si siede sul letto vicino a me posando il computer sopra le gambe incrociate.

"Carino," commento sfiorando il pallone da football ricamato sul calzino che le sporge da sotto il ginocchio.

Incapace di trattenermi dal toccarla, le avvolgo la mano attorno al piedino e le faccio scorrere un dito lungo la caviglia.

Cinque giorni senza vederla sono stati davvero troppi. È come se la sua mancanza mi avesse costretto a riconoscere che… sto iniziando a… provare… dei…

…

…sentimenti.

Questa sì che è una scoperta fottutamente spaventosa.

"Come sta tuo fratello?" Con tutta la confusione che ho in testa, sono le uniche parole che riesco a dire.

"Meglio. Grazie per l'interesse," risponde offrendomi un altro dei suoi sorrisi.

"Posso farti una domanda un po' riservata?"

Kay stringe gli occhi e io ho la sensazione che si stia preparando a darmi un assaggio della sua lingua tagliente. "Da quando tu *chiedi* il permesso?"

Le stringo dolcemente il piede.

"Cos'è successo ai tuoi genitori?"

Abbassa lo sguardo verso il suo piumone, come se all'improvviso ne fosse ipnotizzata. "Quando ero alle superiori mio padre è stato ucciso da un guidatore ubriaco."

"Accidenti." Le passo il pollice sulla pianta del piede. Sospettavo che fosse accaduto qualcosa del genere, ma è comunque brutto da sentire.

Noto che non ha detto niente riguardo alla madre, ma mi sembra già abbastanza sconvolta e non voglio insistere.

"È per questo che tu e tuo fratello siete tanto uniti?"

"Sì." Prima di guardarmi di nuovo, si chiude in un lungo silenzio. "Ha rinunciato praticamente a tutto per poter diventare il mio tutore." Ride, ma non c'è alcuna gioia nella sua risata, poi indica il computer. "La soluzione più facile sarebbe stata farmi adottare dal padre di JT, ma E si è rifiutato. Non ne ha proprio voluto sentir parlare."

"Wow."

"Già." Inizia a togliersi dei pelucchi invisibili dai pantaloni.

"Ammiro molto E per quello che ha fatto, ma tra lui e Bette è comunque lei la persona che preferisco."

"Perché la chiami Bette?"

Alla mia domanda si volta a guardarmi con aria confusa. "Si chiama così."

"Questo l'ho capito. Voglio dire, tu chiami le persone più care con una lettera, allora perché non la chiami B?"

Prende un momento per rifletterci, come se non ci avesse mai fatto caso prima d'ora. "Immagino che sia perché la vedo più come una mamma che come una cognata."

"Quindi è tipo un segno di rispetto?"

"Credo di sì." Appoggia il computer sul letto. "Ha sposato mio fratello per poter diventare la mia tutrice... Sì, lo avrebbe sposato comunque, ma anticipando il matrimonio ha messo da parte la propria vita per assicurarsi che la mia non cambiasse. Non voglio che dubiti mai di quanto le sono grata per tutto ciò che ha fatto per me."

Corro il rischio e sposto la mano lungo la sua gamba, massaggiandole il polpaccio fino a raggiungere il ginocchio.

"Anche mio padre è morto quando ero piccolo."

"Davvero?"

"È diverso dalla tua situazione, io avevo solo due anni, quindi non ho nessun ricordo di lui, ma... Sì."

Dato che non ha ancora respinto il mio tocco, decido di fare un'altra mossa azzardata e la tiro verso di me, invitandola ad appoggiarsi contro il mio fianco.

"Anche nel tuo caso, dev'essere una perdita difficile da sopportare."

"Già." Faccio scorrere una mano lungo il braccio; la sua pelle di seta è assolutamente irresistibile. "Ma proprio come te, anch'io sono stato fortunato."

"Come mai?" La scia del mio tocco, che ora scende verso il polso, le provoca la pelle d'oca.

"Prima di tutto c'è mia mamma, che è la migliore." Kay si irrigidisce, ma continuo a far scorrere i polpastrelli verso la sua mano, poi su fino al gomito e di nuovo indietro. "Poi c'è Brantley, il mio patrigno, che non mi tratta in modo diverso dai suoi figli naturali."

"Quindi hai dei fratelli?" Inizia a giocare con il bordo della mia maglietta, il tocco delle sue dita sul mio addome mi rende difficile mantenere la concentrazione.

"Sì, dei gemelli. Vanno alle superiori."

"Wow, dei gemelli."

L'unghia che mi scorre appena sotto l'ombelico scatena una scarica elettrica che mi arriva direttamente all'uccello.

"Una volta ho conosciuto dei gemelli. Rimango sempre affascinata dalla connessione che c'è tra loro."

Annuisco ridendo. Mio fratello e mia sorella hanno proprio quel tipo di legame.

Quando le sue dita si fanno strada sotto la mia maglietta, accarezzandomi gli addominali, perdo quel poco che rimaneva dei miei freni inibitori. Mi chino in avanti e poggio le mie labbra sulle sue.

Questa volta ricambia il mio bacio senza alcuna esitazione. Apre la bocca al contatto con la mia e io le mordicchio il labbro inferiore. Mi passa le unghie lungo la nuca, scatenandomi un brivido che mi corre lungo la schiena e arriva giù fino all'uccello.

Sono stato con un sacco di ragazze… e dico proprio *un sacco*: non ho intenzione di scusarmi. Eppure, nessuno di quegli incontri mi ha dato le stesse sensazioni che mi dà baciare Kay.

Può anche essere perché con molte di loro ho praticamente fatto sesso senza baci, ma sospetto che sia perché in fondo non provavo nulla per loro.

Ma con Kay? Non riesco a porre un freno ai sentimenti e questo mi *terrorizza*.

Io. Non. Prendo. Impegni. Con. Le. Ragazze.

E allora perché voglio a tutti costi uscire con lei?

Uscire? USCIRE? Perché non te la porti a letto e basta? Perché devi per forza uscirci insieme?

Non volendo rovinare il momento pensando troppo, le lascio una scia di baci lungo la mandibola, giù fino al collo e poi dietro all'orecchio. Inalando a fondo, vengo nuovamente investito dal profumo di menta che avevo sentito la notte della festa alla confraternita.

"Come mai i tuoi capelli sanno di menta?" Non posso fare a meno di domandarglielo.

"È il balsamo," dice gemendo, mentre le mordicchio il lobo dell'orecchio.

"Mi piace."

"Fermiamoci." Mi preme una mano contro il petto quando provo a metterla sotto di me. "Devo davvero iniziare a studiare."

Con tutto il sangue che ho in corpo e che si è accumulato nell'uccello, perfino il mio coach interiore non riesce a dire nulla.

Anch'io voglio mettermi a studiare… soprattutto il suo corpo nudo. Cerco di baciarla ancora, ma mi blocca.

"Se continui a distrarmi, sarò costretta a cacciarti."

Quella è davvero l'ultima cosa che voglio. Mi faccio indietro, sollevandola.

"Farò il bravo. Promesso." Mi traccio una X sul cuore.

"Ho i miei dubbi," dice, ma sorridendo.

Dato che devo dimostrarle che si sbaglia, raggiungo il mio zaino e prendo il libro di inglese. Dare una sfogliata ai capitoli che devo leggere non mi farà male.

La nostra piccola pomiciata ha fatto cadere dal letto il suo evidenziatore viola, quindi Kay salta giù e lo raccoglie. Nel momento in cui si china, si scosta i capelli dalle spalle e io intravedo vicino all'orecchio alcune macchie scure che non avevo notato in precedenza.

"Come mai non l'ho visto prima?" Faccio scorrere un dito lungo le quattro sagome nere tatuate dietro al suo orecchio sinistro.

"Forse perché di solito tu ti metti alla mia destra," risponde cercando di sembrare disinvolta, anche se i suoi capezzoli si stanno impegnando per farsi vedere da dietro la canottiera. "E poi è molto piccolo." Inizia a tracciare con il dito le linee del tatuaggio tribale che ho sul braccio.

Prima di lei, molte donne mi hanno accarezzato il tatuaggio, ma nessuno tocco è mai stato tanto sensuale come il suo.

Kay si risistema sul letto, ma io piego la testa e continuo a guardare il tatuaggio. Non so perché io sia tanto scioccato dal fatto che ne abbia uno anche lei, ma lo sono.

"Perché ha un aspetto familiare?" chiedo continuando a seguirne le linee con il dito.

"Sono Peter Pan, Wendy e i suoi fratelli che volano verso l'Isola Che Non C'è." La sua voce esce affannata.

"Come mai?"

Scuote la testa. "È una cosa personale."

"Un giorno me ne parlerai. Ne hai altri?"

Annuisce e si sposta all'indietro per appoggiarsi contro i cuscini.

Abbassa l'orlo dei pantaloni, mettendo il mio uccello sull'attenti, il respiro che mi si blocca nei polmoni mentre mette in mostra un paio di mutandine Calvin Klein, che poi abbassa leggermente per rivelare un paio di ali d'angelo tatuate sull'anca destra.

I dettagli del tatuaggio sono davvero notevoli. Cerco di concentrarmi sul disegno, davvero, ma la vista del suo fianco nudo e il fatto che il tatuaggio sia vicinissimo al punto che bramo di più—e che sarei in grado di vedere, se solo abbassasse le mutande di qualche altro centimetro—fa sì che le mie palle comincino a scalpitare sulla linea di gioco.

Ce l'ho talmente duro che mi fa male, la cerniera dei pantaloni mi sta marchiando in un punto in cui nessun maschio vorrebbe essere marchiato.

Proprio come per il tatuaggio dietro l'orecchio, allungo il dito e seguo le linee di quello sul fianco.

"È per mio padre," dice lei con voce flebile.

"L'avevo immaginato."

Stronzate. In questo momento non sapresti dirmi neppure il tuo nome, se te lo chiedessi. L'unica cosa che sei in grado di immaginare è che sapore ha il suo corpo.

"Ok, ora devi *davvero* smetterla di toccarmi. Devo studiare."

Ci sistemiamo sui cuscini, uno contro il fianco dell'altro, e ci mettiamo a lavoro: io con il mio libro, lei al computer.

Trav: Ehi, ma dove sei finito?

Leggo il messaggio di Trav e scopro con sorpresa che si è quasi fatta mezzanotte. Io e Kay abbiamo studiato per ore.

Avremmo potuto darci qualche bacio e qualche carezza in più, ma non posso lamentarmi.

Non posso dire lo stesso del mio uccello, ormai mi sono venute le palle color blu Puffo.

IO: Accidenti, non mi sono reso conto di quanto fosse tardi. Torno subito.

TRAV: Dove sei stato?

IO: A studiare con Skittles.

TRAV: A studiare? *emoji che fa l'occhiolino*

IO: Sì, sai, con i libri e tutto il resto *emoji dei libri*

TRAV: Non so cosa mi sconvolga di più: Il fatto che TU stia STUDIANDO, ma dico studiando DAVVERO, o che tu stia studiando con una ragazza.

IO: *emoji del dito medio*

TRAV: LOL. Beccati questo.

TRAV: *GIF di Trav a petto nudo*

IO: Deficiente.

TRAV: Ti voglio bene anch'io, fratello.

"Te ne vai?" Kay alza lo sguardo quando vede che sto mettendo via la mia roba.

"Sì, non mi ero reso conto di quanto fosse tardi. Tra sei ore devo essere in palestra."

"Solo a pensare di alzarmi così presto mi viene voglia di vomitare."

La sua espressione disgustata è davvero comica.

"Ti accompagno," dice saltando giù dal letto.

L'appartamento è nel silenzio più totale, tutte le altre porte sono chiuse; probabilmente le coinquiline stanno dormendo.

Kay apre la porta di casa dicendomi un velocissimo "Ciao", ma se crede che me ne andrò con un saluto tanto scarso si sbaglia di grosso.

La tiro a me, godendomi ogni centimetro di lei che riesco a toccare. Usando la mano libera, le piego la testa e la bacio.

Invece di un bacio appassionato come quelli di prima, questa volta gliene do uno dolce.

"Sogni d'oro, Skittles," le sussurro contro le labbra.

"Ciao, Mase." Dice il mio nome con voce affannata, poi squittisce quando, prima di andarmene, le do una bella strizzata al sedere.

Potrei abituarmi a sentirmi chiamare Mase da lei.

KAYLA

Mi gira ancora la testa per il bacio, o piuttosto i baci, che Mason mi ha dato ieri notte.

*Ferma. Diciamo le cose come stanno: *si fa aria con le mani* il primo bacio che ti ha dato quel gran bel pezzo di uomo è stato il più ardente che tu abbia mai ricevuto. Santo cielo, solo a pensarci ho bisogno di un Gatorade.*

Non posso dare torto alla mia cheerleader interiore. Quel bacio era talmente infuocato che mi ha quasi mandato in pappa il cervello; il che, se me lo chiedete, non è affatto giusto. Come diavolo faccio a resistere a Mason, quando è talmente bello e mi bacia *in quel modo*?

A dire il vero…

Se devo essere del tutto onesta con me stessa, lui mi frullava in testa da *ben prima* che si presentasse alla mia porta e mi desse quel bacio atomico.

Da quando le parole di Bette mi sono esplose in testa come una bomba, non riesco a smettere di pensarci.

Se perfino G, una persona che non vede il mio lato PF tanto spesso, dice che con Mason sono la vera me stessa, allora sono costretta a rivalutare ogni singolo incontro con lui. Non è giusto. Non può essere vero. No?

Santo cielo! Perfino alle mie stesse orecchie sembrano le parole di una pazza.

Eppure...

Muovendomi lungo il tappeto blu, spalle all'indietro, schiena dritta, testa alta e nessun cappello a coprirmi il volto, il fiocco ben annodato nei capelli, io sono PF Dennings al 100%. Lei è nata qui alla Caserma.

Questo posto.

Questa casa.

È il mio santuario. Niente bulli. Nessun timore riguardo alla stampa. Qui non sono altro che la componente di una coppia di cheerleader, un'atleta in grado di eseguire acrobazie di cui pochi al mondo sono capaci.

Mettetemi in cima a una piramide umana e farò un sorriso talmente grande che nessun giudice sarà in grado di distogliere lo sguardo.

Se non fosse per la Caserma, non sarei qui, non sarei un essere umano completo. Accidenti, una delle ragioni per cui per me è così importante allenare le future cheerleader è perché un giorno spero di diventare per qualcuno quello che la coach Kris è stata per me.

Ma al di fuori di queste mura, quando non sto gareggiando, evito l'attenzione altrui come se fosse un'epidemia di Ebola.

Allora perché sono così attratta da Mason Nova, quando lui è chiaramente il paziente zero?

Sono seduta sul tappetino, il petto piegato in avanti e le gambe divaricate, quando al mio fianco sento il telefono vibrare.

MASON: Ehi Skittles! Ti va di uscire più tardi?

IO: Non dovresti essere agli allenamenti in questo momento?

MASON: Sto facendo una piccola pausa.

IO: Scrivi sempre alle ragazze quando ti alleni?

MASON: Alle ragazze no, ma per te vale la pena rischiare di dover fare dieci giri intorno al campo.

Accidenti a te, Mason Nova, smettila di essere così ammaliante.

MASON: Allora, che ne dici? Ci vediamo più tardi per studiare insieme?

IO: Non posso, devo lavorare.

Cerco di convincere me stessa che non è delusione quella che sto provando. E poi, perché rispondo ai suoi messaggi? Perché mi sto lasciando coinvolgere?

Perché ti piaaaaaaaace, canticchia la mia cheerleader interiore.

Giuro che se inizia a creare canzoni su di noi che ci baciamo sotto un albero, le do una sberla.

MASON: *GIF di J-Lo che fa il broncio con le braccia incrociate*

Dannazione! Mi piace da impazzire.

Sono davvero fregata.

IO: Torna ad allenarti. La Michigan non si batterà da sola, soprattutto in trasferta.

MASON: Sei sexy quando parli di football.

IO: *emoji con gli occhi alzati*

MASON: Ti ho mai detto che VIVO solo per farti alzare gli occhi?

Giuro, deve essere incapace di spegnere l'interruttore del fascino.

IO: Mase.

MASON: Santo cielo, mi hai chiamato Mase. *emoji con gli occhi a forma di cuore*

Spero davvero che gli facciano fare dieci giri di campo. E con tutte le protezioni addosso.

IO: Grrr.

MASON: *GIF di Barbie che ruggisce*

IO: BASTA! Adesso non ti rispondo più!!!!

IO: ALLENATI!!!!!!!!!!!

MASON: Bene. COME VUOI! Ci vediamo nel corso della mattinata. Se non mi riconosci, sono il ragazzo straordinariamente bello che tiene in mano il tuo caffè.

La sua abitudine di portarmi il caffè e sedersi vicino a me a lezione ha già fatto il giro dell'account Instagram UofJ411. I social media sono stati la rovina della mia esistenza… e Mason Nova? Beh, diciamo solo che l'hashtag #CosaFaCasanova in questo momento è in tendenza in *tutto* il campus.

Eppure non cerco di porre un freno a questa attenzione sempre più crescente. Dentro di me, non voglio nemmeno farlo.

Accidenti! Non posso più pensare a tutto questo. Sono venuta alla Caserma con un'ora di anticipo proprio per togliermi dalla testa un certo fastidioso, eppure seducente, giocatore di football che mi porta il caffè al mattino.

Stasera devo concentrarmi sul mio piano per mettere insieme le nuove coppie di *partner stunt* degli Admirals.

L'unione tra *base* e *flyer* poggia su un equilibrio delicato. Certo, sono i *flyer* che vengono lanciati in aria, eseguono le acrobazie e i salti mortali, ma sono in grado di compiere tutto alla perfezione solo se possono confidare nel fatto che, sotto di loro, i *base* saranno pronti a riceverli.

La coach Kris è partita dalle mie capacità come *flyer* e dalla mia esperienza con JT come presupposto per insegnarmi a individuare le accoppiate migliori.

Alzando il volume della canzone *Birds of Prey* che suona nei miei AirPods, inizio a mettere ordine nella testa facendo dei riscaldamenti sul trampolino.

Ciao ciao, pensieri su Mason Nova.

È ora di mettersi al lavoro.

CAPITOLO 25

MASON

Mentre attendo che la barista prepari i nostri caffè, ripenso ai messaggi che io e Kay ci siamo mandati. Se dicessi che ieri sera non ero deluso per non essere riuscito a vederla, mentirei.

È incredibile come il fatto di non vederla mi stia incasinando la testa.

È più facile che al grande Casanova scivoli il pallone dalle mani durante la partita, che una ragazza gli condizioni la vita per più tempo di quello necessario a infilargli il preservativo.

E a me non scivola mai il pallone dalle mani.

Spero che ti vada bene l'idea di mollare il football, imbecille, perché nella NFL non sono ammesse le femmine; e a te, signorino, sta spuntando la vagina.

Kay, Kay, Kay. Ormai con te è tutto Kayla di qua e Skittles di là. Che diavolo ne hai fatto del football? Sai, quella cosa per cui ti stai impegnando da tutta la vita?

Mamma mia, da quando Kay è entrata nella mia vita, il mio coach interiore si fa sentire un po' troppo. Non capisco quale sia il problema. Dovrebbe essere contento che, tra tutte le ragazze che ci sono al campus, io abbia scelto di scrivere proprio a quella che mi sprona a concentrarmi sul football.

Quando entro a lezione, trovo Kay al suo solito posto e, per la prima volta, mi rivolge un sorriso nell'istante in cui si volta verso di me.

Sei mia.

Attraverso la sala e salgo la scalinata con passo deciso. Dopo che è tornata dal lavoro, e fino a quando non è andata a dormire, abbiamo trascorso ore intere a scambiarci messaggi, ma non mi basta. Devo conoscere gli orari in cui ha lezione. Mi rifiuto di trascorrere un'altra giornata senza vederla. È inaccettabile.

*Io me ne vado, Nova. *getta a terra la cartellina e si allontana dal campo**

Al contrario delle altre volte in cui le ho portato la sua dose di caffeina, stavolta non attende che sia io a porgerle la tazza. Allunga il braccio e la prende dalle mie mani: quando le nostre dita si sfiorano, non mi sfugge il modo in cui le si allargano le narici.

Nega quanto ti pare, ma lo sappiamo entrambi che mi desideri, piccola.

Mosso da una nuova ondata di spavalderia, prendo posto accanto a lei, le do un bacio sulla testa e avvolgo con un braccio lo schienale della sua sedia.

Quando rivolge lo sguardo verso di me, il nero e il blu dei suoi occhi turbinano come una tempesta. "Cos'era *quello*?" Il suo sussurro è quasi un grido.

Mostrandole il sorriso più grande, più smagliante, più *Casanova* di cui sono capace, le rispondo: "Solo un modo per dirti ciao."

Adesso negli occhi non ha più una tempesta tropicale, ma un uragano di categoria 5. "Da quando in qua dici *ciao* in *quel modo*?"

Faccio spallucce e le sposto dietro l'orecchio una ciocca di capelli che le era finita sul volto durante uno sbuffo.

Non rispondo, mi limito a guardarla. È davvero bellissima e detesto che continui a nascondersi dietro quel cappellino degli Yankees.

Con la coda dell'occhio, vedo il professore entrare in aula e capisco di avere ancora uno o due minuti prima che la lezione abbia inizio.

Mi avvicino al suo viso e inspiro profondamente contro la sua pelle.

Fragole?

Uno sbuffo d'aria mi sfiora la guancia quando Kay inizia a tremare per la mia vicinanza… e intendo proprio che trema come una foglia.

"Che ne hai fatto della menta?" le domando.

"C-cosa?" balbetta.

Non siamo più tanto indifferenti, vero, piccola?

"I tuoi capelli." Passo le dita tra le ciocche di capelli lisci e le avvicino al mio naso, respirando a fondo quel dolce profumo di fragole.

"Oh." Sbatte le ciglia per riprendersi dallo stordimento che le ho provocato. "È il mio shampoo secco." Si allontana da me e le ciocche mi scivolano tra le dita, poi Kay mi guarda con occhi stretti. "Non cambiare discorso. Rispondi alla domanda."

"Quale domanda?"

Adoro vederla arrossire sul collo, potrebbe essere la mia scena preferita di sempre.

"Non fare il finto tonto, Mason. Quello…" Indica la mia bocca e la sua testa. "…*non* è il modo in cui noi due ci diciamo *ciao*."

"Credevo che l'avessimo chiarito l'altra notte."

Prima che Kay abbia la possibilità di rimproverarmi per la mia non-risposta, la lezione ha inizio.

I successivi settantacinque minuti sono i più divertenti di tutta la mia esperienza universitaria. Non posso che gasarmi di più a ogni occhiata di soppiatto che mi viene rivolta, a ogni sbuffo di frustrazione che fa Kay quando nota gli sguardi confusi che gli altri studenti ci rivolgono.

Le traccio distrattamente dei segni sulla spalla, gioco con le punte dei suoi capelli, mi sporgo per scriverle qualcosa sul quaderno o per indicare qualcosa sul computer che ha davanti a sé.

Non mi è mai capitato di flirtare con una ragazza in maniera tanto palese come sto facendo ora con Kay, ma la cosa mi eccita.

Quando termina la lezione, cammino con un braccio stretto attorno alle spalle di Kay, tenendola vicino a me per schermarla dal trambusto di studenti che ci circonda. È così piccola che non so come faccia a non perdersi in tutto quel flusso di persone.

Cerca senza successo di scostare il mio braccio, ma ogni volta che lo fa la stringo a me ancora più forte.

"*Davvero*, Mase." Oooh, quello sguardo è davvero glaciale come un iceberg. "Che *accidenti* stai facendo?"

Invece di condurla fuori dall'edificio, la avvicino al muro e la circondo con il corpo. Le intrappolo la testa tra le braccia piantate contro la parete, mi piego in avanti, le mie labbra che le sfiorano l'orecchio, e le sussurro: "Ti ho mai detto cosa mi succede quando mi chiami Mase?"

Rabbrividisce e chiude gli occhi, ansimando pesantemente.

"Come ti ho detto prima," le bisbiglio, avvicinandole il naso al collo, "credevo che l'avessimo chiarito la scorsa notte."

Il gemito che le sfugge quando la bacio dolcemente dietro l'orecchio mi scatena un brivido che mi scende dritto alle palle.

"Non..." Si schiarisce la gola. "...non credo di aver capito bene."

Un altro bacio, poi le do un piccolo morso sul lobo dell'orecchio. "Te l'ho detto. Io non corro dietro alle ragazze."

"E allora come..." Trema mentre le scendo a baci lungo il collo, poi mi dà un debole pugno sul petto. "...come lo chiami questo?"

Le metto un dito sotto il mento e le sollevo il viso perché mi guardi dritto negli occhi. "Lo chiamo reclamare ciò che è mio." Prima che abbia la possibilità di spingermi via, la bacio nuovamente.

Volevo che fosse un bacio veloce ma, proprio come accaduto l'altra notte, si trasforma in un bacio appassionato. Le sue labbra morbide, un leggero sentore di caffè, piccoli mugolii di piacere, e quel senso di... pace.

Il rumore di alcuni fischi di approvazione che provengono da dietro di noi mi dà la forza di spirito per staccarmi da lei.

Cazzo!

Quello che mi provoca questa ragazza...

Appoggiando la fronte contro la sua, cerco di darmi nuovamente un contegno.

"Andiamo, piccola." Le avvolgo un braccio dietro la schiena. "È ora di incontrare Grayson."

Una minuscola parte di me, quella dedita all'autoconservazione, nota il modo in cui Grant solleva le sopracciglia e piega la testa di lato non appena vede me e Kay arrivare insieme.

"Non lo so," risponde lei alla domanda che Grant non ha neppure pronunciato. "Per qualche motivo, questo idiota", dice indicandomi con il pollice, "pensa di potermi baciare e chiamare *piccola* come se fossi la sua ragazza o qualcosa del genere."

Merda!

Mi sto comportando come se lei fosse la mia ragazza?

Ma io voglio davvero averla, la ragazza?

Uhm...

Osservando una delle famose alzate di occhi di Kay, mi ritrovo a pensare che, se deve essere lei a occupare il ruolo di mia ragazza, la cosa potrebbe non dispiacermi del tutto.

"Pensi ancora di accompagnarmi, *Ca-sa-no-va*?" Il modo in cui pronuncia il mio soprannome trabocca sarcasmo.

"Puoi scommetterci, piccola."

Le faccio l'occhiolino e lei, ovviamente, alza di nuovo gli occhi al cielo.

Anche se è stata lei a proporre che la accompagnassi, Kay continua a evitarmi, camminando sull'altro lato del vialetto. È davvero irritante.

Non aiuta il fatto che, per tutto il tragitto, sono indeciso se chiederle di uscire oppure tagliare del tutto i ponti con lei.

Il football è stato il mio obiettivo primario per tanto di quel tempo che trovo inconcepibile pensare di dare la stessa importanza a qualsiasi altra cosa.

È solo quando la vedo cercare di entrare nell'edificio senza dire una parola che decido di passare all'azione: le afferro il polso, la fermo e, per la seconda volta in poco tempo, la blocco contro il muro. "Skittles." Cerca di nasconderlo, ma non mi sfugge il modo in cui stringe le labbra. *Stiamo facendo progressi.* "Vorresti, *per favore*, concedermi l'onore di uscire con me?"

Sbatte le palpebre senza dire una parola, poi si solleva sulle punte dei piedi e mi dà un bacio sullo zigomo.

"Ci penserò."

Dopodiché, si libera dalla mia presa e si dirige all'interno dell'edificio senza avermi dato una risposta vera e propria.

Faccio scorrere il pollice sul punto in cui mi ha baciato, domandandomi cosa diavolo sia appena accaduto.

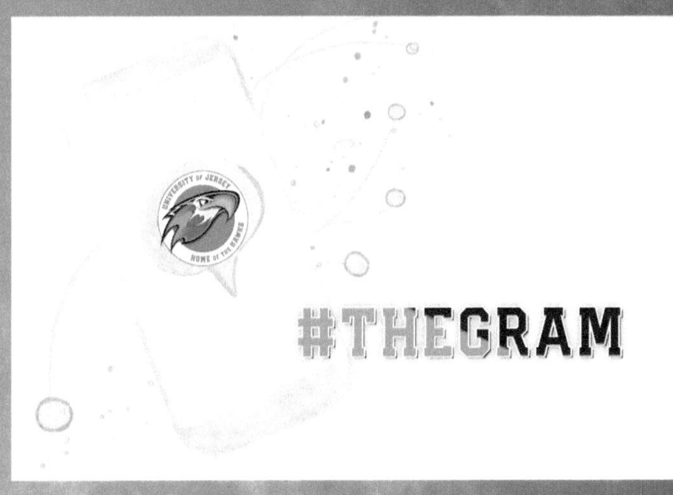

<u>#Capitolo26</u>

UofJ411: Per chi è il caffè @CasaNova87? #CaffèInsieme #CosaFaCasanova
foto di Mason con due tazze di caffè in mano
@Bestiesandbooks: Prendi ordinazioni @CasaNova87? #PerMeTazzaGrande
@_The_art_of_reading_: Perché @CasaNova87 ha DUE tazze di caffè? #UnaÈPerMe #CosaFaCasanova

UofJ411: Compagni di studi #OttimiVoti #CosaFaCasanova
foto di Mason con il braccio attorno allo schienale della sedia di Kay
@68blackburnc: Hai bisogno di ripetizioni @CasaNova87?
@Acolon1729: Che lezione è? Educazione sessuale, magari? #IoPortoILibri #CosaFaCasanova
@Annielaurel: Si mette sempre così comodo a lezione? Come faccio a farmi assegnare il posto vicino a lui? #TenetemiUnPosto #CosaFaCasanova

UofJ411: Chi è la ragazza @CasaNova87? #AbbiamoDeiSegreti #CosaFaCasanova ***Mason che stringe Kay contro il muro***
@Ash_lovesbooks: Ma avete visto? #CosaFaCasanova
@AshWonderWoman: Chi stai baciando @CasaNova87? #BaciaMePiuttosto
@Beccalynn1010: Baciala per bene, tesoro! #BacioBacio #CosaFaCasanova

CAPITOLO 27

KAYLA

Amo il venerdì.

Voglio dire, chi non lo ama?

Abbiamo già stabilito che detesto svegliarmi al mattino, dunque qualsiasi giorno in cui non sono costretta a mettere la sveglia diventa automaticamente il mio preferito.

Dal momento che non ho lezione, la giornata è tutta per me.

Dormo fino a tardi.

Studio.

Guardo uno dopo l'altro qualche episodio di *Una mamma per amica*.

Tutto sommato, una bella giornata di ozio.

Di solito il venerdì non lavoro, perché non ci sono allenamenti, ma mi sono offerta di tenere un corso di *stunting*, dal momento che le coinquiline sono in viaggio per seguire una partita in trasferta e io ho un gran bisogno di incanalare le mie energie in qualunque pensiero che non sia Mason Nova.

Vuole uscire con me.

Posso farlo? Voglio dire, certo, sono *in grado* di farlo, ma uscire con Mason Nova comporta ogni tipo di rischi.

Sto sistemando i capelli nella mia classica coda di cavallo, quando il telefono suona per indicare che è arrivato un messaggio.

Mase.

Oh santo cielo. Perché la sola vista del suo nome mi fa sorridere? E da quando ho iniziato a pensare a lui come Mase?

MASE (Cazzo, sono rovinata: l'ho salvato così sul telefono): Mi devi ancora una risposta.

IO: Telefono nuovo, chi sei?

MASE: Ahah, molto divertente, Skittles.

IO: Mi conosci. Sono una comica nata.

IO: *GIF di un uomo che dice "Da quel che si dice in giro sono molto divertente."*

MASE: Mi manchi.

Accidenti! Quando dice cose del genere faccio davvero fatica a tenerlo a distanza.

Il suo lato dolce è quello che mi spinge a ignorare i problemi e le voci che lo circondano, nonché a permettergli di entrare nella mia vita.

Non adesso.

Devo cambiare discorso.

IO: Com'è andato il volo per il Michigan?

MASE: Il solito, niente di speciale. Che stai facendo?

IO: Vado a lavoro, poi esco con G.

Scelgo con cura le parole da dirgli, e quando arriva il suo messaggio successivo capisco di aver centrato il bersaglio.

MASE: Quindi esci con lui ma non con me???

IO: ...

Lo so, sono cattiva.

Io, G e CK avevamo progettato di guardare la partita dell'Università di Jersey contro l'Università del Michigan da Jonah, ma durante il corso di *stunting* sono caduta e mi sono fatta male al ginocchio.

E allora, via di pizza al dormitorio.

"Accidenti, Kay," sibila CK quando vede il ginocchio gonfio che tengo appoggiato su un cuscino.

"Già, non è divertente," gli rispondo, mentre mi sistemo cercando una posizione più comoda.

"Ti serve la borsa del ghiaccio?" chiede CK, indicando il frigorifero.

Annuisco. "Che fortuna avere un amico come te."

Anche dopo un anno che ci conosciamo, il mio complimento lo fa arrossire. Non c'è un solo giorno in cui mi penta di aver incluso CK tra le mie amicizie. È una delle persone più sincere e di buon cuore che io conosca.

"Cavolo, Baby." G entra in casa reggendo in mano le quattro pizze giganti che ho ordinato. "Hai invitato le Tartarughe Ninja e ti sei dimenticata di dircelo?"

"Non comportarti come se tu e CK non foste in grado di mangiarvi una pizza intera a testa. Se rimarrete qui fino a tardi, probabilmente non rimarranno nemmeno le briciole."

"Tu sì che ci conosci bene," dichiara G tutto fiero mentre porta le pizze in cucina. Prepara a ciascuno un piatto con delle fette, poi si butta di fianco a me sul divano. "Come ti è successo?" Mi solleva le gambe per stendersele sulle cosce, riaggiustando la borsa del ghiaccio una volta che mi ha sistemata in una posizione comoda.

"Al corso di *stunting*," borbotto tra un boccone di pizza e l'altro, mentre comincia la partita tra i ragazzi della nostra squadra di football e i Wolverines.

"JT non sarà felice di saperlo." G tocca la borsa del ghiaccio. "Sai che odia quando fai gli *stunt* senza di lui."

Quando sei una femmina e le tue amicizie più strette sono maschili, finisci per abituarti alle loro tendenze iperprotettive, perfino quando sono irrazionali. Tra l'altro, una contusione al ginocchio non è nemmeno l'infortunio peggiore che mi sia capitato in tutti questi anni di cheerleading. Tra meno di una settimana sarò guarita.

Sposto l'attenzione dalla partita in TV, dove gli Hawks sono ora in posizione di difesa 4-3, verso G. Stringo gli occhi e gli do uno sguardo che vuole dirgli: *Non ti conviene scherzare con me.*

"E questo è esattamente il motivo per cui *non* gli diremo nulla."

"Le mie labbra sono sigillate, Baby." Mima l'atto di chiudersi le labbra e poi buttare via la chiave. "Posso farti una domanda seria, adesso?"

Sentendo il suo tono farsi più grave, mi raddrizzo, anche se il movimento mi causa un dolore al ginocchio. Nessun argomento è proibito tra noi, ma il fatto che chieda il permesso è significativo.

"Certo, G." Allungo la mano verso di lui e intreccio le mie dita alle sue.

"Hai sopportato bene?"

"Sopportato bene cosa?" chiedo roteando la mano.

"So che tu eviti i social media come se fossero la peste, ma so anche che T ti tiene informata nel caso ci sia qualcosa che devi vedere."

Ah, ok, si riferisce al fatto che sono comparsa all'interno dell'hashtag #CosaFaCasanova.

"Non ne sono entusiasta." Scelgo le parole con attenzione. Se mostrassi quanto la questione mi abbia stressata, i miei fratelli entrerebbero in modalità iperprotettiva. "Ma stando in tua compagnia ci ho fatto l'abitudine." Non è esattamente la stessa cosa, dato che G non è il donnaiolo del campus. "Alla fine, la gente si è stufata di spettegolare su noi due, e posso ben sperare che in questo caso accadrà lo stesso."

I suoi occhi marroni scrutano i miei come se fossero alla ricerca di qualcosa che potrei aver evitato di dirgli. Per fortuna G non mi sa leggere dentro bene quanto JT.

"Ottimo." Dà una piccola stretta alla mia mano. "Ricorda che ti copro le spalle."

"Sempre."

La partita prosegue e per gli Hawks sembra andare tutto per il meglio. A un certo punto, la telecamera inquadra le cheerleader e sullo schermo appare Q.

"Lo sai che le piaci, vero?" dico a CK con naturalezza.

L'espressione stupita del suo volto mi fa ridere.

"Non capisco perché tu sia tanto sorpreso."

"Non è possibile," mormora lui.

"Perché no?"

"Hai *visto* quant'è bella?"

Sì, Q è molto bella, ma quello che CK non riesce a capire è che lui stesso è cambiato parecchio da quando è arrivato qui all'Università di Jersey.

Ha buttato via quei vecchi occhiali che non rendevano giustizia al suo viso, sostituendoli con una montatura elegante in stile Clark Kent che mette in risalto i suoi bellissimi occhi blu. Grazie a Bette, la sua folta chioma di capelli è sempre ben curata ed elegante; inoltre G, una volta che ha deciso che CK doveva far parte del nostro gruppo a tutti i costi, ha iniziato a portarlo con sé in palestra. Adesso i vestiti gli calzano a pennello.

"E questo cosa c'entra, amico?" domanda G, anticipando le mie parole.

"A ragazze come lei non interessano ragazzi come me."

"Questa è una cazzata," gli rispondo.

Odio il fatto che si veda ancora come un brutto anatroccolo e non come l'adorabile cigno che è in realtà. Maledetti bulli delle superiori.

"E poi... è una *cheerleader*."

Vivendo in una piccola città del Kansas, ha dovuto fare i conti con il classico stereotipo dell'atleta figo contro il nerd sfigato.

"Allora? Lo sono anch'io."

"È diverso."

Capisco cosa intende. Essere una all-star non mi ha impedito di venire bullizzata dalle altre cheerleader durante le scuole superiori. Almeno io avevo JT e pochi altri che mi sostenevano, ma CK non aveva nessuno. Ha dovuto viaggiare quasi 2000 chilometri per trovare un gruppo a cui appartenere, cioè noi.

"Penso che dovresti darle una possibilità." Prima di proseguire, attendo che mi guardi negli occhi. "Ho un buon presentimento."

"Lo dici tanto per dire."

"Pfft." Agito una mano come per scacciare via quell'affermazione ridicola. "Le ho detto di E."

"Solo perché ha scoperto la tua vera identità."

"Dettagli."

Tengo lo sguardo fisso su di lui, dandogli modo di interiorizzare le mie parole. La gente è talmente concentrata sul crearsi una vita perfetta da postare su Instagram che perde di vista ciò che è veramente importante. Perfino dopo un anno che è nostro amico, CK fa fatica a dare più peso alla nostra amicizia che a quegli standard.

Per Q sarà ancora più difficile convincere CK a prendere sul serio l'interesse che lei nutre nei suoi confronti.

"Ci penserò," acconsente infine.

Soddisfatta della risposta, gli concedo un po' di tregua—per ora—e mi concentro nuovamente sulla partita.

Alcune ore più tardi, dopo che G e CK se ne sono andati, io mi sono fatta una doccia e gli Hawks hanno battuto i Wolverines di due touchdown, faccio qualcosa che non avrei *mai* immaginato: scrivo a Mason.

IO: Solo 2 touchdown? Sfaticato *emoji con espressione pazza e la lingua di fuori*

MASE: Non posso tenere la palla tutta per me, piccola. Devo far divertire anche gli altri.

IO: Non ti facevo un gentiluomo.

MASE: Vedrai quanto è grande la mia cavalleria.

IO: Soltanto TU potevi ricavarci un'allusione sessuale.

MASE: *GIF di Chris Tucker ne Il Quinto Elemento che balla e dice "Per tutta la notte."*

IO: *emoji con gli occhi alzati*

MASE: Amo quando alzi gli occhi, piccola.

IO: *sospiro* Smettila di chiamarmi piccola.

A dire il vero amo quando mi dà dei nomignoli, il che è un bel problema. Sono la mia debolezza, come la kryptonite.

MASE: Perché???

IO: Perché non sono la tua piccola.

MASE: Questo lo vedremo.

Santo cielo, è veramente arrogante.

E tanto, *tanto* negativo per il mio auto-controllo.

IO: Sono sorpresa che tu mi stia scrivendo.

MASE: Non c'è nessun altro con cui vorrei
parlare. Ti chiamerei, se non fossi al bar
dell'hotel con i ragazzi.

È questo il Mason che non riesco a inquadrare.

Il ragazzo affascinante, attento, completamente diverso dal Casanova di cui tutti parlano.

IO: Di' a Travis che nella terza azione ha fatto
una delle più BELLE spirali che io abbia MAI
visto, e ad Alex che la corsa che ha fatto verso
la meta è stata fantastica.

IO: Noah ha tirato una vera bomba! *emoji della
bomba* *emoji del pallone da football* 55 iarde!
MAMMA MIA!!!

IO: E la potenza del placcaggio di Kevin nella
quarta azione si è sentita attraverso la TV.

Mentre attendo la risposta, faccio partire un altro episodio di *Una mamma per amica*. Sto ridendo mentre guardo Kirk fare uno dei suoi soliti lavoretti, quando l'episodio viene interrotto da un avviso di chiamata in arrivo su FaceTime.

Mase.

Faccio scorrere una mano tra i miei riccioli umidi, cercando di risistemarli un po', e accetto la chiamata.

Mason, Trav, Noah, Alex e Kevin si spintonano a vicenda per contendersi il posto di fronte alla telecamera.

"…Ciao?" rispondo confusa.

"Skittles!" urla Mason per farsi sentire sopra il rumore di sottofondo proveniente dal bar.

Vedo Trav dargli uno strattone sulla spalla e poi prendergli il telefono. "Kay, perché perdi tempo con questo idiota quando è chiaro che io ti piaccio molto di più?"

Un altro spintone, poi si fa avanti Noah. "Ma zitti, che fate schifo. Lei sa che io sono uno che va fino in fondo."

"Ma fammi il piacere. Chi è che vuole andare a letto con il *kicker*?" lo canzona Alex da qualche parte fuori dal campo visivo della telecamera.

Il telefono passa ancora di mano e ora si fa avanti Kevin con uno dei suoi sorrisini ammiccanti. "Signorine… è ovvio che lei ha bisogno di un *vero* uomo… e quello sono io."

A forza di vedere come si pavoneggiano, mi fa male la pancia dalle risate. "Ragazzi, ragazzi, ragazzi. Chi vi dice che io voglia *uno qualunque* di voi?"

"*Oooh*, sei proprio un bel tipetto, eh?" chiede Alex.

Mason spintona via i suoi amici e riprende il telefono. "Volete andarvene, stronzi? Non so nemmeno perché vi permetto di togliermi di mano il cellulare."

Mason è sexy come al solito. In testa indossa l'immancabile cappellino al contrario e i suoi occhi brillano di entusiasmo nonostante mostrino un'evidente stanchezza.

"Ma non avevi detto che non riuscivi a chiamarmi?" lo provoco, al che lui mette in bella mostra le fossette.

"È un po' difficile sentirti, ma quando ho fatto vedere ai ragazzi i tuoi *complimenti* mi hanno praticamente sequestrato il telefono."

"Oooh, mi amano."

A queste parole, le labbra gli si contorcono in una smorfia. "Non incoraggiarli."

"Chi, io?" mi metto una mano sul petto, fingendomi scandalizzata.

"Mi devi ancora una risposta."

"Lo so." Gli faccio l'occhiolino. "Adesso ti lascio andare, così puoi continuare a festeggiare con la squadra."

Stringe gli occhi verso di me, il verde delle sue pupille messo ancora più in risalto dal contrasto con le ciglia nere.

Oooh, che sguardo ardente.

È meglio che chiuda il collegamento, prima che la mia cheer-leader interiore mi metta in testa strane idee.

"Ciao, Mase."

Metto giù la chiamata senza aspettare una sua replica. Quasi immediatamente, mi arriva un messaggio.

MASE: Non puoi evitarmi per sempre. Prima o dopo dovrai darmi una risposta.

MASON

Quando l'aereo atterra sulla pista, l'adrenalina per la nostra vittoria di ieri contro l'Università del Michigan non è ancora svanita.

L'anno scorso eravamo bravi, ma quest'anno, per come stanno andando le cose, sarebbe davvero strano se non vincessimo tutto.

Da quando la partita è finita, Brantley non ha mai smesso di farmi esplodere il telefono. Perfino adesso continua a mandarmi un fiume di messaggi, gli ultimi dei quali mi chiedono di passare a casa per discutere la strategia migliore per il prossimo match.

Gli voglio bene e apprezzo tutto quello che fa per aiutarmi a realizzare il mio sogno, ma *santo cielo* quanto sa essere estenuante.

Lo ammetto, il football è la mia vita. Tutto ciò che ho fatto, l'ho fatto con il solo obiettivo di arrivare, un giorno, alla NFL.

E allora perché, invece di chiamare il mio patrigno, mi sto mettendo in contatto con Kay?

IO: Tesoro, sono a casa!!

SKITTLES: Tesoro?? *emoji che alza gli occhi*
Prima piccola, e adesso tesoro?

IO: Che c'è, non ti piacciono i nomignoli?

SKITTLES: Normalmente penserei che li usi
perché non ti ricordi come mi chiamo… ma, per
quanto VORREI che dimenticassi il mio nome, è
ovvio che non te lo sei scordato.

IO: Allora qual è il problema?

IO: E poi non potrei MAI dimenticarmi il tuo
nome, Skittles.

Trav prende posto accanto a me sull'autobus della squadra e ride quando vede che sto digitando un messaggio. Non ha bisogno di chiedere a chi io stia scrivendo. Il bastardo trae grande piacere dal fatto che Kay sia immune al mio fascino.

"Kay ti sta ancora rendendo la vita difficile?" chiede senza nemmeno tentare di trattenere gli sghignazzi.

"E quando non lo fa?" gli rispondo ricambiando la risata.

SKITTLES: Fortunatamente per gli Hawks, sei
più coerente sul campo da gioco che nella tua
vita "sentimentale".

Trav fa un fischio quando gli avvicino lo schermo del telefono e gli faccio leggere i messaggi. "Cavolo, amico. Devo presumere che non le hai ancora chiesto di nuovo di uscire?"

"Non ne ho ancora avuto la possibilità, visto che dovevamo partire per il Michigan."

"Allora chiedile di uscire questo venerdì. È l'ultima partita che abbiamo in casa, prima di essere costretti a rientrare in albergo presto." Fa un cenno verso il mio telefono. "Io, però, non le chiederei di uscire attraverso un messaggio."

Trav parla come se fosse il miglior fidanzato di questo pianeta. Una sola relazione, per di più disastrosa, non lo rende di certo un esperto, specialmente dal momento che lui è da "botta e via" quanto lo sono io… o almeno, quanto lo ero io prima di conoscere Kay.

Beh, se questo non è un segno, non so proprio cos'altro possa essere.

"Forse hai ragione."

"Allora, che hai intenzione di fare?" chiede quando vede che sto componendo un nuovo messaggio.

Magari posso aspettare di chiederle di uscire finché non la vedrò di persona, ma non esiste che io rimandi la faccenda più di quanto non sia già costretto a fare. Brantley può attendere.

IO: Te la do io la coerenza, piccola.

IO: Che fai?

Trav mi appoggia il mento sulla spalla e mi sbircia i messaggi.

"Amico, quando si tratta di lei sei davvero imbranato."

"Zitto."

SKITTLES: Perché dovrei dirlo a TE, "piccolo"?

"Ti ho già detto quanto mi piace?"

"Via!" ringhio al mio amico.

IO: Skit...

SKITTLES: *emoji che alza gli occhi* È domenica, c'è il football, SECONDO TE cosa sto facendo?

IO: Te l'ho detto che sei perfetta, vero?

"Amico, il tuo fascino non ha mai funzionato su di lei." Un'altra fastidiosa risatina. "Cosa ti fa pensare che funzionerà adesso?"

"Non sei di aiuto." Tengo l'indice e il pollice a meno di un centimetro di distanza. "E sei a tanto così da perdere il titolo di migliore amico."

SKITTLES: Quando capirai che sono immune al tuo fascino?

Non appena legge questo messaggio, Trav esplode in una risata talmente fragorosa che quasi mi rende sordo.

"La amo *sul serio*."

IO: Guardiamo la partita insieme?

SKITTLES: Non lo conterei come appuntamento.

IO: Certo che no, non me lo sognerei MAI. Voglio solo vederti.

SKITTLES: BENE. Vengono anche i ragazzi, quindi IMMAGINO che tu possa unirti.

IO: Trav dice che viene anche lui.

SKITTLES: Ciao Trav!!! *emoji sorridente*

Trav mi dà una gomitata. "Visto? Le *piaccio*."
Spero non troppo.
"Fuori dalle palle, fratello, o non ti porto."

IO: Perché a Trav fai un sorriso e a me no??

SKITTLES: *emoji che alza gli occhi* Portateci qualche birra.

"Credo che lei abbia appena rimpiazzato *te* come mio migliore amico, fratello."
Non ho nulla da replicare alle parole di Trav, perché una parte di me le condivide pienamente.

Dopo una rapida sosta al negozio di alcolici per prendere la birra che ci è stata richiesta, io e Trav arriviamo da Kay. Non appena varchiamo la soglia della porta d'ingresso, veniamo travolti da un delizioso profumo di chili e a quell'odore ci brontola rumorosamente lo stomaco.

In salotto ci sono tutte le persone che compongono il nuovo gruppo di amici. Scruto i loro volti uno per uno, fino a soffermarmi con lo sguardo sulla persona che stavo cercando.

Sei mia.

Una sensazione che fatico a definire si forma dentro di me quando la vedo sdraiata sul divano. Indossa un paio di leggings con dei palloni da football stampati sopra e una maglietta con la scritta *LE RAGAZZE CHE AMANO IL FOOTBALL SONO UN DONO DEL CIELO*, il cui collo largo le scende lungo il braccio, mettendo in mostra la spalla nuda. Tiene le gambe distese sulle cosce di Grayson e io mi acciglio quando vedo la borsa del ghiaccio appoggiata sul ginocchio.

"Birra in arrivo!" urla Trav come un venditore di bibite durante una partita.

"Ehi, T," risponde Kay con un sorriso.

"Cosa? A me nemmeno un ciao?" la punzecchio.

"Beh, sono felice di vedere Trav." Mi squadra da testa a piedi. "Riguardo a te, invece, non so ancora cosa provo."

È davvero una piccola bugiarda.

"Che hai fatto al ginocchio, Puffetta?" Trav consegna a ognuno una birra, prima di mettere le altre bottiglie in frigo.

"Oooh, una battuta sulla mia altezza, quanto siamo originali."

Alzo gli occhi al cielo: la tipica mossa di Kay ormai mi ha contagiato.

"Allora, che hai fatto al ginocchio, Skittles?"

"Mah, niente." Fa spallucce come se non fosse nulla di importante. "Ieri al lavoro sono caduta."

"È un problema serio?" Non mi piace pensare che si sia fatta male.

"No, sarò a posto in un paio di giorni."

Grayson emette uno sbuffo.

"Zitto, tu." Gli dà un colpo sul petto. "Giuro, tutti gli uomini della mia vita sono davvero dei bambini."

"*Tutti* gli uomini della tua vita?" Inarco le sopracciglia, cercando di dare l'impressione di essere distaccato, quando in realtà dentro di me sono un'esplosione di gelosia possessiva. Lei è mia, anche se non se ne rende ancora conto, e io non sono il tipo che condivide.

Kay alza di nuovo gli occhi al cielo… ti pareva. "Sai che non intendevo quello."

Siamo d'accordo sul fatto che siamo in disaccordo, ma possiamo ritornare sull'argomento più tardi.

"Certo, certo, Skit. Fammi vedere il ginocchio." Mi chino verso la borsa del ghiaccio.

"Davvero, è solo un livido."

"Allora non ci metterò molto a dargli un'occhiata."

"*Ma sei serio?*" Un'altra alzata di occhi.

"Sono serio, piccola."

"Ahi," lamenta quando le sollevo la gamba dei pantaloni, rivelando un ginocchio gonfio e un livido piuttosto brutto.

"Accidenti, piccola." Faccio un cerchio con il pollice sul suo ginocchio contuso. "Non dev'essere bello camminare su questa gamba."

"Di certo rende ogni movimento più… interessante." Mi spinge la spalla. "Ora levati, devo andare a fare pipì." Mette la gamba a terra per alzarsi. "Grant Samuel Grayson, non pensarci nemmeno," lo avverte quando l'amico cerca di aiutarla.

G alza le mani in aria e si risiede lentamente al suo posto.

"Cavolo, ti ha chiamato per il nome intero," mormora CK tra un sorso di birra e l'altro, sollecitando una risata generale.

Ogni passo zoppicante che muove verso il bagno mi fa venire voglia di sollevarla e prenderla tra le braccia. *Non* mi piace vederla soffrire.

"Nelle pentole in cucina ci sono riso integrale e chili. Servitevi pure," dice prima di entrare in bagno.

Trav non perde un secondo di tempo e va a riempire due belle ciotole per me e lui, mugolando di piacere già al primo boccone.

"Chi ha fatto il chili?" mugugna con la bocca piena.

"Kay," risponde Quinn.

"Santo cielo, Mase." Si versa un'altra cucchiaiata, poi prende posto vicino ad Em. "Ti conviene farla tua, questa ragazza."

Trav sarà anche uno che pensa con lo stomaco, ma io non ho bisogno che la mia pancia mi dica quel che già so. Kay è mia. È ora che anche lei lo riconosca.

Quando mi vede appoggiato al muro fuori dal bagno, Kay fa un passo indietro e non mi sfugge il modo in cui mi osserva i muscoli delle braccia piegate sul petto.

Mi stacco dal muro e mi dirigo verso di lei. Per quanto cerchi di mostrarsi distaccata e di fingere che io non le interessi, tutta quella messinscena finisce nell'istante in cui poso le labbra sulle sue.

Mi separo da lei prima di perdere del tutto la testa, i suoi occhi grigi che mi osservano confusi.

"Mase?"

Giuro, mi pulsa l'uccello ogni volta che pronuncia il mio nome.

"Allora cosa mi dici, Skittles? Vieni a cena con me venerdì sera?"

Sul suo volto appare quel sorriso che non sono abituato a vedermi rivolgere e, dannazione… è la cosa più bella che io abbia mai visto.

"Però, ce ne hai messo del tempo per trovare una serata libera…"

Ti pareva che non mi potesse rispondere con un semplice sì.

"Certo, certo, certo." Le scosto una ciocca di capelli dietro l'orecchio. "Ora zitta e baciami ancora, furbacchiona."

E mi accontenta.

Quando finalmente ci separiamo, la sollevo e la prendo tra le braccia. Avrà pure impedito a Grayson di aiutarla, ma non esiste che io resti ancora a guardarla zoppicare senza muovere un dito.

"Mase! Ma che fai? Mettimi giù."

"Faccio il mio lavoro."

"E adesso cosa c'entra il football?"

Ecco. Avete visto il modo in cui si riferisce al football come il mio lavoro? È questo che la rende diversa. Il fatto che capisce ciò che sono destinato a fare nella vita è il motivo per cui non potrei mai considerarla al pari delle solite ammiratrici.

"Niente, ma prendermi cura della mia ragazza fa parte del mio lavoro." Sono sconvolto dalla facilità con cui l'ho detto. È da molto tempo che l'espressione *mia ragazza* non compare nel mio vocabolario. Ci sono praticamente diventato allergico, ma è come se Kay, per me, fosse un antistaminico.

"Adesso io sarei la tua *ragazza*?" mi schernisce.

"*Pensavo* che lo avessimo chiarito."

"E io *pensavo* che avessimo chiarito che non me l'hai mai chiesto."

"Non l'ho appena fatto?"

"No, mi hai chiesto di uscire."

Appoggio la mia fronte alla sua. "Mi stai ammazzando."

"E allora mettimi giù."

Scuoto la testa. "Non parlo del tuo peso."

Giro sui tacchi, ma invece di dirigermi verso il salotto la porto in camera sua. È evidente che abbiamo alcune questioni da mettere in chiaro e preferirei farlo in privato.

Chiudo la porta con un calcio, mi siedo sul letto tenendo Kay in grembo.

"Te l'ho detto, piccola: io non sono uno che in genere fa sul serio con le ragazze." La blocco prima che possa interrompermi. "Quindi tutto questo", continuo roteando un dito in aria, "cioè i messaggi, gli incontri notturni durante i quali studiamo *e basta*, accompagnarti in aula anche se a distanza, i baci in pubblico… sono tutti modi per dire a te e a tutti gli altri che sei *mia*."

Abbassa la testa e la appoggia contro il mio petto. "Perché riesci a essere toccante perfino quando dici le cose più stupide?"

Sono abbastanza certo che non intendesse in senso erotico, ma… andiamo, sono un maschio, è ovvio che la mia mente vada lì.

"Oh, posso essere molto più toccante di così, vuoi sentire?"

"*Mase*." Il modo in cui ansima il mio nome mi manda una scarica dritta all'uccello.

Le scorro una mano lungo la gamba e mi stringo a lei. "Sì, piccola. Mugola il mio nome."

"Sai che cosa *volevo* dire." Mi dà un pizzicotto sul fianco.

"Lo so." Le do una palpatina al sedere. "È troppo divertente provocarti. Penso che la domanda giusta sia: *tu* sai che cosa volevo dire *io*?"

"Sì, anche se sei un cretino."

"Hai sempre delle belle parole per me." La sento ridere mentre le bacio la fronte.

"Vabbè. Possiamo tornare a guardare il football adesso?"

"Certo, piccola."

Siedo sul divano vicino a Grayson, nel punto in cui lei era seduta prima, continuando a tenerla tra le braccia e permettendole di allungare le gambe su quelle dell'amico.

"Vuoi ancora la borsa del ghiaccio?" domando a Kay indicando l'involucro sul tavolino.

"L'ha già tenuta abbastanza. Magari più tardi."

Kay alza gli occhi al cielo quando Grayson risponde al posto suo. È bello vedere che non sono l'unico a cui lei riserva questo trattamento.

"No, scusami Dant, parlavo con Mase riguardo a Kay," dice, proseguendo la sua telefonata.

"Stai parlando con D?" chiede Kay.

"Sì."

"Digli che lo saluto."

"Kay ti saluta." G continua ad ascoltare il resto di una conversazione che noi non riusciamo a udire. "No, non glielo dico. Cazzo, Dant."

Kay ridacchia e io posso solo presumere che Dante, il fratello minore di G, ci stesse provando con lei, anche se solo per procura.

"No, si è fatta male al ginocchio… e la testona non sta a riposo come dovrebbe."

"Quanto siete melodrammatici," si lamenta Kay.

Una ciocca dei suoi lunghi capelli mi si impiglia nella barba e io inspiro a fondo quel familiare profumo di menta; non mi prendo mai la briga di radermi, quando facciamo una partita in trasferta. In lontananza, sento Grayson parlare con il fratello. "Certo, passagli il telefono."

G porge il telefono Kay. "JT vuole parlarti."

Kay abbassa la testa contro il mio petto ed emette un sospiro profondo. "Giuro, ho bisogno di nuovi amici." Prende il telefono e come saluto gli dice: "Non cominciare."

Tutta la mia concentrazione è attratta dalla telefonata.

"È *soltanto* un livido." Una pausa. "Non sto mentendo." Un grande sospiro. "Mi è successo di peggio." Una pausa più lunga. "Beh, non ho molta scelta adesso, visto che sei andato a studiare a milleduecento chilometri di distanza." Pausa. "James Michael Taylor, non costringermi a chiamare tuo padre." Pausa. "Lo sai che lo faccio." Pausa. "Beh, la prossima volta che sei a casa puoi venire ad aiutarmi tu." Pausa. "Perché non la smetti di preoccuparti per me e non cerchi piuttosto di evitare che D non spezzi il cuore alla tua *flyer*?" Pausa. "Sì, sì, ti voglio bene anch'io."

Il mio coach interiore cammina nervosamente a bordo campo e devo fare appello a tutte le mie forze per frenare la gelosia che provo quando sento che Kay prova affetto verso un altro uomo. Razionalmente so che si tratta del suo amico d'infanzia, e all'inizio di questa settimana sono stato testimone di quanto si vogliano bene l'un l'altra, ma non vuol dire che la cosa mi piaccia.

Kay chiude la telefonata e ridà il telefono a Grayson. "Non posso credere che tu abbia fatto la spia con JT."

"Non ho fatto la spia. JT stava guardando la partita con Dante e quando ha saputo che ti sei fatta male ha voluto parlarti."

"Bastardo iperprotettivo," lamenta Kay.

"Ormai dovresti esserti abituata a noi," dice G.

Kay si accoccola nuovamente contro di me e la mia bestia interiore si placa.

"Tuo fratello non si chiamava E?" chiede Trav.

"Infatti è così."

"Chi è JT?"

"È il mio migliore amico da una vita. Una specie di fratello non di sangue."

"Se siete tanto uniti, perché ha scelto la Kentucky?" chiedo.

Non riesco nemmeno a immaginare di andare a scuola senza Trav. Per frequentare l'Università del Jersey, lui ha dovuto accettare di restare fuori dalle competizioni per un anno, durante il quale non ha fatto che allenarsi.

"Gli hanno offerto di pagargli tutte le spese," spiega Kay.

"Giocatore di football?"

"Cheerleader."

"Davvero?" ridacchia Trav.

"Sì." Kay gli lancia un'occhiataccia. "È il miglior *base* di *partner stunt* del paese… beh, tecnicamente, a un certo punto, era il migliore del mondo."

"Sì, lo è," concorda Quinn.

"Lo conosci?" le domanda Trav.

"Non di persona. Lo conosco per il cheerleading. Lui e…" Le sue parole si interrompono nell'istante in cui Quinn si volta verso Kay, ma il movimento è talmente veloce da farmi dubitare di essermelo immaginato. "Lui e la sua partner sono *leggende* nel mondo del cheerleading."

"Oh no, adesso ricomincia a parlare di lui," dice Em ridacchiando.

"Credo che dovremmo farne un gioco alcolico: un sorso ogni volta che Q parla di JT." Il corpo minuto di Kay rimbalza contro il mio mentre ride.

"Saremmo ubriachi tutti i giorni."

"Potrebbe essere divertente."

"Siete proprio stronzi." Quinn colpisce Em con un cuscino.

"Non è colpa nostra se ti agiti come una fan impazzita ogni volta che Kay e JT si fanno una videochiamata."

Kay ridacchia, poi si abbassa per evitare il cuscino che vola nella sua direzione. Quando lo afferro, tenendola al sicuro, lei mi dà un piccolo bacio sulla mandibola.

Le ragazze istruiscono Trav su tutto quello che riguarda il cheerleading collegiale, ma io perdo il filo della conversazione quando Kay inizia a tracciare con il dito le linee del mio tatuaggio. Credo che non si renda neppure conto che lo sta facendo, ma io lo noto eccome.

Non è un tentativo di seduzione, né un invito a entrarle nelle mutandine, come quelli che avverto quando le solite ammiratrici mi toccano; tuttavia, il modo inconscio con cui muove il dito mi fa diventare l'uccello talmente duro che devo sollevarla e farle cambiare posizione sulle mie gambe.

Quando mi concentro nuovamente sulla conversazione, sento le parole di Kay. "Egoisticamente, vorrei che avesse accettato l'offerta dell'Università di Jersey, ma non posso biasimarlo per aver scelto la Kentucky."

Quinn reagisce con un sibilo. "Non farlo sapere a Bailey. Lei è cotta marcia di lui. Allo StuntFest lo ha praticamente stalkerato."

"A proposito, non che mi lamenti, ma *dov'è* l'altra tua coinquilina?" chiedo.

"Oh merda, ho dimenticato che Bailey abita qui," dice Trav, ingoiando un altro boccone di chili. È la seconda o terza ciotola che fa fuori.

"Credo che stia ancora smaltendo i postumi della sbornia," risponde Quinn.

"Ah sì, ieri sera al bar dell'hotel si è data alla pazza gioia," aggiunge Em.

Nei miei primi due anni ho colto tutti i vantaggi e le opportunità che la mia posizione nella squadra di football e nella confraternita mi offrivano. Non sopportavo perdermi le feste che l'Alpha Kappa organizzava ogni volta che la squadra vinceva.

Adesso? Non me ne potrebbe importare di meno.

Che diavolo mi sta facendo Kay?

Trascorriamo l'ora successiva a parlare del più e del meno, a mangiare chili e a bere birra mentre guardiamo la partita dell'una. I Dallas si dirigono verso la *end zone*, completando un bellissimo passaggio verso il loro *running back* Miles Dennings.

L'azione provoca un boato di gioia da parte di Kay, mentre Grayson mugugna e si stringe la testa tra le mani.

Kay si agita in una piccola danza della vittoria, il movimento delle sue anche va dritto al mio uccello e sono costretto a cambiarle posizione un'altra volta.

"Non odiarmi. Non è colpa mia se non puoi battere la Premiata Ditta Dennings."

"Bel nome, piccola." Appoggio la mano sul suo fianco, le infilo il pollice sotto l'orlo della maglietta e le traccio dei cerchi sulla pelle morbida.

Si volta verso di me, offrendomi un altro dei suoi sorrisi. "L'ho chiamata così perché nella mia squadra di FantaFootball ci sono tutti i Dennings del campionato."

"Accidenti, hai una squadra imbattibile, allora."

"Lo so."

La fiducia che ha nella propria conoscenza del football è sexy da morire.

"Mi prendi un altro sacchetto di ghiaccio?" Spinge G con il piede.

"Te lo prendo io," mi offro.

"No. Sono così comoda." Si rannicchia ancora di più contro il mio corpo.

Stiamo facendo progressi, piccola.

CAPITOLO 29

KAYLA

L a settimana trascorre sorprendentemente veloce e finalmente giunge la sera dell'appuntamento. Non sono ancora sicura di come mi sento. Mason rappresenta tutto ciò da cui ho cercato di tenermi lontana negli ultimi anni, ma devo ammettere che c'è qualcosa in lui che mi attira.

Mason mi ha detto che non andremo in un posto troppo elegante, quindi cerco di tenerlo a mente mentre scelgo i vestiti da mettermi. Opto per un paio di jeans aderenti blu chiaro con dei grossi strappi, i quali, invece di mostrare la pelle, rivelano un tessuto con stampa leopardata. Sono stilosi e mi fanno un bel sedere.

Dato che i pantaloni sono un po' aggressivi, decido di abbinarli a una semplice maglietta nera aderente con scollo a V e completo il tutto con un paio di fighissimi stivali neri di pelle col tacco e lunghi fino al ginocchio.

Lascio i riccioli sciolti e mi trucco il viso con un semplice stile pin-up. Prima che mi renda conto dell'ora che si è fatta, Mason bussa alla porta.

Apro e, quando vedo ciò che mi si para davanti, deglutisco con difficoltà.

Mason è già sexy quando indossa la maglietta dell'Università di Jersey e il cappellino al contrario.

Ma con una polo nera, un paio di jeans scuri e i capelli arruffati? Beh, siamo su un altro pianeta.

"Wow, piccola," dice squadrandomi da capo a piedi.

"Anche tu non sei niente male."

Mi fa uno dei suoi sorrisi smaglianti, con fossette e tutto il resto, poi tira il mio corpo contro il suo e mi dà un bacio indimenticabile.

Ogni volta che preme le sue labbra contro le mie, sento il cervello spegnersi. Mi perdo nella forza del suo bacio, nei movimenti della lingua, nella consapevolezza di quanto lui mi faccia sentire protetta, anziché indifesa.

"Non ci si dovrebbe baciare alla fine della serata?" gli chiedo quando finalmente ci separiamo.

"Certo, ma se non l'avessi fatto *adesso*, sarebbe stata l'unica cosa a cui avrei pensato per *tutta* la sera." Fa scorrere il pollice lungo il mio labbro inferiore. "Splendido, neanche una sbavatura," osserva riferendosi alle mie labbra rosse.

"È un rossetto a lunga tenuta."

"Credo di conoscere alcuni modi per metterlo alla prova."

Continua a scrutarmi la bocca, il dito ancora appoggiato sul mio labbro, gli occhi verdi che si scuriscono sempre di più man mano che mi fissa, continuando a guardarmi come se non mi avesse appena lanciato una bella allusione sessuale.

"Vogliamo andare?" Gli appoggio una mano contro il petto e lo spingo delicatamente fuori dalla porta, chiudendomela alle spalle.

"No." Mi getta un braccio attorno alle spalle, senza lasciare alcuno spazio tra noi mentre ci incamminiamo verso l'ascensore. "Questo è un appuntamento e io intendo godermelo fino in fondo."

Capita, nel corso di una relazione, di tenersi la mano e di toccarsi, e io sapevo che stasera non sarei stata in grado di tenermi a distanza. Ho cercato di convincermi a porre fine a tutto prima che le cose iniziassero a farsi serie, ma non ci sono riuscita.

"Porca miseria." Mi blocco sul colpo non appena vedo nel parcheggio una Ford Mustang Shelby GT500 del 1967 color grigio metallizzato. "Tu hai una *Eleanor?*" Corro verso la macchina e faccio scorrere una mano lungo le sue linee slanciate.

Mason mi gira attorno per aprire la portiera, bloccandomi tra la macchina e il suo corpo. "Se conosci *Fuori in 60 Secondi*, hai appena guadagnato un sacco di punti."

Vorrei dirgli che è impossibile crescere a Blackwell senza sviluppare l'amore per le macchine sportive, ma sono troppo distratta dal suo naso che inspira a fondo lungo il mio collo. E poi, questo significherebbe dirgli *dove* sono cresciuta e io non voglio che faccia due più due e mi colleghi a mio fratello.

"È uno spettacolo." Salgo in macchina e chiudo la portiera.

"Anche se non è rosa?"

Lo guardo con la coda dell'occhio, osservando il modo disinvolto in cui guida tenendo la mano sinistra appoggiata al volante e la destra sulla leva del cambio.

Perché è tutto così sexy?

"Non credo che il rosa ti doni," riesco infine a dire.

Circa dieci minuti più tardi ci fermiamo nel parcheggio di Mama Italia, un ristorante a gestione familiare molto carino. È un posto informale e accogliente che serve cibo fantastico.

Osservo l'ambiente circostante mentre la cameriera ci mostra un piccolo tavolo a due posti in un angolo appartato. Le pareti sono decorate con pannelli scuri e lampade in stile moderno, la debole illuminazione conferisce al posto un'aria molto intima. I tavoli, decorati con semplici tovaglie bianche, senza fiori né candele, danno un tocco elegante ma non troppo sofisticato.

"Sai..." Dopo che il cameriere ha preso le nostre ordinazioni, punto i gomiti sul tavolo e appoggio il mento tra le mani. "Questo è il posto perfetto per un primo appuntamento."

Copia la mia stessa posizione, con gli occhi chiari che mi studiano. "Perché sembri tanto sorpresa?"

"Non so." Faccio spallucce. "Forse perché mi immaginavo che scegliessi..."

La suoneria del suo telefono mi interrompe e sul volto di Mason appare un'espressione un po' imbarazzata. "Scusa, pensavo di averlo messo in silenzioso." Tira fuori il cellulare e spegne la suoneria, sullo schermo compare il nome di Trav.

"È un po' presto per scaricarmi con una telefonata della serie 'è successo qualcosa, devo scappare'," dico mimando delle virgolette con le dita.

Appena terminata la prima chiamata, ne segue subito un'altra, poi una terza.

"Ti dispiace se rispondo? Trav sa che sono fuori con te, non è da lui chiamarmi così tante volte di fila. Dev'essere successo qualcosa."

"Prego, fai pure."

Dopo che io ho acconsentito, risponde alla quarta telefonata di Trav. "Ehi amico, che succede?"

Mason assume un'espressione preoccupata mentre ascolta ciò che Trav gli sta dicendo.

"Cosa? Sta bene?" Pausa. "Ti ha detto *perché* si trova qui?" Un'altra pausa, poi si gira per guardarmi. "Digli che arrivo tra un quarto d'ora." Piega in avanti la testa. "Grazie."

Dopo aver concluso la telefonata mi osserva con aria colpevole.

"Tutto bene?" chiedo, appoggiandogli una mano sul braccio.

"Non hai idea di quanto *non* voglia dirtelo, ma dobbiamo andare. A quanto pare, mio fratello ha litigato con il mio patrigno e adesso è alla sede dell'Alpha Kappa che mi cerca."

"Andiamo." Sfilo la borsetta dalla sedia e mi alzo in piedi, pronta a partire. Se c'è qualcuno che capisce quanto sia importante essere presente per la propria famiglia nel momento del bisogno, quella sono io. Il rapido sorriso che Mason mi rivolge mi fa intendere che ha capito quanto io prenda la faccenda sul serio.

Nel breve viaggio di ritorno verso l'Alpha Kappa, il Mason giocoso e divertente che conoscevo sparisce e al suo posto compare qualcuno che fatico a riconoscere. È super silenzioso, tiene la mandibola rigida e stringe il volante così forte da sbiancarsi le nocche. Si vede che è preoccupato per quanto accaduto a suo fratello, di qualsiasi cosa si tratti.

Vederlo sconvolto mi disturba più di quanto pensassi. Allungo la mano e gliela metto sulla coscia, sperando di dissipare la nebbia di stress che lo sta avvolgendo. Si volta verso di me con un debole sorriso e intreccia le sue dita alle mie. Rimaniamo così per il resto del viaggio, senza bisogno di dire nulla.

Giunti davanti alla sede dell'Alpha Kappa, Mason non si disturba a cercare un parcheggio sul retro, ma si ferma proprio davanti all'edificio. Spegne la macchina e scende all'istante, rallentando solo il tempo necessario per prendermi la mano una volta che l'ho raggiunto. Devo praticamente correre per stare al passo con lui, viste le sue gambe lunghe.

Apre la porta e mi conduce verso la taverna, dove finalmente mi lascia andare la mano. Mason avanza in direzione del divano e si china verso la figura che vi è seduta sopra, un ragazzo leggermente più basso di lui.

"Olly, Tutto bene? Cos'è successo? Come stai?" A ogni domanda, il tono di voce si fa più inquieto.

Anche se non ha parlato molto dei fratelli, si vede che è molto legato a loro. Mentre osservo l'ansia che pervade Mason, qualcosa di intenso nasce dentro di me.

"Ehm… ecco…"

"Olly." Invece di rimanere accovacciato, Mason si alza e si siede davanti al tavolino, allungando la mano per prendere quella del fratello. "Aspetta." Solleva la mano. "Mamma sa che sei qua? E *come* hai fatto ad arrivare?"

"Ho preso un Uber," risponde Olly, poi la voce di Trav alle mie spalle dice: "Gli ho fatto mandare un messaggio a Livi".

Mason e Olly spostano lo sguardo su Trav e in quel momento gli occhi del nuovo arrivato si allargano tanto quanto i miei.

Porca puttana! Olly, il fratello di Mason, è il mio Olly?

"Coach?"

CAPITOLO 30

MASON

Coach? Olly ha appena chiamato Kay *coach*? Perché mai dovrebbe chiamarla in quel modo? Sono pieno di domande, che si moltiplicano quando vedo Kay sollevare una mano per salutarlo. "Ciao, Olly."

"Tu esci con la mia coach?" chiede Olly voltandosi verso di me, gli occhi castani spalancati dalla curiosità.

"Tu fai l'allenatrice di football, Skittles?" domando a Kay.

Scuote la testa e guarda ogni angolo della stanza come se volesse evitare di rispondermi, poi finalmente dice: "Di cheerleading."

"Eh?" Adesso sono ancora più confuso. Kay fa cheerleading? *Olly* fa cheerleading?

"Sei una ragazza pon-pon, Puffetta? Allora perché non sei nella Red Squad?" chiede Trav tirandola a sé.

"Ero una *all-star*, non una ragazza pon-pon, ma adesso non è importante." Fa un gesto verso Olly, seduto davanti a me.

Ha ragione.

"Va bene." Metto le mani dietro la nuca, le dita che scavano nei miei muscoli tesi. "Perché non… iniziamo con delle domande facili."

"Ok."

"Tu non giochi a football?"

Olly scuote la testa per dire no.

"Tu fai il cheerleader?"

Annuisce.

"Hai detto che eri una all-star?" Indico Kay, la quale annuisce; la mia mente nel frattempo lavora per mettere insieme tutti i pezzi. "Quindi immagino che ti sia unito ai New Jersey Admirals con Livi?" domando a mio fratello, il quale annuisce nuovamente.

"E non l'hai detto a papà."

Olly scuote la testa di nuovo, ma stavolta tenendo gli occhi bassi. Non so come mai, ma quando chiedo a mio fratello perché, credo di conoscere già la risposta.

"Perché al contrario del football, non c'è nessun futuro nel cheerleading."

Aggrotto la fronte davanti a quell'affermazione. I genitori possono fare molta pressione sui figli affinché seguano una certa carriera, ma praticare un qualunque sport a livello professionale richiede che l'atleta stesso sia il primo a desiderare il successo. Voglio bene a Brantley, è un brav'uomo e un ottimo padre, ma ha una visione piuttosto ristretta quando si tratta di ciò che lui ritiene sia il meglio.

Faccio uscire un respiro pesante e mi massaggio le tempie. Questo non è *affatto* il modo in cui volevo che proseguisse la serata. Niente mette a repentaglio un primo appuntamento come una bella dose di dramma familiare.

"Ok, ecco cosa faremo." Volto lo sguardo verso Kay e poi in direzione di Trav, il quale ha appena tirato fuori le chiavi di tasca, quasi mi avesse letto nel pensiero. "Trav, porta Kay al suo appartamento. Olly, io vengo a casa con te, parleremo con papà insieme."

Non ho la più pallida idea di cosa gli dirò, ma Olly è mio fratello, quindi devo provarci. Se non lo farò, Brantley lo sottometterà al suo volere.

Perché Brantley Roberts ottiene sempre quello che vuole.

CAPITOLO 31

KAYLA

Ho immaginato un'infinità di scenari in cui avrei avuto la possibilità di dire a Mason che ero una cheerleader, ma nessuno di essi prevedeva di venire smascherata dall'incontro con uno dei miei atleti, tanto meno da un membro della sua famiglia.

Al contrario di quanto avvenuto con Q, il nome PF Dennings non dovrebbe significare niente per Mase, ma per quanto E abbia pagato delle persone per cancellare da internet il nome di Kayla Dennings, quello di PF Dennings continua a vivere. Su YouTube non è difficile imbattersi nei video dei New Jersey Admirals e in quelli dei miei *partner stunt*. Sono questi persistenti legami con il passato che mi spingono a mantenere la segretezza.

Guardando Mase, riesco a percepire in modo quasi palpabile la lotta interiore che sta vivendo, indeciso com'è tra aiutare suo fratello e proseguire con il nostro appuntamento, per il quale si è impegnato tanto. Se devo essere onesta, è proprio quest'ultimo motivo che mi spinge a dire quello che sto per dire.

"Renderebbe le cose più facili, se io venissi con voi?"

Entrambi i fratelli mi osservano sconvolti, mentre Trav, se non sbaglio, sembra guardarmi con una punta di orgoglio.

"So bene che, al contrario del football, non esiste il cheerleading a livello professionale." Metto una mano sulla spalla di Olly per mostrargli il mio supporto; dopotutto, è il ragazzo prodigio scoperto da JT. "Ma a livello collegiale ci sono delle possibilità… e poi anche Livi fa cheerleading, quindi vostro padre non può essere *del tutto* contrario."

"Sei sicura, Skittles?" La scintilla di speranza che vedo negli occhi di Mason aiuta a farmi ingoiare il groppo di ansia che mi sento in gola.

"Perchè no? Dopotutto, sei in debito di un appuntamento."

Le sue fossette si palesano in tutto il loro splendore e anche l'ultima delle mie reticenze scompare.

"A chi servono fiori e regali, quando posso godermi una bella dose di dramma familiare?" dico. Mase si alza , gira attorno al divano e si avvicina a me per cingermi un braccio attorno alla vita; non riesco a fare a meno di notare il modo in cui i muscoli gli si contraggono sotto il cotone della polo. "Sei sicura?"

No, ma ormai è venuta fuori la PF che è in me, quindi annuisco comunque.

"Porca puttana!" L'imprecazione mi sfugge dalle labbra.

"Già. È *esattamente* la reazione che Brantley voleva provocare," replica Mason con una risata, mentre la sua Shelby supera due statue di leoni ornati che delimitano l'ingresso di un lungo viale.

La casa che mio fratello ha comprato a Baltimora gli è costata una sostanziosa parte di ciò che ha guadagnato dal suo ingaggio, ma questa? Mamma mia, qui siamo su un altro livello di ricchezza. L'enorme villa in pietra grigia con le larghe colonne bianche è davvero bellissima ma, al contrario di quella di E, questa sembra voler urlare a tutti "SOLDI".

Prima che riusciamo a raggiungere la porta d'ingresso, questa si apre e una Grace Roberts dall'aria evidentemente preoccupata fa la sua comparsa. Mentre la guardo abbracciare Olly, ancora non riesco a credere che sia la madre dei fratelli di Mason.

"Capisco perché tu sia scappato, ma perché non mi hai detto dove andavi?" chiede Grace a Olly, con aria di rimprovero.

"Scusa, mamma. Ho mandato un messaggio a Livi."

"E questa è *l'unica* ragione per cui non ti metto in punizione." Lascia andare Olly e si solleva sulle punte per dare a Mason un bacio sulla guancia. "Ciao, tesoro. Grazie per averlo riportato a casa."

"Figurati," risponde lui con un sorriso.

"Venite dentro, ragazzi. Vostro padre è nello studio. Vedrete che troveremo una soluzione. Non lascerai i New Jersey Admirals se non è questo che vuoi, Olly."

"Grazie." A quelle parole, Olly appare visibilmente meno teso.

Durante quella conversazione, io sono passata del tutto inosservata; è uno degli effetti collaterali di essere alta meno di un metro e cinquanta. Mason si volta per prendermi la mano e a quel punto sua madre mi nota.

"PF, cara, sei proprio tu?"

"Salve, signora Roberts."

"Oh, tesoro, pensavo di averti detto di chiamarmi Grace."

"Giusto, chiedo scusa." Non riesco a trattenere un sorriso. Anche se questo è il primo anno di Olly nei New Jersey Admirals, sua sorella ha iniziato ad allenarsi nella nostra palestra più di un anno fa. In una sola stagione, Grace Roberts è diventata uno dei genitori dei miei allievi che preferisco.

"Non che la sorpresa sia sgradita, ma cosa ci fai qui?"

Il suono dei miei tacchi rimbomba sul pavimento di marmo di un atrio talmente grande che potrei farci stare tutto il mio appartamento. Mason mi guida attraverso un lungo corridoio pieno di quelle che posso solo supporre siano opere d'arte di valore inestimabile, per poi condurmi alla cucina sul retro. Sono troppo distratta dalla maestosità di ciò che mi circonda per concentrarmi sulla domanda di Grace.

"Quando Mase è arrivato per riportarmi a casa, c'era anche lei," risponde Olly al posto mio.

"Davvero?" chiede inarcando un sopracciglio.

Osservando Grace e Mason fianco a fianco, riesco a vedere bene quanto si assomiglino. Mentre i gemelli hanno i capelli neri e gli occhi castani, lei condivide con Mason gli stessi capelli bruni, perfettamente sistemati in un elegante taglio a caschetto, e quegli occhi verde chiaro che mi hanno incantata. Si vede che sono parenti. Ero forse talmente impegnata a ignorare i miei sentimenti per Mason che non me ne sono mai resa conto?

"Erano *fuori* insieme."

Grace resta a bocca aperta, è evidente che non si aspettava *quella* risposta, ma prima che qualcuno possa dire qualcosa, una figura dai capelli scuri che riconosco come Livi fa il suo ingresso e corre verso il gemello per abbracciarlo.

"Coach?" chiede guardandomi con occhi spalancati, le braccia ancora strette attorno a Olly.

"Ciao, Livi."

"Che ci fai a casa mia?"

"Lei è la *ragazza* di Mase," risponde Olly allegramente.

"COSA?!" esclamano Livi e Grace all'unisono.

Livi fa un passo indietro e guarda scioccata il fratello maggiore, mentre la madre si blocca con due bicchieri in mano e un'espressione altrettanto sconvolta sul volto.

Il loro sguardo mi fa arrossire.

"Non pensavo che quell'espressione facesse parte del tuo vocabolario," ironizza Grace.

"Grazie, mamma," risponde Mason con un grugnito.

"Ma piantala! *Davvero*? È fantastico." Livi salta su e giù, emozionatissima.

"Allora..." Grace indica me e Mason seduti sulla panca che circonda il tavolo da pranzo. "Voi due che uscite insieme. Piccolo, il mondo."

Anche troppo. Come se uscire con Mason non comportasse dei rischi enormi... Visto il modo in cui ho scelto di vivere la mia vita, il fatto che lui sia connesso a *entrambi* i lati della mia persona potrebbe essere catastrofico.

Prima che uno di noi abbia la possibilità di commentare, i gemelli iniziano a sommergerci di domande, ognuno che cerca di parlare prima dell'altro.

"Che sta succedendo qui?" rimbomba una voce, facendo crollare la cucina nel silenzio più totale.

"Amore." Grace si alza dal proprio posto e si dirige verso il marito.

"Mason? Che ci fai qui a casa? Domani hai una partita."

Approfitto del fatto che non mi stia guardando per studiare Brantley Roberts. Ha i capelli nerissimi, a parte per alcune ciocche bianche e, nonostante sia venerdì sera, indossa i pantaloni del completo e una camicia Oxford bianca.

"Ho soltanto riportato qui Olly."

Nel vedere Brantley Roberts, mi era già sembrato tutt'altro che felice ma, quando mi vede tra le braccia di Mason, assume un'aria piuttosto contrariata.

Oh oh, pare che qualcuno abbia la luna storta, mi sussurra nell'orecchio la mia cheerleader interiore.

"E questa chi sarebbe?"

"La ragazza di Mase," risponde Livi con una punta di vanto nella voce. Lei e Olly mi regalano sempre grandi gioie.

"La ragazza di Mase?" Le sopracciglia scure di Brantley si sollevano fin quasi all'attaccatura dei capelli accuratamente pettinati.

"Amore…" Grace lo fa accomodare vicino a sé al tavolo da pranzo. "Questa è PF, l'allenatrice dei gemelli."

"L'allenatrice? È ancora quella stronzata del cheerleading che ti sei messo in testa?"

Ho detto che sembrava contrariato? Perché adesso è del tutto scontroso. A giudicare dal modo in cui sento i deliziosi muscoli di Mason irrigidirsi, non sono l'unica a pensare che il suo patrigno comunichi ostilità. Quel che si dice "fare una bella prima impressione con la famiglia", eh?

"Papà," dice Olly.

"Niente *Papà*, giovanotto. Adesso molli questa roba del cheerleading e ti unisci alla squadra di football, come avevamo pianificato all'inizio."

"Mi piacciono i New Jersey Admirals."

"Non c'è futuro nel cheerleading."

"Sì che c'è, papà."

"Non a livello professionale."

"Non voglio giocare a football a livello professionale. Non lo amo quanto Mase."

"E il college?"

"Come se avessimo mai avuto problemi a pagare il college," sbuffa Olly sarcastico. "E poi, se divento abbastanza bravo, posso mantenermi negli studi facendo il cheerleader."

"Papà, ti prego." Livi cerca di placare la tensione. Meno male, perché la situazione si sta facendo imbarazzante. "Tu mi hai supportata, quando volevo fare la cheerleader."

Segue un lungo momento di silenzio, durante il quale ricordo a me stessa che l'unico motivo per cui sono venuta qui è per aiutare. È ora che entri in azione.

"Signor Roberts, suo figlio è bravo, *davvero* bravo. È un talento naturale, uno dei migliori atleti che io abbia visto dai tempi del mio vecchio partner, che grazie al cheerleading ha ottenuto una borsa di studio completa all'Università del Kentucky." La mascella di Olly quasi tocca il pavimento quando sente che l'ho paragonato a JT. Beh, non ho detto una bugia.

Brantley guarda verso Olly con una punta di orgoglio nello sguardo, prima di incrociare le braccia sul petto e dedicarmi tutta la sua attenzione.

Oh oh.

Riconosco il lato aggressivo di Brantley nell'istante in cui emerge. Non è mai bello a vedersi, ma mi piace ancora meno quando lo rivolge verso la mia ragazza.

"Papà." Non mi sorprende che Livi cerchi di agire da mediatrice. Nessuno prende le difese di Olly quanto lei. "La ragione principale per cui ho fatto il provino con gli Admirals è per potermi allenare con lei."

Sto ancora cercando di realizzare che Kay è una cheerleader. Vive con tre membri della Red Squad, come mai non si è saputo prima?

"Bene, allora. Quali sarebbero le *tue* credenziali?"

Raggiungo la mano di Kay e intreccio le dita alle sue. Ero entusiasta quando si è proposta di aiutarmi a sostenere Olly, ma ora sono pentito di aver accettato la sua offerta. Farle subire un interrogatorio di terzo grado dal mio patrigno non è esattamente quello che avevo pianificato per il nostro primo appuntamento.

Ma a quel punto, con mia grande sorpresa, Kay raddrizza le spalle. Non l'ho mai vista tanto sicura di sé come in questo momento. È sexy da morire e io devo spostare l'attenzione su qualcos'altro, altrimenti rischierei di avere un'erezione davanti a tutta la famiglia. E quello sì che sarebbe imbarazzante.

"Sono una cheerleader dei New Jersey Admirals da quando avevo tre anni, gareggio da quando ne ho cinque e appena compiuti i dodici anni richiesti sono diventata un membro ufficiale degli Admirals. Senza contare i premi vinti con le squadre precedenti, con gli Admirals ho vinto decine di campionati nazionali e cinque titoli mondiali. Oltre a essere membro di una delle più importanti squadre miste dell'ultimo decennio, ho vinto anche quattro titoli mondiali nel *partner stunting*."

Kay snocciola uno dopo l'altro i propri successi, elencandoli sulla punta delle dita; seguo il cheerleading da quando Livi lo pratica, so che non sono traguardi di poco conto. Perché li tiene segreti?

I gemelli saltellano impazienti, non vedono l'ora di dire la loro. Se vogliamo avere qualche speranza di salvare una parvenza di appuntamento, prima che io sia costretto a chiudermi in albergo, dobbiamo andarcene prima che i miei fratelli inizino a parlare.

"Andiamo, Skittles." Le prendo la mano e la faccio alzare. "Come hai detto tu… sono in debito di un appuntamento."

Salutiamo tutti quanti, poi la conduco verso la porta d'ingresso, continuando a tenerla stretta al mio fianco e assaporando a fondo questi momenti in cui mi permette di starle tanto vicino.

"Che ne dici di una pizza?" le chiedo quando arriviamo alla Shelby.

"È uno dei cibi principali della mia piramide alimentare."

"Accidenti, piccola." La stringo a me, poi apro la portiera. "Dimostri una volta di più che sei perfetta per me."

Schiude le sue seducenti labbra rosse e io le scorro il pollice sul labbro inferiore. Non c'è niente che desideri di più che vedere quelle labbra stringersi attorno al mio uccello. Quel pensiero non mi sorprende; quello che realmente mi stupisce è quanto io fossi sincero, quando le ho detto che era perfetta per me.

Cercando di sistemarmi nelle mutande l'ennesima erezione della serata, entro nella Shelby e mi metto alla guida.

Villa Pizza è a circa cinque minuti dal campus ed è poco più che un buco. Il novanta per cento dell'attività consiste nelle consegne a domicilio per gli studenti dell'Università di Jersey, ma il locale ha alcuni tavolini per chi vuole pranzare o mangiare una pizza a notte fonda.

Ordiniamo una bibita e due fette di pizza, poi ci sediamo a uno dei tavoli accanto alla vetrata principale.

"Ok." Mi sfrego le mani. "Ho *un casino* di domande nella testa, ma prima di tutto: perché non dici a nessuno che sei una cheerleader?"

Muove gli occhi a sinistra, guardando distrattamente la condensa sul vetro di fianco a lei, quasi ne fosse ipnotizzata.

"Se nessuno conosce le mie credenziali, nessuno può chiedermi perché non faccio la cheerleader per un'università che possiede una squadra ai vertici della categoria."

"E c'è comunque gente che te lo domanda?"

Annuisce senza aggiungere altro, quindi passo oltre.

"Ok, prossima domanda. Se ti chiami Kayla, come mai ti chiamano tutti PF?"

Fa una piccola risata e deglutisce rumorosamente. "Come fai a saperlo?"

"Ti hanno chiamato così tutti, stasera. E poi, Livi parla di te… *molto* spesso."

"Ancora non riesco a credere che i miei gemelli fossero i *tuoi* gemelli."

Do un morso alla mia fetta di pizza e una miscela di salame piccante e salsa di pomodoro mi esplode sulla lingua. Mi piace il modo in cui Kay considera la mia famiglia come sua.

"Viene da PF Flyer."

"Le scarpe del film *I ragazzi vincenti*?"

"Esatto."

"Ok, primo," dico sollevando un dito, "non ha senso che il tuo soprannome sia più lungo del tuo nome vero, quindi capisco perché ti chiamino PF. Secondo," aggiungo mentre alzo un altro dito, "non sono sicuro di aver capito il riferimento. Spiegami."

Inizia a giocherellare con la cannuccia della sua lattina. "Allora, io e JT…" comincia, poi fa una pausa in attesa che io annuisca, per avere conferma che ho capito a chi si sta riferendo. "…abbiamo fatto cheerleading insieme tutta la vita e siamo stati partner di *stunting* fin dall'inizio."

C'è silenzio in attesa che ci portino altra pizza.

"Adoravamo il film *I ragazzi vincenti*, lo guardavamo sempre, e a sette anni JT mi fa una delle sue battute *taaaaaanto* intelligenti: 'Ehi Kay, tu sei fantastica come quelle scarpe e sei anche una *flyer*.

Da adesso in poi ti chiamerò PF'. Da quel momento tutti in palestra mi conoscono come PF."

"È buffo, sai." Le accarezzo il ginocchio sotto il tavolo.

"Cosa?" Piega la testa in quel modo carinissimo, i capelli che le cadono sulla spalla.

"Mi sembra di dover competere con i miei fratelli per stabilire a chi piaci di più."

So che è una risposta assolutamente smielata, ma quando vedo le sue guance tingersi di rosso penso che varrà la pena sopportare tutti i rimproveri che il mio coach interiore, inevitabilmente, mi riserverà più tardi.

"Ancora non riesco a credere che non sapevo fossero tuoi familiari."

"A dirla tutta, abbiamo due cognomi diversi."

"È vero. Ma adesso che ti ho visto vicino a tua mamma," dice, allungando la mano per accarezzarmi un sopracciglio con il pollice, "noto che avete gli stessi occhi."

Alzo le sopracciglia in maniera ammiccante, il che la fa ridere.

"Sono bellissimi, sai." Il complimento inatteso mi prende in contropiede.

"I miei occhi?"

"Sì. Creano uno splendido contrasto con i tuoi tratti più scuri."

"Wow." Mi lascio cadere sullo schienale.

"Cosa?"

"Mi hai appena fatto un complimento."

Sul volto di Kay si apre un bellissimo sorriso. "Non abituartici."

Mi lascio andare a un'esplosione di risate. Questa ragazza… era proprio quello di cui avevo bisogno.

Parliamo ancora un po' mentre finiamo di mangiare la pizza, poi facciamo ritorno verso il campus.

Guido fino alla sede del suo dormitorio e mi fermo davanti all'edificio, senza cercare un parcheggio.

Prendo una cosa che avevo messo sui sedili posteriori ed esco dalla macchina, girando attorno per aprire la portiera del passeggero. Una volta che lei è uscita, chiudo la portiera alle sue spalle e premo Kay contro la macchina. Le cingo la vita tra le mie braccia e la stringo contro di me, appoggiandole le mani sul delizioso sedere. Adoro sentire quel corpo piccolo ma sinuoso premuto contro il mio, molto più grande. Riempie un vuoto che non sapevo di avere.

"Dobbiamo salutarci qui."

I suoi splendidi occhi grigi mi guardano incerti, una piccola V si forma tra le sue sopracciglia. "Perché?"

"Perché…" La stringo a me ancora più forte, "…devo rientrare presto in albergo. Se ti accompagnassi fino alla porta, rischierei di rimanere." Avvicino la punta del naso al suo. "L'allenatore mi prenderebbe a calci in culo." Le scendo lungo la guancia con le labbra e la bacio dietro l'orecchio. "E poi…" Sposto una ciocca di capelli per continuare a baciarla sul collo. "…tu devi alzarti presto per fare…" Mi chino verso di lei e le sussurro nell'orecchio. "…*cheerleading*."

Ed eccola lì, una delle sue alzate di occhi che tanto adoro.

"Domani vieni a vedere la partita, vero?"

Non so perché, ma sento che la risposta a questa domanda è molto importante.

"Sì, di solito vado con G e CK."

"Sedete nella sezione riservata agli studenti?"

"Certo." Il suo sguardo sembra dire: *Per forza.*

"Che ne dici di qualcosa di meglio?"

"Cosa intendi?"

"La mia famiglia ha un palco riservato, quindi ho sempre dei biglietti a disposizione. Perché non li prendi tu? Quarta fila sulla linea della cinquantesima iarda, dietro la panchina della squadra."

I suoi occhi si allargano per la sorpresa. "Davvero?"

Annuisco. La voglio lì, dove la posso vedere.

Dopo un attimo, la sua espressione felice scompare. "Non ti danno solo due biglietti?"

"Sì."

"Allora devo rifiutare. Non posso scegliere tra portare G o CK."

"Non sei costretta a scegliere, piccola." Le strizzo le chiappe e Kay si contorce sotto la mia presa. "La famiglia di Trav guarda la partita assieme alla mia, quindi puoi avere anche il suo biglietto."

"Oh santo cielo!"

Mi getta le braccia al collo per abbracciarmi. Quando indietreggia, le inclino la testa per darle un bacio.

La sento sollevarsi sulle punte dei piedi mentre si stringe

attorno a me e le nostre labbra si incontrano. Non riesco a non sorridere. Più la bacio, meno lei si mostra titubante.

Mi costringo a separarmi da lei prima di rimangiarmi tutto quello che ho detto prima.

"Ci vediamo dopo la partita."

"Va bene," risponde con voce affannata.

Si scosta dalla macchina e si avvia verso la porta d'ingresso dell'edificio.

"Ehi, piccola." La fermo prima che si allontani troppo.

Prendo la felpa che avevo appoggiato sul tetto della Shelby e gliela porgo.

"Domani allo stadio indossa questa."

Afferra la felpa e la guarda inarcando un sopracciglio.

"So che cos'è."

È ovvio che lo sa.

"Bene. Allora saprai anche perché voglio che la indossi."

La tiene sollevata davanti a sé, osservando il retro della felpa, su cui sono stampati in grande il mio nome e il mio numero. Si è opposta a quasi tutti i miei tentativi di farsi rivendicare pubblicamente come mia. È ora che la cosa finisca.

"Ti odio," dice, ma il sorriso che ha sulle labbra suggerisce il contrario.

"Ne sono certo, piccola."

CAPITOLO 33

KAYLA

Da quando sono rientrata a casa e sono crollata sul letto, i ricordi della notte scorsa hanno continuato a susseguirsi nella mia testa. Ancora non riesco a credere che gli eventi di ieri sera siano realmente accaduti.

Sono uscita con un giocatore di football… e non con un giocatore di football qualunque. No, ho deciso di violare la regola che mi ero auto-imposta, uscendo con nientemeno che Mason Nova, detto "Casanova", in persona.

Soltanto che…

Più lo conosco, meno lo vedo come Casanova.

A parte per quella scenetta di dramma familiare, il nostro primo appuntamento ufficiale è stato divertente.

E quel bacio della buonanotte?

Mamma. Mia. *Spettacolare.*

Solo a pensarci ho bisogno di infilare la testa nel freezer.

Uscire con Mason Nova è un discorso. I suoi tentativi di mostrarmi affetto in pubblico non sono passati inosservati, anche se sono per lo più riuscita a respingerli.

Ma adesso vorrebbe che io indossassi la felpa della sua squadra? Con numero e nome stampati sopra a lettere cubitali?

Non so se ci riesco.

Ok, sto mentendo. È una felpa, un pezzo di cotone caldo, confortevole, che profuma di lui. *Riesco* a indossarla. Scommetto che mi starebbe molto bene. Il problema è che non so se sono in grado di reggere tutta l'attenzione che *inevitabilmente* attrarrà. Permettergli di rivendicarmi in pubblico mi metterà sotto gli occhi di tutti.

Scegliere di uscire con Mase può comportare ogni tipo di guaio. Non sono sicura di essere pronta a sopportarlo.

Ma poi penso a come si è comportato con Olly e mi viene da commuovermi. La sua premura, il modo in cui ha messo il fratello prima di tutto… mi hanno mostrato un altro lato di lui che non mi aspettavo di conoscere.

A dirla tutta non dovrei nemmeno sorprendermi più; ogni volta che siamo insieme, Mason fa qualcosa di inatteso.

"Quando ti sei offerta di accompagnarmi pensavo che avremmo passato un po' di tempo insieme, ma *accidenti*, PF, sei rimasta persa nei tuoi pensieri per *tutto* il tempo," si lamenta Tessa, mentre parcheggio Pinky davanti alla Caserma.

Sbatto la testa contro il volante, nascondendo il volto.

"Cavolo, T, scusami."

"Perché ti comporti in modo così strano? Ti ho detto che su Instagram non è emerso niente di nuovo, quindi non sei nervosa per quello."

Merda. Visto? Questo è uno dei guai di cui parlavo. Quanto sono patetica, se ho bisogno che una studentessa delle superiori tenga d'occhio i social network per me?

Come posso stare insieme a un ragazzo che è sempre in tendenza?

"Mason sa che sono una cheerleader." Tengo la voce bassa mentre attraversiamo la palestra e ci dirigiamo verso gli spogliatoi.

"Gliel'hai detto?" Le pupille blu scuro le si allargano fin quasi a coprire tutta l'iride.

"Non proprio." Fa un gesto con la mano per incitarmi a continuare. "Hai presente i gemelli?"

"Livi e Olly?"

Annuisco. Tra le centinaia di atleti che hanno composto le nostre squadre abbiamo avuto dei gemelli, ma i Roberts sono gli unici che siano mai stati membri della nostra squadra principale.

"Sono i fratelli di Mason."

"Pazzesco!"

Emetto uno sbuffo, poi, mentre mi allaccio le scarpe, le racconto del dramma da sitcom che abbiamo vissuto ieri sera.

"Oh santo cielo, *fantastico*." Ci credo, *Gossip Girl* è la sua serie TV preferita. Non riesco nemmeno ad arrabbiarmi con lei per l'eccitazione con cui batte le mani. È davvero raro vederla comportarsi come una della sua età; a volte giurerei che, tra noi due, è lei quella più matura.

Entriamo nella palestra principale, dove subito fanno il loro ingresso le ventuno ragazze che compongono le Marshal, la squadra femminile dei New Jersey Admirals. Gli Admirals sono la squadra principale che alleno, ma do una mano con gli allenamenti a qualunque squadra ne abbia bisogno. Visto quanto è sottosopra la mia mente, è un bene che questo doppio lavoro mi tenga impegnata prima della partita.

"Penso che dovresti indossare la felpa." Sollevo la testa di scatto, la coda di cavallo mi sferza la schiena mentre guardo T come se fosse impazzita.

"Perché?" le domando cauta.

"Tu e JT cercate sempre di insegnarmi a essere chi sono realmente e a non permettere che gli altri mi mortifichino." T sarà anche soltanto in terza superiore, ma è già favorita per il titolo di miglior studentessa della scuola. I bulli di oggi saranno anche diversi da quelli che ho conosciuto io, ma sono sempre bulli. "Non credi che *forse* dovresti iniziare ad ascoltare i tuoi stessi consigli?"

Oh, ma guarda, ho la scarpa slacciata? Non posso fare *stunting* in queste condizioni. Non è sicuro.

"Kay," mi richiama.

Odio quando i Taylor mi chiamano Kay.

"Non chiamarmi Kay. Suona troppo strano."

Le si formano le fossette sulle guance: la marmocchia sta trattenendo un sorriso.

"Allora fatti coraggio e offri il buon esempio a noi giovani menti impressionabili."

Tessa sarà anche una saputella, ma ha ragione.

"Ho paura," mormoro.

Sarebbe meglio dire che sono letteralmente pietrificata. Le superiori sono finite, ma internet vive per sempre.

Non mi sono semplicemente nascosta dietro coloro che mi

vogliono bene: con una serie interminabile di omissioni e mezze verità, ho scavato un fossato e sollevato il ponte levatoio.

Scegliere di stare con Mason potrebbe rivelarsi il cavallo di Troia in grado di cambiare... *tutto*.

"Non sto dicendo che dovresti mettere una foto di te e Mason nel profilo," mi rassicura Tessa; certo, anche perché prima dovrei avere un profilo social dove mettere la foto... "E nemmeno di dirgli di tuo fratello, ma..."

Ma forse è giunto il momento che la smetta di nascondermi.

CAPITOLO 34

KAYLA

"**N**on so se dovrei essere eccitato per la partita, o arrabbiato perché Nova non mi ha offerto questi posti prima," dice G mentre ci sistemiamo sui sedili di plastica rossa.

Non c'è niente di meglio che sedersi a livello del campo di gioco. Niente può battere l'odore del manto erboso e il trovarsi tanto vicini all'azione di gioco.

"Non essere geloso perché gli piaccio più di te," gli do una pacca sul petto.

"Comunque non riesco a crederci."

Neanch'io, G.

Intorno a noi, lo stadio si sta rapidamente riempiendo del pubblico che ha fatto registrare il tutto esaurito per assistere all'incontro di stasera della Big Ten tra gli Hawks e i Northwestern Wildcats, che in questa stagione sono stati proprio forti: una vittoria contro di loro è importante per proiettare gli Hawks verso il campionato nazionale.

Non ho ancora deciso cosa fare riguardo alla felpa. Per adesso tengo l'indumento incriminato appoggiato sulla mia borsa. Fa comunque troppo caldo per indossarla.

Dato che i miei fratelli sono tutti un branco di pettegoli,

aggiorno G e CK su quanto accaduto ieri sera. La conversazione si interrompe quando sul maxischermo appare il video introduttivo degli Hawks e una vampata di calore mi travolge nel momento in cui viene inquadrato Mase. La squadra esce dal tunnel, *Thunderstruck* degli AC/DC suona a tutto volume dagli altoparlanti e il mio sguardo corre automaticamente verso il numero ottantasette in mezzo a quel mare di corpi massicci.

Dopo essersi stretti la mano, i capitani delle due squadre si preparano al lancio della moneta, che i Wildcats vincono, scegliendo di ricevere la palla per primi. I ragazzi tornano in panchina mentre la difesa si prepara a scendere in campo.

I nostri posti a sedere sono proprio dietro la panchina degli Hawks, e mi offrono un ottimo punto di osservazione per vedere Mase.

Merda! Sto di nuovo pensando a lui come Mase. Finirò sicuramente per indossare la sua felpa.

Lo seguo con lo sguardo mentre parla con i suoi compagni di squadra, dando loro pacche di incoraggiamento su paraspalle e caschi. Si dirige verso la panchina e si avvicina agli spalti, ma invece di guardare verso il campo si volta in direzione della folla.

Che diavolo sta facendo?

Non credo di ricordare *una sola volta* in cui non l'ho visto concentrato al 100% sulla partita. Poi, alla fine, trova quello che stava cercando: me.

Porca miseria. Oh, santo cielo. Sta guardando verso di noi. Lo vedi? Lo vedi? LO VEDI?

Sul volto di Mase appare un sorriso, ma scompare un secondo dopo.

Punta verso di me, poi verso se stesso, indicando la sua casacca e facendo un gesto interrogativo con le mani. *Ah, vuole sapere perché non indosso la sua felpa.*

Gli rispondo a gesti, scuoto la testa e fingo di avere freddo. Annuisce e poi, con mia *enorme* sorpresa, prima di voltarsi nuovamente verso il campo, soffia un bacio nella mia direzione.

*Oh. Mamma. Mia. *su le mani**

Il nostro scambio di gesti non è passato inosservato. G e CK guardano verso di me con sorrisetti complici, mentre tutt'attorno sento altre persone domandarsi a chi mai Casanova stesse soffiando quel bacio.

Dentro di me inizia a farsi strada una sensazione familiare, ma cerco di non pensarci troppo e di concentrarmi sulla partita. La nostra difesa trattiene i Wildcats, costringendoli al *punt*. Mase, Trav e il resto dell'attacco scendono in campo.

Nel primo down, Mase esegue un bloccaggio fantastico, creando un buco nella difesa avversaria e permettendo ad Alex di correre verso la trentesima iarda. La prima azione dà inizio a una serie di attacchi e, dopo alcuni *down*, Alex riesce a fare meta. La folla esulta.

7-0 per gli Hawks.

Per il resto del primo tempo e per quasi tutto il secondo entrambe le squadre giocano in difesa, senza che nessuna delle due riesca ad arrivare in posizione di punteggio. Alla fine i Wildcats riescono a segnare, portandosi sul 7-7.

Durante l'intervallo, facciamo tutti un salto in bagno e quando ritorno al mio posto la temperatura esterna è scesa abbastanza da spingermi a indossare *la felpa*.

Faccio scorrere le dita sul cotone dell'indumento, perdendomi nei ricordi del passato. Non so dire se i brividi che mi scorrono sotto la pelle siano dovuti al vento freddo che soffia nello stadio, oppure a una qualche specie di sindrome post-traumatica da stress.

Uscire insieme dovrebbe essere divertente: a lui piace lei, a lei piace lui. Perché gli altri devono mettersi in mezzo e rendere tutto più complicato?

Perché mi sento come se stessi per mettermi un bersaglio sulla schiena? Perché non può essere una felpa *e basta*?

Un respiro profondo.

Adesso o mai più.

Mi infilo la felpa sopra la testa e la tiro giù lungo il corpo. Mase è talmente più grosso di me che l'orlo dell'indumento arriva a coprirmi le ginocchia.

Avverto il momento in cui G e CK notano le grandi scritte NOVA e #87.

"Accidenti. Allora faceva sul serio," dice G.

In quel momento non do peso al commento di G, né a quanto ciò che ho appena fatto significherà per la mia relazione con Mase.

Alle nostre spalle la gente chiacchiera e, a giudicare dalle poche parole che riesco a cogliere, capisco che i miei fratelli non sono gli unici ad aver notato il nome stampato sulla mia schiena.

Le squadre ritornano in campo e, proprio come prima, Mase va in panchina e mi cerca sugli spalti. Ha un aspetto magnifico, con il casco appoggiato sulla testa, i paraorecchie sulle tempie per tenerlo sollevato, e il paradenti che pende di lato. Tiene le maniche della casacca arrotolate sotto le protezioni, mostrando gli enormi bicipiti in tutto il loro splendore.

Quando vede che indosso la sua felpa, il sorriso gli si allarga a tal punto che le splendide fossette fanno la loro comparsa. Quelle maledette fossette. Mi soffia un altro bacio prima di tornare in campo per giocare la prima azione del secondo tempo.

Gli Hawks tornano in campo a tutta carica e il *punt* che viene effettuato offre loro una buona posizione sulla quarantacinquesima iarda. Trav corre con il pallone per effettuare un primo *down* e Mase si esibisce in un altro bel placcaggio per Alex, che prosegue l'azione; la giocata si conclude con Trav si inventa una bellissima spirale di venti iarde, che serve la palla a Mase e gli permette di fare meta.

14-7 per gli Hawks.

La nostra difesa entra in campo con la stessa aggressività dell'attacco. Kevin effettua un placcaggio sul *quarterback*, facendogli perdere la palla, e gli Hawks sfruttano il momento per realizzare un altro *touchdown*.

21-7 per gli Hawks.

I tifosi presenti allo stadio, che poteva contenerne anche più di centomila, esultano davanti a quello spettacolo. L'azione prosegue senza sosta per il resto della partita, ma il punteggio rimane invariato: gli Hawks dell'Università di Jersey sconfiggono i Northwestern Wildcats per 21-7.

#THEGRAM

UofJ411: Stai cercando me @CasaNova87? #TiVedoTesoro #CosaFaCasanova
foto di Mason che guarda verso gli spalti
@Behawks87: Chi sta guardando @CasaNova87? #StaiGuardandoMe
@Bellebookblog: @CasaNova87 può guardarmi in quel modo tutti i giorni della settimana #SguardoInfuocato
@Bestiesandbooks: Scegli me, scegli me @CasaNova87

UofJ411: *emoji del bacio* #Baciami #CosaFaCasanova ***GIF di Mason che soffia un bacio***
@Braun.lauren: Mi sono appena messa il burrocacao @CasaNova87 #LabbraMorbide
@_Bsdmbutch: Chiudetemi in un armadio con lui @CasaNova87 #BacioBacio
@Caysmama: Mi sento svenire #Baciami #CosaFaCasanova

UofJ411: SANTO CIELO! Quella non è la felpa della squadra? #DicciSeHaiLaRagazza #CosaFaCasanova

Kay fotografata di spalle con indosso la felpa di Mason

@Cheril2412: INCREDIBILE! Chi è? #CosaFaCasanova

@Christyheartsbooks: Accidenti! Quella è la felpa di @CasaNova87 #Moda

@Cmd427: @CasaNova87 ha la ragazza? #ChiedoPerUnAmico

@Cr8zysockbookblock: Ditemi che non è vero @CasaNova87 #CuoreSpezzato

@Dainer81: Come facevamo a non sapere che @CasaNova87 era in cerca di COMPAGNIA? Io mi sarei offerta #MiOffroVolontaria

@Doterragirl2020: Vi prego ditemi che è sua sorella #NonPuòEssereVero #CosaFaCasanova

UofJ411: Chi sa dirmi qualcosa di più? #CosaFaCasanova #LaMisteriosaRagazzaDiCasanova

foto di Kay vista di profilo con indosso la felpa

@Filthylittlereader: Non è la ragazza che baciava al campus? #DetectiveInAzione #CosaFaCasanova #LaMisteriosaRagazzaDi-Casanova

@Fununderthecovers: Chi è? #MiServonoIDettagli #CosaFaCasanova #LaMisteriosaRagazzaDiCasanova

@Hbietsch: Chi sa dirci qualcosa? #DevoSaperlo #CosaFaCasanova #LaMisteriosaRagazzaDiCasanova

Dopo una vittoria, lo spogliatoio è uno dei posti che preferisco. Le note di *Say Amen (Saturday Night)* dei Panic! At The Disco a tutto volume, il caos generato da due dozzine di uomini in vari stati di nudità che festeggiano… È un vero spettacolo!

I giornalisti a cui è stato consentito l'ingresso fanno i loro giri di domande, per nulla turbati nel vederci nudi. Quando mi raggiungono, rilascio le mie dichiarazioni su quelle che penso siano le nostre possibilità di arrivare al campionato nazionale e sulle mie aspettative riguardo a un'eventuale convocazione. La risposta alla prima domanda è facile: *Cazzo, sì, quest'anno ci prenderemo tutto*; la seconda, invece, manca della mia tipica sicurezza.

Perché?

Finite le interviste, siedo sulla panca e allungo una mano dentro all'armadietto per prendere il telefono e mandare un messaggio a Kay.

Vederla sugli spalti questa sera è stato come ricevere una scarica di adrenalina attraverso tutto il mio organismo. E vederla indossare la mia felpa durante la seconda azione? Mi ha dato una sensazione perfino migliore di quella che mi ha offerto la nostra vittoria.

Sblocco il telefono e vedo che sono arrivati diversi messaggi.

> LIVI: Fatti la doccia veloce! Ho fame! Gnamgnamgnamgnam!!

> OLLY: Ci vediamo nel tunnel. Andiamo al Fusion.

> MAMMA: Grande partita, tesoro. Bel touchdown. I gemelli ti aspettano nel tunnel. Andiamo fuori a cena per festeggiare. Di' a Travis che sua nonna è qui e viene anche lei.

> BRANTLEY: Bella partita, figliolo. È bello vedere che il fatto di avere la ragazza non sta condizionando il tuo modo di giocare. Quando ho notato che guardavi verso gli spalti temevo che ti stessi distraendo troppo, ma l'attenzione che si è creata intorno a voi sui social in questo momento è oro puro per il marketing.

> SKITTLES: Dato che hai vinto, vuol dire che stasera DEVO per forza venire alla sede dell'Alpha Kappa??

Non ci penso nemmeno a rispondere al messaggio di Brantley. Ho visto la sua reazione tutt'altro che compiaciuta alla scoperta che io avessi la ragazza, durante la sceneggiata di ieri sera. Il fatto che ora la approvi perché la vede come una novità da usare a mio vantaggio… beh, non se ne parla proprio.

Controllando l'orario in cui i gemelli mi hanno scritto, mi rendo conto di avere il tempo sufficiente per farmi una doccia senza farli aspettare troppo.

L'unica persona alla quale mi prendo il disturbo di rispondere è Kay. Se devo uscire a cena, allora viene anche lei.

> IO: Oggi è il tuo giorno fortunato, piccola. Niente Alpha Kappa, andiamo a cena con la mia famiglia. Aspettami con i gemelli fuori dallo spogliatoio.

> SKITTLES: Non mi sono già sorbita abbastanza drammi familiari ieri sera?

> IO: Non voglio sentir ragioni, pasticcino! Tu vieni.

SKITTLES: Devo proprio??? Non posso venire
dopo cena?

IO: No! Non voglio aspettare un minuto di più
per vederti.

SKITTLES: Perché devi dire cose del genere?
Come faccio a dirti di no adesso?

IO: SANTO CIELO! *sussulto* Hai appena
ammesso di essere affascinata da me?

SKITTLES: Non montarti la testa, campione.

IO: *GIF di Han Solo che dice "Chi? Io? Mai!"*

SKITTLES: *emoji che alza gli occhi*

IO: A dopo, piccola.

Non aspetto la sua conferma. So che verrà.

"Cena con Nonna," dico a Trav togliendomi il resto delle protezioni dell'uniforme e avvolgendomi un asciugamano intorno alla vita.

"Sì, me l'ha scritto Livi." Si toglie la divisa anche lui e ci dirigiamo insieme verso la doccia.

Al contrario delle partite in trasferta, dove il *dress code* richiede che indossiamo il completo e la cravatta, quando giochiamo in casa mettiamo polo rosse con il logo degli Hawks, jeans scuri e scarpe da ginnastica nere.

Con un sorriso sulle labbra, dato che Kay ha ammesso che mi rende sexy, indosso il berretto degli Hawks al contrario.

Metto il borsone in spalla e mi volto verso Trav. "Ci vediamo fuori. Vado a cercare i gemelli."

Uscito dallo spogliatoio, scruto il corridoio alla ricerca delle persone di mia conoscenza. Il posto pullula di sostenitori, giornalisti, tifosi e ammiratrici.

"Mase!" I gemelli mi individuano per primi e corrono ad abbracciarmi.

"Ehi, ragazzi." Ricambio il loro abbraccio.

"Dov'è Trav? Ho fame." Livi guarda dietro di me per cercare

il mio amico. Non mi stupisco che lei e Trav vadano tanto d'accordo: ragionano entrambi con lo stomaco.

"Arriva tra un minuto," rispondo, mentre mi guardo intorno per cercare Kay.

La folla si disperde e finalmente riesco a individuarla. È così bella che mi blocca il respiro. Il suo corpicino è praticamente avvolto nella mia felpa, e i suoi lunghi riccioli biondi e arcobaleno sono tenuti indietro da una bandana rossa legata a mo' di fascia per capelli.

Senza rendermene conto, mi separo da Livi e Olly e mi dirigo verso di lei. Le metto le mani sotto il delizioso sedere, stringendole le chiappe mentre la sollevo e la premo contro il muro. I bellissimi occhi grigi le si allargano per la sorpresa, prima di chiudersi per la sensazione di piacere che le scatena il mio bacio.

L'adrenalina per la vittoria fluisce attraverso il mio corpo e si scatena nel nostro abbraccio. Allargo la mia postura per sostenere il suo peso con le gambe, liberandomi le mani per farle scorrere sotto i suoi capelli e prendendole il viso per cambiare l'angolazione del nostro bacio.

Tutto intorno a me si dissolve mentre mi perdo nella sensazione provocatami da quell'abbraccio. Null'altro esiste al di fuori di lei.

Le nostre lingue si danno battaglia. I suoi gemiti me lo fanno diventare talmente duro che temo mi rimarrà il segno della cerniera per una settimana.

Ci separiamo per riprendere fiato soltanto quando sento la voce roboante di Trav alle mie spalle. "Mase, che ne dici tirare fuori la lingua dalla bocca della tua ragazza, così possiamo andare a mangiare qualcosa?"

"Oh cielo," sussurra Kay, seppellendo il viso contro il mio petto, come se volesse scomparire.

Non riesco a non ridere davanti all'imbarazzo che prova. La rimetto a terra, godendomi la sensazione di quel corpo a corpo.

Sento la gente chiacchierare dietro di me.

"Casanova ha la ragazza?"

"Ma figurati, non è il tipo..."

"L'ha detto QB1."

"La sta baciando..."

"Quante volte l'abbiamo visto baciare una ragazza?"

"Ma lei indossa la sua maglietta…"

"Chi è?"

Decido di ignorare le ammiratrici e di concentrarmi sulle persone realmente importanti.

"Forza, piccola. Andiamo a mangiare." La tiro al mio fianco quando cerca di allontanarsi dopo essersi infilata il cappuccio della felpa sulla testa.

Ci dividiamo in modo che Kay possa accompagnare G e CK ai loro rispettivi dormitori, mentre io, Trav e i gemelli ci dirigiamo al ristorante.

Dico agli altri di entrare mentre aspetto che Kay arrivi. Alcuni minuti dopo, vedo fermarsi nel parcheggio la sua Jeep color caramella.

I miei occhi la divorano mentre la guardo scendere e camminare verso di me. Per quanto mi piaccia vedere il mio nome e il mio numero su di lei, mi manca osservare il suo corpo che ondeggia, dato che al momento è completamente inghiottito dalla mia felpa, molto più grande di lei.

"Hai idea di quanto sei figo così?" Mi scruta da capo a piedi mentre sono appoggiato al cofano della Shelby con le braccia al petto e le gambe incrociate.

"È il cappello, vero?"

"Quello, e anche il modo in cui il tuo tatuaggio risalta quando incroci le braccia."

Avanzo verso di lei per stringerla a me. "Ti ha fatto male?"

"Mi ha fatto male cosa?" Tra le sopracciglia le si forma una simpatica piega.

"Farmi un complimento?"

"Io ti faccio i complimenti. Non te li faccio troppo spesso per non gonfiare il tuo ego."

"Piccola…" Faccio una pausa per baciarle la fronte. "Mi riservi sempre delle belle parole. Andiamo, ho fame," le dico, facendo un passo indietro.

"Dovrei essere nervosa?" Intreccia le dita alle mie e la sua piccola mano, stretta nella mia grossa zampa, quasi sembra scomparire. Sono felice di questo semplice gesto. Non so se sia dovuto al fatto che siamo lontani dal campus, o se sia perché dopo il nostro primo appuntamento ci siamo messi insieme ufficialmente, ma non mi posso lamentare.

"Per la cena?"

Sento che mi stringe la mano, come se stesse cercando di rinforzare la presa. Mi blocco quando le vedo negli occhi una certa preoccupazione.

"Piccola…" Le scorro un dito lungo la linea della mandibola, felice di vedere come inclina il volto quando la tocco.

"Sarà divertente." Sbuffa; non posso biasimarla, visto com'è andato il primo incontro con la mia famiglia. "Te lo prometto." Ci incamminiamo nuovamente. "Aspetta di conoscere la Nonna di Trav. È la *migliore*."

Nonna McQueen è una forza della natura. Con la sua raffinatezza elegante e quell'aria quasi nobile, mi ha sempre ricordato Helen Mirren. Nessuno osa sfidarla, nemmeno Brantley.

Per quanto io ami la mia famiglia, non so se saremmo venuti a cena, se Nonna non ci fosse stata. In sua presenza, possiamo stare certi che non ci sarà nessun commento negativo riguardo alla passione di Olly per il cheerleading.

Nella saletta riservata del ristorante è presente un tavolo circolare grande abbastanza da ospitarci tutti e i miei muscoli si rilassano quando vedo che gli unici due posti liberi sono quelli tra i gemelli e Trav. Spero che sedersi vicino alle persone con cui ha più familiarità aiuti Kay a tranquillizzarsi un po'.

"Ehi, Puffetta."

"Ehi, T. Bella partita." Kay lo saluta battendogli il pugno.

"Eccome." Trav risponde facendo spallucce, quasi a voler dire: *Mi conosci.* "Sicura di non voler mollare questo sfigato e uscire con la vera stella della squadra?" Le fa l'occhiolino.

Se non fossi sicuro che sta scherzando, gli avrei già dato un pugno; non mi interessa che Trav sia il mio migliore amico. Metto un braccio attorno a Kay e la stringo al mio fianco.

Come puoi essere certo che non farebbe una mossa del genere? L'hai già visto accadere.

Allontano quei pensieri più velocemente di un *center* che passa la palla.

"Chi è questa adorabile creatura?"

Alle spalle di Trav fa capolino la corona di capelli bianchi di Nonna; stringe gli occhi per guardare meglio me e Kay.

"Nonna, lei è Kay, la ragazza di Mase. Puffetta, questa è Nonna."

"Mason Nova, tu hai una ragazza? Non avrei mai pensato che questo giorno arrivasse," dice Nonna fingendosi sconvolta.

"Ho pensato la stessa cosa, Nonna," dice mamma dall'altra parte del tavolo.

Sembra che tutti abbiano una battuta pronta per noi. Sento il corpo di Kay tremare per le risate che sta trattenendo.

"Sì, sì, sì, quanto siete spiritosi," brontolo.

Da sotto il tavolo, sento la mano di Kay appoggiarsi sul mio ginocchio e tutto il mio corpo si rilassa. Al tavolo la conversazione verte sulla partita, ma io per lo più la ignoro, preferendo concentrarmi sulle sensazioni che mi procurano il corpo di Kay e il suo profumo di menta.

"JT mi ha mandato un messaggio prima," dice Olly a Kay.

"Immaginavo che l'avrebbe fatto, dopo che gli ho girato un video dei tuoi allenamenti."

"Hai fatto un video?"

"Tecnicamente, lo ha fatto la coach Kris."

"Posso vederlo?"

"Certo." Kay si piega di lato per prendere il telefono dalla tasca posteriore, appoggiandosi ancora di più contro di me.

Dopo aver fatto partire il video, passa il telefono a Olly e io mi sposto per poter vedere le immagini sullo schermo.

Kay è sexy da morire nella sua tenuta da allenamento, il ventre tonico in bella mostra tra la maglietta senza maniche e i pantaloncini. Su una gamba leggo la scritta COACH e, quando si volta, leggo che sul retro del top c'è scritto PF.

Sento un moto di eccitazione alla vista delle tette premute l'una contro l'altra e del culo avvolto in quei pantaloni attillati. Proprio come è avvenuto ieri sera, al mio uccello non sembra interessare il fatto che sia del tutto inappropriato avere un'erezione quando io e Kay siamo in compagnia.

Nel video, Olly appare nervoso mentre lei gli fa dei gesti con le mani. Kay è in piedi di fronte a Olly, il quale tiene le mani appoggiate sui fianchi di lei. Saltellano insieme, poi Olly la solleva sopra la propria testa, tenendole i piedi tra le mani. Piegando leggermente i gomiti verso il basso, Olly spinge verso l'alto Kay, che esegue una piroetta all'indietro, poi lui la afferra nuovamente per i piedi.

Il video continua con Livi che ripete la stessa acrobazia con un ragazzo più grande.

"Cavolo," esclamo sottovoce.

"Sì, quell'acrobazia in realtà è molto più difficile per il *flyer*, quindi volevo esser certa che Livi si sentisse sicura, prima di fargliela provare con Olly." L'indole da allenatrice di Kay emerge in tutta la sua potenza.

Quando il video mostra nuovamente lei e mio fratello, sia Trav che Nonna si piegano in avanti per guardarlo.

Olly e Kay si tengono per mano, entrambi rivolti verso la telecamera. Saltellano ancora insieme, poi Kay piega e allunga le gambe mentre Olly la solleva e le fa fare una verticale sopra la propria testa. Rimangono in quella posizione per alcuni secondi, dopodiché lei scende ed esegue un altro esercizio: questa volta fa una capriola, atterrando con un piede sulla mano di Olly, che la solleva sopra la propria testa, sorreggendola per il tallone mentre lei distende una gamba davanti a sé.

In sottofondo si sentono le altre persone in palestra che li acclamano, poi, proprio come prima, il video mostra Livi e il suo partner ripetere le stesse acrobazie.

"Hai un'ottima estensione delle gambe. Sei decisamente una delle nostre *flyer* più flessibili," dice Kay a Livi. "Questa è l'ultima acrobazia che ha filmato la coach Kris."

Questa volta Kay si posiziona un po' più avanti rispetto a Olly. Fa un salto all'indietro, Olly la prende al volo e la solleva sopra la propria testa tenendola per i fianchi.

Prima che il video mostri Livi eseguire lo stesso esercizio, sul telefono di Kay compare la notifica di un messaggio.

"Scusate." Kay avvicina il telefono a sé e io scruto sopra la sua spalla per leggere il messaggio.

TVTTB JT: Stai bene?

Una parte di me dice che dovrei guardare da un'altra parte e non sbirciare la conversazione, ma dal momento che Kay sa che riesco a vederle il telefono da sopra la spalla e che non ha fatto nulla per nascondere lo schermo, presumo che non le importi. Inoltre, il fatto che qualcuno le chieda se sta bene, quando a me sembra che stia benissimo, mi preoccupa.

KAY: Tutto bene.

TVTTB JT: Sei sicura? La tua foto è OVUNQUE
sul profilo Instagram UofJ411.

KAY: #TraguardiDiVita

TVTTB JT: Non fare la spiritosa. Sai che mi
preoccupo per te.

KAY: Lo so e ti voglio bene per questo.

TVTTB JT: Ti voglio bene anch'io. Se hai
bisogno di me, ci sono.

KAY: So bene anche quello. *emoji del bacio*

Lo scambio di messaggi si svolge in meno di un minuto.

Vedere lei e un altro uomo scriversi che si vogliono bene mi fa ribollire il sangue nelle vene, ma il lungo sospiro che Kay emette e il modo in cui si massaggia le tempie lasciano che sia la preoccupazione a prendere il sopravvento… per ora.

"Piccola?" Percepisco in lei una sensazione di pesantezza che prima non c'era. Tiene le spalle basse, quasi come se volesse scomparire dentro il suo stesso corpo.

"Possiamo parlarne più tardi?" Rivolge lo sguardo verso il tavolo per ricordarmi che non siamo soli.

"Ok." Questa volta emette un sospiro di sollievo e io ordino di tacere alla fastidiosa voce dentro di me che mi sussurra che siamo di nuovo in un'altra situazione come quella di Chrissy/Tina. Se Kay stesse nascondendo qualcosa, non mi avrebbe permesso di leggere i suoi messaggi.

"Accidenti, Puffetta," esclama Trav.

"Quello era niente, Trav. Guarda questo," dice Livi mentre avvia YouTube.

Nel video appaiono un ragazzo enorme e una ragazzina minuta, entrambi vestiti con un'uniforme blu, bianca e nera. Sapevo che Livi avrebbe tirato fuori qualcosa che riguardava Kay, ma non ero pronto a vedere come sarebbe apparsa in tenuta da cheerleader. Di solito tendo a stare lontano da questo tipo di ragazze, visto che ronzano un po' troppo attorno alle squadre di football, ma per la cheerleader Kay sono pronto a fare un'eccezione, perché… è troppo *sexy*.

Guardo JT lanciare Kay in aria e farla piroettare sopra la propria testa. Gli esercizi che insegna ai gemelli mi hanno impressionato, ma quelli di questo video sono di un livello superiore.

"Porca miseria, Kay. Perché non fai la cheerleader per gli Hawks?" Non credo di aver mai visto Trav così stupido. Livi deve allungare la mano e tirargi su la mandibola per evitare che gli cada nella ciotola del pane.

"Non avrei tempo di allenare, se facessi la cheerleader per l'Università di Jersey. Per quanto ami fare la cheerleader, sono nata per insegnare."

"Beh, a giudicare dal primo video che ci hanno fatto vedere i ragazzi, sei molto brava, mia cara," dice Nonna.

"Grazie, signora McQueen." Ieri sera Kay ha elencato tutti i suoi successi a Brantley, il quale, come mi aspettavo, non ha detto una parola mentre Kay mostrava i video; eppure, il semplice complimento di Nonna l'ha fatta arrossire.

"Ti prego, chiamami Nonna."

Con la coda dell'occhio, colgo il sorriso complice di Trav. Sembra che Nonna approvi.

I camerieri portano il cibo e la conversazione si interrompe. Taglio la mia bistecca, che è cotta alla perfezione. La forchetta di Kay si fa avanti per rubarmi una forchettata di maccheroni al formaggio, quindi ricambio il favore sgraffignandole un po' di patatine fritte. Mi accorgo che anche mia madre mi sta rivolgendo un sorrisetto d'intesa.

"Come sei diventata un'allenatrice?" domanda mamma a Kay.

"In realtà è stato un infortunio a farmi scoprire la passione per l'allenamento."

"Ti fai male spesso?" chiede Nonna aggrottando la fronte.

"Tra gli sport, il cheerleading è tra i primi cinque per rischio di infortuni. Io, essendo una *flyer*, sono più a rischio e all'epoca mi sono procurata una grave dislocazione al gomito. Mi ha tenuta in panchina per molto tempo. Non sono diventata ufficialmente un'allenatrice fino al diploma, ma è da lì che ho cominciato a tenere corsi di acrobazie come quelli che frequentano loro," dice indicando i gemelli con il pollice.

Mentre continuiamo a mangiare, Nonna e mamma seguitano

a tempestare Kay di domande, alle quali lei risponde con autentico entusiasmo.

A un certo punto, Trav allunga la mano verso il piatto di Kay per rubarle una patatina. Nel momento in cui le dita di Trav si stringono attorno al trofeo, lei gli dà una pacca sul dorso della mano.

"Impara a mangiare il tuo cibo."

"Andiamo, Puffetta." Trav le fa gli occhioni. "Sono nella fase della crescita."

Do al mio amico una botta sul petto. "Smettila di flirtare con la mia ragazza."

"Che c'è? Paura che ti molli?"

Sì.

Gli faccio il dito medio e tutto il tavolo si mette a ridere.

"Non fare lo scemo, T." Kay si accoccola su di me e prende l'ultimo boccone rimasto nel mio piatto.

Il contatto con il corpo di Kay mi tranquillizza all'istante. Non ha fatto nulla per indurmi a pensare che si sarebbe allontanata, ma… ho l'impressione che mi stia nascondendo qualcosa.

La stringo a me ancora più forte.

"È per questo che sa che *io* sono la scelta migliore: io le permetto di mangiare il *mio* cibo." Mi piego verso di lei e le do un bacio sulla testa.

Kay scuote il capo e alza gli occhi al cielo. Sceglie di ignorarci e torna a parlare con i gemelli.

La cena volge al termine e usciamo tutti dal ristorante. I miei genitori e la famiglia di Trav vanno via per primi, lasciando noi ragazzi da soli.

"Mase, vieni a casa stanotte?" chiede Livi speranzosa.

Estraggo il telefono dalla tasca e controllo l'ora. Sono passate da poco le dieci; tanto vale andare a casa, evitare il caos della confraternita e dormire tranquillo nel mio letto.

"Certamente."

Livi batte le mani in segno di gioia e rivolge a Trav uno sguardo da cucciola. "Vieni anche tu?" Trav, che non ha mai potuto negare nulla alla mia sorellina, risponde di sì.

"Guardiamo un film?"

"Qualunque cosa per la mia ragazza preferita." Trav solleva Livi e se la carica in spalla mentre tutti ci dirigiamo verso il parcheggio.

"E tu, piccola?"

"Certamente," risponde Kay, imitando la mia risposta e dandomi un bacio sullo zigomo. "Ma giusto perché tu lo sappia," mi dice prima di salire a bordo di Pinky, "non condividerò i miei popcorn con te."

CAPITOLO 37

KAYLA

Sono tormentata dai pensieri su cosa possa aver mai postato quel maledetto account UofJ411 per aver spinto JT a mandarmi quei messaggi preoccupati. Tra i fratelli Taylor, è Tessa quella pronta ad avvertirmi immediatamente nel caso succeda qualcosa sui social, ma JT? Se è lui a parlarmene, allora dev'essere importante.

Fino a quando non riuscirò a trascorrere un po' di tempo da sola, non sarò in grado di concentrarmi sulle potenziali conseguenze che l'aver indossato la felpa di Mason potrebbe aver avuto sull'anonimato a cui tanto tengo.

Quando ho deciso di uscire con Mason, ero a conoscenza dei rischi, ma esserne a conoscenza e doverne affrontare le conseguenze sono due discorsi completamente diversi.

Non è né il luogo né il momento, Kay.

I gemelli entrando in casa saltellando e io lascio che il loro entusiasmo scacci la negatività e le vecchie insicurezze che mi opprimono la mente.

"Prendiamo gli snack e i popcorn e vi aspettiamo nella sala cinema," urla Olly, mentre lei e il fratello attraversano l'atrio di corsa per dirigersi in cucina.

"Sala cinema?" mi volto verso Mase, guardandolo con un sopracciglio alzato.

Una risata gli rimbomba nel petto. "Davvero ti sorprende che questa mostruosità di casa abbia una sala cinema?"

Scuoto la testa, seguendolo lungo un corridoio che si addentra in profondità nella casa, giungendo infine davanti a due imponenti porte di mogano con un'insegna luminosa in bianco e nero che recita CINEMA.

L'interno è il sogno di ogni cinefilo. La parete di fronte a noi è occupata da uno schermo da cento pollici, davanti al quale si trovano due file di quattro poltrone reclinabili in pelle nera, e una terza fila composta da un grande divano in pelle nera e da pouf abbinati, che creano praticamente un letto.

Sulle pareti laterali sono appese alcune locandine di film classici, mentre di fianco all'entrata è presente un mini chiosco con un frigo per la birra e il vino.

Trav inizia a sistemare dei cuscini e delle coperte su alcune delle poltrone; Mase, intanto, si dirige al chiosco e ci stappa tre birre.

I gemelli entrano nella sala, ciascuno con in mano una gigantesca ciotola di popcorn e Olly ne porge una a Mase.

"Credo proprio che alla fine *condividerai* con me i tuoi popcorn, piccola, e io mi leccherò anche le dita," afferma soddisfatto, sollevando le sopracciglia in maniera ammiccante.

Dopo che abbiamo tutti ricevuto i nostri snack, i gemelli scelgono di guardare l'ultimo film della Marvel e ci sistemiamo tutti ai nostri posti.

Io e Mase occupiamo il divano posteriore e io mi accoccolo di più al suo fianco, respirando il fresco profumo del sapone che usa, di cui non riesco proprio a fare a meno.

Durante tutto il film, Mase mi fa scorrere una mano tra i capelli, rigirando le punte intorno alle dita. Giuro che i suoi tocchi—non quelli perversi, che certo non mancano—mi fanno palpitare il cuore. Mi ricorda tantissimo il modo in cui Bette e mio fratello si comportano l'uno con l'altra… e *loro* sì che sono due persone degne dell'hashtag #TraguardiDiCoppia.

Il gesto è così rilassante che a un certo punto devo essermi addormentata, perché la prima cosa che vedo quando riapro gli occhi è Mason che mi tiene in braccio e mi porta su per le scale.

"Mase?"

"Ehi, Bella Addormentata."

"Che succede?" chiedo stupidamente, con il cervello ancora mezzo addormentato.

Il suo sorriso si allarga, mettendo in risalto le fossette. "Andiamo a letto. Per quanto sia comodo il divano della sala cinema, preferisco dormire sul materasso matrimoniale della mia stanza."

"Non posso dormire nel tuo letto, ci sono i tuoi genitori. È meglio che vada a casa." Mi agito per liberarmi dalle sue braccia, ma Mason stringe ancora di più la presa.

"Non se ne parla nemmeno, Skittles. È tardi e né io né mamma vogliamo che tu ti metta alla guida. E poi," aggiunge con un mezzo sorrisetto, "mamma ti adora."

Si rifiuta di mettermi a terra, anche quando deve aprire la porta della stanza. Mi porta in braccio come se non sentisse il mio peso. È davvero sexy.

La camera da letto di Mase sarà grande almeno quanto metà del mio appartamento. A sinistra c'è una porta che conduce al bagno e un'altra che presumo si apra su una cabina armadio. Ci sono anche delle portefinestre che danno su un balcone, dove sono presenti due grandi poltrone in tessuto blu, con finiture metalliche.

In mezzo alla stanza è presente un enorme letto matrimoniale, adornato da un copriletto marino con decorazioni in stile nautico. Su una parete c'è un grande schermo piatto, mentre un'altra è coperta da numerosi scaffali sui quali sono presenti molti trofei sportivi.

Vorrei guardarli attentamente uno a uno, ma sono troppo stanca.

Mi fa sedere sul letto, poi si avvicina al cassettone posto sotto la TV. Apre un cassetto, tira fuori una maglietta e me la lancia. Visti i miei riflessi da bradipo, l'indumento mi rimbalza addosso e finisce sul letto. Guardo Mase con un cipiglio.

"Scusa, piccola," dice imbarazzato.

"Tranquillo, sono ancora mezza addormentata… ma che cos'è?" chiedo indicando la maglietta sul letto.

"Qualcosa di comodo per dormire."

"Ho la borsa in macchina. Pensavo di dormire a casa mia, dato che domattina devo essere alla Caserma."

"La prendi domani mattina, la tua borsa. Stasera indossa quella."

Raccolgo la maglietta grigia, sentendone il cotone morbido e leggermente consumato sotto le dita. Non sono sorpresa di scoprire che si tratta di una maglietta della squadra di football; davanti si legge *Proprietà privata: squadra di football dell'Università di Jersey* e c'è il numero #87 scritto in mezzo a un pallone da football, mentre dietro c'è scritto NOVA #87. Alzo gli occhi al cielo. Questo tizio cerca sempre di marchiarmi come sua in tutti i modi.

"Che c'è?" Fa spallucce quando lo guardo. "Mi piace vederti indossare il mio nome."

"Sei un cavernicolo."

"Puoi dirlo forte, piccola. Ora", continua indicando il bagno con le braccia, "sei libera di usare il mio spazzolino, se vuoi."

"Non è un po' strano?"

"Non per me. Voglio dire, la mia lingua passa tanto tempo nella tua bocca quanto nella mia, quindi cosa cambia?"

Sento le guance arroventarsi al pensiero di quanto abbiamo pomiciato, ma non ha tutti i torti.

Ancora stordita dal sonno, raccolgo la maglietta e mi preparo ad andare a letto. Mentre mi lavo i denti, non posso fare a meno di sorridere pensando a quanto sia teneramente disgustoso condividere lo spazzolino con il mio ragazzo. Come diavolo sono arrivata fino a questo punto? E, soprattutto, come ho fatto ad arrivarci tanto presto?

Indosso la maglietta che mi ha dato, piego i jeans, il reggiseno e il resto dei miei vestiti in un mucchio ordinato, poi apro la porta per andare a letto e a quel punto mi blocco sul colpo.

Porca puttana.

Mase è in piedi davanti al letto, a torso nudo e a piedi scalzi, con i jeans slacciati a sufficienza da far intravedere il bordo dei boxer rossi, ogni muscolo in bella mostra per la gioia dei miei occhi.

Ogni linea, ogni nervatura dei gloriosi otto muscoli addominali è ben incorniciata dalla forma a V supersexy in corrispondenza dei fianchi—sì, otto... e quasi svengo alla vista, perché immagino che i classici sei non fossero abbastanza per *il* Mason Nova. Il petto maestoso, che gli tende le magliette in maniera tanto allettante, è sormontato da un paio di capezzoli scuri e turgidi per il freddo.

È la prima volta che riesco a vedergli il tatuaggio in tutto il suo splendore. I vortici e le linee del tribale si estendono dalla spalla fino a metà del pettorale, incorniciandolo e poi proseguendo lungo le costole, per terminare poi sulla linea dei fianchi.

Quando si accorge di me, contrae e stringe le mani, gonfiando le gigantesche braccia e facendo danzare il tatuaggio. Ogni. *Singolo.* Dettaglio del suo corpo è un sogno erotico fatto carne.

Sono iper-consapevole di trovarmi dinanzi a lui vestita con nient'altro che una maglietta e un paio di pantaloncini di pizzo, i capezzoli che mi spuntano da sotto il tessuto in risposta a tutta la bellezza che vedo.

"Allora…" Lo guardo deglutire a fatica. "Di solito io dormo in mutande, ma se ti mette a disagio mi metto dei pantaloni."

Quella considerazione nei miei riguardi mi prende in contropiede, ma mi provoca una sensazione estremamente piacevole.

"No, non c'è problema." Scuoto la testa. "Ma non posso promettere che terrò le mani a posto."

"Male, molto male." Si leva i jeans e li butta su una delle sedie. "E pensare che credevo di essere io, il vizioso della coppia."

"Non puoi biasimarmi." Mi sistemo di fianco a lui nel letto.

"Non me lo *sognerei* mai." Mi cinge un braccio attorno alla vita, tirandomi a sé, la mia sagoma minuscola circondata dal suo corpo enorme. "In fondo, la cosa non mi dispiace."

Sospiro mentre sento quel petto muscoloso contro la schiena e lascio che il calore del suo corpo mi avvolga. Cerco di non pensare troppo al fatto che questa è la prima volta che dormo a casa di un ragazzo con cui sto insieme.

Mase mi bacia sulla nuca, provocando una nuova ondata di brividi che mi scorre lungo la spina dorsale.

"Dormi, piccola," mi sussurra all'orecchio, mentre mi lascio cullare dal sonno.

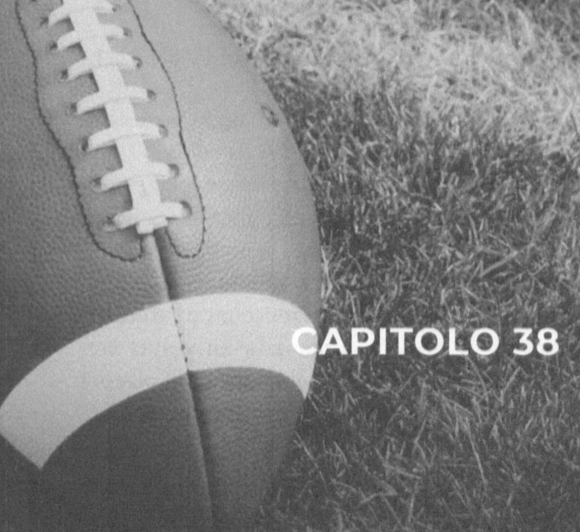

MASON

Svegliarmi con Kay tra le braccia è diventata ufficialmente la mia attività preferita di sempre. Non ho mai dormito con una ragazza prima d'ora e chiaramente mi sono perso qualcosa.

Tengo una delle mie braccia a mo' di cuscino sotto la testa di Kay, mentre l'altra si è fatta strada sotto la sua maglietta e ha raggiunto una delle generose tette. È senza reggiseno, il capezzolo mi preme contro il palmo della mano e ci vuole ogni briciola del mio autocontrollo per non stuzzicarla e scaldare la situazione.

A giudicare dalla consistenza marmorea che il mio uccello ha raggiunto grazie al contatto prolungato con quel culetto ben definito, questo è diventato il mio modo *preferito* di svegliarmi al mattino.

Facendomi indietro per ridimensione l'erezione, mi separo con cautela dal corpo invitante di Kay, nella speranza di non svegliarla.

Ieri sera ha detto che oggi sarebbe dovuta andare a lavorare alla Caserma, quindi, dopo essermi messo un paio di pantaloncini e una maglietta smanicata degli Hawks, do un'occhiata al suo telefono per assicurarmi che abbia impostato la sveglia.

L'icona della sveglia è presente, come pure una marea di notifiche di messaggi. Non si vede l'anteprima e comunque, per quanto io sia curioso di sapere cosa dicono, non invaderei mai la sua privacy in quel modo; però riesco a vedere i nomi dei mittenti.

TVTTB JT.

E.

B.

T.

Bette.

G.

CK.

Savvy.

King.

D.

Em.

Q.

Merda!

Riconosco la maggior parte dei nomi, ma non tutti. A giudicare dal numero di notifiche, il telefono deve aver vibrato tutta la notte. È un miracolo che siamo riusciti a dormire senza accorgercene.

Mi verrebbe da pensare che c'è qualcosa che non va, ma se così fosse, Grayson mi avrebbe contattato, preoccupato dalle mancate risposte di Kay. Dal momento che sul mio telefono non ci sono né messaggi né chiamate perse, posso solo presumere che vada tutto bene.

Ciò, però, non impedisce ai miei pensieri di accavallarsi l'uno sull'altro.

Chi sono tutte queste persone? Quanti di loro sono maschi? Cosa voleva dire quel messaggio criptico ricevuto da JT riguardo al fatto che Kay è sul profilo Instagram UofJ411?

Non sono riuscito a trovare il profilo Instagram di Kay, ma quando hai un hashtag dedicato a seguire i tuoi movimenti è piuttosto facile vedere che cosa dice la gente di te.

Dopo aver preso la borsa di Kay e averla silenziosamente portata in camera mia, sto scorrendo i post della partita, gli scatti di me che ammicco verso Kay e quelli di lei che indossa la mia felpa, quando Trav emerge dalla stanza degli ospiti che usa ogni volta che si ferma a dormire.

"Ehi, amico." Vestito in maniera simile alla mia, Trav mi saluta battendomi il pugno. "Oh, ma guarda un po' chi gioca a fare la reginetta sui social," esclama guardando sopra la mia spalla. "Brantley ne sarebbe fiero."

Emetto un grugnito poco convinto mentre scendiamo le scale e ci dirigiamo in cucina, dove troviamo il resto della famiglia.

"Dov'è la coach?" chiede Olly mentre gli rubo dal piatto una fetta di bacon.

"Dorme. Non è una persona mattutina."

"Uova per colazione, ragazzi?" chiede mamma dai fornelli.

"Certo, signora," risponde Trav per entrambi.

"Che programmi avete oggi?"

"Io e Trav andiamo a farci una corsa, poi credo che andremo alla sede dell'Alpha Kappa a guardare il football con alcuni ragazzi della squadra."

"Il solito, insomma."

"Esatto."

A quel punto Kay entra in cucina ed è davvero tenera con i capelli raccolti in una coda di cavallo alta e un fiocco viola, ovviamente abbinato ai leggings dello stesso colore; la canottiera nera recita a grosse lettere viola: *cheerleader: [cheer-lea-der] - sostantivo 1. Un carattere deciso con un fiocco in testa.*

Penso che dovrò farti una tessera punti per segnare ogni volta che la definisci "tenera". Quando l'hai completata, invece di vincere un caffè gratis, devi ridare indietro la tua mascolinità.

"Ehi, coach," salutano i gemelli all'unisono.

"Ehi, ragazzi," risponde lei con un sorriso sonnacchioso.

Mi alzo per prenderle una tazza di caffè perché, diciamo la verità, sappiamo tutti che Kay senza la sua dose di caffeina al mattino non è nel pieno delle proprie funzioni.

Siedo nuovamente al mio posto e Kay si accomoda di fianco a me; le metto il braccio sulle spalle, mentre faccio scivolare la tazza davanti a lei.

Ma guarda, per stare insieme da così poco, ce la stiamo cavando bene.

Posa i bellissimi occhi grigi sulla tazza, poi nuovamente su di me, infine si accoccola per bene al mio fianco. Se alcune settimane fa mi aveste detto che io, Mason Nova, il Casanova dell'Università di Jersey, avrei stretto tra le mie braccia una ragazza nella cucina dei miei genitori la domenica mattina *e* che mi sarei messo insieme a quella ragazza, vi avrei risposto che vi dovevate essere fumati qualche droga tagliata male.

Ma se mi aveste detto che tutto ciò mi sarebbe piaciuto e che avere il suo corpo contro il mio mi avrebbe fatto provare *pace*, beh, vi avrei detto di continuare, perché *quella* è l'*ultima* cosa che avrei mai pensato di desiderare.

Eppure, eccomi qua. E non vorrei essere da nessun'altra parte, per niente al mondo.

Dopo tutte le incertezze e i ripensamenti che ho avuto a seguito dei messaggi di JT di ieri sera, non riesco a credere di aver dormito così bene. Ma d'altra parte, visto il modo in cui mi sono appisolata appoggiata a Mase durante il film, era destino che finissi a dormire tra le sue braccia.

Svegliarmi da sola è un po' sconcertante. Come faccio a uscire da questa camera? È strano che io sia qui? Mason ha detto che sua mamma—solo lei, non ha parlato di Brantley—voleva che rimanessi, ma cosa pensano davvero i suoi genitori riguardo al fatto che io dorma con lui quando stiamo insieme da così poco?

Seduta sul grande e comodo letto, vedo la mia borsa appoggiata sul cassettone e, a quell'ennesima premura, sento una vampata di calore attraversami il corpo. Per essere qualcuno alle prime armi nelle relazioni serie, se la sta cavando incredibilmente bene… ma non glielo dirò *mai*.

Buzz! Buzz!

Il telefono vibra sul comodino e quando lo prendo in mano vedo che ho un numero impressionante di messaggi in attesa di essere letti. Fortunatamente il mondo non è esploso, come il numero di notifiche vorrebbe suggerire; sono semplicemente le persone che mi vogliono più bene e che sono state presenti per me nel mio momento peggiore.

Non credi che sarebbe ora di parlargli di tuo fratello e di... tutto il resto? La mia cheerleader interiore punta i piedi. Ha ragione. Se questa dev'essere una relazione seria, Mason merita di sapere tutto di me... prima o poi.

Scendo in cucina e trovo riunito tutto il clan Nova-Roberts, più Trav. Quando mi vede, Mason mi mostra le fossette, che si allargano ancora di più quando legge quello che c'è scritto sulla mia maglietta.

Con la velocità e la grazia che solo un atleta ben allenato possiede, si alza dalla sedia e torna a sedersi prima ancora che io sia riuscita a raggiungere il tavolo. Mentre mi accomodo, allunga di fronte a me una tazza di caffè e io gli rispondo con un bacio sulla guancia per mostrargli il mio apprezzamento.

Sono piccoli gesti come questi, per esempio offrirmi il caffè al mattino o commentare le mie magliette buffe, che dimostrano quanto mi capisce. Cerco di concentrarmi su questo per evitare di farmi prendere dal panico, perché uscire con Mason Nova è il più grande rischio che abbia corso negli ultimi anni... a parte farmi lanciare in aria.

Più tardi devo dare un'occhiata a Instagram. Non mi va per niente, è letteralmente l'ultima cosa che voglio fare, ma devo sapere a cosa sto andando incontro.

"Quanta percentuale del tuo guardaroba è composta da magliette simpatiche?" chiede Trav, indicandomi dall'altra parte del tavolo.

"Solo magliette, dici?" ci penso un momento. "Almeno la metà."

"Kayla, tesoro, vuoi qualcosa per colazione?" chiede Grace.

"No, grazie. Alle riunioni degli allenatori c'è sempre da mangiare."

Di solito non lavoro la domenica, a meno che non sia il giorno precedente a una gara, ma quando dobbiamo lavorare su determinate aree che ci creano problemi, la coach Kris vuole approfittare di ogni allievo dei New Jersey Admirals presente nella zona.

Buzz! Buzz!

"Guarda un po' chi è Miss Popolarità stamattina," scherza Trav, mentre prende dell'altro bacon dal piatto di Livi. È bello sapere che non sono l'unica a cui ruba il cibo.

"Possiamo incolpare il tuo migliore amico per questo."

"Incolpare?" Mason si mette la mano sull'ampio petto. "Ringraziare, volevi forse dire."

Roteo gli occhi pensando al lato presuntuoso di Casanova che emerge. Glielo concedo, però, perché capisce cosa intendo per "incolpare" senza che io glielo spieghi.

"Vivo per farti alzare gli occhi al cielo, piccola." Mase mi dà un bacio a schiocco sulla tempia.

"Tu hai qualcosa che non va, davvero."

"Concordo," dicono all'unisono Trav, i gemelli e Grace. Brantley, invece, non dice una parola.

Attorno al tavolo tutti ridono; quelle dinamiche familiari mi ricordano tutte le riunioni Dennings/Taylor a cui ho partecipato nella mia vita. Penso nuovamente al commento di Bette sul fatto che con Mason io sono di nuovo me stessa. La vera domanda è... mi vorrà ancora, quando saprà di tutti i miei casini? E in tal caso, resterà con me perché sono io, o perché sono la sorella minore di Eric Dennings?

"Allora, come mai ti sta esplodendo il telefono, Puffetta?"

Trattengo un lamento al pensiero che dovrò guidare fino alla Caserma facendo telefonate, invece di ascoltare musica alla radio.

"È per l'hashtag CosaFaCasanova." Mase fa l'occhiolino quando chino la testa di lato.

"Oh, oh, oh." Trav si piega su se stesso, stringendosi la pancia, prima di porgerci il suo telefono. "Sono abbastanza sicuro che *tutti* i ragazzi della squadra mi abbiano mandato questo post." Sullo schermo appare una GIF di Mason che fa l'occhiolino.

"Tranquillo, fratello." Mase prende il telefono, ammirando il video che si ripete in continuazione. "Ti insegno io a fare l'occhiolino come un vero professionista."

"Posso vedere?" Brantley allunga la mano verso Mase, unendosi alla conversazione per la prima volta da quando ho messo piede in cucina.

Trangugio quel che rimane del mio caffè, mentre Mason e Trav si danno battaglia per determinare chi tra i due faccia l'occhiolino migliore, usando i gemelli come giudici.

"Per quanto mi diverta vedervi fare gli amichetti del cuore," dico mentre mi sposto verso il bordo della panca, "io devo andare."

"Ti accompagno," si offre Mase, al che saluto tutte le persone presenti nella stanza.

Nonostante la camminata verso Pinky sia breve, Mase mi mette un braccio intorno alle spalle per tenermi stretta al suo fianco. Mi piace la sensazione, ma non so se posso permettermi che questa diventi la nostra nuova normalità.

"Mi mancano i tuoi tacchi dell'altra sera."

"È il tuo modo per dirmi che ti piace travestirti da donna?" La mia ironia mi fa guadagnare un pizzicotto sul fianco.

"Non provare nemmeno a fingere che non sarei *splendido* con un abito di paillettes."

Alzo gli occhi al cielo. Quando ci si mette, è davvero ridicolo.

"Quello che voglio dire è che, quando indossi i tacchi, è più facile camminare stretti l'uno all'altro, altrimenti le tue spalle mi arrivano al massimo all'altezza del bacino."

"Ah, ah, ah." Questa volta gli do io un pizzicotto sul fianco.

"Non sono riuscito a trattenermi." Mi fa un altro occhiolino, specialità in cui è assolutamente maestro, poi mi spinge contro la fiancata della Jeep, il freddo metallo della portiera che penetra attraverso il sottile tessuto della maglietta.

Mi prende tra le mani la nuca, piegandola leggermente.

"Quando hai finito, passi all'Alpha Kappa a guardare un po' di football?"

A quella domanda il cuore mi sale in gola, ma annuisco comunque.

Si fa strada tra i miei capelli con le dita. Sarò costretta a rifarmi la coda di cavallo, ma quando si china verso di me per baciarmi e la sua barbetta mi punge le labbra, mentre le apro per permettere alla sua lingua di entrare… beh, dei capelli non mi importa più niente.

Sento il sapore di menta del suo dentifricio, il gusto salato del bacon che ha mangiato a colazione e l'irresistibile aroma del caffè che ha bevuto.

"Cazzo, Skittles." La voce trasuda lussuria.

"Mase," sussurro, incapace di staccarmi da lui.

"Me lo fai venire duro quando mi chiami Mase." Preme i fianchi contro il mio corpo per illustrarmi quanta verità c'è in quelle parole.

Se non me ne vado in questo preciso istante, rischio di fare tardi; ma a ogni bacio, a ogni piccolo morso dei suoi denti, a ogni

colpo di lingua e carezza delle sue dita, quegli impegni mi interessano un po' meno.

"Inizierò a scommettere con i ragazzi in quale bocca la tua
lingua passa più tempo, che ne dici, Nova?" La voce divertita di
Trav rimbomba dall'interno della casa.

Mase, senza dargli il benché minimo ascolto, mi bacia per un
altro minuto buono, prima di separarsi.

Salgo a bordo di Pinky con le gambe tremolanti. Mentre
percorro il vialetto e guardo nello specchietto retrovisore, Mase e
Trav che si spintonano giocosamente, il sussulto che sento dietro
lo sterno mi dice tutto quello che devo sapere.

Potrei non aver previsto niente di tutto questo, ma credo
proprio che dovrò farci i conti.

Mi posiziono sotto il bilanciere della macchina da squat, caricata con quasi cento chili di pesi, pronto a iniziare la mia serie di sollevamenti. Il primo allenamento della settimana aiuta a smaltire i postumi del weekend e il coach fa sempre in modo che sia anche il più brutale. Per nostra grande fortuna, la domenica io e Trav riusciamo sempre a farci una corsa.

Alex si avvicina a me dopo aver terminato una serie di esercizi sulla panca. "La tua ragazza è davvero forte."

Non posso fare a meno di sorridere appena sento menzionare Kay. "Grazie, amico."

"Se vi mollate, non ti dispiace se le chiedo io di uscire, vero?"

"No, bello, l'ho vista prima io." Noah si siede sulla panca per i pesi.

Stringo i denti per nascondere la mia reazione. Magari stanno solo cercando di innervosirmi, ma il solo pensiero di Kay con qualcun altro mi fa vedere rosso.

Kay è mia e di nessun altro.

E se lei non provasse lo stesso? Sai, è da un po' che volevo parlartene. La tua ragazza si è sempre mostrata titubante. Ti ha fatto sudare sette camicie per uscire con lei. Non voleva indossare la tua felpa. Dico, non conosci nemmeno il suo profilo Instagram. Non è ufficialmente *ufficiale finché non lo dichiarate sui social media.*

Ogni pensiero agisce sui miei nervi come veleno. Il mio coach interiore non ha tutti i torti, ma ricordo a me stesso che perfino G, il migliore amico di Kay, non la tagga mai nelle rare volte in cui lei compare nei suoi post. E poi, mi piace il fatto che non voglia attirare l'attenzione su di sé.

È diversa.

È un'ondata di aria fresca.

Giusto?

"Di che state parlando?" Trav si avvicina a noi.

"Stiamo decidendo chi di noi chiederà a Kay di uscire non appena tornerà in sé e mollerà questo peso morto." Alex gira il pollice verso di me.

"Beh, se desidera un uomo *vero*, ovviamente quello non posso che essere io, mica voi sfigati," interviene Kevin con aria di superiorità.

"Ragazzi, smettetela di rompergli le palle," taglia corto Trav.

"Grazie, amico." Riprendo la mia posizione sulla macchina.

"E poi, sarà più divertente vederlo soffrire per amore," dice Trav strizzando l'occhio.

"Stronzo."

"Ti voglio bene anch'io." Mi soffia un bacetto. "Ma, parlando seriamente, fratello… Kay è un unicorno. Non mandare tutto a puttane."

Noah sghignazza mentre termina la sua serie di esercizi sulla panca. "Un unicorno, Trav? Davvero poetico, fratello."

"È una tipa che non solo ama il football, ma lo capisce. Diavolo, ieri urlava a squarciagola quali schemi usare e imprecava a ogni fallo. Quindi, sì, è un maledetto unicorno." Al sentire quella spiegazione, tutti scoppiano a ridere. "E poi, lo sappiamo benissimo che tra tutti sceglierebbe me."

È normale, tra noi, dirci cazzate, lo facciamo spesso durante gli allenamenti e nello spogliatoio… ma in un giorno in cui non vedo Kay, quei discorsi non fanno altro che aumentare le voci che sento nella testa.

Il coach Knight entra in sala pesi e ci becca a parlare. "Oh, *scusatemi!*" urla. "Gli allenamenti stanno forse interferendo con le vostre chiacchiere?" Ognuno scatta verso la propria postazione: è meglio non osare rispondergli.

Dopo altre due ore di esercizi sfiancanti, seguiti dalla doccia più calda possibile, attraverso il campus per dirigermi alla prima lezione della giornata. Tiro fuori il telefono e vedo che Kay ha risposto al messaggio di buongiorno che le ho mandato prima.

SKITTLES: Sei fortunato che io dorma con il telefono in silenzioso, signorino. Altrimenti a quest'ora saresti morto. *emoji del coltello* *emoji con la faccia arrabbiata*

Quanto amo questa ragazza.

IO: Che fai, piccola?

SKITTLES: Sono a lezione. E tu, fannullone?

IO: Dimmi dove sei e ti faccio vedere quanto sono fannullone.

SKITTLES: Perché fai sembrare sconcio tutto ciò che dico?

IO: È uno dei miei talenti speciali.

SKITTLES: *GIF di Michelle Tanner che alza gli occhi al cielo*

IO: Sai che cosa provo quando alzi gli occhi al cielo.

SKITTLES: Tu hai DAVVERO qualcosa che non va.

IO: E nonostante questo TU hai acconsentito a diventare la mia ragazza. Ora dimmi dove hai lezione.

SKITTLES: Alla Jefferson Hall.

Perfetto, non troppo lontano da dove ho lezione io. Cambio direzione e mi dirigo verso la Jefferson.

IO: Numero dell'aula?

SKITTLES: Perché?

IO: Numero dell'aula?

SKITTLES: Come vuoi.

SKITTLES: 521.

Perfino attraverso i messaggi riesco a intuire che si sta innervosendo. Non si fa mai abbindolare dalle mie cazzate ed è incredibile quanto ciò mi ecciti.

Attraverso l'ingresso della Jefferson Hall e prendo l'ascensore fino al quinto piano. Una volta fuori dalla classe di Kay le mando un altro messaggio.

IO: Vai in bagno.

SKITTLES: Cosa? Perché?

Questa ragazza è davvero ingenua.

IO: Inventati una scusa per venire in bagno così posso salutarti con un bacio.

SKITTLES: ????

SKITTLES: Non hai lezione?

Oh, deve ancora imparare tanto su di me.

IO: Porta qui il tuo culetto sexy.

Guardo i tre puntini apparire e poi scomparire sullo schermo per un minuto, ma non arriva nessun nuovo messaggio. Poi la porta dell'aula si apre ed ecco che compare la mia Skittles. Sorrido quando noto la maglietta, un'altra della sua collezione di t-shirt divertenti; questa recita *Se senti le farfalle nello stomaco non è amore, è fame.*

"Questa dovresti proprio regalarla a G e a Trav."

"Vero," sorride. "Che diavolo ci fai qui?"

"Mi mancavi."

È la verità; sentivo la sua mancanza più di quanto avrei dovuto, dato che stiamo insieme da poco. Con tutti quei commenti che hanno fatto i ragazzi, avevo bisogno di vederla per calmare l'incertezza e l'insicurezza che periodicamente si insinuano dentro di me.

"Farai tardi a lezione," mi avverte, tenendosi a distanza dalla parte opposta del corridoio. Muove la testa a destra e sinistra per assicurarsi che siamo soli.

La nostra relazione ha compiuto diversi passi avanti questo fine settimana, ma ora mi sembra che, al contrario, stia facendo dei passi indietro.

"Non importa. Ne vale la pena." Avanzo verso di lei, annullando lo spazio che ci separa, e la prendo tra le braccia: questo è il suo posto.

"Vale la pena di fare cosa?" Inclina la testa all'indietro per guardarmi negli occhi e vedo che le è tornata quella simpatica V tra le sopracciglia.

"Questo." Giro al contrario il suo cappellino degli Yankees, togliendomi dalle scatole la visiera, e la bacio sulle labbra.

Assaporo il bacio fino in fondo, facendole scivolare le dita tra i capelli che tiene nascosti sotto il cappellino, poi le prendo la parte posteriore della testa tra le mani, mentre la mia lingua lambisce la sua. Ha un sapore di zucchero e di caffè, un aroma che credo non mi stancherà mai.

Le sue mani scorrono lungo la mia nuca, le sue dita si intrecciano ai miei capelli, sollevandomi il berretto.

Quando mi guarda nuovamente, nei suoi occhi c'è un'espressione di stordimento.

"Ora posso andare a lezione. Ciao, piccola."

<u>#Capitolo41</u>

UofJ411: Tra amici si condivide tutto #PrendersiCuraDegliAltri #CosaFaCasanova #LaMisteriosaRagazzaDiCasanova ***foto di Kay e Trav al Nido***
@Heymom05: Non so @CasaNova87, lei mi sembra molto a suo agio con @QB1McQueen7 #LaMisteriosaRagazzaDiCasanova

UofJ411: La squadra di football adesso ha una mascotte? #PerchéNonUnFalco #CosaFaCasanova #LaMisteriosaRagazzaDi-Casanova
foto di Alex e Kevin al campus in compagnia di Kay
@Hippychick782000: Mi piacerebbe infilarmi tra loro @CantCatchAnderson22 @SackMasterSanders91 #AmoGliOreo #MiUniscoAncheIo #CosaFaCasanova #LaMisteriosaRagazzaDi-Casanova
@It.sgottabethebooks: Aspetta? Ma lei esce con @CasaNova87 o con tutta la squadra? #LaMisteriosaRagazzaDiCasanova

UofJ411: Caffettino? #TieniLaMiaTazza #CosaFaCasanova #LaMisteriosaRagazzaDiCasanova
foto di Noah e Kay che prendono il caffè al campus
@JJennifermarie119: @CasaNova87 ti sei fatto mettere in disparte da @LacesOutMitchell5? #CheFineHaFattoLaRegolaPrimaIFratelliPoiLeRagazze #LaMisteriosaRagazzaDiCasanova
@JJUllom: Ti scaldo io il letto @CasaNova87 #UnaSpallaSuCuiPiangere #LaMisteriosaRagazzaDiCasanova

CAPITOLO 42

KAYLA

Anche se continuo a evitare Instagram come la peste, guardandomi bene sia dal controllare le notifiche sia dal commentare i post in cui compaio, questa settimana è stata diversa da tutte le altre che ho vissuto da quando studio all'Università di Jersey.

La mia vita è stata ufficialmente invasa dai giocatori di football, dato che i compagni di squadra di Mase—o almeno, quelli che appartengono al gruppo principale che frequenta—fanno di tutto per cercarmi in giro per il campus. È già difficile evitare che Mase mi tenga stretta a sé mentre camminiamo insieme, ma sottrarsi al resto dei suoi amici è una vera impresa.

Nel mio guardaroba, i cappelli hanno iniziato a occupare uno spazio importante e quasi tutti i giorni porto i capelli raccolti in uno chignon per cercare di nascondere le mie ciocche arcobaleno. Sto facendo del mio meglio per godermi la relazione con Mason, ma il timore che la mia vera identità possa essere svelata incombe su di me come una nuvola scura a forma di hashtag. Pensavo che #CosaFaCasanova fosse brutto, ma non è niente in confronto a #LaMisteriosaRagazzaDiCasanova.

So che devo farmi forza e raccontare a Mason quello che ho passato, ma ogni volta che ci ho provato mi sono tirata indietro.

Lui è talmente sicuro di sé, talmente indifferente a ciò che dicono gli altri, che mi vergogno di confessargli che mi sono nascosta.

Anche se non ho idea di cosa venga postato su Instagram, i messaggi infastiditi che ricevo da Mase ogni volta che viene pubblicato qualcosa sono molto divertenti.

Per esempio:

> FIDANZATO (sì, è così che l'ho salvato sul mio telefono. L'abbiamo stabilito dopo che ha provato a mettersi come nome Padrone dell'Universo di Kay): Di' a quegli idioti che li prendo a calci in culo se ci provano con te.

Trovo assurdo che chiami così i suoi compagni di squadra.

> FIDANZATO: Io sono l'unico che può portarti il caffè.

Certo, come se io avessi firmato un contratto.

> FIDANZATO: Odio il mercoledì. Perché i miei amici riescono a vederti e io no? Grrr, non è giusto.

Su questo sono pienamente d'accordo con lui.

> FIDANZATO: Io e Trav non verremo MAI sostituiti da Alex come tuoi preferiti.

Stupidi bambini, tutti quanti.

E altri messaggi del genere.

L'aspetto che apprezzo di più è che questi messaggi mi divertono abbastanza da consentirmi di tenere la mente lontana dai post veri e propri... e soprattutto mi aiutano a tenere a bada gli attacchi di panico.

I miei messaggi preferiti, però, sono quelli che Mason mi manda ogni mattina quando si alza per fare gli allenamenti mentre io sto ancora dormendo, giusto per assicurarsi di essere la prima persona che sento appena mi sveglio. Quanto vorrei che le cose rimanessero così per sempre.

Trovarmi al campus di venerdì è un po' strano ma, dato che

non ho lezione, è il modo più facile per incontrare Charlie, il capitano dell'orchestra di percussioni dell'Università di Jersey.

Il Nido non è vuoto come pensavo e vedo diverse persone lanciare occhiate e puntare indici nella mia direzione. Decido di ignorare tutti: abbasso di qualche millimetro la visiera del cappello, prendo la mia tazza di caffè quotidiana e mi metto alla ricerca di Charlie. Scorgo qualcuno che credo sia lui sulle poltroncine nell'angolo vicino all'ingresso.

"Sei tu Charlie?" chiedo quando mi avvicino a lui.

"Sì. Tu sei l'amica di Dani, giusto?" risponde sollevando la testa.

Dani è una delle ex allieve delle New Jersey Admirals Marshal che prestano la loro esperienza per aiutare le squadre seniores a elaborare le loro esibizioni. Di solito cerchiamo di completare le coreografie e la selezione musicale prima della fine dell'estate, apportando solo delle modifiche in vista delle competizioni nazionali e mondiali più importanti. Quest'anno, tuttavia, abbiamo tutti convenuto che mancava qualcosa. Ed è qui che entra in gioco Charlie.

"Esatto, sono Kay." Sorrido e allungo la mano verso di lui. "Grazie per questo incontro."

"Nessun problema." Mi stringe la mano e mi fa cenno di prendere posto sul divano libero accanto a lui. "Mi piace molto Dani, anche se devo dire che mi ha incuriosito che la richiesta non fosse per la White Squad."

"Dani sarà anche fantastica vestita di rosso e bianco, ma nel cuore avrà sempre la divisa blu delle New Jersey All-Stars."

"È la stessa cosa che mi ha detto di te, anche se tu non sei della White Squad," dice con una risatina.

Annuisco, poi tiro fuori l'iPad e glielo tengo davanti. "Ho pensato che sarebbe stato più facile mostrarti quello che avevo in mente, invece di descrivertelo."

"Buona idea. Mi ha detto che quello di cui hai bisogno è diverso dalle solite esibizioni per le partite di football."

"Sì. Quello che ci serve, e per cui speriamo che tu possa aiutarci, è che la banda crei e registri una cadenza da utilizzare per le nostre due squadre seniores." Apro la cover dell'iPad e gli mostro i video che avevo salvato per il nostro incontro. "Non sarà per l'intera esibizione, solo per alcune parti."

Charlie annuisce e tira fuori un quaderno per gli appunti.

Trascorriamo i minuti successivi chini sull'iPad, guardando le sequenze dei Marshal e degli Admirals. Di tanto in tanto mi fa mettere in pausa o riavvolgere il video per farmi delle domande.

"Se ti può essere d'aiuto, ci piace lo stile delle cadenze che usate per l'Università di Jersey." Sarebbe un sogno poterle utilizzare, ma sono a uso esclusivo dell'università.

"No, va benissimo. Ho già alcune idee, ma se posso usare quelle come base allora riuscirò a creare qualcosa più velocemente."

Mi illustra alcune delle sue idee e discutiamo dei modi migliori per incorporarle nelle sequenze. Non ho ancora sentito una nota, ma sono già entusiasta per le possibilità che comincio a immaginare.

Sono nel pieno dell'euforia che solo la creazione di una sequenza di cheerleading riesce a offrirmi, quando dalle mie spalle proviene *l'ultima* voce che vorrei sentire.

"Hai *già* trovato un altro *ragazzo*, eh, *Kayla*?" dice Adam, interrompendoci.

Mi volto e mi ritrovo faccia a faccia con il confratello dell'Alpha Kappa che mi piace di meno in assoluto.

"Avevi bisogno di qualcosa, Adam?"

L'idiota appoggia le mani sul bracciolo della poltrona, invadendo a tal punto il mio spazio personale che riesco a sentire l'odore di caffè nel suo alito. "No, ma se avessi saputo che accettavi candidature mi sarei fatto avanti io, così non ti saresti dovuta abbassare a uscire con gli sfigati della banda musicale."

Accanto a me, sento Charlie irrigidirsi. A giudicare dall'aspetto, mi sembra tutt'altro che uno sfigato. I capelli neri con accenni blu sono acconciati in un taglio *fauxhawk* e le braccia piene di tatuaggi colorati hanno dei muscoli ben definiti, risultato di tutti gli esercizi di percussioni che fa.

Ha un fighissimo piercing a spuntone sul sopracciglio sinistro e dei piccoli orecchini dilatatori nei lobi delle orecchie. Non sarà Mason, ma è comunque carino e in forma.

"*Santo cielo*, sei davvero un imbecille. Vattene." Gli faccio un gesto per fargli capire che è meglio se si leva dai piedi e riporto l'attenzione su Charlie.

"Andiamo, principessa, non fare così. Perché non smetti di sprecare il tuo tempo con questo tizio e stai un po' con me?"

Mamma mia, questo è davvero un cretino.

Emetto uno sbuffo. "Vai. Via."

Si avvicina a me ancora di più, arrivando a sfiorarmi la guancia con la punta del naso. A differenza del formicolio che mi procura Mase quando si avvicina in quel modo, il tocco di Adam mi dà una sensazione come di viscidume.

"Cosa pensi che dirà Nova?" mi chiede. Volto la testa dall'altra parte, mentre il suo fiato caldo mi sfiora l'orecchio a ogni parola che pronuncia.

Sono in trappola, ingabbiata tra lui e il divano. Gli metto le mani sul petto, nel tentativo di togliermelo di dosso, al che lui mi fa un sorriso trionfante, convinto di tenermi in pugno.

"Di cosa?" Lo incalzo. "Del fatto che parlo con qualcuno? Che bevo il caffè con qualcuno?" Cerca di interrompermi, ma io continuo imperterrita, non ho alcuna intenzione di farmi intimidire. "L'unica cosa su cui avrà da ridire è il fatto che *tu* mi molesti mentre sto lavorando con Charlie. Ora vattene *davvero*."

"Sembri terribilmente sicura di te, Kayla". Allunga il collo e si guarda alle spalle. "Cosa pensi che dirà, quando la gente inizierà a pubblicare le foto che ci stanno scattando in questo momento?"

Maledetto Instagram. Stupidi hashtag. Vorrei rannicchiarmi e nascondermi, ma mi rifiuto di dare ad Adam la soddisfazione di avere ragione.

"Che cosa vuoi, Adam? Qual è il tuo obiettivo?"

Emette una risatina cupa. "Quanto ti piacerebbe saperlo."

Dopo avermi dato un bacio sulla guancia, un bacio che mi ricorda quello della morte, finalmente si allontana.

<u>#Capitolo43</u>

UofJ411: Interessante... #UnAlphaPerOgniGiornoDellaSettimana #LaMisteriosaRagazzaDiCasanova
foto di Adam vicino a Kay
@Juliedreamsofbooks: Devo ingraziarmi @ThirdBaseAdam16 per essere invitata ai party dell'Alpha Kappa? #AlphaKappaInFesta #LaMisteriosaRagazzaDiCasanova
@Kmford2317: Ah, è così che si ottiene un invito alle loro feste? #LaMisteriosaRagazzaDiCasanova
@Ladyjanegray75: Già con un altro ragazzo? #NuovaAggiuntaAllaCollezione #LaMisteriosaRagazzaDiCasanova

UofJ411: C'è niente che vorresti condividere con i tuoi compagni di classe? #SegretiSegreti #LaMisteriosaRagazzaDiCasanova
foto del viso di Adam vicino a quello di Kay
@Lagerlefsebookblog: Immagino che non si stia tenendo solo per @CasaNova87 #DimmiSePossoAncoraFareRichiesta #LaMisteriosaRagazzaDiCasanova
@Lala_powergirl: Ci scambiamo dei segreti, eh? #SonoCuriosa #LaMisteriosaRagazzaDiCasanova

@Lonniegallahan: Chissà cosa si stanno dicendo?
#ChiedoPerUnAmico #LaMisteriosaRagazzaDiCasanova

UofJ411: Contatto fisico #SemprePiùVicini #LaMisteriosaRagazza-
DiCasanova
***foto di Kay che tiene la mano sul petto di Adam mentre si
guardano a vicenda***
@Lynnstifle: E tanti saluti allo spazio personale
#AncheIoLoToccherei #LaMisteriosaRagazzaDiCasanova
@Madameizzy: Andiamo a segno con @ThirdBaseAdam16
#NuovoRagazzo #LaMisteriosaRagazzaDiCasanova
@Mimi_reads: Sta giocando a bingo con i confratelli dell'Alpha
Kappa? Prima @TheGreatestGrayson37, poi @CasaNova87, adesso
@ThirdBaseAdam16. Altri due e fa #BINGO #LaMisteriosaRagazza-
DiCasanova

Molte persone non si rendono conto che la vita di un atleta, anche quando non gioca o non si allena, è programmata minuto per minuto.

Di solito il tempo libero è un concetto sconosciuto, quindi tutta questa storia di *avere una ragazza* è a dir poco interessante.

Ora che siamo a un terzo della stagione, la forbice di tempo libero che abbiamo nei giorni in cui non viaggiamo prima di una partita è ancora più ridotta. Niente più cene fuori il venerdì sera fino alla fine del campionato.

Quindi che cosa faccio, in quelle poche ore preziose che intercorrono tra l'allenamento della squadra e il momento in cui devo presentarmi a cena in hotel? Beh, vado a trovare la mia ragazza, ovviamente.

Sento il mio coach interiore agitare un cartellone che recita *Ecco che arriva il miglior fidanzato del mondo.*

Kay apre la porta in quella che ho identificato come la sua uniforme da studio: una canottiera bianca e dei pantaloni della tuta rossi con il logo dell'Università di Jersey a caratteri neri. Sotto la canottiera si intravedono le spalline di un reggiseno rosso, ovviamente in tinta con i pantaloni, che come al solito le cadono talmente lunghi da coprirle i piedi.

Come falene che volano verso una fiamma, le mie mani corrono verso il lembo di pelle nuda tra la canottiera e i pantaloni. Le accarezzo con i pollici le protuberanze del bacino, gustandomi il respiro affannoso che Kay emette al mio tocco. Dopo un attimo, finalmente le concedo ciò che entrambi desideriamo e la bacio.

"Ciao." Guarda in alto con un sorriso sognante dipinto sul volto.

"Ciao, piccola."

"Che ci fai qui?" Si sposta di lato per farmi entrare, chiudendo la porta alle nostre spalle.

"Non posso voler vedere la mia ragazza?"

Mi guarda di sbieco, alzando gli occhi al cielo quando si accorge che le sto ammirando il sedere, ma il modo in cui piega le labbra mi suggerisce che è molto felice di vedermi.

Vorrei riuscire a capirla meglio. Quando siamo da soli, o con i nostri amici, si mostra affettuosa e mi permette di tirarla in grembo e di tenerle un braccio attorno alle spalle. Perché non si comporta allo stesso modo quando siamo al campus? Tranne che durante le lezioni, o quando ci vediamo a pranzo, mi tiene a distanza, proprio come fa con i miei compagni di squadra.

Kay si preoccupa davvero molto degli occhi puntati su di noi. Beh, sapete che c'è? Qui ci siamo soltanto noi.

La prendo in braccio, facendola squittire, e la stringo alla parete proprio qui nell'ingresso del suo appartamento. È talmente piccola che la sollevo con la stessa facilità con cui alzo un pallone da football, con la differenza che un pallone non mi ha mai stretto le gambe attorno alla vita, né si è mai strusciato contro il rigonfiamento crescente dei miei pantaloni, come invece fa lei.

"Kay," pronuncio il suo nome come un avvertimento, affondandole i denti nella piega del collo.

"Mase," mugola, piegando la testa di lato e consentendomi così di proseguire con il bacio.

Mentre la sostengo con la parte inferiore del corpo, faccio scivolare le mani sotto l'orlo della canottiera, risalendo poi lungo la schiena.

Si inarca, spinge i seni verso di me, le punte dure dei capezzoli che mi premono contro il petto. Li voglio nella bocca.

Mi prende il viso tra le mani e lo solleva per baciarmi.

Le nostre bocche si incontrano, le nostre lingue imitano i

movimenti della parte inferiore del corpo, piccoli mugolii le sfuggono dalle labbra ogni volta che premo la punta dell'uccello contro il centro caldo del suo corpo.

Mentre geme nuovamente il mio nome, mi faccio strada con le mani lungo la sua schiena, fino a raggiungere i ganci del reggiseno; dopo averli separati, glielo sfilo dalle braccia.

I capezzoli rosa mi fissano, *implorano* la mia bocca, dopo che il tessuto è sceso fino a mostrarli in tutta la loro gloria.

Chi sono io, per non accontentare dei capezzoli tanto deliziosi?

Quasi non mi rendo conto che il cappello mi è caduto a terra nel momento in cui Kay si è avvinghiata a me. Mi stringe a sé come se temesse che altrimenti potrei fermarmi. *Come no, credici.* Succhio il capezzolo come se fosse una bottiglia di Gatorade dopo una giornata di doppi allenamenti.

"Oh cielo, Mase."

Che io sia dannato se non è lo spettacolo più erotico che abbia mai visto.

Ho avuto ammiratrici che compivano delle performance degne di una pornostar, mentre mi facevano una bella gola profonda all'uccello, ma niente di tutto ciò può essere paragonato alla pura passione che irradia dalla mia ragazza mentre mi sta cavalcando vestita.

"Mase." Segue i solchi dei miei addominali con le punte delle dita, mentre mi solleva la maglietta. "Mase."

Un altro strusciamento da parte sua. Un altro colpo di bacino da parte mia.

"Mase."

Da qualche parte, nel profondo della mia mente, mi rendo conto che mi sta chiamando Mase e non Casanova.

"Mase."

Allontano la bocca dal capezzolo e mi sollevo quanto basta per permetterle di sfilarmi la maglietta, ma non appena l'ha buttata sul pavimento, vicino al cappello, mi butto a capofitto sull'altro seno.

Le stringo le mani attorno al culo; questa donna è un vero fuoco. Sto per portarla in camera da letto, quando qualcuno bussa alla porta.

Sgrana gli occhi e tra le sopracciglia le si forma quell'adorabile solco.

A quanto pare non sono l'unico a essersi presentato a sorpresa alla sua porta.

Certo, non avevo intenzione di montare Kay qui nell'ingresso, ma questa è l'interruzione più sgradita che potessi mai immaginare.

"Aspettavi qualcun altro?" le chiedo, mentre l'aiuto ad aggiustarsi i vestiti.

"A dire il vero non aspettavo nemmeno te." Mi picchietta il braccio per dirmi di rimetterla a terra.

Si risistema la maglietta, cercando di nascondere le prove del misfatto, che ci sono nonostante siamo stati interrotti sul più bello. Chiunque la veda, capirà che cosa stava facendo.

"Buffo," esclama Kay aprendo la porta, "non ricordavo di essermi unita alla squadra di football."

Lascio la maglietta sul pavimento e, dopo aver raggiunto Kay, le avvolgo un braccio intorno alla vita, tirandomela contro il petto nudo. Si stringe a me mentre guardo quei guastafeste dei miei compagni di squadra fermi sulla porta dell'appartamento.

Trav, Noah, Alex e Kev osservano il mio torso nudo e i capelli scompigliati di Kay, sogghignando come se sapessero *esattamente* cosa hanno appena interrotto.

Stronzi.

"Perché dici così, Puffetta?" chiede Trav, appoggiandosi allo stipite della porta.

"Beh, Q-B-1..." Risponde Kay pronunciando bene ogni sillaba. "Per quale altra ragione dovrei trovarmi i capitani degli Hawks sulla soglia di casa il giorno prima della partita?"

"Avevamo un po' di tempo libero," spiega Noah.

"Vaaaaa bene..." Il modo in cui pronuncia quella frase sembra voler dire: *Questo non spiega niente.*

"Non sei felice di vederci, Baby?" Kev mette il broncio come se non fosse uno dei *defensive end* più temuti della Division 1.

"Su, andiamo, Baby," insiste Alex, usando lo stesso soprannome con cui la chiama sempre Grayson. "Vogliamo stare dove ci sono i VIP dell'università."

"L'unico VIP qui presente è Mase." Alla fine, Kay si sposta per farli entrare.

"Non siamo qui per Casanova." Noah mi dà un colpo sul braccio.

"Già, è uno sfigato," aggiunge Kev.

"Siamo qui per te, Puffetta." Trav getta un braccio attorno alla spalla di Kay e la tira a sé, ma non prima di avermi fatto l'occhiolino.

Lo stronzo sarà pure il mio migliore amico, ma stanotte gli conviene dormire con un occhio aperto.

"È colpa tua." Kay si affaccia oltre il braccio di Trav per fulminarmi con un'espressione che vuol dire: *Guarda cos'hai fatto.*

"Colpa mia di cosa, Skittles?" le domando, mentre mi rimetto la maglietta.

"È colpa tua se la mia vita è stata invasa da giocatori di football."

"Non fingere che la cosa non ti piaccia."

Non risponde, ma il modo in cui piega quelle labbra, ancora gonfie a causa dei miei baci, dice tutto.

"Allora, che stavi combinando?" Trav entra in salotto e noi lo seguiamo.

"*Stavo* studiando."

"Ma certo." Trav ammicca in modo plateale e per tutta risposta Kay gli dà una botta sul ventre.

I ragazzi si mettono comodi nell'appartamento, facendo proprio come se fossero a casa loro. Con mio grande piacere, dopo aver recuperato il MacBook, Kay si sistema sulle mie ginocchia. Si rimette subito al lavoro, permettendo ai ragazzi di sintonizzare il televisore sul canale che preferiscono.

I suoi riccioli mi solleticano il naso e io li sposto di lato, lasciandole una scia di baci sul collo nudo.

Guardando da sopra la sua spalla, noto che alza gli occhi al cielo e quando si dimena sul mio grembo mi ricordo dell'erezione, non del tutto placata dall'interruzione di prima. Di tanto in tanto, mi avvicino a lei e la aiuto a digitare qualcosa sulla tastiera, ma ogni volta che lo faccio lei mi schiaffeggia la mano.

È uno di quei gesti che non mi permette di fare in pubblico e, se devo essere sincero, questo mi infastidisce un bel po'.

"Accidenti, Kay." Alex emette un fischio, attirando l'attenzione di tutti, poi solleva il telefono verso di noi. "Credo che il tuo hashtag sia più popolare di quello di Nova, ormai."

Tutto il corpo di Kay si irrigidisce. Lentamente, come se si stesse preparando con grande cautela a ciò che sta per vedere, sposta lo sguardo sullo schermo del cellulare.

Nel post, che ha già centinaia di commenti, Adam appare

decisamente troppo vicino a Kay per i miei gusti e, a giudicare dal modo in cui lei tiene le spalle rigide e la mandibola serrata, anche per i suoi.

Ripensando al modo in cui lo ha affrontato alla sede dell'Alpha Kappa lo scorso fine settimana, quando si è unita a noi per guardare la partita di football, ho l'impressione che Kay non sia una grande ammiratrice di Adam.

"Bastardo," impreca rivolta verso la foto, per poi riportare l'attenzione sul computer.

"Sai." Le avvolgo le braccia intorno al ventre, abbracciandola più forte, di modo che la sua schiena mi aderisca completamente al petto; intanto, faccio scivolare i pollici sotto l'orlo della canottiera e le accarezzano la pelle morbida della pancia. "C'è un modo facile per porre rimedio a tutto questo."

"Sì?" mi chiede, anche se la sua voce sembra lontana un milione di chilometri.

"Hai indossato la mia felpa, ma a parte questo non abbiamo dichiarato niente." *Senza contare che, quando siamo in pubblico, quasi non ti comporti come se fossi la mia ragazza.* Tengo quel pensiero per me. "Facciamoci un selfie insieme. Mettiamo la foto sui nostri profili social e sarà tutto a posto. Così metteremo a tacere gli hater e i pettegoli."

Chiude il computer con uno scatto e si gira rapidamente verso di me, quasi perdendo l'equilibrio; devo tenerle una mano sui fianchi per evitare che cada.

I suoi occhi scrutano l'intera stanza, alla ricerca di non si sa che cosa.

"No. Niente post," taglia corto alzando una mano.

Anche se non è razionale, sento una rabbia salirmi dalla punta dei piedi fino alla sommità della testa.

"Perché no?" Ci vuole un grande sforzo, ma riesco a chiedergielo senza usare un tono aggressivo.

Ancora una volta, il suo sguardo si sposta di lato per controllare se gli altri stanno prestando attenzione. Sono sicuro che ci stanno ascoltando, ma per fortuna nessuno di loro ha gli occhi puntati su di noi.

"Non voglio essere presente sui social". Questa mi sembra una mezza risposta. "Mi impegno a fondo perché le mie foto non vengano pubblicate."

Aggrotto la fronte e drizzo la schiena. "Questa è una cazzata."

Le faccio notare che ho visto delle foto che la ritraevano sia sul profilo Instagram di Grayson che su quello di Em.

Emette un sospiro pesante.

"Le hai guardate? Voglio dire, le hai guardate *bene*?"

Sì. Non voglio ammetterlo, però, perché non ho intenzione di confessare quanto a lungo l'ho cercata su internet prima che iniziassimo a uscire insieme.

"Alex, puoi ridarmi il tuo telefono?" Kay gli tende la mano e lui obbedisce.

Tutti gli occhi si girano verso di lei, nessuno che finge più di non essere interessato a ogni tocco che Kay effettua sullo schermo del cellulare. Quando trova quello che stava cercando, mi mostra l'ultima foto sul profilo Instagram di Grayson che la ritrae: quella della partita dei Crabs contro gli Empire.

"Vedi?" chiede, ma tutto quello che vedo nell'immagine è un sorriso smagliante, lo stesso che adesso, sul suo volto più pallido del solito, è totalmente assente. "Ogni. Singola. Foto è così." La guardo ancora una volta, senza capire bene cosa intenda dire.

"Esatto." Indico il post. "È tutto quello che voglio."

"Mason." Piega la testa in avanti, i capelli che le cadono sul viso. "Guardala bene."

È difficile distogliere lo sguardo da lei, che si sta massaggiando le tempie molto nervosamente. L'unica volta che l'ho vista tanto stressata è stato quando è scappata dalla sede degli Alpha Kappa perché il fratello era finito in ospedale.

"Capisco che tu voglia che tutti quanti mi vedano come la tua ragazza…"

"Che ti *vedano* come la mia ragazza? Che cazzo vuol dire?" Sussulta alla mia imprecazione e, quando distolgo lo sguardo per darmi una calmata, perfino Trav mi lancia un'occhiata per dirmi: *Respira*.

"Mason…"

"Kayla. Rispondi alla domanda."

Fanculo la privacy, devo sapere a tutti i costi. Oltretutto, è un bene che anche Trav veda quale sarà la risposta: anche lui è stato vittima dei trucchi e delle bugie di Chrissy/Tina, e mi rifiuto di affrontare un'altra storia del genere.

"Nelle rare occasioni in cui G ed Em mi includono nei loro post, non mostrano mai la mia faccia. Mi metto sempre di spalle, oppure mostro solo una parte del profilo, o sono ripresa da lontano, oppure, come in questa foto…" La sua unghia emette un suono udibile quando tocca lo schermo. "…indosso un cappello per nascondere il volto."

Ha ragione. Allungo la mano per guardare meglio il telefono che stringe tra le mani. L'ho riconosciuta subito perché era proprio lei la persona su cui mi stavo concentrando, ma è vero: in pochi la riconoscerebbero.

"Però hai indossato la mia felpa."

Risponde con un filo di voce. "Ho esitato molto prima di metterla."

Non mi piace questa risposta.

"Allora perché l'hai fatto?" Le stringo una mano attorno alla nuca e, quando lei cerca di voltarsi dall'altra parte, la costringo a guardarmi negli occhi.

"Perché me l'hai chiesto… e sapevo che ti avrebbe reso felice. Però," continua mentre mi prende il viso tra le mani, il pollice che corre lungo la linea della mia mandibola, "*ti prego*, non chiedermi *questo*. Dovrei dirti di no, e per quanto vorrei che non fosse così, ho scoperto che non mi piace negarti qualcosa."

Un ringhio mi si forma in fondo alla gola, più per la libidine che per la rabbia. Kay dice sempre che tra i due sono io quello affascinante, ma credo che si stia sottovalutando.

Nel momento in cui annuisco, sento tutto il suo corpo rilassarsi e capisco che è il caso di chiudere il discorso.

Ho l'impressione che ci siano ancora molte questioni che non mi ha confidato, ma in questo momento non è il caso di insistere.

CAPITOLO 45

KAYLA

Trattengo un altro sbadiglio mentre l'addetto esamina il mio biglietto d'ingresso per la partita di oggi.

Dopo che ieri sera Mase e i ragazzi se ne sono andati, non riuscivo a liberarmi dalla delusione che provavo per non essere riuscita a concedergli quello che voleva. Fin dalla prima volta in cui gli ho risposto ai messaggi, sapevo che era solo questione di tempo; e sapevo anche, già da prima di uscire con lui, che se avessimo voluto diventare una coppia a tutti gli effetti, avrei dovuto cambiare alcuni aspetti della mia vita, o meglio, avrei dovuto smettere di nasconderli.

Mase mi guarda in un modo unico. Non vede in me la sorellina di Eric Dennings, la ragazza sfruttata per la sua parentela, la ragazza vessata e bullizzata. Ai suoi occhi, non sono la ragazza che è uscita talmente distrutta dalla morte del padre e da tutti gli eventi successivi, da diventare argomento di discussione su internet.

Non mi vede in quel modo perché non gliene ho mai parlato.

È così sbagliato volermi crogiolare il più a lungo possibile in questa vita fatta di omissioni?

Tra la notte insonne e il doppio allenamento che ho tenuto

oggi, sono completamente distrutta e sento un gran bisogno di bermi una Red Bull senza zucchero.

Il tempo fa schifo e io guarderei volentieri la partita a casa, se il senso di colpa non mi stesse spingendo a dimostrargli, nei pochi modi in cui mi sento a mio agio a farlo, che sono una brava fidanzata.

Quando prendo posto sugli spalti, la partita è già al secondo quarto e piove a dirotto.

Tirando i lacci dell'ormai celeberrima felpa per stringere bene il cappuccio al mio cappello rosso degli Hawks, ignoro gli sguardi e i chiacchiericci al mio passaggio.

Dal momento che loro padre era di turno, ho trascorso la notte dai Taylor, solo per farmi costringere da T a scorrere i post dell'account UofJ411. Quando usa la logica per tirarmi fuori la testa dalla sabbia, mi sento come se fossi io la ragazzina delle superiori, non lei.

Il numero di post dedicati a Mase e alle ipotesi sull'identità della *ragazza misteriosa* è da capogiro. Davvero non capisco a chi possano mai interessare le frequentazioni di Mason.

A un certo punto ne ho avuto abbastanza e ho lasciato che T e Savvy scorressero i post per conto loro, mentre io mi concentravo su un vecchio episodio di *Gossip Girl* che passavano alla TV.

"Allenamento pesante?" chiede G indicando la lattina extra-large che tengo in mano mentre mi butto di peso al mio posto, le gambe troppo stanche per reggermi in piedi.

Faccio spallucce. Ad avermi spinto a optare per la bevanda energetica invece del solito caffè non è stato tanto l'allenamento, quanto piuttosto la notte insonne.

Scruto il campo alla ricerca del numero ottantasette e lo trovo con il resto dell'attacco a ridosso della linea offensiva. Mi prendo un momento per ammirare quel sedere che risalta nei pantaloni da football aderenti, perché *ehi*, i pantaloni da football fanno un gran bell'effetto.

Una rapida occhiata al tabellone mostra che gli Hawks sono già in vantaggio di un *touchdown* e stanno avanzando per realizzarne un secondo. Il *center* passa la palla a Trav, lui indietreggia e fa una finta prima di lanciare la palla a fondo campo nelle mani di Mason, che fa meta.

Lo stadio esplode in un tripudio di applausi, mentre la banda suona l'inno di battaglia dell'università. Sono ancora in piedi a battere le mani, quando Mase corre dietro la panchina della squadra per guardare verso gli spalti.

Stringe le dita attorno alla maschera metallica del casco, se la sfila e porta il paradenti al lato della bocca. Si passa la mano libera tra i capelli, scompigliandoli, e scruta la folla in cerca di… me.

Nel momento in cui i suoi bellissimi occhi mi vedono, fa un grande sorriso che mette bene in evidenza le fossette e mi scatena dei brividi lungo la schiena.

Quel ragazzo.

È un sogno erotico fatto carne, potrei guardarlo per ore.

Punta verso di me con il casco, mi fa l'occhiolino, soffia un bacio nella mia direzione e si avvia nuovamente verso il resto della squadra.

Non fate caso a me, sto solo svenendo.

Non avevo alcuna speranza di resistere a Mason Nova.

Spero solo che la situazione non mi esploda tra le mani.

Mi lascio riscaldare dalla sensazione di benessere che provo, concentrandomi su di essa e non sugli innumerevoli cellulari che vedo puntati verso di me.

Durante l'intervallo, il telefono mi vibra in tasca: è un messaggio di Charlie che mi annuncia che ha già qualcosa da farmi sentire. All'inizio del secondo tempo, dopo essermi assicurata che Mason mi abbia vista, dico a G e CK dove sono diretta e raggiungo Charlie nella zona del campo occupata dalla banda musicale.

"Non riesco a credere che tu sia riuscito a realizzarla tanto velocemente," gli dico.

Con tutti i problemi che ho avuto, mi risulta quasi difficile credere che ci siamo incontrati soltanto ieri.

"Una volta che abbiamo iniziato a lavorarci è stato facile. È ancora una prova, ma vuoi sentirla lo stesso?"

"Assolutamente sì." Rimbalzo sulle punte dei piedi, incapace di contenere la mia eccitazione. Mi emoziono da morire, quando si tratta di dare vita alle esibizioni per gli spettacoli di cheerleading.

Forse temeva che non mi piacesse e di certo non è una di quelle bellissime cadenze che usano per l'università, ma la trovo eccezionale.

"Che ne pensi?" mi chiede dopo aver suonato la composizione.

"È fantastica, si adatta perfettamente al nostro stile."

"Ottimo. Facci sapere se vuoi che modifichiamo qualcosa."

La voce agli altoparlanti segnala che Kev è stato placcato prima di riuscire a effettuare un passaggio. Quando mi volto verso lo stadio, vedo che i giocatori degli *special team* si stanno dirigendo a ricevere il calcio del *punt*.

"Oh merda! Adesso ho capito." C'è una punta di sorpresa nella voce di Charlie.

"Che cosa?" chiedo, continuando a guardare la partita.

"Mi chiedevo cosa fosse successo ieri al Nido." Appoggia un fianco alla ringhiera accanto a me. "Non mi ero reso conto di trovarmi in compagnia della famosa ragazza che esce con Casanova."

"Famosa?" Mi volto verso Charlie, guardandolo con aria incredula.

"Cioè, magari 'famosa' non è la parola giusta, ma tutta l'università è in fibrillazione per la ragazza che ha convinto Casanova a sistemarsi."

A differenza dei post crudeli che girano su internet, l'affermazione di Charlie non contiene alcuna intenzione malevola, solo una grande curiosità.

"Stiamo insieme solo da poche settimane, quindi non credo che *sistemarsi* sia la parola adatta."

"Beh, sembra abbastanza sistemato da voler dire a tutti che state insieme." Mi indica la schiena e la pelle mi brucia come se le scritte nere fossero un marchio a fuoco.

Purtroppo Charlie non è l'unico a notarlo. Ignoro gli sguardi dei curiosi e mi concentro su un bellissimo passaggio verso Alex.

"Ma guarda un po' chi se la sta spassando con il suo nuovo ragazzo."

Drizzo le spalle al suono della voce di Adam. Quanto lo *detesto*.

"Sparisci, Adam. Nessuno ti ha invitato." Mi rifiuto di voltarmi e di dargli la possibilità di avvicinarsi abbastanza per creare le premesse per un'altra sessione fotografica.

"Sono sorpreso, però. Pensavo che preferissi la carne nera."

A quelle parole mi giro così velocemente che il cappuccio della felpa mi cade dalla testa; lo guardo a bocca spalancata, completamente senza parole. Non ho la minima idea di come *diavolo* faccia G a sopportare la sua compagnia.

"Sei. Un. Essere. *Spregevole.*" Sputo fuori le parole come se fossero veleno.

Ora come ora non ho la capacità mentale per affrontare questa situazione. Mi rimetto il cappuccio in testa e riporto l'attenzione verso Charlie.

"Torno al mio posto, ma grazie mille per il lavoro che hai preparato."

"Figurati, Kay. Ti faccio sapere quando abbiamo registrato."

"Va benissimo. Ciao, Charlie."

"Ciao, Kay."

Torno dai ragazzi senza degnare Adam di uno sguardo.

Cerco di scrollarmi di dosso la frustrazione, ma la sensazione che provo nello stomaco mi dice che non potrò ignorare Adam per sempre.

<u>#Capitolo46</u>

UofJ411: È questa la risposta? #CasanovaÈImpegnato #CosaFaCasanova #LaMisteriosaRagazzaDiCasanova
foto di Kay che indossa nuovamente la felpa
@Miss_rae_mcnally: Visto?? È vero. Se l'è messa di nuovo. #CosaFaCasanova #LaMisteriosaRagazzaDiCasanova
@MomOf2Sk8ters: Noooo!!! Dimmi che non è vero @CasaNova87 #CuoreSpezzato #LaMisteriosaRagazzaDiCasanova
@Msteresaap: VOGLIAMO sapere i dettagli. Andiamo @CasaNova87, dicci tutto. #DevoSapere #LaMisteriosaRagazzaDi-Casanova

UofJ411: Non mi vergogno ad ammettere che sto per svenire. #Batticuore #CosaFaCasanova #LaMisteriosaRagazzaDiCasanova
GIF di Mason che fa l'occhiolino
@Mylifethroughfiction: Mamma mia! Quell'occhiolino @CasaNova87 #HoQualcosaInUnOcchio
@Notnow.imreading: Ti vedo, tesoro! #Chiamami #CosaFaCasanova
@Oamberwhereartthou: *emoji del fuoco* *emoji che sbava* #NonRespiro #CosaFaCasanova

@Ofbooksandportkeys: Credo mi siano appena esplose le ovaie.
#VoglioEssereLaMadreDeiTuoiFigli #CosaFaCasanova

MASON

I giorni in cui non ho lezione assieme a Kay sono quelli che mi piacciono di meno, perché non ho la certezza che riuscirò a vederla. Credevo che i miei impegni con il football fossero folli, ma non sono niente a confronto di quelli che ha lei con il cheerleading. Tra le sere in cui allena alla Caserma, le due notti a settimana in cui dorme a casa dall'amica e gli sforzi per mantenere la borsa di studio, a volte ho l'impressione di riuscire a vederla a malapena.

Ora cerco di fare in modo di studiare al suo appartamento, in modo da trascorrere con lei più tempo possibile. E poi, stare in sua compagnia è l'unico modo che mi viene in mente per non pensare al suo rifiuto di postare una foto di noi due insieme.

L'allenamento di questa sera è stato più brutale del solito e adesso tutto quello che desidero è sentire il morbido corpo di Kay contro il mio.

Mi tolgo la casacca e le protezioni da allenamento e, prima di dirigermi verso la doccia, mi siedo sulla panchina davanti al mio armadietto.

"Cavolo, stasera il coach ci ha veramente fatto a pezzi." Trav si lascia pesantemente cadere sulla panca, accanto a me.

"Almeno tu durante gli allenamenti resti fuori dalle competizioni. Io in questo momento non sono nemmeno sicuro di riuscire ad arrivare fino alla doccia, figuriamoci a casa di Kay."

"Ti sentirai meglio dopo aver mangiato. Andiamo, dai." Mi dà una pacca sulla schiena.

Entro in uno dei box doccia e apro l'acqua calda, quasi bollente. Sollevo le braccia e le appoggio contro il muro, reclinando la testa in avanti per lasciare che il getto mi scorra lungo i muscoli tesi del collo e delle spalle. Prima di cena, dovrò anche passare dagli allenatori per discutere riguardo ad alcuni miei punti deboli sul campo.

Dopo essermi asciugato, mi fermo presso l'ufficio degli allenatori mentre mi dirigo verso il mio armadietto, ma sfortunatamente sembra che nessuno possa ricevermi fino a domani.

A giudicare da quanti dei miei compagni di squadra sono ancora in giro, non sono l'unico che stasera si muove un po' più lentamente del solito.

Congiungo le dita, allungo le braccia in alto e distendo le spalle, emettendo un gemito.

"A Puffetta non farà piacere che salti l'incontro con gli allenatori," commenta Trav.

Una delle qualità che preferisco di Kay è che non solo rispetta il lavoro che svolgo per la Division 1, ma lo capisce. La prima volta che ho saltato l'incontro con gli allenatori per riuscire ad arrivare prima da lei, mi ha rimproverato con una veemenza che avrebbe reso orgoglioso il coach Knight.

"Ehi, ci ho provato. Stasera non ci sono posti liberi."

"Oh, Nova, adesso è la tua nuova ragazza che prende le decisioni per te?" dice uno dei nostri *tackle* destri.

"Mai avrei pensato di vedere il giorno in cui Casanova si sarebbe impegnato con una ragazza," aggiunge uno dei *wide receivers*.

Non mi metto sulla difensiva; non stanno dicendo niente che io stesso non abbia pensato almeno un milione di volte. Accidenti, capita spessissimo che nemmeno il mio coach interiore sappia cosa dire e dentro di me è una battaglia continua per non farmi sovrastare dai dubbi.

Perfino al culmine della mia carriera di Casanova, non ero uno che andava in giro a parlare a tutti delle proprie conquiste, figuriamoci se osassi farlo riguardo alla mia ragazza. Non se ne parla proprio. Senza contare che, se Grayson mi sentisse dire qualcosa di sconveniente riguardo a Kay, mi *ammazzerebbe*.

Dopo cena, mi dirigo verso il dormitorio. Non dovrebbe metterci molto a tornare dalla Caserma. A volte arrivo a casa sua prima di lei, così mi fermo a fare due chiacchiere con Em e Quinn, oppure mi chiudo in camera sua a studiare.

Busso e attendo che una delle sue coinquiline mi apra. Purtroppo quella che si affaccia alla porta è Bailey.

"Casanova." Mi accoglie con un sorriso zuccheroso.

"Ciao, Bailey." Per quanto lei non mi vada a genio, posso quanto meno mostrarmi gentile, dal momento che è la coinquilina della mia ragazza e loro due sembrano andare d'accordo.

"Vuoi qualcosa da mangiare?" Bailey allunga la mano per accarezzarmi l'avambraccio, che allontano subito dalla sua presa; mi avvio verso la stanza di Kay, ponendo tra noi un po' di sana distanza.

"No, grazie, ho mangiato con la squadra. Mi butto a studiare." Indico con il pollice la camera di Kay. "Ci vediamo, Bailey." Mi ritiro senza attendere che mi risponda.

Non appena metto piede nella camera di Kay, vengo accolto da quel profumo di menta e vaniglia che mi è tanto familiare.

Mi tolgo le scarpe e accendo la TV su un canale che trasmette un vecchio episodio di *Willy, il principe di Bel-Air*, salgo sul suo letto rosa shocking e tiro fuori il MacBook Pro e il libro di marketing.

Forse, se mi porto avanti con lo studio, posso guadagnare tempo extra per amoreggiare con lei.

Inizio a leggere, ma presto gli occhi cominciano a incrociarmisi e mi si annebbia la vista. La fatica della lettura, combinata alla stanchezza accumulata durante la giornata, deve aver avuto la meglio su di me, perché la prima cosa che vedo non appena riapro gli occhi è Kay che mi avvolge tra le sue braccia.

CAPITOLO 48

KAYLA

Mi trascino attraverso la porta d'ingresso del dormitorio con diverse ore di ritardo rispetto al solito. L'allenamento di stasera è stato massacrante. Una ragazza dei nostri gruppi di *stunting* ha avuto una brutta caduta, mentre una *base* ha riportato una commozione cerebrale. L'importante è che si riprenda, ma passare gran parte della serata al pronto soccorso con lei non è stato divertente.

Quando apro la porta della stanza, sono sorpresa di trovare la luce accesa; di solito sono sempre attenta a spegnerla prima di uscire. Poi vedo Mase disteso a dormire sul mio letto, con il libro di testo aperto accanto a lui, e ho un tuffo al cuore.

Il cellulare mi si è scaricato mentre ero all'ospedale e non avevo modo di avvertirlo del mio ritardo. Vederlo qui ha già reso la mia serata molto migliore.

Attacco il telefono al caricabatterie e mi preparo per andare a letto. L'unico vantaggio di aver passato tutta la serata al pronto soccorso è che non devo lavarmi i capelli, visto che non ho praticamente sudato; riesco sempre a trovare un lato positivo. Una volta fatta la doccia e lavati i denti, indosso una delle magliette di Mase e un paio di pantaloncini, poi ritorno in camera.

Quando il telefono è finalmente carico a sufficienza, lo

accendo e noto quanto si è fatto tardi; non me la sento di interrompere il sonno di Mase. Imposto la sveglia allo *spiacevole* orario delle 5 del mattino, nel caso lui si sia dimenticato di puntarla. Se questa non è la prova definitiva di quanto lui mi piaccia, non so quale altra possa esserlo. Tolgo il suo libro di testo dal letto, prendo una coperta e mi sdraio accanto a lui.

È così grosso che occupa praticamente l'intero materasso. Nel momento in cui mi accosto a lui e mi accoccolo al suo petto, mi rendo conto di non essere mai stata tanto felice di essere così piccola rispetto a lui. Respiro profondamente, inspirando il suo profumo fresco e quello del sapone che usa dopo gli allenamenti.

Incastro una gamba tra le sue e rannicchio un braccio attorno al suo addome, mettendomi comoda per dormire.

Si gira, schiacciandomi ancor di più contro di sé, e mi posa un bacio sulla testa.

"Ehi, piccola." Ha la voce rauca per il sonno, ma sempre sexy.

"Ehi, Mase."

"Che ore sono?"

"È tardi."

Si stiracchia, flettendo i bei muscoli. "È meglio che vada."

"No, resta." Appoggio una mano sul suo petto. "Ho impostato una sveglia per te."

"Wow," dice sbadigliando. "Devo davvero piacerti parecchio, se sei disposta a svegliarti *tanto* presto." Emette una risata profonda e quel suono arriva dritto alle mie parti intime.

"Non mi alzo con te. Ti saluto e torno a dormire."

"Ora *sì* che riconosco la mia ragazza."

Gli do un pizzicotto sul fianco, facendolo sobbalzare. "Torna a dormire, piccola."

"Ti dispiace se mi metto un po' più comoda?"

Scivolo giù dal letto e metto via la coperta in più che avevo preso. Mase si alza e si leva la maglietta in quella maniera che farebbe sbavare qualunque ragazza, prima di procedere a togliersi i pantaloni.

Come se questa immagine non fosse già abbastanza eccitante, mi mordo le labbra per soffocare un gemito alla vista di lui steso sul mio letto, con indosso nient'altro che un paio di boxer neri attillati. La pelle olivastra mette in risalto ogni protuberanza dei muscoli, mentre il tatuaggio non fa altro che aumentare il suo fascino da cattivo ragazzo.

Tirando indietro le coperte, riprende posto vicino al muro e mi fa cenno di raggiungerlo.

Eseguo senza esitazione, mettendomi sotto le coperte con lui.

"Non hai idea di quanto tu sia sexy quando indossi la maglietta con il mio nome e il mio numero," dice stringendomi a sé.

"Sei proprio un cavernicolo."

"Solo per te. *Mmh*, menta, il mio preferito." Sento che mi annusa i capelli e alzo gli occhi al cielo.

"Non alzare gli occhi al cielo."

"Come accidenti fai a saperlo? Non puoi vedermi."

"Ti conosco, piccola."

Non riesco a trattenere una risata. "Immagino di sì."

"Tutto bene? Sei tornata piuttosto tardi."

Fatico a concentrarmi sulla domanda perché sono troppo distratta dalla mano che mi scorre su e giù lungo la schiena, scatenando una scia di formicolii.

"A una delle mie *base* è caduta la *flyer* sulla testa, ho dovuto farla controllare al pronto soccorso per assicurarmi che non avesse una commozione cerebrale. Scusa se non ti ho avvertito, mi si è scaricato il telefono."

"Tranquilla, piccola. Ora dammi un bacio così posso tornare a dormire, altrimenti domani striscerò per terra."

Sollevo il mento e le nostre labbra si sfiorano in un bacio casto. Deve essere proprio stanco, se non cerca di scaldare la situazione.

Dopo un contatto decisamente troppo breve per i miei gusti, mi avvolgo intorno a lui come se fossi edera e mi sistemo per dormire. A parte il giorno in cui siamo stati insieme a casa dei suoi genitori, questa è la prima volta che dormiamo insieme e io voglio godermi ogni secondo.

Mi sento come uno scoiattolo: invece di raccogliere noci, accumulo piccoli ritagli di tempo che riusciamo a trascorrere insieme, da soli.

Mi mette un braccio sotto la testa, tirandomi più vicino a sé, mentre con l'altro mi cinge la vita. Verrebbe da pensare che siamo un po' goffi, visto che lui è grande il doppio di me; invece ci incastriamo alla perfezione, come due pezzi di un puzzle. Ha sempre quella straordinaria capacità di farmi sentire protetta e adorata.

Inclino la testa all'indietro, affondandogli il naso nel collo e inspirando il suo delizioso profumo; mi sale l'istinto di morderlo.

Quasi involontariamente, mi avvicino al collo anche con le labbra, lasciando una scia di baci lungo il percorso. Lo sento gemere. So che dovrei fermarmi, perché lui ha bisogno di dormire, ma non ci riesco.

Le mie dita seguono i solchi dei suoi addominali scolpiti, facendo avanti e indietro lungo quella deliziosa V... Oh, quanto la adoro.

"*Piccola*," grugnisce contro la mia testa.

"Lo so." Avvolgo un piede attorno al suo, avvicinandomelo di più. "Scusami," gli dico. Ho davvero intenzione di fermarmi, ma non ci riesco.

"Al diavolo." Preme la bocca contro la mia e mi salta sopra, facendomi rotolare sotto di sé.

Questo bacio ha qualcosa di diverso da tutti gli altri che ci siamo dati. Nelle ultime settimane, abbiamo limonato fino a non sentirci più le labbra e ci siamo strusciati come due liceali, per non parlare dell'incidente nell'ingresso di casa; ma questo, come ho detto, è *diverso*.

Sollevo una gamba e gliela avvolgo attorno al fianco, fino a quando il mio nucleo pulsante non preme contro la punta dura nascosta all'interno dei boxer.

Oh cielo, che sensazione magnifica.

Brucio.

Lo voglio.

Ne ho *bisogno*.

L'ho respinto, anzi, ho respinto noi due, per tutto questo tempo, ma adesso basta. Ho finito di scappare, ho finito di lasciarmi condizionare dal mio passato.

Non dico che sarà facile, basta pensare a quanta attenzione ho attirato negli ultimi giorni, ma Mase mi aiuterà. Non è un'ipotesi, è una certezza.

Significa anche che dovrò correre i rischi più grandi che la nostra relazione abbia mai vissuto fino a questo momento, ma me ne preoccuperò al momento opportuno.

Per adesso voglio godermi la sensazione delle mani ruvide di Mason che mi scivolano sulla pelle mentre si fanno strada sotto la mia maglietta.

Le nostre lingue che si intrecciano, le nostre bocche che si assaporano, le vene che mi ardono.

È giunto il momento che io mi afferri l'orlo della mia maglietta, la sollevi lungo il corpo e la butti sul pavimento.

"Kay..." dice a fatica.

"Ti voglio." Gli stringo la testa tra le mani, passandogli le dita tra i capelli.

"Sei... Sei sicura? Non voglio metterti fretta."

Un'altra spinta sui fianchi. Un altro scambio di gemiti.

"Sono sicura. Ti prego, non farmi aspettare oltre."

Forse non sono pronta a dargli il mio passato, ma sono *più che pronta* a dargli il presente.

Mi faccio strada con le dita sotto la fascia dei suoi boxer, lottando per toglierli di mezzo.

"Io..." Si ferma per deglutire. "Non voglio farti pressione. Possiamo farlo quando sarai pronta."

Stringo il lobo del suo orecchio tra le labbra.

"Se fosse vero, mi staresti aiutando a togliere questi, invece di parlare," gli sussurro mentre faccio schioccare l'elastico delle sue mutande proprio nel punto in cui questi seguono la curva di quel delizioso sedere.

"Piccola..." Deglutisce nuovamente. "Sono serio..." Un'altra pausa carica d'ansia. "Dovrebbe essere un momento speciale."

Mi tiro indietro, tenendogli il viso con entrambe le mani per guardarlo negli occhi.

È evidente che mi desidera; si vede chiaramente da come le iridi gli si sono scurite fino a diventare di un intenso color pino.

Tutto quello che è successo fino a questo istante è stato eccezionale, non tanto per quel che ho fatto, ma per la persona con cui l'ho fatto. Perché adesso si sta dimostrando titubante? Forse crede che...

No.

A meno che...

"Pensi..." Aggrotto la fronte mentre cerco di riordinare i miei pensieri. "Non sono vergine e ti voglio. Ti voglio adesso."

La poca luce che filtra dalle fessure delle tende basta a rivelarmi i suoi occhi e l'effetto che la mia ammissione ha su di lui. Innanzitutto, sconcerto: credeva davvero che io fossi vergine! Voglio dire, certo, non ho tanta esperienza quanta ne ha lui, ma ne ho un pochino, e per "un pochino" intendo dire che sono stata a letto con un ragazzo, che (come Voldemort) non deve essere nominato... In secondo luogo, vedo nei suoi occhi umiltà, come se, concedendomi a lui, gli facessi un dono.

"Allora, cosa hai intenzione di fare?" gli domando, mentre lo tiro verso di me per dargli un altro bacio infuocato.

"Fanculo," esclama contro le mie labbra. "Il sonno è sopravvalutato."

Mi salta addosso con la forza di una diga che crolla. Le sue mani mi arrivano ovunque: tra i capelli, sui fianchi, attorno ai seni, sui capezzoli, e finalmente... *finalmente*, scendono per rimuovere prima le mie mutande, poi le sue.

Quando rimaniamo nudi, mi afferra le gambe e le tira contro di sé. Gliele stringo attorno ai fianchi e mi avvicino il suo viso afferrandogli i capelli.

Sento i suoi gemiti vibrarmi per tutto il corpo.

L'uccello duro mi sbatte sul clitoride gonfio e io muoio dalla voglia di sentirlo dentro.

"Mase..." Sospiro. "Smettila di stuzzicarmi." Muovo i fianchi e sussulto quando sento la cappella contro il clitoride. "Ho bisogno di sentirti dentro." Stringo le gambe ancora di più. "*Adesso*," gemo.

"Mi serve..." Mi scivola contro la vulva umida, poi conclude la frase con voce spezzata. "Preservativo."

Con la stessa rapidità con cui si muove sul campo, prende la protezione, la indossa e torna immediatamente tra le mie gambe.

Mi stringo a quell'enorme corpo mentre lui si mette in posizione.

Con una mano mi inclina i fianchi verso l'alto, mentre con l'altra sostiene l'erezione, facendo girare lentamente la cappella attorno alla mia entrata; si spinge dentro di un centimetro, poi esce nuovamente.

Un altro centimetro.

Poi di nuovo indietro.

"*Cazzo*, Kay. Sei strettissima."

Avanti.

Indietro.

"Mase." Mi si blocca il respiro. Mi sto dilatando, mi sento già esageratamente piena e non è nemmeno entrato per davvero.

Tutto il corpo di Mason si gonfia per lo sforzo che lui sta compiendo per trattenersi, timoroso di farmi male.

"Mase." Usando la forza che ho affinato in anni di capovolgimenti sul tappetino blu, mi inclino in avanti e mi spingo su di lui di qualche centimetro.

"Kay." Pronuncia il mio nome come una supplica.

Lo stringo a me, ho bisogno di sentire dentro il resto di lui prima di perdere la testa.

Con un altro colpo di reni, finalmente entra fino in fondo, spingendomi sull'orlo dell'orgasmo con imbarazzante rapidità.

"*Mase*." Gli premo le labbra sul petto per soffocare i gemiti.

Le emozioni che sto provando sono così intense che quasi superano il piacere fisico che lui mi sta provocando. Non riesco a fermarle. Assecondo ogni sua spinta, mettendo nei movimenti tutto ciò che sento dentro di me, ma non riesco a dire nulla.

"Volevo che durasse di più, tesoro, *molto* di più, ma non sono sicuro di riuscire a trattenermi". Stringe i denti, cercando di resistere in tutti i modi.

"Sto venendo." Mi basta solo un'altra spinta e raggiungo l'apice del piacere. "Mase." Gli mordo la spalla per trattenere il grido.

Mi stringo attorno a lui, il mio corpo che assorbe il suo. Un'altra spinta e lo sento unirsi a me nell'orgasmo.

"*Piccola*." Lascia cadere la testa sul cuscino, vicino alla mia.

Continuiamo a dondolarci insieme mentre veniamo travolti dalle ultime ondate di brivido. Non so per quanto tempo rimaniamo avvolti l'uno nelle braccia dell'altra, mentre aspettiamo che i nostri battiti cardiaci tornino alla normalità.

Alla fine, lui si ritira dal mio corpo ed entrambi ci rivestiamo, prima di andare in bagno a darci una sistemata.

Quando torno a letto, Mase mi toglie nuovamente la maglietta, mi circonda con le braccia e intreccia le gambe alle mie, mentre io gli appoggio la testa al petto.

"Questo *sì* che è un gran bel modo di darsi la buonanotte," mi sussurra tra i capelli.

"Eccome," rispondo, baciandogli il petto muscoloso.

"Attenta, però. Adesso potrei voler dormire da te tutti i giorni."

*Sì, ti prego. Pigiama party! *su le mani* Anzi, mi correggo: Pigiama party NUDI*. Alla mia cheerleader interiore non dispiace l'idea.

"Non credo che mi lamenterei."

Il cuore gli rimbomba nel petto, direttamente sotto il mio orecchio.

"Buonanotte, piccola." Mi dà un bacio dolce sulla testa. Non ce la fa proprio a non baciarmi.

"Buonanotte."

In questo momento non riesco nemmeno a riconoscere me stessa.

MASON

Non è nemmeno mezzogiorno e già la giornata si sta rivelando una delle migliori della mia vita. In primo luogo, mi sono svegliato con Kay seminuda stretta tra le braccia. Dopodiché, fedele alle sue parole, anche lei si è svegliata: giusto il tempo di salutarmi con un bacio—un bacio così infuocato che ho dovuto faticare per non infilarmi di nuovo nel letto con lei—e si è rimessa subito a dormire. Se tutte le mie giornate potessero iniziare così, sarebbe fantastico.

Sei stato una volta sola in mezzo alle sue gambe e già non puoi più fare a meno di lei.

Aspetta un attimo, ribatto al mio coach interiore. *Ti stai lamentando? Mi stai dicendo che ieri notte non abbiamo fatto il miglior sesso della nostra vita e che avere le tette di Kay premute contro il petto non è il tuo modo preferito di svegliarti al mattino?*

Lo stronzo resta in silenzio, incapace di replicare.

Ci sono alcune cose della nostra epica scopata che mi hanno sorpreso, però.

Primo: Kay non era vergine. Non saprei dirvi perché lo credessi, ma è così.

Secondo: non è stato solo sesso; è stato fare l'amore. Eccitante da morire, certo, ma molto più che *solo sesso*.

Terzo: sono abbastanza certo di essere innamorato di lei... e intendo dire innamorato pazzo, completamente fuori di testa per lei.

Entrando al Nido, accolto dai cori per la vittoria di ieri, mi dirigo verso il nostro solito tavolo e scopro che anche Alex, Noah e Kevin hanno deciso di unirsi al gruppo. Già mi *immagino* l'alzata di occhi che farà Kay quando arriverà.

Bailey, circondata dalla maggior parte dei capitani della squadra di football, ha l'aria di trovarsi nel paradiso delle ammiratrici e io mi assicuro di prendere la sedia più lontana da lei.

Tutti i ragazzi applaudono all'arrivo di Kay. Lei scoppia a ridere davanti a quel saluto esagerato, ma abbassa di un altro centimetro la visiera del cappellino.

"Siete davvero *stuuupidi*, ragazzi," dice, sedendosi vicino a me.

"Tu ci adori," afferma Alex con aria sicura.

"Vi considero dei tipi a posto," ribatte lei.

Mentre la guardo, spero con tutto me stesso che lei mi ami perché, contro ogni previsione, Casanova si è innamorato di lei.

*Bene. *soffia nel fischietto* Sai cosa? Non voglio sapere se anche questa volta finirà come la famosa storia di Chrissy/Tina, ma se vogliamo fare le cose sul serio, e dico* davvero *sul serio, allora bisogna amare questa ragazza fino in fondo.*

"Oh santo cielo! Sposami!" urla Noah, quando vede la maglietta di Kay che recita: *È davvero un bravo giocatore se sa calciare anche in PUNTofole.*

"Devo presumere che ti piace?" chiede Kay indicando la maglietta.

"Davvero, sposami."

"Lei è mia, scemo." Tiro Kay più vicina a me. "Trovatene una tutta per te."

"Rilassati, Cavernicolo." Mi accarezza l'addome e subito il mio uccello si inturgidisce al ricordo delle sensazioni che quella mano ha procurato; non vedo l'ora di ripetere l'esperienza. "Doppio pranzo?" domanda Kay, indicando i due vassoi posti di fronte a me.

"Uno è per te."

"*Oooh*, ma allora mi ami sul serio," scherza, dicendo una delle frasi che le ho sentito usare con Grayson un milione di volte.

Quanto è ingenua questa ragazza, penso. *Ti amo più di quanto credi.*

Agli occhi degli altri, portarle il pranzo può sembrare una sciocchezza, ma farò tutto il necessario affinché si senta a suo agio quando è in pubblico con me e i ragazzi, proprio come si sente bene quando siamo insieme solo noi due. L'unico aspetto a nostro favore è che, quando siamo tutti in gruppo, è come se la cerchia numerosa le facesse da scudo e lei non si nascondesse più di tanto.

È quasi una settimana che non parliamo della storia di Instagram, ma noto che molti telefoni sono puntati verso il nostro tavolo. Sebbene una delle qualità che preferisco di Kay sia il fatto che non le interessi il mio "status", mi chiedo tuttavia se sarà capace di gestire l'attenzione che attiriamo quando siamo insieme.

Al diavolo. A quello ci penso io.

Avvicino la sedia di Kay alla mia e, fatto abbastanza sorprendente, vedo che non si allontana. Tuttavia si rannicchia un po' e si inclina in modo che il mio corpo le faccia da schermo. Vabbè, un passettino alla volta.

"A parte sentire la mia mancanza, hai qualche piano per il weekend, piccola?" Potrebbe sembrare una battuta, ma sarò io quello che sentirà la sua mancanza, quando partirò con la squadra per la trasferta a Pittsburgh.

"Fare il bucato. *Tanto,* tanto bucato," risponde in tono melodrammatico.

"Uff, odio fare il bucato," concorda Em.

"Anch'io. E poi le lavanderie sono *sempre* piene," aggiunge Quinn.

"Voi ragazze questo weekend non siete in viaggio, vero?" domanda Kay, mentre traccia con il dito le linee del mio tatuaggio; lo fa in maniera talmente distratta che dubito se ne renda conto. Io, purtroppo, me ne accorgo eccome, come testimonia la dolorosa erezione stretta nei miei pantaloni.

"No, solo la White Squad va in trasferta per le partite che non fanno parte del campionato," conferma Em.

"Io devo andare a casa mia per vedermi con T, perché non venite da me? Ordiniamo cibo da asporto, guardiamo film e tutto il resto."

Le altre ragazze concordano e insieme iniziano a pianificare il fine settimana.

"Accidenti. Mi sono appena trasferito all'Alpha Kappa e voi già vi dimenticate di me," si lamenta Grayson.

"Non fare il bambino." Kay alza gli occhi al cielo, mentre Grant le ruba l'ennesima patatina dal piatto. "Sai che anche tu e CK siete invitati."

Di solito amo viaggiare con la squadra, è un'occasione per visitare nuovi posti, fare scherzi ai compagni, vedere belle ragazze... ma adesso viaggiare significa anche restare molto tempo senza Kay e ciò non mi piace affatto.

CAPITOLO 50

KAYLA

Bucato, bucato e ancora bucato.

Metti in ordine. Lava. Asciuga. Piega. Ripeti.

Mi sembra di essere in una lavanderia a gettoni, a forza di far andare a ripetizione la lavatrice e l'asciugatrice.

Per quanto io sia d'accordo con Harry Potter per la liberazione degli elfi domestici tramite i calzini, abbinarli è la parte *peggiore*. Se non altro, questo lavoro noioso mi aiuta a non pensare a quanto mi manca Mase. Tipo che mi manca *davvero*.

Credo anche di essermi innamorata di lui.

Credi? No, no. Che ne dici di… dammi una A, dammi una M. Dammi una O. Dammi una R. Dammi una E. Qual è la parola? Ecco, direi che così è meglio.

Vorrei dire alla mia cheerleader interiore che *non* siamo innamorate, e che noi *all-star* siamo atleti e non semplici urlatori che incitano la squadra, ma ormai mi parla talmente tanto che credo di essere impazzita; se inizio a risponderle è davvero la fine.

È già abbastanza grave che io sia stata con la testa tra le nuvole per tutto il tempo, cosa che peraltro non è passata inosservata. La parola d'ordine del giorno è *distrazione*.

Al momento io, Em, Q, CK e G siamo disseminati nel soggiorno della mia casa familiare tra pile di biancheria piegata, libri di testo, computer portatili e contenitori di cibo thailandese da asporto.

"Kay. *Kay*. Terra chiama Kayla." G mi agita la grossa mano di fronte alla faccia.

"Scusa." Sbatto le palpebre, uscendo dall'ennesimo stato di confusione dovuto a Mase. "Stavi dicendo?"

Attorno a me tutti ridacchiano.

"Accidenti, Kay. Dove hai la testa?" Q non riesce a frenare una risata e io arrossisco.

Em mi studia a occhi stretti. "Porca miseria! So io che cos'è." Batte le mani dall'eccitazione. "Tu e Mason l'avete fatto." Ha un tono di voce talmente emozionato che qualcuno potrebbe credere che sia stata lei a farci sesso.

Arrossisco nuovamente, quindi è inutile negare.

"È stato bello?" chiede Em.

"Ma sicuramente è stato bello," aggiunge Q.

"È ovvio. Parliamo di Casanova."

"Ci servono comunque altri dettagli."

"Quando l'avete fatto?"

"E dove?"

"Non posso credere che tu non ce l'abbia detto."

"Scusate, possiamo non parlare della vita sessuale di Kay?" dice G interrompendo la raffica di domande di Em e Q. "Lei è come una sorella per me, non voglio sentire questo genere di discorsi."

"Concordo," aggiunge CK, facendo una smorfia di disgusto.

"Ragazzi, ragazzi, ragazzi... fermi tutti." Sollevo le mani a forma di T. "Possiamo, per favore, smettere di chiamarlo Casanova?"

"Va bene," acconsente Em. "Ma non provare a cambiar discorso."

"Esatto, dacci i dettagli." Q si appoggia a Em, entrambe ansiose di saperne di più.

Do un'occhiata a G e noto che la pelle scura gli si sta tingendo di verde dal ribrezzo. Da straordinaria migliore amica quale sono, decido di avere pietà di lui.

"Eviterò di andare troppo a fondo."

"Grazie, lo apprezzo molto." G fa un inchino con la testa.

"Ma vi dirò questo." Mi sporgo verso le ragazze come se

stessi per rivelare loro un grande segreto, ma assicurandomi che mi sentano tutti. "È stato spettacolare."

G ricade sul divano in maniera plateale, stringendosi un cuscino contro lo stomaco.

Beh? Ho detto che ero una straordinaria migliore amica, non ho mai detto che non potevo divertirmi un po' a sue spese.

La mia cheerleader interiore fa l'occhiolino e saluta dalla cima della piramide umana.

Stiamo ancora ridendo per il povero G, quando sul mio MacBook Pro compare la notifica di una chiamata FaceTime da parte di Mase.

"Ehi, Skittles." Quando mi vede mi fa un sorriso smagliante.

Non so se sia perché sento la sua mancanza, o per l'illuminazione che ho recentemente avuto riguardo a ciò che provo per lui, ma ha un aspetto *veramente* sexy. Quella semplice maglietta di cotone e quel cappellino al contrario lo rendono talmente bello che dovrebbero metterli fuori legge.

Giuro, sono metà delle ragioni per cui mi ha rubato il cuore.

"Ehi, Cavernicolo." Quando sente il modo in cui lo chiamo, sorride ancora di più.

"Che stai facendo?"

"Oh, sai..." Faccio spallucce. "Cibo thailandese d'asporto, studio e... una tonnellata di robe da lavare. Una vera festa."

"È un peccato se sono geloso?"

"No. È solo un pochino triste." Avvicino il pollice all'indice, lasciando solo qualche millimetro di spazio. "Dove sono i ragazzi?" gli chiedo, quando noto che Mase è nella stanza da solo, cosa molto insolita.

"Trav e Alex sono andati a preparare uno scherzo in camera di Noah e Kev."

Alzo gli occhi al cielo, guadagnandomi una risata da parte sua.

"Siete *davvero* dei bambini."

Mi fa un sorrisetto, ma non lo nega.

"Ce l'hai indosso oggi?" Avvicina il telefono alla faccia, come se ciò gli permettesse di vedere meglio.

"Prima no, ma adesso sì." Ricambio il sorrisetto ammiccante.

"Allora che aspetti a farmi vedere?"

"Ehi! Non ne abbiamo appena parlato? Non mi interessa la

vostra vita sessuale, tanto meno voglio vedervi fare sesso telefonico," dice G disperato.

Mason esplode in una risata. "Di che accidenti sta parlando Grayson?"

"Per qualche motivo, G crede che stiamo per fare sesso telefonico."

"Per quanto l'idea sia intrigante," dice Mase ammiccando con le sopracciglia, "non sono il tipo che lo fa in pubblico."

Certo che no. È troppo maschio alfa per una cosa del genere.

"Ne riparleremo, di questo argomento," dice indicando prima me poi se stesso. Il fuoco nei suoi occhi verdi mi brucia, mentre vi leggo dentro tutte le promesse lussuriose che non può farmi ad alta voce.

Alzo le spalle, storcendo le labbra e assumendo un'aria innocente, al che lui mi guarda con occhi stretti.

"Ma puoi spiegarmi cosa gli ha suggerito che stavamo per fare sesso telefonico?"

"Fratello," urla G seduto sul divano dall'altra parte della stanza. "Le hai chiesto cosa aveva indosso."

"Grayson, porta il culo qui davanti, così non sembra di parlare al vento."

G si alza dal divano e viene a sedersi vicino a me sul pavimento. Sistemo il computer in modo che la telecamera ci riprenda entrambi.

G va dritto al punto. "Fratello, quante volte devo dirti che per me lei è come una sorella? Sono felice che voi due stiate insieme, ma non voglio conoscere i dettagli... e *stai certo* che non sento il bisogno di essere testimone delle vostre smancerie. Quindi, ti prego, *per l'amor del cielo*, non chiederle davanti a me che tipo di intimo indossa."

Il luccichio divertito che Mason ha negli occhi in questo momento è uno degli spettacoli più belli del mondo.

"Grant, ascoltami."

Oooh, se lo ha chiamato Grant vuol dire che fa sul serio.

"Kay per me non è un'avventura di una notte. È la mia ragazza."

È sbagliato sentirsi svenire per un'affermazione tanto semplice?

"Ma anche se non lo fosse, sai che non sono uno da... come

posso dirtelo in modo da non farti venire voglia di prendermi a calci in culo?"

La sua faccia si contorce dalla concentrazione e la mia cheerleader interiore tira fuori un po' di popcorn in *fervente* attesa del potenziale dramma.

"Non sono uno che va in giro a vantarsi delle sue prodezze a letto. E posso *assicurarti* che non intendo rischiare di fare sesso telefonico con lei, quando c'è la concreta possibilità che quegli idioti dei miei compagni di squadra irrompano da un momento all'altro."

È verissimo. Questa sarà anche solo la seconda partita in trasferta della squadra, da che Mase ha iniziato a corteggiarmi; ma il più delle volte, quando lui mi chiama, abbiamo sempre un pubblico.

"Ora puoi rilassarti e lasciare che la mia ragazza mi mostri la maglietta che indossa? *Adoro* il suo abbigliamento comico."

Che tipo. Non riesco nemmeno a descrivere come mi fa sentire quando dice cose del genere. Mi capisce, mi capisce davvero nel profondo.

*Tante grazie! *alza gli occhi al cielo* Per quale altro motivo credi che ci siamo innamorate di lui?*

Mi sposto all'indietro, inclinando la telecamera perché lui mi veda meglio, e tiro l'orlo della maglietta così che si legga bene quanto c'è scritto sopra. Dato che sono a casa, indosso una delle mie t-shirt a tema cheerleading: è rosa con scritto a lettere grigie *Al diavolo le scarpette di cristallo, questa principessa indossa le scarpe da cheerleader.*

"Questa devo regalarla a Livi per Natale," dice Mase mentre rimetto a posto lo schermo.

"Consideralo fatto."

"Devo trovare qualcosa per Olly."

Oh, il modo in cui ama i fratelli…

"Sai, questa è solo la seconda che vedo dalla tua collezione di magliette sul cheerleading," osserva.

"Non posso certo indossarle al campus, se voglio evitare che la gente sappia quello che faccio. Di solito alla Caserma mi metto quelle da allenatrice."

"Dovrai mandarmi una foto anche di quelle, non solo delle magliette di cui sento la mancanza quando sono lontano."

Ora il mio cuore sta saltellando lungo il tappetino blu assieme alla mia cheerleader interiore.

"Credo si possa fare."

Guardo il suo petto espandersi e contrarsi mentre fa un respiro profondo.

Cosa mi chiederà? Tirerà fuori la nostra conversazione ancora irrisolta riguardo alla mia... avversione per i social media?

"Mi manchi."

Stiamo svenendo. Sì, stiamo decisamente *svenendo.*

Sento che mi sto per sciogliere, mentre i miei amici esclamano all'unisono "*Oooh.*"

"Anche tu mi manchi."

E ti amo, ma stai certo che non te lo dirò io per prima.

Ho già la maglietta che mi ricorda l'ultima volta che l'ho fatto.

Prima che uno di noi due possa dire altro, la porta della sua stanza si apre di botto. Poco dopo il video sullo schermo va in tilt mentre il telefono viene passato di mano tra Trav, Alex, Noah e Kev, ognuno che cerca di contendersi la mia attenzione. Em, Q, e CK si uniscono a me e a G davanti allo schermo.

Mentre rido dell'ennesimo commento ridicolo di uno dei ragazzi, mi stupisco ancora una volta di ciò che è diventato il mio gruppo di amici. Non mi sono mai resa conto di quanto mi soffocasse essere tanto guardinga riguardo alla mia vita privata e cercare di stare lontano dai riflettori per nascondere il passato e, soprattutto, per evitare di essere sfruttata per la connessione con mio fratello.

Persino lasciar entrare G nella mia vita, che quanto a migliore amico è secondo solo a JT, è stata una vera battaglia, dal momento che è una stella della squadra di basket dell'Università di Jersey. Accettare la sua amicizia è stata una delle decisioni migliori che abbia mai preso. E se avvicinarmi a questi giocatori di football ricadesse nella stessa categoria?

"Giuro, dal modo in cui vi intromettete nelle *mie* telefonate con la *mia* ragazza, a volte mi viene da pensare che siate una specie di vice-fidanzati."

"Se noi siamo i suoi vice-fidanzati, allora vuol dire che posso baciarla anch'io?" Trav piega le labbra verso di me.

"Se non fossi il mio migliore amico, ti prenderei a calci in culo." Mase gli strappa il telefono dalle mani. "Meglio che vada, prima che finisca per picchiarli e metterli fuori gioco per la partita di domani."

Eccolo, il mio Cavernicolo.

"Non metterti nei guai." Gli soffio un bacio e chiudo la chiamata.

Dopo aver interrotto la conversazione, mi appoggio contro il divano e fisso lo schermo vuoto del portatile. Per quanto Mason mi manchi, forse è un bene che in questo momento sia lontano. Ho bisogno di tempo e spazio per trovare il coraggio di dirgli... beh, tutto quello che ha il diritto di sapere.

"Perché stai facendo quel sorriso ebete?" chiede G.

Inclino la testa verso di lui. "Eh?"

"Hai l'espressione di una che sta sognando ad occhi aperti, ma allo stesso tempo sembri..."

"Spaventata," conclude CK quando G non trova le parole.

Emetto un sospiro. "Sono proprio rovinata."

"Perché?" chiede Em.

"Perché sono innamorata persa di un giocatore di football," ammetto dopo un lungo silenzio.

"Spero che tu stia parlando di Mason, altrimenti la cosa diventa *imbarazzante*," scherza Q per allentare la tensione.

"Grazie, Q."

Accidenti! Perché non usiamo i pon-pon? Così potrei strappare le frange dicendo "m'ama, non m'ama." Che peccato.

"Ehi". G mi mette una mano sul braccio, riportandomi di nuovo al presente. "Se ti può consolare, prima d'ora non l'ho mai visto comportarsi così con nessuna ragazza."

Ma è abbastanza? Sarà sufficiente a farci rimanere insieme?

Apro la bocca per parlare, ma non riesco a dire nulla.

"Sputa il rospo, Baby," dice G dopo il mio terzo tentativo di articolare le parole.

"Ecco..." Lascio cadere la testa contro il divano alle mie spalle e guardo il soffitto. "Mi sono tenuta lontana dai tipi come Mason per tanto tempo... L'ho persino respinto, le prime volte che ci vedevamo... E adesso quasi non so come ammettere quello che mi sta tormentando."

"Allora parlane con noi, Kay."

Osservo l'ambiente che mi circonda, gli scaffali su cui sono esposte le testimonianze di alcuni dei più grandi traguardi che ho raggiunto e le foto di coloro che hanno avuto un grande impatto nella mia vita. Poi guardo gli occhi delle persone che mi hanno conosciuta soltanto dopo tutto quello che è successo e che mi hanno accettata comunque. Mi rendo conto che loro per me sono un rifugio sicuro.

Forse, se riuscissi a parlare con loro della mia più grande paura, allora sarei in grado di raccontare *tutto* a Mason.

KAYLA

Mentre raggiungo gli spogliatoi passando attraverso i tunnel sotto lo stadio, osservo la parete decorata con il bellissimo murale degli Hawks e con le fotografie dei giocatori del passato.

Proseguo mostrando alle guardie di sicurezza il pass che mi consente l'accesso a quell'area, mentre mi domando per la milionesima volta come abbia fatto Mase a convincermi a incontrarlo qui sotto prima dell'inizio della partita.

Ho detto fin dal primo momento che lui era la mia kryptonite, ma stasera ne ho avuta la conferma. Questa constatazione e i piani che ho in mente per dopo mi convincono che ormai sono seriamente innamorata di lui.

Ho le farfalle nello stomaco e sono talmente nervosa che potrei sentirmi male, ma ormai ho deciso. Non si torna indietro.

Mentre raggiungo la porta che stavo cercando, tiro fuori il telefono e gli mando un messaggio per avvisarlo che sono arrivata. Evidentemente mi stava aspettando, perché meno di un minuto dopo la porta si apre e mi si para davanti il corpo massiccio di Mason.

Credevo di essere abituata al fatto che lui sia molto più grosso di me: trenta centimetri di altezza e oltre quaranta chili di peso in più; eppure vederlo tutto bardato nella sua attrezzatura da football non fa altro che esasperare la nostra differenza di dimensioni. Le protezioni gli rendono ancora più grandi le spalle e il petto, mentre i pantaloni da football aderenti enfatizzano le linee toniche della vita. L'unica protezione che non indossa è il casco.

Una parte di me non vede l'ora che si volti, di modo che io riesca ad ammirare il sedere ben stretto in quei pantaloni attillati, perché *sono certa* che sarà uno spettacolo delizioso. Ringrazio chiunque abbia inventato i pantaloni da football.

"Ti piace quello che vedi, piccola?" chiede in tono divertito.

Mi costringo a distogliere lo sguardo dal suo corpo, ma non riesco a trattenere lo stupore quando vedo quel viso degno della copertina di una rivista e mi perdo nei suoi occhi verdi.

Le sue labbra da baciare sono piegate all'insù mentre aspetta che io gli risponda.

Mi stringe le mani attorno alla vita, risvegliandomi dall'incantesimo di lussuria in cui sono intrappolata.

"Puoi dirlo forte." Dato che non c'è nessuno nei dintorni, mi sollevo sulle punte dei piedi per avvolgergli le braccia attorno al collo, riducendo la distanza tra i nostri corpi.

"Se trovi che stia bene con l'uniforme addosso, dovresti vedermi senza."

"Oh, ti ho già visto." Le nostre teste si avvicinano.

"Eeeeeeeee?" domanda incuriosito.

"E… devo dire che è il mio spettacolo preferito," gli rispondo sfiorandogli le labbra.

"Così mi piaci, piccola," ribatte, prima di ricambiare il bacio.

Il cervello, che ancora fatica a realizzare quanto sia bello il mio uomo in tenuta da football, mi si spegne completamente nell'istante in cui mi bacia. Dimentico tutto il resto, compreso ciò di cui volevo parlargli.

Le nostre lingue danzano insieme, poi risucchio il suo labbro inferiore e lo mordicchio, suscitando in lui un gemito. Se non fossi certa che ciò che sento, almeno dal punto di vista erotico, è ricambiato, sarei terrorizzata al pensiero di quanto lui mi stia condizionando la vita.

È il bisogno di aria che ci costringe a separarci. Quasi non riuscisse a interrompere del tutto il nostro legame, Mase rimane piegato con la fronte a contatto con la mia. Ora che riesco a respirare, mi ricordo cosa volevo chiedergli.

"Devi andare alla festa dell'Alpha Kappa stasera?" Mi mordicchio nervosamente le labbra mentre attendo la sua risposta.

"Avevi in mente qualcos'altro?" chiede, dondolando i fianchi contro il mio corpo.

Sono talmente tesa che nemmeno le sue allusioni riescono a calmarmi.

Adesso o mai più.

"Pensavo che saremmo potuti andare a casa mia per passare un po' di tempo insieme."

Inarca le sopracciglia. A quanto pare ho suscitato il suo interesse.

"Dove ci saranno anche le tue coinquiline?"

"Non intendo al dormitorio. Voglio dire proprio a casa mia, dove sono cresciuta."

Adesso le sue sopracciglia si sono sollevate fino all'attaccatura dei capelli.

"Qual è l'occasione?"

Oh, devo solamente parlarti a cuore aperto e rivelarti tutti i miei segreti perché, a quanto pare, è questo che fanno gli adulti nel corso di una relazione.

"Ho solo pensato che sarebbe stato bello non doversi preoccupare della presenza di altre persone."

"In effetti a letto fai *abbastanza* chiasso." Dondola nuovamente i fianchi contro di me.

Gli do una pacca sul petto mentre sento le guance scaldarsi.

"Porco." Non riesco a trattenere un sorriso. "In realtà, ci sono delle questioni di cui vorrei parlarti."

A quelle parole stringe gli occhi e serra la mandibola. Non riesco a capire se sia nervoso o incazzato.

"Quindi… mi stai dicendo che 'dobbiamo parlare'?"

"Non in *quel* senso." *Merda!* L'ultima cosa di cui ha bisogno durante una partita sono dei malintesi sulla nostra relazione. "Non è niente di brutto." Più o meno. "È solo che, con tutte le volte che i nostri amici ci hanno fatto delle visite a sorpresa o ci hanno trascinati con loro, sarebbe bello se io e te stessimo un po' per conto nostro, ecco."

E soprattutto molto, molto lontano da tutte le persone che seguono i nostri hashtag.

In cerca di una distrazione, premo le labbra sulle sue, ma un bacio tira l'altro e, prima che me ne renda conto, stiamo pomiciando nel tunnel sotto lo stadio. Non so quanto tempo sia passato, ma a un certo punto veniamo interrotti da una voce burbera. "Nova."

Mason si scosta da me come se fosse stato folgorato, prima di imprecare sommessamente. "Merda." Si volta in direzione della voce. "Coach."

Il coach Knight scruta Mason, poi storce leggermente le labbra quando si accorge di me. Non proprio la reazione che pensavo di ottenere. "E questa chi è?"

Mase si volta, mi avvolge un braccio attorno alle spalle e mi tira a sé. "Questa è la mia ragazza, Kay. Skit, ti presento il coach Knight."

"Piacere di conoscerla, coach."

"Piacere mio." Il coach Knight mi studia come fa con i giocatori in campo. Non mentirò: è un po' intimidatorio. "Allora è lei la ragione per cui, per la prima volta in assoluto, non ti ho dovuto inseguire per farti avere bei voti?" domanda a Mason.

"Sissignore."

"Beh, se le cose stanno così... credo di poter perdonare la tua mancanza di discrezione. Ma, figliolo, pensi davvero che la cosa migliore da fare prima di una partita sia sbaciucchiarti con la tua ragazza?"

"Sissignore, assolutamente." Presuntuoso come al solito. "Lei è la miglior motivazione del mondo."

Oh, non farmi arrossire. La mia cheerleader interiore è esaltata.

Il coach Knight continua a studiarmi attentamente e all'improvviso si ripresenta il mio peggior incubo. "Noi due ci siamo già visti."

Ecco, ci siamo.

Non sono sicura di poter evitare questa discussione, ora. Accidenti al coach Knight e alla sua memoria di ferro.

"Sì, coach."

"Ci siamo conosciuti quando stavo cercando di ingaggiare tuo fratello maggiore."

Sento Mason chinare la testa nella mia direzione, ma non oso guardarlo. Non ci riesco.

"Sono sorpresa che si ricordi di me."

"Avevi grinta. Ricordo di aver pensato che, se avessi giocato a football anche tu, ti avrei voluta nella squadra." Ridacchia. "Stavi discutendo con un ragazzo riguardo a qualche numero da cheerleader che volevi provare."

Non riesco a trattenere un sorriso a quella memoria.

"Mi ricordo," dico, ripensando a come ai tempi riuscivo a sempre convincere JT a tentare le acrobazie più folli.

"Quando quel ragazzo ha parlato del rischio che potessi farti male, tuo fratello si è concentrato sulla vostra discussione con la stessa intensità con cui si concentra sul campo."

"Se tornavo a casa con qualche infortunio, dava sempre la colpa a JT, anche se le cadute fanno parte del cheerleading."

"È un vero peccato che abbia scelto la Penn State." Il coach Knight si leva il cappellino degli Hawks e si passa una mano tra i capelli. "Ho tirato un sospiro di sollievo quando è stato selezionato in anticipo per la NFL."

Lo sguardo di Mason rimbalza tra me e il suo allenatore. Si vede che sta cercando di mettere insieme le informazioni.

"Vero, ma alla Penn ha incontrato sua moglie, quindi sono *certa* che non si sia pentito di non aver scelto l'Università di Jersey."

"Scommetto che ti ha fatto piacere che sia stato scelto dai Baltimore, però. Voi due sembrate molto uniti."

È in quel preciso istante che Mason mette insieme tutti i pezzi del puzzle. Attraverso le vibrazioni del suo corpo, percepisco lo sgomento che sta provando.

"Così è più facile andare a vederlo giocare."

"Ok, allora. Mi ha fatto piacere rivederti, Kay." Il coach batte le mani, poi si volta verso il suo *tight end*. "Ancora un minuto, Nova, poi porta il culo nel mio spogliatoio."

Nel momento in cui il coach Knight si chiude la porta alle spalle, la tensione tra me e Mason diventa opprimente. Per la prima volta in assoluto, quando lo guardo in quegli occhi verdi che amo così tanto, non riesco a capire cosa stia pensando.

Non ho la minima idea di come gestire la situazione. Tra pochi minuti Mase deve scendere in campo e questo dramma non è niente in confronto a quello che mi sembrava avesse provato quando aveva frainteso la mia richiesta di *parlare*.

"Alloooora… allerta spoiler."

Non ride alla mia battuta.

"Tuo fratello è Eric Dennings?"

Annuisco tenendo la testa bassa.

"Il giocatore di football?"

Annuisco ancora.

"Perché non me l'hai detto?" Avverto nella sua voce un profondo senso di tradimento.

"Avevo intenzione di dirtelo questa sera."

"Non capisco perché tu non me l'abbia detto prima."

Perché altrimenti avrei dovuto spiegarti tutti i motivi per cui lo tengo segreto e non volevo che pensassi male di me o, peggio, che restassi insieme a me soltanto per E.

Prendo una delle sue grosse mani nelle mie e mi costringo a fissare il suo sguardo ferito. "Dopo ti spiegherò tutto. Te lo *prometto*. Ora devi concentrarti su come battere l'Indiana, non su questo."

"Hai ragione." La sua voce è fredda, sterile. Non assomiglia per niente a quella del ragazzo che si è fatto strada nel mio cuore.

Gira sui talloni e scompare nello spogliatoio. Nessun bacio. Nessun saluto. Se ne va e basta.

Le farfalle che sentivo prima nello stomaco adesso mi sembrano delle palle di piombo.

Gli avrei detto tutto.

Di E.

Di Colui-Che-Non-Deve-Essere-Nominato.

Del motivo per cui non sono presente sui social… Tutto.

Avevo un piano.

Sapevo a grandi linee cosa gli avrei spiegato, mi ero perfino allenata con i miei amici. Ero pronta a scusarmi con lui e tenevo già le dita incrociate per scongiurare la possibilità che lui si arrabbiasse con me.

Perché adesso mi sento come se niente di tutto abbia più importanza?

Nel corso della partita sono riuscito a respingere la frustrazione che sentivo dentro e a concentrarmi sul pallone.

Ma una volta terminato il gioco, l'adrenalina scaturita dalla vittoria e dalle parole di Kay ha iniziato a pompare in tutto il corpo. Devo trattenermi dall'aggirarmi per lo spogliatoio come un leone in gabbia.

Ricordo a malapena la partita. La mia mente ha continuato a pensare a quello che ho appena scoperto.

Visto? Te l'avevo detto che le ragazze erano una distrazione. Per tua fortuna, stasera sei comunque riuscito a fare una bella partita, altrimenti staresti già facendo dieci giri di campo.

Cerco di fare chiarezza su queste informazioni, ripercorrendo tutto ciò che Kay ha detto riguardo al fratello, alla ricerca di qualche elemento su cui potrebbe avermi mentito.

Eric Dennings è il fratello di Kay.

Porca puttana.

Il fratello della mia ragazza è Eric Dennings.

È uno dei *tight end* più importanti del campionato assieme a Napoli, Travis Kelce e Delanie Walker.

Segreti, segreti e ancora segreti. Mi sento come se tutto ciò che ho appreso riguardo a Kay derivasse da un segreto.

Ma...

Appunto, erano segreti, non bugie. Sento che questa è una distinzione importante che devo tenere bene a mente, per evitare di cadere nell'abisso lasciato da Chrissy/Tina.

Quanti altri segreti può avere una persona? Non vuole mettere la sua faccia sui social media perché suo fratello è... beh... *quello* che è? Se è questa la ragione, beh, mi sembra poco convincente.

Sul mio telefono c'è un messaggio con un indirizzo. Una parte di me vuole che lo ignori e che mi diriga alla sede dell'Alpha Kappa; ma un'altra, quella che riconosce Kay come mia anima gemella, sa che non otterrò nessuna risposta scappando.

È ora che io prenda una decisione.

Sono così perso nei miei pensieri che, se non fosse per il GPS, a quest'ora sarei finito a Narnia invece che a Blackwell. Ho ripassato mentalmente tutto ciò che ho appreso riguardo a Kay da quando stiamo insieme e quasi tutte le informazioni che ho acquisito le ho ottenute nonostante la sua enorme reticenza.

Guardando la casa coloniale dai muri bianchi e dalle imposte nere, non ho nemmeno idea di quanto tempo sia trascorso, da quando ho parcheggiato la Shelby vicino alla Jeep di Kay.

Sto stringendo il volante talmente forte che le mie nocche sono diventate bianche.

Buzz!

Il telefono vibra sul cruscotto, sullo schermo compare un messaggio.

GRAYSON: Dalle una possibilità di spiegarsi.

Non sono affatto sorpreso che Grayson stia prendendo le sue difese, anzi, il suo messaggio arriva con un tempismo quasi perfetto. Avevo bisogno di qualcosa che mi risvegliasse dallo shock e il messaggio ha funzionato.

Grayson ha ragione. Devo trovare un modo per superare il

dolore e ascoltare ciò che Kay ha da dirmi. In fin dei conti, non posso non farlo: è diventata troppo importante per me.

Facendo un respiro profondo, esco dalla Shelby e mi dirigo verso la porta d'ingresso. Stringo e allento le dita, cercando di diminuire la tensione. Entrare a gamba tesa e pronto a litigare non farà bene a nessuno dei due.

Ding-dong!

Sento i battiti del cuore rimbombarmi nelle orecchie, mentre attendo che Kay si presenti alla porta. Quando apre, vedo che anche lei ne ha approfittato per farsi una doccia. I suoi lunghi riccioli le cadono sulle spalle ancora umidi, lasciandole gocce d'acqua sulla canottiera blu attillata e sui rilievi del petto. Il suo abbigliamento casalingo è completato da un paio di pantaloni della tuta con il logo dei New Jersey Admirals.

A parte quando indossa i miei vestiti o è completamente nuda, questo è uno dei suoi look che preferisco.

"Mase." Pronuncia il mio nome in maniera quasi titubante.

"Skittles." Provo a rassicurarla con un sorriso, ma non ottengo l'effetto sperato.

"Vieni." Tiene la porta aperta per permettermi di entrare.

Nel tentativo di distrarmi, mi concentro su ogni minimo dettaglio di casa sua.

Kay mi guida attraverso un ampio ingresso, le cui pareti grigio chiaro contrastano il piastrellato scuro del pavimento. Alla mia sinistra vedo delle porte aperte che conducono a un bagno e a una lavanderia, mentre quella alla mia destra sembra aprirsi su uno studio. Superiamo una scala ed entriamo in una spaziosa cucina abitabile, con un lungo tavolo rettangolare separato dalla zona cottura da una lunga penisola.

Voltiamo a sinistra attraverso un passaggio ad arco che conduce a un'enorme sala da pranzo. La stanza presenta un soffitto alto, un caminetto in un angolo, un enorme divano componibile, un tavolino di vetro con telaio cromato e una zona salotto vicino a un'ampia finestra.

Nello spazio sopra il camino c'è un grande televisore a schermo piatto e lungo le pareti sono presenti delle mensole di vetro su cui sono appoggiate fotografie, premi, trofei e medaglie.

Kay siede in un angolo del grande divano, i piedi rannicchiati sotto le ginocchia incrociate, un braccio appoggiato sullo schienale e l'altro stretto sulle ginocchia in atteggiamento protettivo.

Non sembra molto sicura di sé e ciò non mi piace.

Aggrotto le sopracciglia quando noto che sul tavolino c'è un bicchiere di vino mezzo pieno.

"Coraggio liquido," dice quando nota che sto osservando il bicchiere.

"Come mai?"

L'idea che lei non si senta abbastanza a suo agio da parlarmi senza dover ricorrere all'alcol non mi va giù. Mi ha sempre dato del filo da torcere fin dal primo momento in cui ci siamo conosciuti. Questa sua reticenza mi preoccupa.

"Non posso dire che fossi entusiasta all'idea di fare questa conversazione, ma ora che sono stata smascherata da un'altra persona…"

"Piccola." Attendo finché non mi guarda negli occhi e mi dà la sua piena attenzione. "Tu puoi dirmi *tutto*."

Afferra il bicchiere e beve un bel sorso, mentre io mi avvicino alle mensole per darle il tempo di riordinare i pensieri. Ci sono foto di Kay e del fratello a varie età, vestiti con le rispettive divise da giocatore di football e da cheerleader.

Scorgo alcune foto con un signore più anziano, con ogni probabilità deve trattarsi di loro padre. Nelle foto hanno un sorriso talmente contagioso che viene da sorridere anche a me.

Ci sono alcune foto di Kay con un ragazzo dai capelli rossi vestito nell'uniforme dei New Jersey Admirals. Ne prendo una mano in mano: Kay è sulle spalle del ragazzo, entrambi hanno delle medaglie al collo e tengono un dito sollevato per fare il segno del numero uno.

"Quello è JT," dice Kay dal divano.

Rimetto a posto la foto e annuisco. Ricordo di aver già visto quei capelli rossi nei video che hanno mostrato i gemelli a cena.

Continuo a esaminare i premi. Sulle mensole ci sono alcune mani di legno con degli anelli alle dita. Alcuni li riconosco: sono gli anelli che vengono conferiti per la vittoria ai campionati statali di football; lo so perché io stesso ne posseggo due. Quelli che non riesco a identificare devono essere dei premi che ha vinto Kay come cheerleader. Il numero di trofei presenti in questa stanza è sbalorditivo.

"Wow," esclamo quando finalmente giungo all'ultimo espositore.

"Già." Si volta nella mia direzione, ma ho l'impressione che non stia guardando me. "Papà ne era super fiero. Non ci permetteva di tenerli in camera da letto."

Stufo della distanza che ci separa, mi unisco a lei sul divano, le afferro i piedi e me li porto in grembo. Non riesco a trattenere una risatina quando noto le calze blu che ha indosso. "Sempre abbinata, piccola."

"È più forte di me."

Un silenzio pesante, denso e imbarazzante cade tra di noi.

È tempo di risposte. Adesso o mai più.

"Raccontami tutto."

Emette un sibilo mentre inspira a fondo e io devo fare del mio meglio per non fissare il modo in cui i suoi seni si contraggono sotto il tessuto sottile della canottiera. Ora non è il momento di avere un'erezione. Non commetterò più l'errore di lasciare che il mio uccello mi distragga dalla verità.

CAPITOLO 53

KAYLA

"**R**accontami tutto."

Due parole, pronunciate dolcemente, senza un accenno di tono autoritario, eppure riescono a incutere paura nel profondo del mio cuore.

Perché non riesco a trovare le parole con cui iniziare? Accidenti, dovrebbe essere facile; conosce già la prima parte della storia.

Tranne…

Mentre mi concentro sul punto in cui il bordo nero del suo cappello indossato al contrario gli taglia la fronte, invece che su quegli occhi capaci di penetrarmi fino all'anima, non posso fare a meno di desiderare di fuggire.

"Ehm… allora, Eric Dennings dei Baltimore Crabs è mio fratello."

"E fin qui è tutto chiaro." Mi stringe un piede. "Quello che non capisco è perché tu non me l'abbia detto prima e, cosa ancora più importante, perché sembri ancora spaventata a parlarmene."

Faccio girare un dito attorno al bordo del bicchiere, generando un suono cristallino che riecheggia in tutta la stanza.

"Mi crederesti, se ti dicessi che è complicato?"

Complicato è riduttivo. Qualsiasi parte della mia storia è più complessa della sequenza della piramide umana che realizzano gli Admirals.

Mi fa scorrere una delle sue mani ruvide sulla gamba. "Posso immaginare, ma Kay…" dice iniziando a carezzarmi il polpaccio. "Ho bisogno che provi a spiegarmelo. Aiutami a capire."

Non merito la sua gentilezza. Mi ha dato tantissimo, ricevendo pochissimo in cambio. Ha il diritto di conoscere tutta la verità, o almeno, tutta la verità che avrò il coraggio di confidargli.

"Quando ero al secondo anno delle superiori, ho iniziato a uscire con uno studente più grande che faceva parte della nostra squadra di football." Sollevo lo sguardo e cerco di inghiottire il groppo che sento nella gola. "Era un *tight end*."

"Ah…" Nei suoi occhi compare una punta di umorismo che non mi merito. "Allora sono proprio il tuo tipo."

Le mie labbra si arricciano per la battuta, ma mi costringo a stringerle.

"Era una delle ragioni per cui volevo tenermi a distanza da te." Una tra un milione di altre ragioni.

"Immagino che non vi siate lasciati in buoni rapporti?"

"Possiamo dire così," ribatto impassibile.

"Sai che non sono arrabbiato perché non mi hai detto di tuo fratello, vero?"

Sento il peso nel petto alleggerirsi lievemente.

"Avevo *davvero* pianificato di dirti tutto stasera." Indico la stanza con la mano. "Non che potessi mantenere il segreto, con tutte le foto di lui che ci sono in casa."

"Che è successo con il tuo ex?"

Ecco, *appunto*.

"Per farla breve, mi ha sfruttata per arrivare a mio fratello, e di conseguenza al coach Daniels, per ottenere quello che non riusciva ad avere: l'attenzione della Penn State." Mi dispiace ammettere che lui *è* a tutti gli effetti un buon giocatore di football, anche se aveva bisogno di un aiuto per farsi notare da un programma di alto livello.

Mason stringe gli occhi e io non capisco quale, tra le cose che ho detto, gli abbia fatto dilatare le narici in quel modo. Non sono nemmeno arrivata alla parte brutta.

"Adesso sarebbe uno studente dell'ultimo anno, giusto?"

Oh.

Annuisco.

"Chi è?" Dritto al punto.

Questa volta scuoto la testa. Non voglio dirglielo. Nel mondo del football universitario, la rivalità tra i Nittany Lions della Penn State e gli Hawks dell'Università di Jersey è una delle più sentite. Se non fosse stato un dettaglio fondamentale della storia, non gliene avrei nemmeno parlato.

Durante la partita tra le due squadre, la tensione è sempre altissima. L'ultima cosa di cui Mason ha bisogno è che un fattore esterno accresca l'astio tra le due formazioni, inducendolo a fare qualche follia a causa dei sentimenti che prova per me. Essere visto come una testa calda è il modo migliore che ha un giovane giocatore di football per farsi escludere dalla selezione della NFL.

"Kay." Continua a tracciare delle linee lungo la mia pelle. "Chi è?"

"C'è altro che devi sapere."

Perché glielo sto dicendo?

"Ci arriveremo. Dimmi chi è il tuo ex, Kayla."

Mi ha chiamata per il nome intero.

Mascella serrata.

Sguardo severo.

Credo che questa volta faccia sul serio.

E allora così sia.

Con la voce appena più alta di un sussurro, gli dico l'unico nome che mi sono rifiutata di pronunciare in tutti questi anni.

"Liam Parker."

CAPITOLO 54

MASON

Non c'è mai stato amore tra gli Hawks e i Nittany Lions, ma sapere che l'ex di Kay gioca per loro, dopo averla sfruttata per ottenere un posto in squadra, mi fa desiderare che i giorni che mancano alla partita tra le nostre due squadre passino alla svelta. Devo ricordarmi di chiedere a Kev di rompere il culo di Liam Parker alla prima occasione. Non ho mai desiderato giocare in difesa come in questo momento.

Ha detto che ci sono altre cose che devo sapere, ma ripenso a ciò che già so per cercare di dare un senso a tutto.

Hmm…

Aveva paura di essere usata di nuovo. Adesso il rischio è anche maggiore. Attraverso Eric, si può attirare l'attenzione della NFL.

Prendendo Kay per le ginocchia, la faccio sedere sul mio grembo.

"Piccola." Le prendo il viso tra le mani per assicurarmi che guardi soltanto me. "Per quanto sia fantastico che tuo fratello sia quello che è, io sto con te per chi sei *tu*. Io verrò convocato perché sono il miglior *tight end* del momento." *Vai a farti fottere, Liam Parker.* "E *non* per qualche legame che ha la mia ragazza."

"Sempre così presuntuoso."

"No, sicuro di me." Mi avvicino e rubo un bacio alle sue labbra carnose, assaporando la dolcezza che il vino le ha lasciato sulla lingua. Adoro il modo in cui il suo corpo si scioglie contro il mio, abbandonandosi sempre al piacere che nasce tra noi due. Costringendo me stesso a porre fine al bacio, le chiedo di raccontarmi il resto.

Deglutisce a fatica e io sento stringermi lo stomaco quando vedo che i suoi occhi si stanno velando di lacrime.

Cazzo, adesso arriva la parte brutta.

"Mio padre se n'è andato nel periodo delle partite di coppa, a fine campionato." Una lacrima le scende sul viso e gliela asciugo con il pollice. Vederla così triste mi provoca un dolore fisico. "La sua morte..." Trattiene un singhiozzo. "La sua morte ha dato inizio a una catena di eventi che mi ha sconvolto la vita." Mi prende il colletto della polo e i suoi occhi pieni di lacrime incontrano i miei. "È uno dei motivi per cui evito i social media."

Vengo travolto da un'ondata di senso di colpa, al ricordo della nostra discussione sul fatto che non voleva che postassi un selfie di noi due. Le ragioni per cui volevo rendere pubblica la nostra relazione sembrano così futili, ora che so che il suo desiderio di anonimato ha a che fare con la morte del padre.

"Posso..." Si ferma per fare un respiro profondo, seguito da una *lunga* espirazione. "Posso raccontarti il resto della storia velocemente?"

"Certo." Tutto quello che vuole. Le sistemo un ricciolo dietro l'orecchio.

"Mio fratello si è dichiarato disponibile a lasciare il football universitario per la NFL. Liam ha firmato la lettera con cui si impegnava a giocare per la Penn State. È venuto fuori che Liam mi tradiva da un sacco di tempo."

"Che bastardo."

Il mio sfogo improvviso le scatena un breve sorriso, il che mi fa piacere.

"Puoi dirlo forte. Per aggiungere danno alla beffa, ha scelto di tradirmi con una delle cheerleader della nostra scuola. Gli amici di quella tizia odiavano chiunque come me gareggiasse con i New Jersey Admirals, quindi si sono assicurati che io venissi a conoscenza di *tutti* i dettagli del tradimento di Liam."

S'incastra anche l'ultimo pezzo del puzzle.

"Tramite i social media?" chiedo.

"Già. A scuola c'erano persone come JT e altri che mi proteggevano, ma non potevano fare nulla contro i fiumi di cyberbullismo che *inondavano* i miei account." Volta lo sguardo, ma stavolta la lascio fare.

"Piccola, mi dispiace tantissimo." La abbraccio.

La riluttanza a permettermi di tenerla vicino in giro per il campus, l'avversione per i nostri hashtag… Ora tutto ha un senso.

"Non è colpa tua." Il suo abbraccio è quasi una morsa, sento il fiato caldo contro il collo mentre lei ci seppellisce il viso.

"Mi sento comunque uno stronzo."

Ridacchia, finalmente le sta ritornando il buonumore. "Perché?"

"Perché mi sono incazzato quando tu non volevi che mettessi una foto di noi due su Instagram."

Si stringe a me ancora di più, ma non solleva la testa. "Non so se la cosa mi metterà mai a mio agio, Mase."

"Non importa, piccola."

Si alza di scatto e si mette a cavalcioni sulle mie ginocchia. Per fortuna si sistema lontano dalla zona di pericolo, appoggiando il sedere sulle mie ginocchia e lasciando un po' di spazio indispensabile tra le nostre parti intime, almeno se voglio continuare a essere in grado di pensare.

Abbassa la testa e mi scorre le dita lungo le spalle mentre fa dei respiri profondi per tranquillizzarsi. Sembra che cerchi il coraggio di dirmi qualcosa, ma non riesco a capire cosa le stia passando per la testa. Abbiamo già chiarito la questione del fratello e del suo passato.

La scelta migliore è attendere. Dopo due minuti abbondanti, finalmente rompe il silenzio.

"*Santo cielo*, Mase. Mi dispiace così tanto. Volevo dirtelo. Avevo *progettato* di dirtelo. Poi è arrivato il coach Knight e mi ha smascherata prima che ne avessi l'occasione… e riuscivo solo a pensare che era *l'ultima* cosa di cui avevi bisogno prima di una partita. Mi sono messa sugli spalti e ho seguito ogni azione, ogni *down*."

Parla così velocemente che le parole si accavallano l'una sull'altra. Mi stupisce, davvero. So che era preoccupata per come avrei reagito alla notizia e che temeva ci sarebbero state delle conseguenze per la nostra relazione, ma rimango allibito davanti al fatto che Kay, in mezzo a tutto questo, riesca a preoccuparsi di una partita di football.

Ogni giorno fa qualcosa che incrementa l'amore che provo per lei. Ho aspettato il momento giusto per dirle finalmente quello che provo, nella speranza di trovare l'istante perfetto, ma ascoltarla mentre si fa carico di un senso di colpa che non ha bisogno di sopportare mi innesca qualcosa dentro.

"Ho preso la mano di G e ho pregato che tu non fossi scosso per aver saputo da qualcun altro che E è mio fratello... Temevo che ti distraessi, che commettessi degli errori che sarebbero potuti costarvi la partita... o, peggio, che ti facessi male sul campo. E tutto sarebbe andato bene, se..."

"Ti amo," esclamo, interrompendo quel fiume di parole.

Lei si ferma a metà frase e le ci vuole un attimo per riprendersi. "Davvero?"

La sua reazione è così dannatamente tenera che non riesco a resistere. Mi raddrizzo, sollevando la schiena dal divano. Le prendo il viso tra le mani, intreccio le dita ai suoi ricci e appoggio la fronte alla sua.

"Eccome se ti amo," le dico sicuro di me, guardandola negli occhi.

Muove le mani lungo la mia nuca, spostandomi la visiera del cappellino messo all'incontrario. "Oddio, Mase, ti amo anch'io."

Il cuore mi scoppia nel petto, mi sento consumare dalla stessa euforia che provo quando vinciamo una partita. Non esiste alcuna possibilità che mi tiri indietro adesso. Le sollevo la testa e mi faccio avanti.

Labbra, lingua e denti si incontrano mentre uniamo le nostre bocche. Questo è senza dubbio il bacio più bollente che abbiamo mai condiviso, il che la dice lunga. Le passo il palmo della mano lungo la schiena e mi stringo a lei, emettendo un gemito affannoso quando il suo calore mi avvolge l'erezione. È come se si fosse rotta una diga, la situazione prende un'altra piega.

Mi infila le mani sotto la polo, sfilandomela prima di gettarla via. Mi toglie il cappello, mi tira i capelli. Presto la sua canottiera si unisce al gruppo di vestiti sul pavimento e quelle magnifiche tette escono in tutta la loro gloria, pronte a essere conquistate. La mia bocca lascia quella di Kay e scende verso i piccoli capezzoli rosa, che reclamano la mia attenzione.

Traccio con la lingua il contorno dell'areola, poi con i denti mordicchio l'estremità del capezzolo.

"Oh mio Dio," esclama affannosamente, dimenandosi sempre più sul mio grembo.

"Chiamami pure Mase."

"Scemo." La sua risatina si trasforma rapidamente in un gemito quando sollevo i fianchi, premendo di nuovo i nostri punti caldi l'uno contro l'altro.

Dato che non è mai stata il tipo di ragazza passiva, Kay decide di dare il meglio di sé. Mi lambisce con i denti la zona della clavicola, scatenandomi meravigliosi brividi. Non credevo che sarei potuto diventare ancora più duro, ma è proprio quello che accade mentre continua a baciarmi lungo tutto il corpo.

Le sue mani mi scorrono lungo le spalle, il petto, poi su ogni singolo muscolo dell'addome, e quando finalmente Kay scende con le dita fino ai miei jeans e inizia a lavorare sulla cintura e sulla cerniera, capisco che è la fine. Posso morire felice.

Quasi mi avesse letto nel pensiero, salta giù dal mio grembo, si mette le mani attorno all'elastico dei pantaloni e li cala a terra; una volta che si è spogliata completamente, non attende un secondo per rimuovere i miei. Le do una mano sollevando leggermente il bacino dal divano, il mio cazzo che si erge fiero, sull'attenti.

Torna sulle mie gambe e si struscia contro di me prima che io abbia la possibilità di muovermi. È bagnata, *bagnatissima*. Il modo in cui le grandi labbra si divaricano attorno alla mia erezione è paradisiaco. Quanto è calda, quanto è umida... Assoluta perfezione.

Rimbalza su e giù in quella che dev'essere la lap dance più sexy della storia, le labbra perfettamente avvolte attorno al mio uccello, e quando cambia l'angolazione del bacino, la mia punta fa breccia nell'apertura; digrigno i denti per trattenermi dall'entrare fino in fondo.

"Kayla," ringhio.

Invece di ascoltare quell'avvertimento, preme ancora più forte, facendomi scivolare dentro di qualche altro centimetro.

"Kay... piccola... devo chiederti di... scendere prima che non riesca più a fermarmi."

A quelle parole le si forma la solita V tra le sopracciglia.

"Perché *diavolo* dovresti fermarti?" Spinge per scendere di qualche altro centimetro.

"Mi serve un preservativo."

Scuote la testa. "Prendo la pillola."

Sono sbalordito. Non mi aspettavo che si offrisse in questo modo.

"Non ho mai…"

"Neanch'io," dice, quasi leggendomi nel pensiero.

"Sono sano. Lo *giuro*. Mi sono fatto visitare a inizio stagione e da allora non sono stato con nessuna."

Queste parole sembrano sconvolgerla. Si raddrizza, facendomi uscire da lei leggermente.

"*Davvero?*" Annuisco, al che lei aggrotta le sopracciglia ancora di più. "Com'è possibile? Ho visto il modo in cui le ammiratrici ti girano intorno."

"Vero, ma ho scoperto di aver perso completamente l'interesse per loro."

"Perché?"

"Vuoi *davvero* parlare della cosa *adesso*, mentre sei seduta su di me nuda?"

"Hai ragione. Dopo." Si rimette in posizione, ed è talmente bagnata che finisco dentro di lei fino in fondo in un colpo solo.

Mi distraggo ripassando mentalmente il libro degli schemi di gioco degli Hawks, altrimenti rischio di venire nell'esatto secondo in cui entro in lei. Non ho mai penetrato una donna senza una barriera di lattice. Sono sempre stato ligio nel mettermi il preservativo, non ho mai nemmeno infilato solo la punta. È una sensazione indescrivibile, il calore è immenso, il mio cervello si spegne mentre lascio che gli istinti primordiali prendano il sopravvento.

Su.

Giù.

Avanti.

Indietro.

Ci muoviamo in sincrono. Le afferro i fianchi, con il timore di lasciarle dei lividi per il modo in cui la sto stringendo.

Continuiamo a dondolarci avanti e indietro. Nessuna parola, solo respiri e gemiti. I suoi occhi sono nuvole di tempesta che mi consumano con la loro focosità.

Proprio quando penso di non farcela più, la sento stringersi e avere un orgasmo proprio sul mio uccello, bagnandomi fino alle palle. È una sensazione squisita, non voglio dovermelo avvolgere *mai più*. Kay fa cadere la testa in avanti, seppellendo il viso nello spazio in cui il mio collo incontra la spalla, geme mentre raggiunge l'apice del piacere.

Il suo orgasmo mi dà il permesso di accompagnarla oltre il limite e non so se riuscirò mai a riprendermi. Sono abbastanza certo che mi abbia appena rovinato la vita.

"Ti amo." Mi mormora sommessamente contro il collo.

"Ti amo anch'io." La prendo tra le braccia e la stringo a me. Non voglio lasciarla andare mai più.

CAPITOLO 55

KAYLA

I raggi del sole filtrano all'interno della camera da letto e maledico me stessa per non aver tirato bene le tende; seppellisco il viso contro l'incavo del collo di Mase, cercando di nascondermi dalla luce.

"Mi fai il solletico, piccola." dice con la sua voce sexy, resa roca dal sonno.

"Scusa." La mia, di voce, è attutita dal suo collo, contro il quale premo la bocca, mentre la testa mi sobbalza, mossa dalla risatina di Mase.

"Tranquilla, so che odi le mattine."

Certo che lo sa. Sa molte più cose su di me di quanto mi aspettassi e questo mi spaventa a morte. Diavolo, in un certo senso, sono terrorizzata all'idea di avere una relazione con Mason Nova, ma il modo in cui mi gonfia il cuore rende sopportabile tutto… o quasi.

Lo amo.

E per tutti i santi, anche lui mi ama. Perfino dopo aver saputo la maggior parte di quello che è successo, mi ha detto che mi ama *lo stesso.*

Non riesco a credere che tutto ciò sia reale.

"Possiamo tornare a dormire adesso, per favore?"

Le mattine fanno davvero schifo, ma svegliarsi circondata dalle massicce braccia di Mase le rende decisamente migliori, e il fatto che quel delizioso corpo sia completamente nudo è la ciliegina sulla torta.

Sento le sue dita danzare lungo la mia spina dorsale e ricomincio ad addormentarmi. Mason nudo potrebbe essere il mio Mason preferito.

Mentre ripasso mentalmente tutte le versioni di Mason che mi piacciono di più, i pensieri vengono interrotti dal brontolio del suo stomaco, un suono così forte che praticamente riecheggia tra le pareti della mia camera da letto.

"Immagino che adesso dovrò nutrirti, eh?"

Non provo nemmeno a muovermi, sono troppo comoda.

"Hai detto che mi ami." Mi dà un bacio sulla testa.

Sì, l'ho detto.

"E poi sono un ragazzo nella fase della crescita."

Non è un *ragazzo*. È al cento per cento un uomo puro, delizioso, fatto tutto di sesso e con il cappellino al contrario.

"Non alzare gli occhi al cielo." Pone un dito sotto il mio mento, sollevandomi il viso.

"Come fai a saperlo?"

"Ti conosco, piccola." Fa scorrere un pollice sul mio labbro inferiore. "E poi è una di quelle peculiarità che adoro di te."

Svengo.

"Beh, se la metti così, come faccio a dirti di no?"

"È questo il punto, non me lo dici."

Mi sollevo per baciarlo, perdendomi nella pressione morbida della sua bocca e nella barba pungente.

"Ho delle brutte notizie, però."

"Che cosa, piccola?" Mi stringe una chiappa.

"Non ho niente da mangiare qui."

"Beh, se non altro c'è qualcosa che potrei leccare."

Sento il mio corpo liquefarsi a quell'allusione. È bravo con la lingua tanto quanto con il pallone, ma ha ragione: deve mangiare.

Con un ultimo bacio e un'ultima palpatina, mi scosto da lui. Se non mi alzo subito da questo letto, credo che non lo farò mai più.

Il fascino di Mason è così potente che perfino a guardarlo dall'altra parte della stanza, tutto assonnato, a petto nudo e in mezzo a un letto completamente in disordine, mi viene voglia di strapparmi via i leggings che mi sono appena messa indosso.

"Vuoi *smetterla* di guardarmi il culo e iniziare a vestirti? Non sei l'unico ad avere fame qui, sai."

Inoltre, ho bisogno di nutrirmi, se voglio trovare il coraggio di invitarlo a conoscere la mia famiglia quando, il prossimo fine settimana, gli Hawks giocheranno contro l'Università del Maryland.

Persa nei miei pensieri, mi accorgo che Mason si è alzato dal letto solo quando mi strappa via dalle mani la maglietta viola con scritto *Football: quello che fanno i ragazzi durante la stagione di cheer-leading;* la getta via con un sorrisetto sulle labbra.

"Sai che mi piacciono le tue magliette buffe, piccola, ma non c'è bisogno di offendere." Quelle forti braccia da cui ho fatto tanta fatica a liberarmi mi stringono la vita, e i nostri corpi si ritrovano l'uno contro l'altro. Chiudo gli occhi e mi sento sciogliere.

Le sue labbra mi scendono lungo il collo, scandendo baci a un ritmo che solo Mason conosce. "*Mmmh,*" mormora, il suono della sua voce che mi rimbomba dentro. "Adoro sentire il mio odore su di te."

Inclino la testa per permettergli di baciarmi meglio, e il mio naso sfiora la curva dei suoi bicipiti. Devo dargli ragione. Il fresco profumo del sapone che usa è ormai diventato il mio preferito, ma inalare il profumo di muschio che abbiamo creato avvolti l'uno nell'altro è un'esperienza edonistica.

Mi sfugge uno squittio di sorpresa quando Mason mi prende in braccio, sollevandomi i piedi da terra. Mi fa cadere sul letto e la mia schiena atterra sul morbido, poi lui viene su di me, sovrastandomi con il suo corpo.

Scende su di me con le labbra, le nostre lingue si intrecciano automaticamente l'una all'altra. Con le mani ruvide mi sfiora il retro delle cosce per agganciarmi le gambe ai suoi fianchi e il sottile tessuto dei miei leggings non fa nulla per nascondere quanto gli sia venuto gloriosamente duro a causa dei nostri strusciamenti.

E tanti saluti alla colazione.

Come se mi avesse letto nel pensiero, Mase inizia a far scendere l'elastico dei leggings lungo le mie gambe.

Ring! Ring!

Getto la testa all'indietro quando dal telefono sul comodino squilla la suoneria che indica una chiamata in arrivo da Tessa Taylor. È il legame di quasi-sorellanza che ci lega a spingermi ad accettare la chiamata, così premo il tasto del vivavoce per assicurarmi che sia tutto a posto.

"*Kaaaaaayyyyy*," gridano all'unisono Tessa e la sua migliore amica, Savvy. Il tono malizioso che sento nella loro voce mi fa subito pentire di aver risposto.

"Come va, T?"

Mason geme contro la mia spalla, la barba che mi solletica la pelle. "No, no, no. Prima che tu la distragga con il cheerleading," dice Savvy a T prima di rivolgersi a me, "puoi spiegarmi cosa ci fa una Eleanor nel tuo vialetto? L'ho vista mentre venivo a casa di Tessa. Carter sta sbavando." Si riferisce a suo fratello, un vero appassionato di motori.

Mase ridacchia ripensando a quando io ho avuto la stessa reazione, la sera del nostro primo appuntamento. Si volta di lato, trascinandomi con sé.

"Che c'è? Mi piace averti vicina," si giustifica quando gli lancio un'occhiata incerta.

A quelle parole mi sciolgo un po' di più. Sono anni che vedo il modo in cui E e Bette stanno insieme, come sembrano gravitare l'uno attorno all'altra, sempre vicini. Sento il cuore gonfiarsi al pensiero che le azioni di Mase mi ricordano loro.

"Oh santo cielo!" L'urlo di T mi fa sobbalzare. "Mason è a casa tua? Oh mamma mia, gli hai detto di E? Oh santo cielo, come ha fatto JT a non dirmelo? Oh. Mamma. Mia. E *tu*? Come hai potuto non raccontarmelo?" Quando è veramente felice, T ha questa abitudine di parlare velocissima. È anche molto divertente vedere una come lei, che possiede un vocabolario abbastanza ampio da poter superare i test d'ingresso universitari, trasformarsi in un'adolescente emotiva che fatica a elaborare informazioni inattese.

"A questo punto dovrei dire ciao?" Gli occhi di Mason brillano dalle risate quando appoggio il mento sul suo petto per vederlo meglio.

"Oh mamma mia!"

La voce di T si è fatta talmente alta che sono costretta a tapparmi l'orecchio.

"Mi hai chiamata per un motivo, T?" Le voglio bene, ma sta interrompendo un momento erotico con il mio uomo.

"Oh... ehm... sì." A ogni pausa è come se sentissi il suo cervello cambiare marcia e, mentre aspetto, traccio con il dito le linee del tatuaggio di Mason. "Ho ascoltato i file che mi hai mandato. I ragazzi della banda hanno fatto un gran lavoro. Mi piace."

"Anche a me. Non saranno le mie adorate cadenze dell'Università di Jersey, ma Charlie ha fatto un bel lavoro. Darà alle sequenze il tocco che stavamo cercando."

Quando le foto di me con Charlie e poi con Adam hanno cominciato a circolare (grazie tante, Uof411: è stato un vero spasso...), molti si sono messi a spettegolare sull'ipotesi che io stessi tradendo il mio ragazzo con entrambi; ma Mase, per fortuna, sapeva com'erano andate veramente le cose.

"Allora..." inizia a dire T, e capisco che sta per lanciarsi in un'ondata di domande.

"T." Taglio corto prima che parta in quarta. "Possiamo parlarne la prossima volta che mi fermo a Blackwell. Ti voglio bene, ciao."

Lei mi saluta con una certa riluttanza e io chiudo la telefonata, così sono finalmente libera di riportare tutta la mia attenzione su Mase.

"Scusa." Mi appoggio al gomito, colmando la distanza tra le nostre bocche, che si sfiorano mentre dico: "Le persone che ho più a cuore sono tutte pazze."

Lui mi lecca il labbro inferiore, suscitando un gemito da parte mia. "Hai dimenticato il casino che è successo durante il nostro primo appuntamento?"

Ridacchio a quel ricordo, per poi trasformarlo in un altro gemito quando mi fa rotolare di nuovo sotto di lui.

Con i gomiti appoggiati ai lati del mio cuscino, Mase mi culla la testa e mi fissa intensamente.

"Quando ci siamo conosciuti, sapevo che sei tu la donna che sposerò."

Scuoto la testa. A volte è così presuntuoso che quasi non lo sopporto.

"Ma se all'inizio non ti ho degnato di uno sguardo."

"E *quello* non ha fatto altro che renderti più affascinante. Sei la prima ragazza con cui abbia mai dovuto mettermi d'impegno."

La mia dannata cheerleader interiore intona: *Datemi un esse... Datemi una vi... Datemi una e... Svengo! Hai capito? Svengo!*

"Sai qual è il prossimo passo, vero?" Mi sollevo per dargli un bacio sullo zigomo.

"No, quale?" chiede, mentre osservo il suo pomo d'Adamo andare su e giù.

"È giunta l'ora che tu conosca la mia famiglia."

CAPITOLO 56

MASON

La nostra vittoria contro la Maryland è stata un vero massacro. La squadra ha fatto fuoco e fiamme; se giocassimo nel campionato nazionale, a quest'ora staremmo già sollevando la coppa sopra le nostre teste.

La parte migliore…

Vuoi dire a parte i due touchdown che hai realizzato?

Sì, sì, a parte quelli. Comunque… *guardo di sbieco il mio coach interiore* la parte migliore è stata la presenza della mia ragazza sugli spalti. Certo, non sono riuscito *davvero* a vederla come quando giochiamo in casa, ma sapere che era lì da qualche parte nello stadio mi ha acceso un fuoco dentro. Vorrei che potesse venire a tutte le partite in trasferta.

Dopo la doccia e le interviste negli spogliatoi, raccolgo la mia roba e mi assicuro di avere con me tutto il necessario, visto che non farò ritorno all'Università di Jersey con l'autobus della squadra.

È tutta la settimana che i ragazzi mi rompono le palle, cercando di dissuadermi dall'incontrare la famiglia di Kay. Morirebbero d'invidia, se scoprissero che tra i suoi familiari c'è un giocatore di punta della NFL, ma ovviamente non ho alcuna intenzione di dirglielo. Non tradirei mai la fiducia di Kay in questo modo.

In tutta onestà, a rendermi nervoso non è tanto il fatto che lui sia un giocatore di football professionista, quanto piuttosto che sia suo fratello. Anzi, è più di un fratello per Kay; l'ha praticamente cresciuta.

E poi temo che Eric mi metta sullo stesso piano di Liam Parker, quando invece non mi passa nemmeno per la testa di sfruttare Kay per la mia carriera sportiva.

Spero che, quando lo incontrerò, pensare a lui come E, come fa Kay, invece che come Eric Dennings, mi aiuti a trattenere l'emozione.

Dopo essermi incontrato con Kay, il viaggio di quaranta minuti che separa College Park (dove gioca la squadra dell'Università del Maryland) dalla casa di E a Baltimore trascorre in un lampo. Con Kay riesco a parlare con la stessa tranquillità con cui parlo con i miei compagni di squadra… ma con lei è meglio, perché con Kay posso anche andarci a letto. In un attimo attraversiamo un quartiere pieno di ville sul lungomare, una più grande dell'altra.

Ci fermiamo di fronte a due grossi cancelli neri in ferro battuto. Kay preme un pulsante, questi si aprono e li superiamo a bordo della Jeep.

Un lungo viale circolare conduce a una bellissima casa a due piani, con le pareti dipinte in marrone chiaro e il tetto in tegole. Kay preme un altro pulsante e apre la porta di un garage con quattro posti auto. Gli altri tre parcheggi sono occupati da un Range Rover bianco dall'aspetto familiare, un Cadillac Escalade nero e una fighissima McLaren 570S blu ceruleo.

Kay si accorge che sto sbavando alla vista dell'auto sportiva e mi fa cenno di seguirla. "Quello è il giocattolo preferito di E."

"Ci credo." Kay e le sue amiche adorano la mia Shelby, ma quella macchina è tutto un altro pianeta.

"Andiamo." Mi prende la mano e intreccia le dita alle mie, accompagnandomi in casa.

Dal garage accediamo a un corridoio; sulla destra è presente una lavanderia, mentre sulla sinistra un bagno per gli ospiti. Lo percorriamo fino in fondo, arrivando a un ampio spazio abitativo. A destra c'è una sala da pranzo con un tavolo per dodici persone, a sinistra una cucina che sarebbe il sogno di qualunque chef, e più in fondo un divano incassato nel pavimento.

L'intera parete posteriore è costituita da finestre alte fino al soffitto e porte-finestre che conducono a un patio in pietra grigia, a una cucina esterna e a una piscina a sfioro.

Essendo cresciuto nella villa di Brantley, sono abituato a un certo grado di opulenza, ma la casa di Eric ha un'eleganza accogliente.

"Siamo a casa!" urla Kay nel vuoto.

"Arriviamo!" risponde una voce femminile seguita da una risata, poi Bette ed E fanno capolino dalla cima alle scale, con lui che la tiene tra le braccia.

"Bleah. Lo stavate *proprio* facendo". Kay storce il naso vedendo il fratello che si riaggiusta la maglietta mentre annusa il collo della moglie. "Che schifo," aggiunge, mimando un conato di vomito, mentre i due scendono le scale. "Non mi piace affatto venire a conoscenza della vostra vita sessuale".

"Lo stesso vale per noi, Scricciolo." E si avvicina e solleva Kay da terra in un abbraccio energico.

Mentre stringe la sorella, devo soffocare l'irrefrenabile impulso di contorcermi per via del nervosismo che mi provoca lo sguardo indagatore con cui lui mi scruta. Ricomincio a respirare solo quando mi tende la mano.

"Ho sentito molto parlare di te." Le parole di E suonano più come una minaccia che come un'affermazione, ma ciò non mi sorprende. Visto quanto ha insistito nel voler diventare il tutore legale di Kay, quando avrebbe potuto tranquillamente scaricarla a qualcun altro, so che sono più uniti di molte tipiche coppie di fratelli.

"Sii gentile, Eric," dice Bette, prima di abbracciare Kay a sua volta.

"Anch'io ho sentito molto parlare di te." Cerco di fargli capire che rispetto sia Kay sia ciò che lui ha fatto per lei.

Gli occhi di Kay rimbalzano tra me e suo fratello, osservando il nostro confronto. Una volta che E mi ha lasciato la mano, Kay me la afferra. "Andiamo, Mase. Ti faccio vedere dove puoi mettere la tua roba e cambiarti."

Lascio che Kay mi guidi su per le scale, perché ho una gran voglia di togliermi questo vestito e di mettermi in maglietta e pantaloni della tuta come E. Superiamo alcune porte, poi entriamo in una stanza sulla destra. Mi rendo subito conto di trovarmi nella camera da letto di Kay.

Il copriletto è un miscuglio di rosa, bianco e nero, con stampe animalier che ricordano leopardi, ghepardi, tigri, giraffe e zebre, mentre le lenzuola sono di un colore rosa shocking. I mobili—la testiera del letto, i comodini, la scrivania e il cassettone—sono tutti neri, mentre le pareti sono decorate con foto in bianco e nero di varie dimensioni.

Sotto la grande finestra, che occupa gran parte della parete e dà direttamente sul cortile posteriore, c'è una panca rivestita di un tessuto in tinta con il letto. Ci sono due porte: una rivela un bagno, mentre presumo che dietro l'altra ci sia un guardaroba.

I miei sospetti vengono confermati quando Kay apre quest'ultima porta, accende la luce e spinge alcuni vestiti lungo l'asta appendiabiti.

"Puoi appendere il vestito qui." Mi indica il guardaroba, poi torna verso di me e inizia a sfilarmi la cravatta. "Anche se devo dire che… mi piace questo look. È molto…"

Interrompe la frase per cercare la parola giusta. La guardo con un sopracciglio alzato.

"Elegante," dice infine con un timido sorriso.

Le avvolgo le braccia intorno ai fianchi e le accarezzo il sedere mentre la tengo stretta a me. "Vuoi dirmi che devo buttare via il cappello?"

"Ma neanche per sogno." Mi mette le mani dietro al collo e si solleva sulle punte dei piedi per darmi un lungo bacio. "Ora datti una mossa, Cavernicolo. Non vogliamo che mio fratello pensi che lo stiamo facendo, vero?"

È incredibile come questa ragazza riesca a farmi ridere e al contempo provocarmi un'erezione.

La ammiro mentre si china per slacciarsi gli stivali e, quando mi coglie in flagrante, mi fa l'occhiolino.

Si siede a gambe incrociate al centro del letto, ricambiando lo sguardo di ammirazione mentre mi tolgo il completo e lo sostituisco con un paio di pantaloni leggeri grigi e una maglietta nera della squadra di football dell'Università di Jersey. Ride come una matta ogni volta che mi tolgo qualcosa e glielo lancio addosso;

alla fine, sistemo ogni capo d'abbigliamento sulle apposite grucce.

Mentre ci dirigiamo al piano di sotto, stiamo ancora ridendo. Sono sempre stato un ragazzo abbastanza allegro e credo di potermi ritenere fortunato, visto che non mi sono successe disgrazie, a parte per la morte di papà, che del resto non ricordo perché allora ero troppo piccolo; ma fino a quando non ho conosciuto Kay, non capivo il significato della *vera* felicità. Lei ha un'incredibile capacità di rendere più belli e pieni di vita perfino i momenti più banali.

Giunti all'ultimo gradino delle scale, veniamo accolti dall'abbaiare di un grosso labrador che avanza verso di noi. Kay si inginocchia, lo abbraccia e gli accarezza la schiena mentre lo bacia sulla testa.

"Ciao, Herkie, tesoro." Ride mentre il cane le lecca la faccia. "Mi chiedevo dove fossi finito."

"Era fuori a provare a catturare gli scoiattoli." Bette entra in salotto e si siede vicino a E, il quale la abbraccia con un gesto automatico.

Kay mi spinge sul divano, appoggiandosi di schiena al mio fianco; io le metto un braccio sulla spalla e lascio che la mia mano le penzoli sul petto, al che lei mi posa la testa nell'incavo della spalla.

Herkie reclama lo spazio vicino ai piedi di Kay e si distende crogiolandosi nelle attenzioni che lei gli riserva. *Cane fortunato.*

"Birra?" chiede E, sollevando due bottiglie.

In TV, la pubblicità lascia spazio alla partita della Penn State contro la Ohio State; non mi sorprende che E la stia guardando, visto che ha giocato per i Nittany Lions. Sono felice di notare che sono sotto di sette punti all'inizio del secondo quarto. Ma non oso dirlo ad alta voce, visto che sono in territorio nemico.

Stiamo seguendo la partita solo da pochi minuti, quando sentiamo spalancarsi la porta d'ingresso; Herkie si mette ad abbaiare, poi qualcuno urla "DENNINGS!"

"Accidenti, devo proprio cambiare i codici d'accesso della casa," dice E prima di rispondere. "In salotto, cretino."

"Ti voglio bene anch'io, fratello. Ora, dov'è la mia ragazza?" domanda una voce distintamente maschile.

Kay inizia a ridacchiare mentre E risponde all'altro uomo: "Smettila di cercartele troppo giovani per te."

Non ho il tempo di farmi un'opinione su quanto sta accadendo, perché una figura fa la sua comparsa dietro il divano e mi strappa Kay dalle braccia.

"Aaah!" urla lei. "B, mettimi giù."

Adesso Kay è appesa a testa in giù per le caviglie e tira pugni contro le gambe del sequestratore. Guardo verso l'alto per vedere chi sia l'*aggressore* e rimango sconvolto quando vedo Ben Turner, il *quarterback* dei Baltimore Crabs.

"Perché? Non ti piace stare a testa in giù?" chiede a Kay.

"Sì, quando lo fa qualcuno che so che non mi butterà a terra. E tu, caro, non sei JT," replica lei.

"*Cosa*? Io sono bravo con le mani. Nessuno tiene un pallone da football meglio di me."

"Sono piccola, ma non *così* piccola. Ora mettimi giù prima che ti dia un pugno nelle palle."

Per quanto l'intera vicenda sia surreale, non posso fare a meno di ridere davanti alla risolutezza di Kay.

Ben la rimette delicatamente a terra, poi la tira a sé in un abbraccio.

"Che ci fai qui, B?" Kay scavalca il divano e ritorna tra le mie braccia.

"È la mia settimana di riposo."

"E Bette ha fatto le lasagne," ribatte lei.

"E Bette ha fatto le lasagne, esatto," fa eco lui, a dimostrazione del fatto che quella tra Ben e Kay non è un'amicizia superficiale dovuta solo al fatto che lei sia la sorella del suo compagno di squadra.

"Non dare mai cibo agli animali randagi, Scricciolo," la avverte E. "Altrimenti non te li togli *più* dai piedi."

"Come se non lo sapessi." Kay inizia a tracciare le linee dei miei tatuaggi. "Come pensi che mi sia ritrovata circondata da capitani di squadre di football?"

"Impara, sorellina, impara." E mi indica con la sua bottiglia di birra. "B, questo è il ragazzo di Kay, Mason. Mason, questo idiota è Ben, o B, se preferisci; è il nostro *quarterback* e, sfortunatamente, il mio migliore amico."

Gli tendo una mano mentre cerco di mantenere un contegno e di accettare il fatto che essere circondata da atleti professionisti faccia parte della vita quotidiana della mia ragazza. L'ultima cosa di cui ho bisogno è che Kay mi rimproveri per essermi fatto prendere dall'emozione come una fan impazzita.

B—sì, anch'io sto pensando a lui come B—si china a baciare Bette sulla guancia, prima di prendere posto tra lei e Kay. "Un ragazzo, piccola Dennings? *Davvero*? Bel modo di spezzarmi il cuore." Si batte una mano sul petto.

Kay gli dà un leggero calcio alla gamba. "Per favore, B. Sai che i *quarterback* non sono il mio tipo". Preme un bacio sul mio bicipite, facendomi sussultare il muscolo.

Alla fine della partita, in cui fortunatamente la Ohio State è riuscita a mantenere il vantaggio e a vincere, iniziamo i preparativi per la cena. Mentre Kay e Bette allestiscono il tavolo della sala da pranzo, io mi preparo a subire l'interrogatorio a cui inevitabilmente sarò sottoposto.

"Mase, ti sta chiamando Trav," dice Kay, quando sente il mio telefono squillare in soggiorno.

"Rispondi tu, se vuoi. Sarà arrabbiato perché non siamo rimasti abbastanza a lungo da permettergli di vederti."

"Ti chiama Mase?" mi domanda E incuriosito.

"Sì...?" La mia è più che altro una domanda, perché non capisco quale sia il problema.

Di fronte a me, E e B si scambiano uno sguardo che non riesco a interpretare.

"Bette è l'unica persona, almeno tra quelle a cui lei è molto legata, che Kay chiama per nome intero e non per lettera".

"Sai," dico a E, "una volta le ho chiesto perché chiamasse Bette con il nome intero e non semplicemente B."

"E cosa ha risposto?"

"Che Bette era speciale."

Sul volto di E si estende un sorriso compiaciuto. Lo prendo come un buon segno. "Ah... adesso capisco."

"Puffetta!" risuona la voce di Trav in quella che deve essere una videochiamata su FaceTime.

"Come va, vice-fidanzato?" dice Kay, al che io fatico a trattenere una risata.

"Vice-fidanzato?" chiede Ben.

Gli dico di come, quando siamo in trasferta, i miei compagni di squadra disturbino sempre le mie telefonate con Kay e gli racconto alcuni dei nostri momenti più divertenti. Non riesco a capire l'espressione di E, ma sembra positiva, quindi credo vada tutto bene.

"No, non vogliamo parlare con la tua dolce metà. Fagli solo sapere che abbiamo chiamato," dice Trav, mentre io appoggio l'insalatiera sul tavolo. Kay mi vede e mi fa l'occhiolino.

Arrivano E e B, ognuno dei quali trasporta una grande teglia di lasagne dall'odore delizioso. Lo stomaco mi brontola a sentire quel profumo, non vedo l'ora di gustarle.

"Mangiamo!" esclama E battendo le mani.

Questa è stata una delle cene più belle e allo stesso tempo più strane che abbia mai vissuto.

Credo che nessuno di noi, a parte Mase, fosse sorpreso della presenza di B. Lui ed E sono inseparabili fin dal primo giorno in cui si sono allenati insieme e, onestamente, parte del motivo per cui Trav mi piace così tanto è forse che il suo rapporto con Mase mi ricorda tantissimo quello del famoso duo B ed E.

"Quanto sei felice di vedere JT questa settimana?" chiede Bette.

"Davvero, davvero felice." Parliamo tutti i giorni e ci sentiamo in videochiamata più spesso di quanto sia necessario, ma non è la stessa cosa che stare insieme nella stessa stanza.

"Non vedo l'ora di scoprire se riesce a superarlo." Mio fratello fa un cenno con il mento rivolto verso Mase.

"Eh?" chiede Mason mentre mastica un boccone di lasagna.

"Il test incontriamo-la-famiglia, fratello," dice B in tono un po' troppo allegro.

Quando sento Mason strozzarsi con il boccone, abbasso una mano sotto il tavolo e gli stringo la coscia.

"Se ti può far sentire meglio, lo stai superando a pieni voti." Bette solleva la bottiglia di birra verso Mase.

"Eccome, amico. Prima, quando facevo lo scemo con Kay, non te la sei presa... e direi che questo è già molto. Oltretutto," aggiunge indicando E con la forchetta, "sei stato molto più calmo nei miei confronti di quanto lo sia questo testone la maggior parte delle volte."

Da quando conosco B, non fa altro che dire che io e lui un giorno scapperemo insieme e ci sposeremo; lo fa solo per infastidire mio fratello.

"Tu stai davvero rischiando che ti cacci fuori di casa," lo avverte E, ma non è una vera minaccia.

"Sempre pronto a scherzare, Dennings, ma lo sappiamo tutti che mi adori."

"Allora è una cosa genetica, eh?" Mase mi sussurra contro l'orecchio quando E solleva lo sguardo verso B. Rabbrividisco nel momento in cui le sue labbra mi sfiorano la pelle.

Ragazza, anch'io sono per arrampicarmi su di lui come se fosse un albero e farci TUTTO *il sesso selvaggio possibile, ma* forse *non dovresti pensarci mentre tuo fratello è seduto di fronte a noi. Tanto per dire.*

"Comunque..." dice E voltandosi verso di me e ignorando B. "Ho detto a JT che gli ho già comprato i biglietti per il volo di ritorno domenica sera."

"Non dovevi."

Mio fratello mi rivolge quello sguardo che vuol dire *Non essere sciocca, è così che si fa in una famiglia*, quindi non insisto oltre. Lui non è il tipo che butta via i soldi, ma si prende sempre cura dei suoi cari, che includono i Taylor.

"Allora..." Dopo aver allontanato il piatto, E appoggia i gomiti sul tavolo e mi fa quello sguardo da super fratello maggiore. Sento scorrere un brivido lungo la schiena, vedendo com'è cambiato il suo atteggiamento.

"Allora..."

"Ho parlato con Jordan, l'altro giorno."

Sentendo il nome della sua agente mi si rizzano i peli sulla nuca. Mi piace quella regina dell'hockey e delle pubbliche relazioni, inoltre è in ottimi rapporti con Lyle, ma se in questo momento E la sta tirando in ballo, vuol dire che *io* ero l'argomento della conversazione.

"E...?" chiedo, bisognosa di sapere.

"Prima di iniziare, voglio premettere che è stata lei a chiamarmi."

Sì, ciò non mi sorprende neanche un po'.

"Va bene..."

"Non guardarmi così, Scricciolo." Il suo tono si fa più serio. "Ho visto quanta attenzione hai attirato da quando voi due avete iniziato a uscire insieme," dice indicando me e Mason con il dito.

Di fianco a me, sento tutti i muscoli del mio ragazzo irrigidirsi.

"Per adesso, il vostro piano ha funzionato, ma volevo averne uno di riserva nel caso fallisse."

Ho fatto quanto umanamente possibile per evitare la questione. Nell'ultimo anno, ho vissuto proprio con questo timore. Assieme a Jordan e ad altri professionisti, abbiamo lavorato duramente per insabbiare i post e gli articoli, in modo che non comparissero nelle prime pagine dei risultati di ricerca, ma E ha ragione. Basta una piccola distrazione, o la volontà di qualcuno che ce l'ha con me, e tutto ciò che avrei voluto dimenticare potrebbe venire diffuso in lungo e in largo su internet... ancora una volta.

"Possiamo parlare d'altro, per favore? Di *qualunque* altra cosa?" Prima che io strisci sotto il tavolo per nascondermi dalla realtà.

"Kay." Quando E non mi chiama Scricciolo, so che fa sul serio.

So che si preoccupa, e quel che è peggio è che una parte di lui si dà la colpa di quanto mi è accaduto. Non è vero. Gli unici da incolpare sono *loro*. Lui ha sempre fatto *tutto* il possibile per proteggermi. Non posso osteggiarlo, perché sta cercando di fare esattamente quello.

Prendono tutti in giro Mase, scherzando sul fatto che abbia superato o meno "il test", ma quello che lui non capisce (e che non può capire senza che io gli fornisca tutti i dettagli più scottanti che finora gli ho taciuto) è che i miei familiari gli hanno già dato la loro approvazione. Se così non fosse, cercherebbero di dissuadermi dall'idea di stare con lui, per ridurre al minimo il rischio di espormi, e non starebbero certo qui a discutere su come far funzionare la nostra relazione.

"Lo so, E." Allungo un braccio attraverso il tavolo e gli prendo la mano. "Fai tutti i piani di emergenza che vuoi. Prometto che non mi opporrò. Ma, *per favore*... per adesso possiamo dimenticare i troll su internet e goderci le prossime ventiquattr'ore?"

"Va bene." Il suo sguardo mi dice che quella conversazione è tutt'altro che finita. "Di cosa vuoi parlare?"

"Io ho un'idea." Mase prende la parola e, se già non lo amassi, credo che potrei innamorarmi di lui proprio in questo momento.

"*Oooh.*" Ora è B che appoggia i gomiti sul tavolo. E tanti saluti al *bon ton.* "Dicci tutto. Ti ascoltiamo."

"Per farmi accettare nella tribù, devo ricevere anch'io la mia maglietta buffa personalizzata?" chiede Mase indicando la maglietta che indossa E, la quale recita *Mia sorella è una flyer e la tua no.*

"Mase adora la mia collezione di magliette," spiego a mio fratello con un'alzata di spalle.

"Attento," dice E indicando la propria maglietta. "Non ti conviene correre questo rischio."

"Specialmente se è lei a sceglierla," aggiunge B.

"Me ne ricorderò quando dovrò comprare i regali per Natale," li minaccio.

B solleva verso di me la bottiglia di birra.

"Tranquillo, piccolo." Mi accoccolo al fianco di Mason. "Io ho già alcune idee per te."

Mi dà un bacio e inizia a girare tra le dita le punte dei miei capelli. "Nuovi colori?"

"Bette li ha aggiunti ieri sera."

"Beh, mi piacciono, Skittles. Tieni l'arcobaleno sempre fresco."

Vedo Bette giocherellare con le dita come fa ogni volta che vuole tagliare i capelli a qualcuno. Decido di darle la possibilità che desidera.

"È bello non doversi preoccupare di andare dal parrucchiere. Bette diventa nervosa se non le lascio fare qualcosa con la mia chioma, ogni volta che ci vediamo."

"Anche nel parcheggio di uno stadio di football?" dice Mason riferendosi al taglio che Bette ha fatto a G alcune settimane prima, quando siamo andati a vedere la partita dei Crabs.

"Già." Allungo una mano e gli sollevo il cappello, facendo scorrere le dita tra le sue ciocche brune. "Penso che un taglio nuovo farebbe bene anche a te. Bette potrebbe inventarsi qualcosa di molto figo, sai? Facciamo morire d'invidia G."

A quella possibilità, mia cognata saltella sulla sedia in preda all'emozione.

"Certo. Non mi dispiacerebbe una bella rasatura ai lati della testa."

"E con questo, ti sei appena guadagnato un posto in questa famiglia, almeno a sentire mia moglie," dice E, appoggiandosi allo schienale della sedia e finendo la birra.

Non avrei saputo immaginare un modo migliore per presentare la mia famiglia a Mason.

CAPITOLO 58

MASON

Allungo la mano verso Kay, ma non sento altro che delle lenzuola fredde. Alzo la testa e socchiudo gli occhi per ripararmi dalla luce del sole che filtra dai lembi delle tende, ma continuo a non vedere alcuna traccia di lei nella stanza. Do una rapida occhiata verso la porta del bagno, ma vedo che non è neppure lì.

Buttando di lato le coperte, scendo dal letto e mi rivesto, pronto per andare alla ricerca della mia ragazza scomparsa.

Non c'è nemmeno Herkie e questa è *l'unica* ragione per cui presumo che Kay si sia svegliata prima di me. Da quando siamo arrivati, quel cane è rimasto incollato al suo fianco per tutto il tempo, si è persino accucciato nel letto con noi. Kay ha dovuto spostarlo di peso quando ha cercato di infilarsi in mezzo a noi, dopodiché il labrador ha finito per sistemarsi ai nostri piedi.

Oooh, guarda un po' chi si sta trasformando nel signor Buon Padre di Famiglia. Ora ti manca solo una casetta con la staccionata bianca, due figli e una Volvo. Il mio coach interiore è uno stronzo.

Cammino lungo il corridoio, superando diverse foto di Kay e famiglia, ancora incredulo che suo fratello sia Eric Dennings e che in questo momento io mi trovi in casa sua. Non posso fare a meno di ridere di fronte ad alcuni degli scatti che E e Bette hanno scelto di mettere alle pareti.

Sul muro si alternano foto in posa e scatti spontanei, ma c'è un elemento comune: tutte le immagini li mostrano felici.

Scendo le scale che portano direttamente in soggiorno, ma ancora nessuna traccia di Skittles.

Dalla cucina a vista si spande un forte profumo di caffè e mi dirigo lì. Forse non sono così avverso alle mattine come Kay, ma non dico mai di no a una bella tazza di caffè.

Anche con indosso soltanto un paio di pantaloni del pigiama a quadri blu, E ha un aspetto imponente mentre beve il caffè appoggiato con le gambe incrociate al ripiano della cucina.

"Caffè?" domanda indicando la Keurig.

"Sssssssì," rispondo trascinando la parola.

"Scegli quello che vuoi." Indica le cialde vicino alla macchina.

Scorro la selezione, notando alcune delle miscele preferite di Kay, e opto per un caffè tostato scuro. Metto la cialda nella macchina e quando è pronto prendo la mia tazza, imitando la posa di E.

"Avete fatto una gran bella partita ieri. Il modo in cui vi intendete tu e McQueen è qualcosa di speciale," commenta E sorseggiando il suo caffè.

*Eric Dennings si sta complimentando con noi per il modo in cui giochiamo. *batti il pugno* Cazzo, sì.*

"Siamo compagni di squadra fin da quando eravamo bambini. Giochiamo insieme con la stessa facilità con cui respiriamo."

"Si vede."

Batti il pugno ancora una volta, amico. Questa è la cosa più bella che ci sia mai capitata.

Trav perderebbe la testa, se venisse a sapere che E gli ha fatto un complimento, ma non spetta a me dirgli del fratello di Kay.

Ma per quanto ancora resterà un segreto?

Ieri non ho detto niente, quando discutevano dei post presenti sull'account UofJ411, ma si vedeva che sia E che Kay erano sinceramente preoccupati.

"Ogni volta che vuoi parlare di football o discutere della partita, sono qui," dice E, prendendomi di sorpresa.

"Apprezzo l'offerta. *Davvero*... più di quanto immagini, ma per il momento credo che dovremmo evitare di parlare di qualunque cosa inerente al football. Non voglio ricordare a Kay quel coglione con cui usciva."

Le sopracciglia di E si sollevano per la sorpresa, e mi sembra di vedere crescere nei suoi occhi il rispetto che ha per me.

"E poi, quando diventerò professionista, voglio battere tutti i tuoi record," aggiungo.

"Fatti sotto, belloccio."

"Belloccio, eh? Scusa, E, ma non sei proprio il mio tipo."

Risponde con uno sbuffo.

Mi prendo un momento per bermi il caffè, ma ancora non vedo Kay. "Hai idea di dove sia tua sorella?"

"Certo. Lei e Bette sono giù in palestra." Sciacqua la sua tazza di caffè e la mette nella lavastoviglie, poi mi dà una pacca sulla spalla. "Vieni, ti faccio vedere dov'è. Visto che ieri B si è imbucato alla cena, non ho avuto occasione di farti fare il giro della casa."

Lo seguo fuori dalla cucina; attraversiamo il soggiorno, scendiamo alcuni gradini e percorriamo un lungo corridoio. Ci dirigiamo verso una porta doppia aperta, dalla quale si sentono provenire delle risate e le note di una canzone dei Queen.

A questo punto, E si appoggia allo stipite destro della porta; io mi metto a braccia e gambe incrociate contro quello di sinistra, mentre osservo la stanza che mi si presenta davanti.

La palestra della casa di E è una meraviglia. Lo spazio rettangolare di circa 200 metri quadrati è il sogno di ogni maniaco del fitness. Una parete è composta da finestre alte fino al soffitto che si affacciano sul cortile posteriore e sulla piscina, mentre l'altra è rivestita di specchi.

Kay e Bette si trovano al centro della stanza su dei tappetini da yoga dai colori sgargianti. A causa del volume della musica, non riesco a sentire cosa si stanno dicendo, ma le loro risate sono inconfondibili.

"Questa scena mi sembra la più *improbabile* di sempre," dice E alle ragazze.

Entrambe sollevano lo sguardo dalla loro posizione china e scoppiano in una risata ancora più fragorosa.

Il mio sguardo si concentra su Kay, piegata nella posizione del cane, con indosso un top sportivo a spalline incrociate, molto scollato, e dei leggings neri lunghi che le fasciano perfettamente i polpacci.

Il tessuto elastico le avvolge il corpo, mostrando in tutto il loro splendore le gambe dai muscoli tonici e le chiappe sode. Potrei ammirarla tutto il giorno senza mai annoiarmi.

"Tesoro, sai che non puoi fare yoga davanti a me. Rischio di metterti incinta," dice E alla moglie.

Kay gira la testa così velocemente che cade con un tonfo sul tappetino. "Diventerò zia?" urla.

"Merda," impreca E in modo che solo io riesca a sentirlo. "No, Scricciolo. Non era quello che volevo dire."

"Accidenti." Il sorriso sul volto di Kay scompare. "Beh, puoi iniziare a occupartene, per favore? Personalmente credo che sia ora di mettere la pallina in buca."

"Una metafora del golf? Credevo che la regina delle magliette buffe ne avesse una pronta all'uso sul football," scherza E.

"Ci penserò, intanto tu pensa a mettere incinta tua moglie."

"Accidenti, credevo che non ti piacesse parlare della mia vita sessuale."

"Infatti non mi piace. Però sono *assolutamente* dell'idea di diventare zia. Tanto per dire." Si scrocchia le spalle, poi si rialza e saltella verso di me per darmi un bacio.

La stringo a me, avvolgendole le braccia intorno ai fianchi e appoggiando le mani appena sopra il suo delizioso sedere.

"Ehi, Cavernicolo," dice contro le mie labbra.

"Buongiorno, Skittles." Costringo me stesso a darle un bacio brevissimo. Non voglio che ad E venga voglia di prendermi a calci in culo o qualcosa del genere. "Mai avrei pensato di vedere il giorno in cui ti saresti svegliata prima di me."

"Già, non farci l'abitudine."

"Non me lo sognerei mai." Ricambio il sorrisetto giocoso.

"Su, piccioncini," dice E uscendo dalla palestra. "Venite a mangiare qualcosa prima di rimettervi in strada."

"Approvo pienamente il tuo abbigliamento da ginnastica." Allungo una mano per palparle il culo. Credo di esserne ossessionato. "Dovresti vestirti così sempre."

"Porco."

"Sai che mi ami."

"Eccome."

Dopo aver speso gli ultimi ventun anni a evitare come la peste qualunque cosa che avesse a che fare con i sentimenti, sto ancora cercando di abituarmi alla sensazione di calore che sento nel petto ogni volta che lei mi dice che mi ama.

Finita la colazione, io e Kay prendiamo le nostre borse e le appoggiamo vicino al divano. Ormai pronti a partire, ci infiliamo le nostre felpe dell'Università di Jersey e io mi sistemo il cappello sulla testa, girando la visiera al contrario.

"No, no, no, no, no," dice Bette avanzando verso di me.

"Che c'è?" chiedo, senza aver la più pallida idea di cosa io abbia fatto di male.

Allunga la mano e mi toglie il cappello, poi lo passa a Kay. "Non coprirai il mio capolavoro con quell'affare."

"Scusa?"

"Fai bene a scusarti. Ora metti le chiappe sulla sedia e lascia fare a me, poi sarai libero di andare."

Faccio come mi viene detto. Dopo aver sistemato e tirato le ciocche a suo piacimento, Bette mi dà una pacca sulla spalla e mi consente di partire.

Salutiamo e, dal momento che Kay ha deciso che per questo weekend ha già guidato abbastanza, mi porge le chiavi della sua macchina e si sistema sul sedile del passeggero. La cosa non mi dispiace, visto che passa la maggior parte del viaggio a tracciare le linee della mia nuova rasatura ai lati della testa.

Non mi interessa quello che ha da dire il mio coach interiore, credo proprio che finirò per abituarmi a tutto questo.

CAPITOLO 59

KAYLA

"**P**orca miseria." La voce di Mason rimbomba attraverso gli altoparlanti di Pinky. "Questa è tutta colpa tua, sai."

Rido a quell'accusa. "E in che modo, Cavernicolo?"

In sottofondo, attraverso gli altoparlanti, sento delle voci maschili che imprecano.

"Se stasera tu fossi a casa, non sarei qui a farmi massacrare a *Madden NFL*," protesta.

È vero: la maggior parte delle sere, specialmente nei giorni in cui non abbiamo lezione insieme, io e Mase usciamo insieme, oppure restiamo a casa a studiare un po', ma stasera sono diretta all'Huntington, l'albergo vicino al campus, dove alloggiano le squadre di basket e di cheerleading dell'Università del Kentucky. Sono trascorsi due mesi dall'ultima volta che ho visto JT di persona e so che Mase mi comprende; per quanto la lontananza non gli piaccia.

"Sono sicura che te la caverai. E poi sono anche passata da te a pomiciare un po' prima di lasciare che tu e i tuoi compari ve la spassiate in mia assenza."

"Sì, sì, sì, ma tu sei molto più divertente da frequentare di questi stronzi."

In sottofondo sento Trav, Alex, Noah e Kev che gli lanciano delle frecciatine.

"Fanculo, Nova."

"Sei fortunato che ti permettiamo ancora di stare con *noi*."

"Già, passi tutto il tempo con la tua ragazza."

"Ormai sei passera-dipendente."

Alzo gli occhi al cielo. Giuro, secondo me non cresceranno mai.

"Siete solo gelosi perché non scopate abbastanza. Avete visto la mia ragazza? *Certo* che preferisco stare con lei. È molto più bella di voi imbecilli," controbatte Mase, per nulla offeso dal fatto che gli abbiano appena detto di essere dipendente dalla mia passera.

"E di sicuro non puzzo come loro," rispondo.

"Puoi dirlo forte, piccola."

Entro nel parcheggio dell'Huntington e trovo un posto libero vicino all'ingresso. È ora di chiudere la telefonata.

"Bene, sono arrivata."

"Ok, divertiti. Ci vediamo a lezione." Un altro mormorio di voci in sottofondo, poi Mason dice: "G mi ha detto di dirti che, se vedi suo fratello, devi dargli uno scappellotto in testa da parte sua."

Ridacchio. "Lo farò. Ora dacci dentro e vinci a *Madden NFL*."

"Ci puoi contare."

"Ciao, Mase."

"Ciao, Skittles."

Schiaccio il pulsante sul volante per interrompere la chiamata e prendo la borsa. JT mi ha mandato un messaggio poco fa, dicendomi che lui e i compagni di squadra si sarebbero fatti trovare nel salone vicino al bar. Li trovo seduti sul divano, tutti vestiti nel loro abbigliamento dell'Università del Kentucky; sui tavolini di fronte a loro ci sono piatti di cibo parzialmente consumato.

La stazza e i capelli rosso scuro di JT lo rendono facilissimo da individuare; mentre lo raggiungo, lui alza lo sguardo e mi vede.

"PF!" Salta in piedi, chiamandomi *Pfffff* come fa di solito. Copre con le lunghe gambe la distanza che ci separa e mi solleva tra le sue braccia; mi aggrappo a lui mentre mi fa volteggiare su me stessa, abbracciandomi come non mai. "Accidenti, quanto mi sei mancata."

Ricambio il sentimento, stringendolo con la stessa intensità.

"So che alcuni di voi l'hanno già conosciuta," dice quando raggiungiamo gli altri, "ma per quanti non la conoscono, lei è la famigerata PF, di cui avete tanto sentito parlare."

Mentre all'Università di Jersey tengo segreta la mia identità di cheerleader, con la Blue Squad dell'Università del Kentucky è praticamente impossibile. JT è troppo ben conosciuto all'interno della comunità di cheerleading per riuscire a celare il nome della sua ex partner, che sarei io. Fortunatamente, i colleghi di JT non si sono mai mostrati interessati al mio passato da cheerleader di successo, anche se non fanno mistero dell'ammirazione che suscitano in loro le acrobazie che io e JT siamo in grado di compiere.

Dai volti che vedo, noto che sono presenti quasi tutti i suoi compagni di squadra, inclusa Rei, la sua flyer. Grazie all'amicizia comune con JT, io e lei ci siamo avvicinate molto, quindi vado verso di lei per abbracciarla.

JT riprende posto sul divano e io mi sistemo come faccio sempre, allungando le gambe sulle sue.

"Sono sorpresa che non abbiate il coprifuoco," osservo.

"L'allenatore è piuttosto permissivo, quando non abbiamo competizioni. L'unica cosa che non ci è permessa è lasciare l'hotel," risponde Rei.

"A parte far sentire la tua mancanza al tuo nuovo fidanzato, quali sono i piani per il fine settimana?" chiede JT con un sogghigno.

Alzo gli occhi al cielo.

"Devo incontrarmi al dormitorio con i genitori di G. Andiamo a vedere la partita, poi ci portano fuori a cena. Penso che potremmo rimanere al campus per stanotte e ritornare a casa domattina. Poi, per i prossimi tre giorni, mi aiuterai a tenere i corsi di *partner stunting*; ci dovremo concentrare soprattutto sui gemelli."

"Immagino che Olly sia piuttosto elettrizzato?" chiede JT, riferendosi al suo pupillo.

"Quando ha saputo che stasera ti avrei visto, mi ha *supplicata* perché lo portassi con me."

"Probabilmente è un bene che non ci sia. Sono certo che ha una lista infinita di acrobazie che vuole che gli insegni a padroneggiare entro la fine del weekend, dico bene?" domanda lui alzando un sopracciglio.

"Proprio così." Gli do un pugno sul braccio con fare giocoso. "Quindi preparati a lavorare."

"La mia nazista formato tascabile."

Alzo di nuovo gli occhi al cielo.

"Sai, *adoro* essere paragonata a Hitler e ai suoi seguaci," replico, sarcastica.

JT mi risponde con un sorrisetto strafottente, che io ignoro.

"Probabilmente, venerdì mattina dovremo andare alla Caserma per lavorare su alcuni punti. Sono passati alcuni mesi da quando abbiamo fatto dei numeri insieme... chissà se siamo ancora bravi?"

JT mi tira a sé cingendomi il collo con un braccio. "Tu vuoi davvero litigare."

"Lasciami!" Gli colpisco il braccio. "Davvero, lasciami andare o dico al mio ragazzo giocatore di football di venire qui e picchiarti."

JT esplode in una fragorosa risata. "Non ho paura di E, figuriamoci se ho paura di questo tizio."

"Stronzo."

"Ti voglio bene anch'io, cara." JT mi soffia un bacio. Sempre presuntuoso. "Comunque... se credi che stasera perderemo tempo in chiacchiere, pare davvero che siamo stati lontani l'uno dall'altra per *troppo* tempo."

Da ragazzini, io e JT, con sommo dispiacere dei nostri genitori, ci cimentavamo nelle nostre acrobazie ovunque potessimo. Cortili, palestre, salotti, sale conferenze... qualunque posto avesse un soffitto abbastanza alto era perfetto, e senza volerlo gli ho appena lanciato il guanto di sfida per provare di nuovo i nostri vecchi trucchi.

"Sono sicuro che qui, da qualche parte, c'è una sala da ballo vuota," dice, quasi leggendomi nel pensiero.

È tempo di divertirsi un po'.

<u>#Capitolo60</u>

CheerQueen: La banda è tornata insieme LOL. Sono onorata di vedere i maestri del cheerleading in persona!!!!
#ReEReginaDelloStunting #IMieiEroi #QuandoSaròGrandeVoglio-EssereComePF #Chapeau #PFeJT #TrasferiscitiAllaKentucky
video di JT e Kay che fanno stunting all'Huntington

Quando entro in classe e trovo Kay afflosciata sul banco, con la coda di cavallo che esce da dietro il cappellino e le pende di lato, assisto a un nuovo livello di sentimento anti-mattiniero.

Mi fermo nella fila sotto quella dove ci sediamo di solito e le agito la tazza di caffè il più vicino possibile al naso, sperando che l'aroma la risvegli.

"Oh, *cielo*, ti amo," mugola, facendomelo venire duro a quelle parole. Allunga il braccio alla cieca e prende la tazza tra le mani.

"Ovvio che mi ami, Skittles." Le do un bacio sulla testa e prendo posto accanto a lei.

Muovendosi con la grazia e la velocità di un ottantenne, finalmente si rimette dritta, solleva la tazza e inala profondamente l'aroma del caffè, come se fosse un'essenza vitale. Il che, a dirla tutta, per lei potrebbe anche essere vero.

"Sempre presuntuoso," mormora sonnacchiosa, bevendo il primo sorso.

"Eccome, piccola." Prima di sedermi, muovo i fianchi verso di lei con fare sensuale.

"*Ugh*." Alza gli occhi al cielo. "La tua fortuna è che mi porti la caffeina." Si strofina la nuca ed emetto un gemito il cui suono mi arriva dritto all'uccello.

Le sposto la mano e inizio a massaggiarla dietro la testa. Quando mugola nuovamente, devo fare appello a tutte le mie forze per non trascinarla di peso fuori da quest'aula.

"Ti sei divertita ieri sera?"

"Sì." Fa cadere la testa contro il banco. "Anche se non mi ero resa conto di quanto fossi fuori forma."

Fatico a trattenere una risata. Kay è tutto tranne che "fuori forma". Vista la giovane età e gli anni di esperienza, è un'allenatrice unica nel suo genere per i New Jersey Admirals, come dimostrano le acrobazie e i salti mortali che è in grado di compiere. Tuttavia, persino io riesco a vedere che oggi è particolarmente esausta.

"Siamo belli stanchi oggi, eh?"

"Con tutti i corsi che sto tenendo, c'è una buona possibilità che io muoia entro la fine della settimana."

La serietà con cui lo dice mi impedisce di trattenere una risata. "Sono certo che starai bene. Entro la fine di domani il tuo corpo si sarà già abituato." Si sposta all'indietro e mi appoggia la testa sulla spalla, in una rara esibizione di affetto in pubblico. Deve essere proprio sfinita. "Ma se può farti sentire meglio, ieri sera mi hanno davvero stracciato a *Madden NFL*."

"Va tutto bene, piccolo." Mi accarezza il petto. "Ti insegno io come si fa a vincere."

Faccio male ad approfittare del fatto che sia troppo esausta per preoccuparsi di mantenere la distanza?

Sto per ribattere alla sua affermazione, con la quale praticamente si è dichiarata un'esperta di *Madden NFL*, quando sento il telefono vibrarmi in tasca.

GRAYSON: Ti prego, dimmi che Kay è con te.

IO: Certo che è qui con me.

GRAYSON: Allora puoi chiederle PERCHÉ DIAVOLO NON RISPONDE AL TELEFONO?

Quell'ondata di lettere maiuscole mi scatena lungo la spina dorsale un brivido di angoscia che aumenta ancora di più quando vedo Kay irrigidirsi dopo aver letto il messaggio sullo schermo.

"Ho lasciato il cellulare al dormitorio. Mi sono resa conto di averlo dimenticato là mentre ero sull'autobus."

Ripeto l'informazione a Grayson.

GRAYSON: Mostrale questo.

Clicco sul link di Instagram che mi ha inviato e compare un video in cui Kay indossa un paio di leggings a righe color blu mimetico e una canottiera blu elettrico con scritto *Ecco un'allenatrice di cheerleading, perché INCREDIBILMENTE FANTASTICA non è un vero titolo professionale*, la stessa di cui mi ha mandato una foto ieri sera.

Quando vede il video, Kay si porta la mano alla bocca, i suoi occhi grigi che sembrano voler uscire dalle orbite.

Nel video, alle sue spalle, riconosco JT: si scambiano un sorriso, uno di quelli che non mi piace vederle rivolgere a un altro uomo; si prendono per mano e saltellano insieme, poi lui la solleva, se la porta sopra la testa e Kay si erge in una verticale. Rimangono in quella posizione per qualche secondo e a un certo punto Kay fa un salto mortale e atterra con entrambi i piedi su una mano di JT.

Non c'è nessun cappello a nasconderle il viso, ha i capelli legati in una coda di cavallo da un enorme fiocco blu mimetico. Arriva persino a sorridere e a fare l'occhiolino, mentre saltella da una mano di JT all'altra.

Dopo un minuto, il filmato termina con loro due che si abbracciano.

Mentre la classe viene richiamata all'ordine, sento la testa che inizia a girarmi, ma non per il modo in cui Kay è sbiancata alla vista del video, o per come le tremano le mani quando si abbassa la visiera del cappello.

No.

Perché mi chiedo come sia possibile che lei, che non mi consente di postare sul mio profilo Instagram neppure un semplice selfie di noi due, abbia potuto permettere a un altro uomo di pubblicare un intero video che la ritrae.

<u>#Capitolo62</u>

USASF_cheer: Guardate un po' questi due ex campioni del mondo #HannoAncoraGrinta #PFeJT
RICONDIVISO: video di Kay e JT che fanno stunting all'Huntington

KentuckyCheer: Il nostro @CheerGodJT dimostra ancora una volta di essere il migliore #CampioneNazionale #JTSbancaSempre #IMiglioriPartnerDiStunting #PFeJT
RICONDIVISO: video di Kay e JT che fanno stunting all'Huntington

VarsityAllstar: #ViSbloccoUnRicordo con questi due ex campioni del mondo @CheerGodJT #PFeJT
RICONDIVISO: video di Kay e JT che fanno stunting all'Huntington

NCAcheer: Nessuno è migliore di loro. Venite a imparare a fare acrobazie come PF e JT alla @CasermaNJA @NJA_Admirals. Tenete d'occhio le iscrizioni #CheerleadingNCA #PFeJT
RICONDIVISO: video di Kay e JT che fanno stunting all'Huntington

UCAupdates: Un'anticipazione di quello che @CheerGodJT porterà ai campionati nazionali con @CheerNinja #VersoICampionatiNazionali #PFeJT
RICONDIVISO: video di Kay e JT che fanno stunting all'Huntington

CheerUpdates: Il dietro le quinte di come si allenano questi due ex campioni del mondo della @CasermaNJA @NJA_Admirals #MaestriDelloStunting #GuardateQui #PFeJT
RICONDIVISO: video di Kay e JT che fanno stunting all'Huntington

CAPITOLO 63

KAYLA

Proprio oggi dovevo dimenticarmi il telefono...

Anche se Mason ha spento lo schermo del cellulare, nella mia mente il video di me e JT continua a girare a ripetizione.

Com'è potuto accadere?

Un conto è che i compagni di squadra di JT sappiano del mio alter ego PF; un altro è che condividano post che mi ritraggono, soprattutto senza che io ne sia a conoscenza o abbia dato il mio consenso.

La bile mi sale in gola e un ronzio mi riempie le orecchie, mi sento come se fossi intrappolata sott'acqua.

Sono talmente smarrita nei pensieri e concentrata a immaginare tutti i peggiori scenari possibili, che quando la lezione ha termine non ricordo nemmeno quali argomenti siano stati affrontati.

Cammino in maniera automatica dietro Mase, andiamo a incontrare G.

Mi stringo a lui in un abbraccio, premendogli forte il mio viso contro il cotone della felpa, il suo corpo è ancora leggermente sudato per la corsa che ha fatto per venire da me.

"JT mi ha detto che ha già fatto rimuovere il post," dice G stringendomi il viso tra le sue grosse mani. "Ma Kay…"

Lo strattono leggermente per spronarlo a continuare quando le sue parole si perdono nel nulla.

Lui si stringe la nuca.

Il tempo inizia a scorrere più lentamente. G è un fascio di nervi.

Guardo di nuovo Mase. Invece di controllare sul suo telefono se ci siano novità, si è chiuso in un silenzio innaturale.

Forse sono una pessima fidanzata, ma in questo momento non ho la forza mentale per cercare di capire che cosa lui stia pensando. Glielo chiederò quando non sarò più sul punto di perdere la testa.

"G," lo richiamo per spronarlo a continuare.

"Em mi ha mandato queste," mi porge il suo telefono, sullo schermo sono presenti i messaggi che lui e la mia amica si sono scambiati.

Trepidante, prendo il suo cellulare e inizio a scorrere le foto.

Ci sono circa una dozzina di schermate provenienti da diversi account di Instagram, la maggior parte dei quali di importanti società di cheerleading: mentre leggo uno dopo l'altro i vari post, sento il panico crescere in me.

Sono paralizzata. Non riesco a respirare. Mi sembra che il mio cuore sia sul punto di fermarsi.

Anche se io non sono su Instagram, sono stati taggati sia il profilo della Caserma che quello degli Admirals. Ci vuole poco perché qualcuno colleghi PF a Kayla Dennings.

Temevo che a smascherarmi sarebbe stato il mio rapporto con Mason. Chi poteva immaginare che l'avrei fatto io stessa, svolgendo la sola attività che mi ha aiutata a rimanere sana di mente durante il periodo peggiore della mia vita?

L'unica cosa che mi impedisce di impazzire del tutto è constatare che, per adesso, i post dell'hashtag #LaMisteriosaRagazzaDiCasanova non mi hanno ancora collegata al video, che ormai è diventato virale.

Comunque…

La situazione è brutta. Davvero, davvero brutta.

Il mio telefono. Perché me lo sono dimenticata?

Devo rimettere a posto le idee.

Devo parlare con E per capire quali piani di emergenza hanno escogitato lui e Jordan.

Le vecchie paure mi scorrono nelle vene e mi fanno rizzare i capelli.

Che cosa faccio?

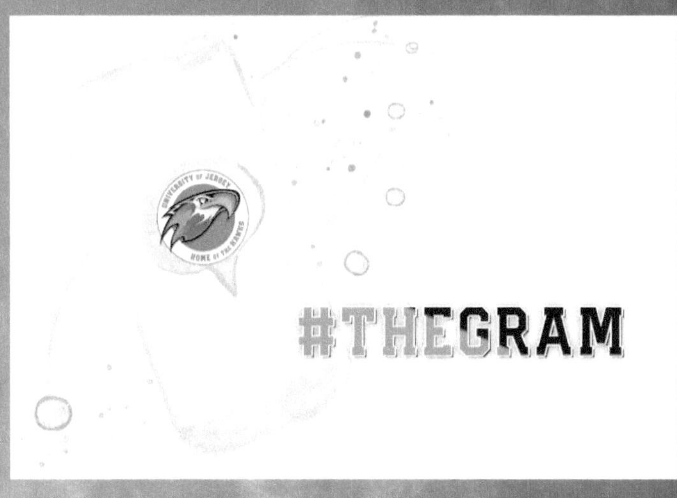

UofJ411: #LaMisteriosaRagazzaDiCasanova
RICONDIVISO: video di Kay e JT che fanno stunting all'Huntington

@Raineydaybookreviewslorraine: Cosa? Aspetta un attimo… È la ragazza di @CasaNova87? #LaMisteriosaRagazzaDiCasanova #NonRiescoASmettereDiGuardarlo

@Redhatterbookblog: Quelle ciocche arcobaleno hanno un qualcosa di familiare. #SoChiSei #LaMisteriosaRagazzaDiCasanova

@Reynereadsalot: È una cheerleader?? #UltimeNotizie #LaMisteriosaRagazzaDiCasanova

@Rock_n_read719: Davvero? Il giocatore di football e la cheerleader? #AllaFacciaDeiCliché #LaMisteriosaRagazzaDi-Casanova

@shenanigator: Nessun altro si chiede perché fa cheerleading per la @KentuckyCheer e non con per la @UofJCheerleading? #ChiedoPerUnAmico #LaMisteriosaRagazzaDiCasanova

UofJ411: Mi serve l'opinione di qualcun altro… è chi penso che sia? #ForseHoLeAllucinazioni #CosaFaCasanova #LaMisteriosaRagazza-DiCasanova

collage di uno screenshot di Kay e JT preso dal video e di una foto di JT con l'uniforme dell'Università del Kentucky
@Sjenkins31: Ok, a quanto pare il tizio nel video è @CheerGodJT. Come possiamo usare questa informazione per scoprire chi è #LaMisteriosaRagazzaDiCasanova? #DetectiveInAzione

UofJ411: Ci sono delle cheerleader all-star tra i nostri follower? #ChiedeteAiVostriAmici #LaMisteriosaRagazzaDiCasanova
collage di una foto di JT con l'uniforme dell'Università del Kentucky e una foto di lui con quella degli Admirals
@Slomo9311: @CheerGodJT faceva il cheerleader presso @CasermaNJA per gli @NJA_Admirals #HoTrovatoNemo #LaMisteriosaRagazzaDiCasanova

UofJ411: Anche lei faceva la cheerleader per gli @NJA_Admirals. #BastaNascondersi #LaMisteriosaRagazzaDiCasanova
collage di uno screenshot di Kay e JT preso dal video e di una foto di loro due con l'uniforme degli Admirals
@Smalltown_booklover: SANTO CIELO! L'hai trovata!! #AbbiamoUnVincitore

UofJ411: Novità #TuttaLaVerità #LaMisteriosaRagazzaDiCasanova
RICONDIVISO:** *foto tratta dal profilo Instagram di JT che ritrae lui e Kay con l'uniforme degli Admirals, dopo aver vinto i mondiali — CheerGodJT: Io e @FlyerQueenPF siamo imbattibili!! Amo questa ragazza!!* **#CampioniDelMondo #MondialiDiCheerleading #NessunoComeNoi #SiamoIMigliori #TVTTB
@Sparksandmoonlight: L'account @FlyerQueenPF non è più attivo. Qualcuno ha trovato informazioni su di lei? #LaMisteriosaRagazzaDi-Casanova
@Summerlynn83: Niente su Instagram, ma sul sito della @CasermaNJA compare una PF Dennings nell'elenco degli allenatori #ChiamatemiSherlock #LaMisteriosaRagazzaDiCasanova

@Suntan_malone: È lei. È al 100% PF Dennings. Tutti gli altri post usano l'hashtag #PFeJT #LaMisteriosaRagazzaDiCasanova

@Suntan_malone: È lei. È al 100% PF Dennings. Tutti gli altri post usano l'hashtag #PFeJT #LaMisteriosaRagazzaDiCasanova

CAPITOLO 65

MASON

Nemmeno nella giornata di allenamenti più pesante della settimana riesco a trovare una distrazione.

Lo sforzo fisico non è sufficiente a farmi uscire Kay dalla testa.

Non riesco a liberarmi dalla sensazione che, quando ha deciso di parlarmi del suo passato, lei non mi abbia detto tutta la verità.

Di primo acchito, la mia reazione al video è stata quella di incazzarmi, perché Kay ha permesso a qualcun altro di postare su Instagram immagini di lei a viso scoperto; ma a giudicare dal terrore quasi abissale che ho visto nei suoi occhi, è evidente che lei stessa non ne era a conoscenza.

La rabbia è svanita ed è stata sostituita dal senso di colpa, che da quel momento non mi ha lasciato nemmeno per un secondo. Non aiuta il fatto che lei abbia saltato il pranzo per decidere come affrontare le conseguenze della diffusione del video. Grayson mi ha detto che anche E stava dando di matto.

Mi tolgo la casacca da allenamento e le protezioni, siedo sulla panca davanti al mio armadietto e prendo il telefono per mandarle un messaggio.

Premo sullo schermo per accenderlo e lo vedo riempirsi di

innumerevoli notifiche relative agli hashtag #CosaFaCasanova e #LaMisteriosaRagazzaDiCasanova. Decido di ignorarle per il momento e clicco sul messaggio che mi ha mandato Kay.

> SKITTLES: Salto la partita e rimango al
> dormitorio *emoji del bacio*

Visto il cambio di programma, sto per mettere via il telefono e andare a farmi una doccia, quando con il dito premo inavvertitamente sull'icona delle notifiche.

Provo una sensazione di freddo alla base del cranio nel momento in cui vedo il sorriso raggiante di Kay apparire sullo schermo. Indossa l'uniforme da cheerleader della NJA e in testa ha un fiocco di strass blu mimetico; il suo volto è in bella vista.

Mi sento ribollire il sangue nelle vene quando noto da quale account è stata ricondivisa quella foto.

JT.

Ma che cazzo?

A lui permette di postare foto che la ritraggono?

Kay è sempre stata categorica riguardo al non comparire sul mio profilo Instagram. Poco importa che, con un semplicissimo selfie, avremmo potuto mettere a tacere per sempre l'hashtag #LaMisteriosaRagazzaDiCasanova, quello attraverso il quale lei temeva che la sua parentela con Eric Dennings sarebbe diventata di dominio pubblico.

Ma JT può? Vi sembra giusto?

Poi accade.

Leggo quello che JT ha scritto nel post e indovinate cosa scopro?

Kay ha un profilo Instagram.

Ma guarda un po'.

Evidentemente desideroso di punire me stesso, inizio a leggere alcuni dei commenti.

PF Dennings.

JT Taylor e PF Dennings hanno vinto diversi titoli mondiali.

PF Dennings.

Gli Admirals hanno una PF Dennings nell'elenco degli allenatori.

È proprio quest'ultimo commento a colpirmi. Mi ha sempre detto che PF era il suo soprannome da cheerleader, ma perché mai la palestra dovrebbe elencare una dipendente con il soprannome?

Merda! È di nuovo come ai tempi di Chrissy/Tina, vero?

"Stronza!"

Spengo lo schermo e scaravento il telefono nell'armadietto così violentemente che rimbalza indietro, cadendo sul pavimento.

"Mase?" Trav si avvicina timidamente, raccoglie il telefono e inserisce il codice di accesso per vedere cosa mi ha fatto perdere la testa.

"Mi ha preso per il culo," mormoro a denti stretti, prima di avviarmi verso la doccia.

"P… F… P… F… Cazzo!" Lancio un pugno contro il muro.

"Ho bisogno che mi spieghi, fratello, perché in questo momento non ci sto capendo niente." Trav mantiene la voce calma e ferma mentre entra nel box doccia accanto al mio.

"Mi ha raccontato tutta quella storia su come hanno iniziato a chiamarla PF in palestra. D'altra parte, che razza di nome sarebbe PF?" Mi passo entrambe le mani tra i capelli, tirando indietro le ciocche bagnate. "Aveva senso pensare che Kay fosse il suo nome e PF un soprannome."

"Mason." Trav appoggia i gomiti sulla paratia che separa le due docce. "Perché sei così agitato? Sono settimane che sai che Kay fa la cheerleader."

Emetto una risata fredda. Già… se non fosse che c'è dell'altro. "Kay ha un profilo Instagram."

"…Quindi?" Trav mi guarda come se fossi pazzo e forse lo sono. Siamo due uomini adulti che si stanno confidando a cuore aperto mentre sono nudi sotto la doccia.

"Sul suo profilo si chiama PF."

"E sul tuo ti chiami Casanova. Le persone usano sempre dei nomignoli per i loro profili sui social, quindi adesso voglio che tu faccia un bel respiro e mi spieghi perché ti sta venendo voglia di spaccare tutto."

"Lei si chiama PF su un profilo Instagram che non sapevo che avesse. Sul sito dei New Jersey Admirals è elencata come PF Dennings. Il bello è che sul profilo del suo *amico* JT, lei ha postato dei selfie dove fa vedere il suo bel visino sorridente per intero. *Cazzo!*" Scaglio via il flacone dello shampoo, facendo schizzare il liquido sul pavimento. "È ancora come la storia di Chrissy."

Stringo le mani a pugno e le premo contro il muro, lasciando che il getto d'acqua mi scorra in mezzo alle scapole.

La stanchezza di qualche minuto fa è sparita, sostituita dal bisogno di tornare in campo e fare esercizi di placcaggio. Invece, mi preparo a dirigermi al dormitorio di Kay per avere delle risposte.

CAPITOLO 66

KAYLA

Mi sento come se mi trovassi in cima a una piramide umana e stessi per cadere a terra.

Non credo di essermi seduta nemmeno una volta, da quando sono tornata al dormitorio.

Odio essere costretta a cancellare i miei piani con i Grayson, ma non mi sembra il caso di entrare in uno stadio pieno di studenti dell'Università di Jersey, vista la piega che sta prendendo la situazione.

Mio fratello è su tutte le furie e ci sono voluti tutti gli sforzi combinati di me, Bette e JT per impedirgli di venire fino a qui e rischiare di essere sanzionato per aver saltato gli allenamenti di football.

Davanti a mio fratello e alla moglie cerco di mostrarmi coraggiosa, ma dentro di me sto impazzendo. A un certo punto, mi sono arresa e ho usato l'account Instagram degli Admirals per dare un'occhiata a ciò che hanno postato sul profilo UofJ411.

Alla fine è successo. Hanno capito chi sono.

Beh… non del tutto. Per adesso l'unica connessione che hanno fatto è che io sono PF Dennings, ma ho la sensazione che non ci metteranno molto a unire i puntini e scoprire Kayla Dennings.

Bang! Bang! Bang!

I forti colpi che provengono dall'ingresso interrompono il flusso dei miei pensieri; guardo verso la porta come se fossi Supergirl e fossi in grado di vedere chi c'è dall'altra parte.

Vengo assalita dalla trepidazione. Mi dirigo verso l'atrio trascinando i piedi sulla moquette del pavimento, come incapace di fare dei passi veri e propri.

Bang! Bang! Bang!

Una seconda serie di colpi si abbatte sulla porta, ogni tonfo mi colpisce come un pugno nello stomaco.

Stringo le dita attorno al freddo metallo della maniglia, faccio un bel respiro e apro.

Alla vista del mio ragazzo, sono talmente sollevata che sento tutto il corpo afflosciarsi come un palloncino sgonfio.

"Mase." Avanzo verso di lui per stringerlo tra le braccia, in cerca di conforto. Sono certa che la sensazione del suo forte abbraccio disperderà almeno in parte il caos di questa giornata del cavolo e mi darà la forza di condividere con lui tutti i dettagli che ho taciuto.

Amo così tanto quest'uomo. Non me lo sarei mai aspettata, ho cercato di respingerlo in tutti i modi perché temevo che mi avrebbe usata. Avevo torto, sono stata scorretta nei suoi confronti. Ora, ogni volta che mi sveglio con il suo bacio del buongiorno, o leggo un suo messaggio dopo aver passato la notte insieme, sono sempre più grata per la tenacia con cui ha cercato di conquistarmi.

È stato solo quando mi sono trovata nel bel mezzo di questo guaio più grande di me che mi sono resa pienamente conto della profondità dei sentimenti che provo per lui.

Non sono certo felice all'idea che il mio passato venga fuori, che la gente discuta dell'anno peggiore della mia vita come se fosse l'ultimo episodio di *Al passo con i Kardashian*… Certo che no.

Ma mi sono resa conto di essere sinceramente preoccupata dall'impatto negativo che i miei casini possono avere su Mason.

Soltanto che…

Prima che io riesca a stringermi contro la sua maglietta da football di cotone, che gli dona talmente tanto da sembrare seta, Mase si sposta per evitare il mio tocco e mi gira attorno per entrare in casa.

Perché si comporta così?

Cerco di non darci peso.

Lo schiocco della serratura che si chiude sembra una fucilata. L'ansia che sentivo prima ritorna a galla: non appena mi giro e scorgo il bagliore di rabbia negli occhi di Mason, faccio istintivamente un passo indietro. Non credo che voglia farmi del male, ma non l'ho mai visto… così… sul punto di esplodere.

"Mason? Cosa c'è che non va?"

"Non lo so. Dimmelo tu, P. F."

Eh?

Non mi ha mai chiamata PF, e perché lo pronuncia *in quel modo*? Come se ogni lettera del mio soprannome lo offendesse?

"Da quando mi chiami con il mio soprannome?"

Sbuffa sarcastico. "Il tuo *soprannome*, certo."

Cosa cosa cosa?

"Mason, che accidenti sta succedendo?"

"Credo che ti meriti un applauso." Comincia a battere le mani lentamente, facendomi trasalire ad ogni colpo. "Mi hai davvero fregato."

Fregato? Ma che dice?

"Te lo chiedo di nuovo… Di che stai parlando?"

"È vero che sei stata bullizzata, almeno? O era una balla che ti sei inventata per evitare che postassi una nostra foto sui social?"

Quelle parole fanno male.

Non posso fargliene una colpa, però; non conosce fino in fondo quello che ho passato, non sa come stavo, non conosce la parte peggiore della storia perché non gliene ho mai parlato. Non volevo che vedesse in me la stessa ragazza a pezzi che in passato hanno visto in tanti.

"Perché mai dovrei mentirti riguardo a una cosa del genere?" Incrocio le braccia sul petto.

"Dimmelo tu." Si mette nella mia stessa posizione e devo costringere me stessa a tenere gli occhi sollevati sul suo volto per non farmi distrarre dal modo in cui gli si contraggono i muscoli delle braccia. Non ho idea di cosa stia accadendo, quindi devo fare appello a tutte le mie cellule cerebrali per cercare di capirci qualcosa.

Nei suoi occhi verdi non scorgo più quella scintilla d'amore che vedo brillare di solito, al suo posto c'è solamente un profondo disprezzo.

"A parte quando ti sei messa la mia felpa e quando ci sediamo vicini in classe o a pranzo, tieni tra noi due la stessa distanza che tieni tra te e i tuoi amici."

Io non permetto ai miei amici di baciarmi contro un muro. Tengo quel pensiero per me. La tensione è già elevatissima, non serve aggiungerne altra.

"Diventavi nervosa quando ti dicevano che c'erano dei post che ti ritraevano in compagnia di Trav. Oppure con Alex e Kev. O ancora, quando Noah ti portava il caffè e la gente ti accusava di tradirmi con Adam."

Stringo i denti al solo sentire il nome di quel viscido.

"Ti ho offerto una soluzione facile per tappare la bocca agli hater. Dovevi soltanto fare un bel sorriso alla telecamera, eppure ti sei rifiutata."

Ancora con questa storia? Pensavo che l'avessimo chiarita.

"Mi hai detto che non ti piace mostrare la faccia nelle foto." Tira fuori il telefono e allunga il braccio fino a mettermi lo schermo a pochi centimetri dal naso. Sul profilo Instagram UofJ411 hanno ricondiviso una foto di me e JT scattata dopo che abbiamo vinto i mondiali di cheerleading.

"Quella foto sarà di almeno cinque anni fa." Wow. Hanno davvero scavato a fondo, se hanno usato quella foto per scoprire come mi chiamo.

Mason ignora le mie parole e si rimette il telefono in tasca. "Adesso, quello che io voglio sapere davvero, Kayla, *ammesso* che ti chiami davvero così…"

E questo cosa vorrebbe dire?

"…è se tu non volevi postare una foto di noi due per timore che l'altro tuo ragazzo lo scoprisse."

"Ma di che stai parlando?" gli domando con voce confusa.

Continua a guardarmi con occhi vuoti, a ogni secondo che passa sento il mio cuore spezzarsi un po' di più.

"JT è soltanto un amico. Per me è un fratello, proprio come E." Getto le braccia in aria dalla frustrazione. Stiamo davvero litigando per questo?

"Già… È esattamente questo che dice la troia, in quella canzone di Biz Markie, quando invece sta già uscendo con un altro."

A quelle parole mi esce un urlo.

Dentro di me, tantissime emozioni iniziano a vorticare.

Frustrazione.

Rabbia.

Tradimento.

Confusione.

Ma soprattutto dolore. Sono ferita perché non si fida di me. È davvero ironico che il donnaiolo del campus accusi *me* di averlo tradito.

"È stato un errore," dice con aria sconfitta.

"È quello che sto cercando di dirti," lo imploro, allungando la mano verso di lui, ma ancora una volta fa un passo indietro prima che io riesca a toccarlo.

"No. Intendo questo." Indica noi due. "Questo è il motivo per cui non prendo impegni con le ragazze."

Mi si blocca il respiro. Non sta dicendo quello che penso stia per dire, giusto?

"Mi stai lasciando?" gli chiedo con voce spezzata.

Mi risponde senza nemmeno guardarmi. "Sì." Poi mi gira attorno, facendo attenzione che i nostri corpi non si sfiorino nemmeno, apre la porta e se ne va.

Non riesco a muovermi.

Non riesco a respirare.

Ho il cuore spezzato.

Mason, il primo ragazzo a cui io abbia dato una possibilità dopo tanti anni, mi ha appena lasciata.

Mason, il donnaiolo dell'università, crede che *io* sia stata infedele. Sarebbe perfino buffo, se non facesse male da morire.

Invece mi sento come se stessi morendo dentro.

Ancora una volta, i social media mi hanno tolto tutto.

Crollo a terra con le lacrime che mi rigano il volto, le gambe incapaci di sostenere il peso schiacciante della mia disperazione.

Cosa diavolo è appena accaduto?

Ok, ok, siamo sicuri che in questo momento state urlando *ACCIDENTI, ALLEY!!!* Devo sapere cosa accadrà dopo!

Ottime notizie! Il secondo libro è già disponibile! *Giocata vincente (secondo libro della serie U of J - Università di Jersey) è gratis su Kindle Unlimited.*

Se siete curiosi di conoscere la storia di Jordan Donovan, l'agente delle pubbliche relazioni di E, potete leggerla in *Power Play*.

Vi serve del supporto emotivo? Avete bisogno di un posto dove urlare CHE COSA HO APPENA LETTO **e** PORCA MISERIA *questa volta Alley è stata davvero cattiva?*

Avete delle teorie folli che volete condividere con altre persone? Oppure volete mandare al diavolo Adam e magari anche quel chiacchierone di un account Instagram UofJ411? C'è un gruppo dedicato all'intera serie, quindi leggete *Giocata vincente* e *Giocare sul serio* e unitevi all'UofJ Spoiler Group.

Sei una di quelle fantastiche persone che scrivono recensioni? Puoi scrivere quello che pensi di Andare a segno *su* Goodreads, BookBub e Amazon.

INFORMAZIONI SU ALLEY CIZ

Informazioni su Alley Ciz

Alley Ciz è una scrittrice indipendente di bestseller internazionali che hanno per protagonisti ragazze insolenti e maschi alfa che cadono ai loro piedi. È un'entusiasta lettrice di storie d'amore che, dalla passione per la lettura, è passata al dare vita ai personaggi che vivono nella sua testa… e che non si comportano sempre bene.

Questa Potterhead di ferro di solito indossa una maglietta con una scritta buffa, beve tantissimo caffè, si ingozza di pizza e tacos e corre dietro ai suoi tre figli, mentre il suo labrador di 45 chili (sicuramente il suo bambino più educato) la osserva divertita.